CW01662522

BUR

# LA CHANSON DE ROLAND
## LA CANZONE DI ORLANDO

Introduzione e testo critico di Cesare Segre
Traduzione di Renzo Lo Cascio
Premessa al testo, note e indici di Mario Bensi

Testo antico francese a fronte

BUR classici

Proprietà letteraria riservata
© 1985 RCS Rizzoli Libri S.p.A., Milano
© 1994 R.C.S. Libri & Grandi Opere S.p.A., Milano
© 1998 RCS Libri S.p.A., Milano

ISBN 978-88-17-16516-7

Titolo originale dell'opera:
*La Chanson de Roland*

Prima edizione BUR 1985
Decima edizione BUR Classici febbraio 2015

*Seguici su:*

Twitter: @BUR_Rizzoli www.bur.eu Facebook: BUR Rizzoli

# INTRODUZIONE

Nella seconda metà del sec. XI, tra tanti fatti denotanti una maggior vitalità sociale, una maggior disponibilità alla produzione artistica, si assiste anche alla nascita dei primi testi letterari non clericali in volgare: l'epica francese e, poco dopo, la lirica dei trovatori. Si noti la differenza dei temi: nel nord una poesia eroica celebra imprese guerresche in cui è impegnata tutta la struttura feudale; nel sud una poesia prevalentemente amorosa (o, per contraccolpo, morale) costituisce il culmine dei riti mondani affermatisi nelle più raffinate tra le corti in cui la Provenza era spezzettata. La differenza sintetizza bene il contrasto fra i prodromi (e i ricordi) di un'organizzazione monarchica accentratrice, piramidale, nel nord, e un pluralismo dei centri di potere e di cultura in gara o in concorrenza nel sud.

Sino ad allora, l'unica lingua di cultura in tutti i paesi cristiani era stata il latino, usato con la duttile varietà che permetteva da un lato di rivolgersi alle masse incolte in modo relativamente comprensibile, dall'altro di elaborare un'espressione filosofica anche articolata o raggiungere eleganza di poesia. Fu la Chiesa a comprendere la necessità di rivolgersi al popolo — esclusi gli atti liturgici — nella lingua che esso usava quotidianamente, il volgare romanzo (Concilio di Tours, 813). Ed è in ambito ecclesiastico che furono stilati i primi testi religiosi in volgare, sin dal secolo X: poemetti agiografici che venivano cantati o recitati (forse anche danzati) in parentesi paraliturgiche.

Tra questa produzione clericale e le letterature volgari ci sono forti elementi di continuità: tipi di versi e, talora, di strofe, pur con i mutamenti dovuti alla diversa struttura fonetica; musica e intonazioni; metafore e temi poetici. Ma vanno segnalati con più vigore gli elementi innovativi, ad escludere comode ipotesi evoluzionistiche. Il fatto più decisivo è che i nuovi autori volgari sono in genere dei laici che si rivolgono a un pubblico di laici e al di fuori del luogo sacro, trattando temi non religiosi, anzi nettamente profani nel caso della lirica. Tracce di cultura clericale sono possibili e anche frequenti, ma non decisive nella finalità della comunicazione.

Si prenda il gruppo dei poemi epici a cui appartiene la *Canzone di Orlando*. Essi vengono chiamati *chansons de geste*. *Chansons*, perché erano cantati dal giullare, in un certo numero di esibizioni, dipendente dalla loro lunghezza. Probabilmente i versi erano tutti intonati su una stessa frase musicale, mutata nell'ultimo verso di ogni lassa («successione di versi uniti dalla stessa assonanza, o rima»). Uno spettacolo che è sopravvissuto, sempre più sporadico, nei canti narrativi intonati da cantastorie o cantambanchi. Con *geste* (lat. *gesta*; cfr. *res gestae*) s'indica il loro contenuto: imprese, sempre guerresche (titoli come *Gesta Francorum*, «le imprese dei Franchi», sono numerosi nella storiografia medievale; anche la nostra *Canzone* dichiara come propria fonte una di queste opere). Si tratta insomma di una letteratura di argomento cavalleresco che evidentemente appassionava il pubblico del tempo. L'esecuzione ad opera di un cantore permetteva la fruizione anche da parte degli incolti, in un'epoca in cui l'analfabetismo era maggioritario.

Le *performances* dovevano aver luogo nelle piazze, davanti a chiese e conventi, nei mercati, insomma là dove la vita medievale provocava una maggiore affluenza di pubblico (naturalmente il cantore chiedeva poi un compenso ai presenti). I santuari più famosi e le strade percorse da torme di pellegrini alla ricerca di indulgenze e meriti spirituali costituiscono l'ampio reticolo in cui si mossero i cantastorie. I quali del resto compivano un'opera di carattere anche pubblicitario, dato che le *chansons* hanno spesso come eroi guerrieri poi assunti alla santità o comunque celebrati in conventi e cappelle, dove si visitavano i loro sepolcri o le reliquie delle loro imprese. I religiosi che custodivano quei luoghi devono aver favorito l'opera dei cantastorie, fornendo loro i materiali storici tratti da cronache o da leggende locali. Più interregionale la *Canzone di Orlando*, per i motivi che vedremo.

Può darsi che molte *chansons de geste* siano andate perdute. Delle conservate, è certo la più antica quella di Orlando (in francese *Roland*); che, godendo di immutata fortuna sino al Cinquecento, ha continuato ad essere rielaborata anche drasticamente, in una successione di opere di varia forma e qualità, che, iniziata con un capolavoro, si chiude con un altro capolavoro, l'*Orlando furioso* dell'Ariosto. Non occorre qui indagare sui motivi della protratta fortuna; è utile invece dire qualcosa del successo immediato della nostra *Canzone*, che dev'essere stato grandissimo, a giudicare dal numero dei manoscritti, dalla pronta diffusione in altri paesi europei (Provenza, Spagna, Italia, Germania e Paesi Bassi, Scandinavia, Inghilterra ecc.) anche attraverso traduzioni, dalla penetrazione nell'onomastica (fratelli o cugini chiamati Orlando e Oliviero come la coppia di compagni d'arme del poema) e nella toponomastica (non si contano i luoghi dove Orlando avrebbe lasciato tracce del suo passaggio).

Fatto sta che il poema è stato composto qualche lustro avanti la prima crociata (1095), e nel periodo di quelle incursioni francesi nella Spagna allora parzialmente musulmana che, per le motivazioni, o se si vuole i pretesti religiosi, sono chiamate da qualche storico crociate di Spagna. La *Canzone di Orlando*, mettendo in scena Carlo Magno, il fondatore del Sacro Romano Impero, in lotta contro i Saraceni (o Pagani, come si diceva allora impropriamente) di Spagna, faceva dunque di lui un precursore delle crociate, e di Orlando un eroe della guerra santa. Sebbene ambientato circa tre secoli prima, il poema era dunque di grande attualità. Del resto, non solo si credeva a un pellegrinaggio fatto da Carlo in Terrasanta (e le crociate sono una versione sanguinaria dei pellegrinaggi), ma si attendeva che egli resuscitasse, *Carolus redivivus*, proprio per mettersi alla testa della crociata. Urbano II, a Clermont (1095), lo additava ad esempio ai signori riluttanti all'impresa.

Lo spunto è preso da fatti reali: nel 778 Carlo re dei Franchi fece una breve spedizione in Spagna; durante il rientro in Francia la sua retroguardia, e con essa personaggi di alto rango (Anselmo, Eggiardo, Rolando), fu annientata nelle gole pirenaiche. Ma gli scarni dati delle cronache (*Annales Laurissenses*, *Annales Einhardi*, Eginardo, l'«Astronomo limosino») sono energicamente trasformati e sviluppati nel poema, dove assumono un valore completamente diverso. Carlo, nel 778, aveva 36 anni (non duecento, come dice Marsilio, v. 524; ci sarà iperbole, ma Carlo è presentato vecchissimo) e non era ancora stato consacrato imperatore (ciò che avvenne nell'800). Dei suoi guerrieri che appaiono nella *Canzone*, a parte Orlando, nessuno ha riscontro nella realtà del tempo; pochi l'hanno in epoche posteriori. Anselmo ed Eggiardo, nominati con i loro titoli da Eginardo, scompaiono lasciando solo Orlando, loro inferiore in grado. Il tradimento di Gano è un'invenzione della *Canzone*, come del resto lo stesso Gano. La spedizione, che durò pochi mesi, raggiunge nella *Canzone* la durata di sette anni. Infine, l'imboscata che sta al centro della vicenda non fu attuata (almeno secondo gli storici cristiani dell'epoca) da Saraceni, ma da Baschi, cristiani anch'essi. Del tutto sconosciuto alla storia il campo saraceno: né Marsilio, né i suoi sono mai esistiti, come non è mai esistito Baligante (di cui Marsilio sarebbe vassallo) e non si è mai svolta la grande battaglia tra lui e Carlo, cioè tra l'Islam e la Cristianità.

Ciò che hanno d'interessante tutte queste violazioni

della storia, è che di tanto falsano la realtà dell'epoca carolingia, di quanto vengono a collimare con le concezioni e gl'ideali del secolo XI. Un episodio abbastanza secondario (pur ammettendo che forse le fonti hanno voluto minimizzare lo scacco pirenaico) nell'espansione, nell'unificazione e ristrutturazione politica e amministrativa dell'impero franco operata da Carlo Magno, diventa un confronto decisivo tra due religioni e due mondi.

In effetti, il secolo XI, e specialmente la sua seconda metà, vede tutto il Mediterraneo occidentale impegnato nella lotta fra i paesi cristiani e gli Arabi, che oltre all'Africa del nord e alla Spagna occupavano ancora la Sicilia e la Sardegna, avevano colonie in Italia meridionale, facevano incursioni in Liguria, in Provenza e in Italia centrale. La guerra venne portata da genovesi e pisani sino alla Tunisia; si recuperò la Sardegna e, ad opera dei Normanni, si conquistò la Sicilia (1091). Si pongono in questo quadro le già ricordate crociate di Spagna. La crociata bandita da papa Urbano II nel Concilio di Clermont avrebbe voluto essere la conclusione di queste lotte in termini di guerra santa con la liberazione di Gerusalemme e dei luoghi santi dai Saraceni.

La *Canzone di Orlando* si poneva così su una linea che congiungeva la liberazione delle più vicine terre occupate dagli Infedeli (la Spagna era idealmente suddita di san Jacopo o Santiago, venerato a Compostella dove confluiva uno dei tre principali pellegrinaggi) e le lotte con gli Arabi d'Africa e del Medio Oriente (dove puntava, in periodi meno guerreggiati, verso Gerusalemme e i luoghi sacri l'altro dei grandi pellegrinaggi — il terzo, si sa, era quello di Roma). Ed esprimeva chiaramente il principio dell'assoluzione a chi muore per difendere od estendere il cristianesimo (dice Turpino ai guerrieri franchi: «Martiri santi sarete, se morite, / e avrete i seggi nel più alto Paradiso», vv. 1134-35; cfr. vv. 1520-23).

Basterebbero queste osservazioni per distruggere la vecchia tesi romantica di un collegamento tra i fatti del 778 e il poema del secolo XI attraverso una serie di canti popolari che, ispirati dall'emozione dell'avvenimento, si sarebbero trasmessi da una generazione all'altra ampliandosi e mutando forma metrica e lingua (prima, pare ovvio, germanica, poi francese). Ma anche le attestazioni esterne del poema, che si moltiplicano verso la fine del secolo XI, sono assenti nel periodo che precede.

È invece lecito domandarsi se non siano circolate, accanto alla *Canzone di Orlando* come ci è stata trasmessa, altre versioni del poema. La *Nota Emilianense* segnalata da Dámaso Alonso nel 1953, breve riassunto latino di «una» canzone di Orlando e databile al terzo quarto del secolo XI porta a rispondere di sì. Il riassunto corrisponde infatti all'intrigo della nostra *Canzone*, ma con grosse differenze anche nei nomi dei cavalieri. Inoltre, essa non fa parola dell'episodio di Baligante, omissione ingiustificabile, dato che grazie ad esso la morte di Orlando viene vendicata con una sconfitta definitiva dei Saraceni (poco credibile, invero, in una Spagna ancora occupata in buona parte dagli Arabi). Evidentemente il poema non conteneva l'episodio, ed era tutto concentrato sulla battaglia di Roncisvalle. Ora, da molto tempo erano stati sollevati dubbi sulla genuinità dell'episodio, per diversità di stile e di tono (per esempio lo scarso uso di lasse similari) e per contraddizioni interne: tra l'altro, la *Canzone* non menziona mai Baligante sino all'episodio che prende nome da lui, ed è assai strano, se è vero che (ma lo si dice solo in questa parte finale) Marsilio re di Spagna è suo vassallo. Una evidente ripresa tra l'inizio della *Canzone* e quello dell'episodio potrebbe esser segno dell'aggiunta di un pannello simmetrico («Re Carlo, il nostro imperatore grande, / sette anni pieni è stato nella Spagna», vv. 1-2; «Con la sua forza l'imperatore è stato / sette anni pieni nella terra di Spagna», vv. 2609-10).

La tradizione manoscritta mostra che l'episodio di Baligante appartiene alla *Canzone di Orlando* sin dalla stesura del suo archetipo. Ma non si può escludere che sia esistita qualche tempo prima — certo prima della *Nota Emilianense* — una canzone di Orlando senza Baligante. In questo caso l'autore della *Canzone* sarebbe in verità un rimaneggiatore; comunque egli avrebbe aggiunto di suo l'episodio di Baligante, e probabilmente ritoccato e sistemato il resto dell'opera. È solo un'ipotesi; ma argomentabile con una buona serie di indizi, a differenza di quelle avanzate dalla vecchia filologia.

Poiché qui dobbiamo parlare dell'opera e non della sua preistoria, la considereremo così come appare nel manoscritto più fedele e antico, quello di Oxford, seguito in genere dagli editori (gli altri manoscritti e le traduzioni neerlandese, alto-tedesca e gallese aiutano a correggere il testo, ma sono complessivamente meno attendibili, oltre che quasi tutti incompleti). La *Canzone* si presenta nettamente tripartita, con la morte dell'eroe alla metà esatta, come nel *Saint Alexis*:

*vv. 1-702* Le premesse. I consigli di guerra dei due re, Marsilio e Carlo. L'ambasciata di Biancandrino presso Carlo, cui offre una pace conveniente purché lasci la Spagna, e quella di Gano presso Marsilio, caldeggiata da Orlando. Durante questa ambasciata Gano, venendo meno alla fedeltà verso il suo re, si accorda con Marsilio per un attacco saraceno alla retroguardia franca (che dovrà essere guidata da Orlando) in violazione del trattato.

*vv. 703-2608* La guerra. Designato a comandare la retroguardia, Orlando con i Pari e ventimila cavalieri viene sottoposto, a Roncisvalle, a una serie di attacchi da parte di forze soverchianti. Tutti i Franchi muoiono, e anche buona parte dei Saraceni. Orlando cade per ultimo, dopo aver chiamato col suono del corno Carlo, che stava rientrando in Francia. Marsilio, privo della destra che un fendente di Orlando ha troncato, ripara in Saragozza, dove muore.

*vv. 2609-4002* La vendetta. Carlo ritorna col grosso dell'esercito a Roncisvalle, e sbaraglia le truppe superstiti di Marsilio; poi viene attaccato dall'esercito che Baligante, chiamato in aiuto da Marsilio, ha portato dall'Africa. La battaglia è vinta da Carlo, che uccide in duello Baligante. Dopo il rientro di Carlo ad Aquisgrana, Gano è sottoposto a processo. Un duello giudiziario decreta la sua morte: viene squartato da quattro destrieri.

I nessi tra gli avvenimenti sono strettissimi. Il tradimento di Gano e la violazione dei patti da parte di Marsilio, nella prima parte, trovano la definitiva sanzione nella terza parte con la condanna a morte di Gano e la disfatta dei Saraceni. La morte di Orlando e Marsilio, rispettivamente vassalli di Carlo e Baligante, nella seconda parte, prelude allo scontro fra i due monarchi, e difensori delle due religioni avverse, nella terza parte. Due coppie di sogni prefigurano a Carlo le conseguenze del tradimento di Gano (vv. 717-36) e la vendetta che egli prenderà sui Pagani e su Gano stesso (vv. 3525-69).

Tutto il poema è costruito insomma su princìpi di specularità e parallelismo (o contrapposizione). Per la specularità, basta osservare le corrispondenze tra il mondo saraceno e quello cristiano. Il consiglio di Marsilio si svolge in modo analogo a quello di Carlo, ai dodici Pari di Francia ne corrispondono altrettanti nel campo di Marsilio, le rassegne dei due eserciti nemici sono sostanzialmente simili, Carlo e Baligante, vecchi venerabili, sono quasi identici, e all'attacco incitano i combattenti col loro grido di guerra. Va aggiunto che, a differenza dei testi posteriori, la *Canzone di Orlando* non demonizza i Saraceni: riconosce loro, talvolta, dignità e saggezza (vedi la descrizione di Baligante, vv. 3172-75), nonché valore guerriero, sino ad esclamare, a proposito di Baligante: «Dio, che barone, s'egli fosse cristiano!», v. 3164. Insomma, i Saraceni sono moralmente inferiori solo per mancanza della vera fede. Ciò rende più grandioso, severo lo scontro fra le due civiltà.

Fondamentale per l'intrigo è la contrapposizione fra

Orlando e Gano. Anche per Gano, l'atteggiamento del narratore è complesso e accattivante. Gano non è un traditore-tipo, né un vile: ci si presenta anzi con una fiera bellezza (vv. 280-85; cfr. vv. 3762-64), ed è stimato dai cavalieri franchi (v. 279). È la rivalità con Orlando che lo porta a tradire. Ma Gano è convinto di vendicarsi di Orlando perché lo ha designato all'ambasceria, non ritiene di esser venuto meno alla fedeltà per Carlo (vv. 3768-78). Posizione abbastanza solida se il consiglio di Carlo decide per l'assoluzione (vv. 3808-13), così che lo perderà soltanto il duello giudiziario a cui i suoi amici saranno sfidati da Teodorico.

La molla drammatica della vicenda sta dunque nei due consigli paralleli in cui Orlando designa Gano all'ambasceria (vv. 180-341) e a sua volta Gano (che ha già concluso il patto scellerato con Marsilio) designa Orlando come capo della retroguardia (vv. 737-802). Non c'è spazio per illustrare le procedure e la divisione dei poteri in base alle quali Carlo è portato a ratificare le due designazioni. E non occorre soffermarsi sui motivi espliciti e sottaciuti dell'inimicizia tra i due (rapporti familiari tra patrigno e figliastro, gelosia di Gano per Orlando, evidentemente prediletto da Carlo, e per i Pari, che Carlo cerca sempre di risparmiare per riservarli alla guerra, diversità di carattere tra lo spavaldo Orlando e l'introverso Gano ecc.).

Ciò che conta di più, a mio avviso, è che Orlando caldeggia la guerra a oltranza (vv. 210-13), Gano propende per la pace (vv. 222-29). Ne consegue che i fautori dell'accordo con Marsilio (perciò anche Gano) danno, secondo Orlando, «un consiglio stordito» (v. 206), quelli della lotta (perciò anche Orlando) sono, secondo Gano, dei «bricconi» (v. 220): egli ribadisce anzi: «lasciamo i folli e ai saggi diamo ascolto!» (v. 229). Facile aggiungere che le conquiste vantate da Orlando (vv. 197-200) possono apparire a Gano segni di orgoglio diabolico (vv. 381-90), così come la prudenza di Gano sfiora, per Orlando, la viltà. Orlando, designando Gano, lo richiama polemicamente alla coerenza: se ci tiene alla pace, vada a trattarla; se si fida dei Pagani, non tema l'ambasceria.

Nel loro atteggiamento rispettivo, Orlando e Gano sintetizzano, secondo Köhler e Waltz, la posizione di due gruppi diversamente orientati nella Francia del secolo XI: i grandi ufficiali del re, guerrieri professionali che mediante le guerre cercano di procurarsi prede e feudi; i grandi vassalli, titolari ereditari di grandi domini terrieri. È naturale che i primi puntino esclusivamente sulla guerra e sul re da cui ricevono autorità («Se Carlo ci ama, è perché ben colpiamo», v. 1092), gli altri tendano a conservare lo *status quo*, e siano magari portati a trascurare la *fidelitas* verso il re, se non a mettersi in concorrenza con lui.

Il contrasto Orlando-Gano, oltre che molla della battaglia di Roncisvalle, è anche termine di paragone per il concetto feudale di fedeltà: fedeltà sino alla morte («Or per il proprio signore grandi mali / giusto è soffrire, e gran freddo e gran caldo: / e deve perdersi anche sangue, anche carne.», vv. 1117-19). Un altro contrasto, tra gli amici e compagni d'arme Orlando e Oliviero, approfondisce poi il rapporto fra obblighi verso il re e verso se stessi, fra tattica e strategia, fra eroismo e previdenza. Il contrasto tra i due compagni è sviluppato, ancora binariamente, nelle due famose «scene del corno». L'opposizione caratteriale è posta nettamente: «Orlando è prode ed Oliviero è saggio», v. 1093. Succede allora che nella prima scena (vv. 1017-92), quando i Pagani appaiono in numero schiacciante, centomila guerrieri, e il tradimento di Gano è ormai sicuro, Oliviero invita Orlando a chiedere soccorso a Carlo suonando il corno: col suo aiuto potranno ancora vincere. Orlando rifiuta. Nella seconda scena (vv. 1702-60), quando ormai quasi tutti i Franchi sono morti, ed è chiaro che nessuno scamperà, è invece Orlando che decide di suonare il corno, contro il parere di Oliviero. Il senso delle due diverse concezioni del dovere e dell'onore è espresso limpidamente da Oliviero stesso: «valor con senno non è certo follia / e la misura val più della stoltizia. / Son morti i Franchi per la vostra pazzia. / Noi non potremo Carlo mai più servire. / Se aveste udito, il re sarebbe qui: / questa battaglia ormai l'avremmo vinta, / e preso o morto sarebbe il re Marsilio. / Fu mal vedere la vostra valentia! », vv. 1724-31. Ma la *desmesure*, l'*ybris* di Orlando appartiene, come vedremo, ai disegni divini.

Parallelismi e contrapposizioni sono schemi costruttivi fondamentali non solo nella concezione dell'intrigo, ma anche nel suo svolgimento formale. Così, se esistono richiami a distanza, specialmente come inizi di episodi, tra parti e suddivisioni del poema, più frequenti sono i legami verbali tra lassa e lassa, con una ricca serie di possibilità: versi all'interno o alla fine di una lassa che poi ritornano, con felici variazioni, all'inizio della successiva, lasse attigue con inizio o conclusione analoghi, e così via. L'insistenza su immagini ed espressioni ripetute, simili ma non identiche, funziona in vario modo: nel ritmo rallentato dei motivi ricorrenti, l'insistenza a volte potenzia, a volte completa, saturando più valenze d'un tema, a volte sottolinea le differenze.

Il gusto medievale per la *variatio* e la *repetitio* presiede alla concatenazione dei moduli costruttivi, le lasse. Perché l'allineamento paratattico delle scene autonome, contenute nelle singole lasse, viene organizzato dal sistema delle similarità in piccoli e grandi gruppi; il discorso narrativo fluisce entro questi gruppi attraverso i canali dei richiami formali. Nel contrasto tra l'apparente staticità dell'esposizione per lasse e il forte dinamismo sprigionato sta la forza suggestiva della *Canzone*.

Il procedimento della ripetizione/variazione si realizza al massimo nelle cosiddette « lasse similari »: due, tre, quattro o più lasse nettamente collegate dalla presenza di temi concettuali-verbali riproposti in posizioni e rapporti analoghi. Queste interazioni con spostamenti di accentuazione e di prospettiva (in genere mirando a un *climax*) danno l'impressione che una stessa scena, o più scene simili, siano state «girate» più volte da angoli diversi, così da ribadirsi reciprocamente e da rivelarsi più pienamente. L'iterazione può essere contenutistica o discorsiva, cioè riguardare azioni ripetute o riprendere la descrizione di una stessa azione, ma distinguere non è sempre facile, tanto prevale il fatto stesso dell'iteratività sul tipo di referenza.

Fra i molti episodi in cui le lasse similari istituiscono sequenze molto compatte, spiccano quelli citati già come «scene del corno». La prima è costituita su un modulo 2+2+2+1 (vv. 1017-27 e 1028-38, 1039-48 e 1049-58; 1059-69 e 1070-81; 1082-92) che però contemporaneamente si ricompone, secondo la rete dei richiami interni, in altri moduli numerici, per es. 2+1+3+1, se si tien conto dell'allocuzione «Compagno Orlando» (vv. 1051, 1059, 1070), seguita da «Risponde Orlando» (vv. 1053, 1062, 1073), o 2+5, se ci si basa sull'*incipit* «Disse Oliviero» (vv. 1039, 1049, 1082, da considerare presente in forma zero davanti a 1059 e 1070). La seconda scena è composta di tre lasse similari, però con legami più stretti fra le prime due. Così, il rapporto a tre fra i vv. 1702, 1713, 1722 s'intensifica come rapporto a due tra i vv. 1703-04 e 1714, 1705-06 e 1715, 1708 e 1716.

Le lasse similari più famose sono quelle della morte di Orlando, che è poi l'episodio più bello e imitato di tutto il poema. Al centro stanno tre lasse in cui per tre volte Orlando, unico superstite ma prossimo alla morte, cerca vanamente di spezzare la spada perché non cada in mano al nemico. I colpi vibrati contro grandi massi sono descritti ai vv. 2301, 2312, 2338 (con apostrofe alla spada ai vv. 2303, 2316, 2344), e basta osservare che, essendo i vv. 2312 e 2338 a inizio di lassa, la vicinanza è maggiore tra la seconda e la terza lassa. Ma la similarità è molto più estesa: si confrontino i vv. 2284, 2297, 2355, 2366, tutti a inizio di lassa, e gli ultimi due in lasse contigue legate anche dalla confessione di Orlando (vv. 2364-65 e 2369-72). Il sistema dei collegamenti è complesso e raffinato.

Le ultime osservazioni sulla struttura e sul sistema di similarità sono sufficienti per escludere decisamente un'altra tesi romantica tornata ora in auge presso alcuni studiosi che vi esercitano, incongruamente, i loro *computers*: quella della composizione mentale delle *chansons de geste*, e perciò anche della nostra, che è la più antica. In linea di principio, non si vede perché, in un'epoca in cui le persone colte (lo era certo il nostro autore) leggevano e scrivevano in latino e in volgare, si sia dovuto ricorrere a un modo molto più aleatorio e approssimativo di comporre, quello mentale, diffuso invece per forza in epoche e luoghi che ignorano la scrittura.

Lo stile formulare, cioè il ricorso a sintagmi cristallizzati e a repertori di formule riempitive serve certo ai compositori e ai cantori o recitatori di testi orali per integrare, improvvisando, i vuoti della memorizzazione, o della composizione. Esso però non ha nulla a che fare col sistema della ripetizione/variazione, presente del resto in tutta la letteratura, anzi l'arte, medievale. Le formule «a tutto fare» sono segno di povertà, le ripetizioni/variazioni di ricchezza, le prime sono espedienti, le seconde procedimenti artistici. Certo la nostra *Canzone*, con le sue simmetrie e i suoi parallelismi su grande e su piccola scala, è una costruzione troppo raffinata per aver potuto esser messa a punto senza l'aiuto della stesura scritta, dei ritocchi, delle correzioni a cui ricorrono gli scrittori e di cui fanno a meno gli improvvisatori.

Il ricorso alle lasse similari, dove la stessa scena è descritta più volte con spostamenti minimi, calcolati al millimetro, è agli antipodi dello sforzo di ricordare alla bell'e meglio una narrazione, salvandone il contenuto anche a scapito della forma. Siamo invece tutti d'accordo che le canzoni siano state comunicate per via orale. I cantori avranno tenuto sott'occhio un testo scritto, lo avranno anche memorizzato: impossibile e antieconomico è che l'abbiano composto senza scriverlo.

Gli avvenimenti narrati nella *Canzone* mantengono una forte unità di tempo: sei giorni (alcuni studiosi ne contano cinque o sette), insomma una settimana, durata biblica della creazione, dato che il sabato Dio si riposò. Naturale il rapporto con i sette anni di guerra che precedono lo scontro finale.

La distribuzione degli episodi in sei giorni è facilitata dalle indicazioni precise del poeta sul ciclo delle albe e delle sveglie, dei tramonti, delle notti e dei pernottamenti. Nel primo giorno si tiene il consiglio di Marsilio, e Biancandrino porta l'ambasciata a Carlo; nel secondo c'è il consiglio dei Franchi, e Gano, inviato presso Marsilio, compie il tradimento, rientrando all'alba del terzo giorno, in cui l'esercito franco incomincia a ritirarsi verso i Pirenei. Il quarto giorno è quello decisivo: Orlando, designato alla retroguardia, viene assalito da Marsilio e muore con tutti i suoi. A sera, Carlo giunge a Roncisvalle, chiamato indietro dal corno di Orlando e, grazie al prolungamento miracoloso della giornata, sbaraglia i Pagani. La grande flotta di Baligante, che ha risalito l'Ebro di notte, la mattina del quinto giorno è già a Saragozza; intanto Carlo provvede ai funerali dei suoi prodi. Lo scontro definitivo tra Carlo e Baligante nella piana dell'Ebro ha luogo lo stesso giorno; segue la conquista di Saragozza. Il sesto giorno l'esercito rientra ad Aquisgrana; si compie il giudizio di Gano e la sua esecuzione.

Nettissimo lo scorcio spazio-temporale, che annulla distanze considerevoli, da Saragozza a Roncisvalle, di qui alla valle dell'Ebro, infine ad Aquisgrana, con viaggio per terra e per mare. Come se, nella paratassi narrativa, gl'interstizi cronologici tra un episodio e l'altro fossero annullati, e il tempo reale, valido per i contenuti descritti, fosse bruciato per quelli narrati sommariamente. È una concezione di tipo teatrale, ma in un'epoca ancora senza teatro.

Certo il procedimento è consapevole, basta osservare il taglio dei tempi, in base al quale Carlo ritorna a

Roncisvalle esattamente dopo la morte di Orlando, i saraceni di Baligante, chiamati in aiuto da Marsilio quasi sette anni prima, giungono in Spagna esattamente la mattina dopo la sconfitta di Marsilio. Il miracolo di Giosuè ripetuto da Carlo per poter sbaragliare le truppe di Marsilio non fa che estendere misure temporali già prodigiose.

È un trattamento particolare dello spazio-tempo, del *cronòtopo*. La voce del corno di Orlando, nel pomeriggio dell'attacco saraceno, attraversa le valli, supera le montagne e rimbomba alla distanza di trenta leghe, dov'è ascoltata e giustamente interpretata da Carlo; percorrendo furiosamente la stessa distanza, l'esercito franco si ritrova a Roncisvalle al tramonto. Prima di notte, sia pure grazie a un divino arresto del tempo, Carlo non sbaraglia solo i Pagani, ma li insegue sino all'Ebro (sintomatici per la concentrazione spaziale i vv. 2460-67). Persino più velocemente di Carlo, dato che gli alberi fanno ancora ombra, Marsilio moribondo è giunto da Roncisvalle a Saragozza, dove arriva pure, con una sola notte di navigazione sull'Ebro, la flotta di Baligante approdata in Spagna la sera prima. La capienza del tempo è il corrispettivo del restringimento spaziale.

Abbiamo a che fare con un'ottica assolutamente antirealistica, si potrebbe quasi dire mitica. Assumendo questa ottica, anche il vigore e le capacità belliche inusitate dei guerrieri, colpi giganteschi e uccisioni senza numero, imprese sovrumane, longevità prediluviane, costituiscono una normalità, e giustamente restano senza sottolineature enfatiche. Lo stesso si dica per il sovrannaturale, che abita con grande semplicità nel mondo della *Canzone di Orlando*: la spada Durendala è stata mandata da Dio a Carlo, che l'ha donata a Orlando; Carlo riceve messaggi divini tramite san Gabriele, che lo assiste ed esorta; lo stesso Gabriele, insieme con san Michele e un Cherubino, conduce l'anima di Orlando in paradiso, dopo aver preso dalle sue mani il guanto, simbolo feudale.

Tra i poemetti agiografici dei secoli X-XI (in francese il *Saint Léger*, la *Passiun*, il *Saint Alexis*, in provenzale il *Boeci*, la *Sancta Fides*), e la *Canzone di Orlando* sussistono elementi di continuità che vanno illustrati, una volta ribadita, come si è fatto all'inizio, l'importanza degli elementi differenziali.

La principale affinità (oltre a congruenze nella metrica e a procedimenti stilistici, riscontrabili pure, in minor misura, nella contemporanea epica latina, a cui non direi che le *chansons de geste* debbano molto) consiste nella *fabula*. Le vite di santi sviluppano in sostanza una stessa *fabula*, che è poi quella della vita di Cristo: l'elezione da parte di Dio, la conquista delle virtù, le prove a cui il santo è sottoposto da un persecutore, il martirio e il premio celeste. La *fabula* può esser resa più vivida da un tradimento, e può trasporre o comporre la lotta fra bene e male su scala collettiva, con una guerra.

Possiamo notare subito: da una parte la *fabula* di Orlando è sostanzialmente quella di un santo; dall'altra la storia dei poemetti agiografici, avviata con la sofferenza del Salvatore (*Passiun*), ha al centro la *Sancta Fides*, con la vittoria delle armi cristiane sui persecutori della santa (una vittoria conquistata in battaglia, su un'accozzaglia di pagani — tra cui stanno, anacronisticamente, i Musulmani — che è ormai quella che combatteranno Carlo e il prode Orlando). *Sancta Fides*, scritta intorno al 1060, forse poco prima della nostra *Canzone*, ci riporta ai Pirenei (la santa era venerata a Conques) e alle crociate di Spagna, di cui Fede era considerata patrona (e Ruggero di Tosny le rese omaggio nel 1018, tornando appunto dalla prima di queste spedizioni).

Ma in che senso la *fabula* di Orlando è quella di un santo? Nel senso dell'omologia, posta dalla Chiesa, tra itinerario di virtù e guerra santa. E se ne ha una conferma clamorosa alla morte di Orlando, quando due arcangeli e un cherubino accorrono a raccoglier la sua anima per portarla in paradiso (vv. 2393-96).

Una volta individuata l'omologia, le corrispondenze si affollano, in particolare con la matrice di tutte le vite di santi, quella di Gesù. Gli studiosi hanno messo in rapporto il numero dei Pari con quello degli apostoli; hanno notato, ed è anche più significativo, che dodici sono i baroni consultati da Carlo ai vv. 168-79, dodici compreso Gano: come gli apostoli eletti da Gesù e raccolti intorno a lui nell'ultima cena, compreso Giuda. Le rassomiglianze tra Gano e Giuda sono anche state notate più volte, sia per coincidenze testuali (i due personaggi sono presentati nello stesso modo: *elegit... Iudam Iscariotam, qui fuit proditor*, Luca 6, 16; «Vi venne pure Gano, che poi tradì», v. 178), sia per affinità di condotta morale (nessuno dei due è connotato in origine come traditore; tutti e due lo divengono per un'evoluzione che in Giuda esclusivamente, in Gano accessoriamente è provocata dall'avidità). Nel Gano della *Canzone* si colgono anzi i segni della sovrapposizione di un tipo di personaggio nuovo allo schema tradizionale. Il Gano inventato è spinto soprattutto dall'odio e dal desiderio di vendetta verso Orlando; quello visto dall'esterno, compresi i suoi interlocutori, riaffiora con i tratti dell'avidità: «Ne ha fatto Gano tradimento, il fellone. / Dal re pagano avuto ha grandi doni, / oro ed argento, drappi e manti preziosi, / muli e cavalli e cammelli e leoni», vv. 844-47; «che il conte Gano ci ha fatto tradimento: / ha ricevuto oro, denari, averi», vv. 1147-48. La morte di Orlando, infine, è preannunciata dagli stessi prodigi che seguirono la morte di Gesù (vv. 1423-37).

È una serie impressionante di coincidenze, che potrebbe poi indurre a vedere in Carlomagno, con la sua barba bianca, la sua vecchiezza miracolosa, la sua preveggenza, la sua attitudine a contatti col sovrannaturale, una specie di figura di Dio padre.

La presenza dello schema archetipo spiega, tra l'altro, il sistema dei preannunci proprio della *Canzone*. Contrario a ogni procedimento di *suspense*, il poeta, inserendo nella narrazione presagi e presentimenti, e persino esatte previsioni, pare aver voluto creare un'atmosfera di ineluttabilità, quasi nell'ordine di un rito sacrale.

Quando Gano è designato alla retroguardia, non solo minaccia e sfida Orlando (vv. 289-91; 306; 322-26 ecc.), ma mostra di agitare in mente qualche nefasto progetto: «e in Saragozza me ne andrò da Marsilio. / Ma io farò certo qualche follia, / prima di porre fine alla mia grand'ira», vv. 299-301. Quando Carlo porge a Gano il guanto, che cade a terra, i Franchi sono invasi da uno spavento («Dio, che potrà ciò essere? / Da un tal messaggio ci verrà una gran perdita» vv. 334-35) che Gano si affretta a confermare («Signori,» dice Gano «ne sentirete!», v. 336). Quando Gano designa alla retroguardia Orlando, Carlo, usando parole simili a quelle dedicate a Giuda nei Vangeli (*Intravit autem Satanas in Iudam*, Luca 22, 3; *cum diabolus iam inisset in cor*, Giovanni 13, 2 e 27) mostra di vedere bene nelle sue tenebre interiori: «Voi siete proprio un diavolo! / Avete in cuore una rabbia mortale» vv. 746-47, e concepisce mentalmente («non può frenarsi, e pianger gli bisogna», v. 773) ed esprime verbalmente («Gano farà distruggere la Francia», v. 835) funeste previsioni.

La programmaticità del procedimento è dimostrata dalla coincidenza con un'altra consuetudine narrativa. Se in alcuni dei protagonisti v'è, oscura, una certa conoscenza del futuro, quella del poeta viene trasmessa al lettore, reso, in questo modo, preveggente, e portato a soffrire gli accadimenti prima ancora che si svolgano, proprio nella loro inevitabilità. L'attacco saraceno alla retroguardia è preannunciato sino dai vv. 710-15, seguiti dall'esclamazione: «Dio, che dolore che i Franchi non lo sappiano!», v. 716, ed è annunziato alla sua vigilia, nei vv. 813 e 848-59. Il ritorno affannoso dell'esercito al soccorso di Orlando è reso tragico dal *leitmotiv* «Però a che vale? Ritardato hanno troppo», v. 1806; «Però a che serve? Non vale loro affatto. / Tardano troppo, a tempo più non fanno», vv. 1840-41.

L'irreversibilità della storia non è una spiegazione sufficiente ai procedimenti narrativi della *Canzone*: i lettori, o gli ascoltatori, presi da una vicenda, amano rifugiarsi in una volontaria ignoranza della sua conclusione. È evidente che il poeta, nel nostro caso, ha preferito insistere sulla fatalità invece che sul libero snodo degli avvenimenti, come per inserire l'azione in un ordine provvidenziale. L'effetto artistico è magnifico; e se invece di scarnire gli elementi essenziali avessimo indugiato in un'analisi del testo, avremmo potuto ricordare la sapienza nell'inserire, e nel variare, i presentimenti nell'azione, nell'alternare le scene appartenenti all'«anticipo» con quelle relative al «presente» (e si tratta spesso di due «presenti», conforme alla distribuzione parallelistica dei fatti prediletta dal poeta; salvo che uno dei «presenti», quando apparterrà alla coscienza dei protagonisti, con cui di solito il lettore si identifica, sarà considerato come passato).

Di fronte agli elementi conservativi, quelli innovativi. Lo schema evangelico non poteva esser mantenuto integralmente; ad esso si appropriano le misure dell'eterno, non quelle di un'azione attuale, sia pur condizionata da un'ideologia religiosa. La guerra di religione era determinata da fattori locali e temporali, si adeguava a una situazione politico-giuridica fortemente caratterizzata. Essa seguiva infine una traiettoria storica di cui s'ignorava ancora il punto di arrivo, se si esclude il suo significato più ampio, escatologico. D'altra parte, la rappresentazione di personaggi spiritualmente ancora vicini, o meglio, resi vicini dall'attualizzazione delle loro gesta, urtava contro la definitezza di uno schema prestabilito; lo spirito guerriero e attivistico faceva valere le sue esigenze dinamiche contro la staticità della narrazione-rito. Le due tendenze sono, a nostro avviso, antinomiche; l'attenzione al loro equilibrio dialettico può esser di giovamento per penetrare nel clima morale della *Canzone di Orlando*.

Abbiamo visto che i personaggi della *Canzone* sembrano conoscere la vicenda alla quale partecipano. Tale conoscenza non è né uniforme né generale: chi prevede, chi presagisce, chi rimane cieco di fronte al futuro. I due atteggiamenti estremi potrebbero esser definiti: l'uno visione sovratemporale, l'altro immersione nel presente, corrispondenti: il primo al piano del rito, il secondo a quello dell'azione.

Il massimo di consapevolezza è rappresentato da Carlo: egli prevede il tradimento di Gano e la sventura incombente; egli interpreta con buona approssimazione il simbolismo funesto dei sogni; egli anticipa col pianto il dolore che sta per abbattersi su di lui. Carlo è, d'altro canto, colui che meno riesce a imporsi sulla realtà: le decisioni più gravi (invio di Gano all'ambasceria; designazione di Orlando alla retroguardia) sono soltanto ratificate da lui (sia pure conformemente a note condizioni giuridiche e dopo interventi preliminari che finiscono per coadiuvare i destini), quasi fosse vietato alla sua preveggenza di turbare il decorso fatale degli avvenimenti. La visione sovratemporale strappa Carlo dal piano dell'azione.

Coloro che al piano dell'azione appartengono, e cioè principalmente gli eroi, sono appunto i più alieni da ogni forma di presentimento, come sintetizzano bene i vv. 826-35 («Restano i dodici Pari in terra di Spagna. / Han ventimila Francesi per compagni, / che alcun timore di morire non hanno. / L'imperatore se ne ritorna in Francia. / Sotto il mantello nasconde la sua faccia. / Accanto a lui cavalca il duca Namo. / Dice egli al re: Che cos'è che vi affanna? / Carlo risponde: Mal fa chi lo domanda: / ho tal dolore, che mi bisogna piangere. / Gano farà distruggere la Francia»).

Primo fra tutti, Orlando: il solo a non essere nemmeno sfiorato dai presentimenti, ciò che definisce un aspetto forse fondamentale del suo eroismo e della sua *desmesure*. Perché alle minacce e ai presagi egli potesse opporre una fiducia totale nella propria forza, occorreva che Orlando non si muovesse sul piano sovratemporale, ma s'immergesse nel presente e si credesse signore del futuro.

Inutile ricordare ancora le due scene in cui Orlando e Gano si affrontano, se non per notare che la caduta del guanto viene interpretata da Orlando, a distanza, non come segno di malaugurio, conforme alla corretta valutazione di tutti gli altri, ma come indizio della viltà di Gano («Ahi, vile, tristo uomo di brutta razza, / pensavi forse che mi cadesse il guanto, / come il bastone a te davanti a Carlo?», vv. 763-65). Più interessante la soluzione stilistica adottata dal poeta per fondere la sicurezza di Orlando con la sensazione immanente del destino. L'eroe giura: «Carlo, il sovrano di Francia, non può perdervi, / per quanto io penso, palafreno o destriero, / né mulo o mula che cavalcare debba, / né vi può perdere ronzino né somiero, / che con le spade non sia prima conteso», vv. 755-59. L'accento di Orlando pesa tutto sulla negazione, ma la relativa-restrittiva finale («che con le spade non sia prima conteso») insinua il valore che effettivamente assumerà il giuramento. In modo analogo, Orlando può impavidamente rassicurare Carlo e i compagni di fronte ai timori, ed al pericolo imminente: «Con sicurezza piena passate i valichi. / Sino a ch'io viva, temer sarebbe male!», vv. 790-91; «Son giunti ai valichi con lor danno i felloni: / giuro che tutti sono dannati a morte», vv. 1057-58; «Si son con danno qui i pagani adunati: / giuro che a morte son tutti destinati», vv. 1068-69; ed è vero che Carlo non avrà nulla da temere nel suo ritorno, ed è vero che tutti gli attaccanti saraceni saranno uccisi; ma un alto silenzio circonda la sorte di Orlando e dei suoi compagni, una sorte a cui l'eroe è preparato, ma che egli pone soltanto nell'ordine delle possibilità (v. 1091).

Eroismo e senso esclusivo del presente possono esser sintetizzati con la battuta finale della prima disputa fra Orlando e Oliviero, le cui considerazioni strategiche e la cui consapevolezza cercavano di spaziare sul tempo: «Sia maledetto il cuore che s'abbatte! / Al nostro posto noi rimarremo in campo: / da noi verranno i colpi e il battagliare!», vv. 1107-09.

La certezza della prossima morte sarà confessata da Orlando solo alla fine della battaglia («Orlando disse: Avremo qui il martirio. / Ora so bene che non c'è assai da vivere», vv. 1922-23; «il conte dice: Ora so veramente / che oggi morremo, per quello ch'io ne penso», vv. 1935-36): un martire non può essere incosciente. Ma si badi come l'« ora so bene», l'« ora so veramente», sottolineino la tardività del riconoscimento.

Tra il massimo di preveggenza di Carlo e il minimo di Orlando, stanno i presagi degli altri, e soprattutto la convinzione del tradimento di Gano. Elenchiamo la progressione: presagi generali alla caduta del guanto (v. 335); sogni di Carlo (vv. 718 sgg.); reazioni di Carlo alla designazione di Orlando da parte di Gano (v. 746); pianto di Carlo (vv. 773, 825, 830); riconoscimento esplicito di Carlo (v. 835); angoscia dell'esercito per Orlando (v. 843); denuncia del tradimento di Gano da parte di Oliviero (vv. 1024-25).

A quest'ultima denuncia Orlando risponde magnanimamente (vv. 1026-27), e riconosce la verità solo quando l'attacco saraceno si scatena (vv. 1146-49). Il ritardo di Orlando nell'ammettere il tradimento di Gano è identico al ritardo nel rendersi conto che la lotta sarà all'ultimo sangue. È un ritardo essenziale alla struttura della *Canzone*.

Abbiamo notato nel poema due piani narrativi: quello sacrale, sovratemporale; e quello eroico, presente. Ne abbiamo rilevato la rispettiva necessità e l'equilibrio dialettico. Possiamo ora constatare che il piano sacrale è condizionato dall'esistenza di quello eroico. La saggezza di Oliviero (primo contrasto con Orlando) avrebbe evitato la consumazione del sacrificio; l'etica di Oliviero (secondo contrasto) avrebbe procrastinato la celebrazione della vendetta. L'insensibilità di Orlando al futuro è condizione necessaria perché il rito di sacrificio e di purificazione, il martirio e la gloria si consumino nello spazio dell'eternità: *Quomodo enim implebuntur Scripturae, quia sic oportet fieri?* (Matteo 26, 54).

Se le ultime osservazioni avessero indotto il lettore ad attendersi un'opera solennemente ieratica, il testo è qui, invece, per sorprenderlo con la sua ricchezza di osservazioni e di toni. Le varie luci del sole e della luna, le minacciose strette pirenaiche, le acque rapinose dell'Ebro; eserciti schierati, con armature che brillano e gonfaloni al vento; varietà di colpi, polvere sollevata dai cavalli, sangue che impregna le zolle; una flotta che attraversa il Mediterraneo alla luce di lanterne che si riflettono nelle onde. E si veda la gamma degli atteggiamenti: l'entusiasmo e l'odio, la riflessione presaga e la spavalderia, la nostalgia della patria lontana e il rimpianto della vita che si sta per perdere. Particolarmente sottile l'invenzione nei momenti disforici: il dialogo di Orlando e Oliviero, sudati, sanguinanti e vicini a morte; Orlando che cura con dolcezza femminile Turpino ferito, il quale a sua volta, crollato Orlando, cerca di portargli un po' d'acqua; la solitudine sinistra del campo di battaglia; la morte silenziosa di Alda nell'apprendere la morte del suo promesso; lo sgomento di Carlo al pensiero delle nuove guerre che lo attendono. Finezza di osservazione, pietà. E un linguaggio che sa concentrare in poche parole, con pochi aggettivi, ma perfetti nella loro sublime sobrietà. Le successive *chansons de geste* avranno presente il paradigma della nostra *Canzone*, ma resteranno tutte inferiori al modello.

CESARE SEGRE

# NOTA BIBLIOGRAFICA

## EDIZIONI

Si segnalano le principali edizioni critiche (o che risultino comunque testimonianza di un'applicazione critica ai problemi del testo orlandiano) e le più diffuse tra le edizioni commentate. La nota 2 della *Premessa al testo* è dedicata ad alcuni essenziali chiarimenti a proposito della tradizione manoscritta della *Chanson de Roland*, cui si fa costante riferimento in questa sezione.

### a) EDIZIONI CRITICHE

*La Chanson de Roland ou de Roncevaux du XII^e^ siècle*, publiée pour la première fois d'après le manuscrit de la Bibliothèque Bodléienne à Oxford par F. Michel, Paris 1837.

È la prima edizione della *Chanson de Roland*; il testo del codice oxfordiano è proposto da Francisque Michel in una trascrizione già largamente affidabile. In una seconda edizione orlandiana curata dal Michel (Paris 1869) al testo di Oxford è accostato quello fornito dal codice P.

*La Chanson de Roland*, nach der Oxforder Handschrift herausgegeben, erläutert und mit einem Glossar versehen von Th. Müller. Erster Theil. Zweite völlig umgearbeitete Auflage, Göttingen 1878.

Non è apparso il secondo volume di questa terza edizione Müller, come non sono apparse le seconde parti delle due precedenti (Göttingen 1851 e 1863). A partire dalla sua seconda edizione Theodor Müller ha avviato, per primo, la considerazione del codice O quale unico rappresentante di una tradizione testuale alternativa rispetto a quella consegnata al complesso degli altri testimoni: la sua ipotesi avrebbe ottenuto la definitiva consacrazione in seguito all'autorevole conferma espressa dal Bédier sulla scorta di nuove indagini.

*La Chanson de Roland.* Texte critique accompagné d'une traduction nouvelle et précédé d'une introduction historique par L. Gautier, Tours 1872, 2 voll.

È questa la prima delle numerose edizioni orlandiane allestite da Léon Gautier: nella loro serie si registrano modifiche più o meno sensibili sino all'ottava (Tours 1881), e anzi sino alle due pagine di *Rectifications et additions* collocate come estrema appendice in un'edizione del 1887. L'innovazione più significativa si segnala con la settima edizione (Tours 1880), a partire dalla quale Gautier abbandona lo stemma Müller per quello Foerster-Stengel, fornendo così un'anticipazione delle scelte testuali che avrebbero poi contrassegnato l'edizione Stengel (Foerster non si fece editore critico della *Chanson de Roland*, ma soltanto ebbe a procurare edizioni dei codici rimati).

*Das Altfranzösische Rolandslied.* Kritische Ausgabe besorgt von E. Stengel. Band I, Leipzig 1900.

Non venne pubblicato il previsto secondo volume, che avrebbe dovuto contenere un commento filologico e il glossario. L'importanza di questa edizione risiede nel ricchissimo apparato di varianti, a tutt'oggi il più completo e destinato probabilmente a rimanere tale. L'ipotesi stemmatica stengeliana si fonda (erroneamente) sull'appartenenza di O e $V_4$ ad un medesimo raggruppamento testuale, distinto da quello costituito dai restanti manoscritti; si può consentire, di conseguenza, un più ampio margine di manovra nella scelta delle lezioni (ad esempio, risulteranno in linea di principio genuine le lezioni per le quali si registri l'accordo contro O di $V_4$ e di altri testimoni).

*La Chanson de Roland*, publiée d'après le manuscrit d'Oxford et traduite par J. Bédier. Edition définitive, Paris 1937.

In precedenza Joseph Bédier aveva pubblicato edizioni della *Chanson de Roland* negli anni 1921, 1924, 1927, 1928, 1931. Nel 1927 le edizioni bédieriane venivano fornite dell'importante complemento rappresentato dal volume dei *Commentaires* (*La Chanson de Roland* commentée par J. Bédier, Paris 1927; comprende un glossario a cura di Lucien Foulet), dove è tra l'altro approfonditamente chiarito e giustificato il senso della drastica decisione editoriale bédieriana. Riconosciuta e dimostrata l'opposizione, già ravvisata dal Müller, tra una tradizione testuale rappresentata dal solo codice oxfordiano e una tradizione alternativa testimoniata dai restanti manoscritti, il Bédier decreta l'illusorietà di operazioni restaurative condotte sul testo di O con il conforto degli altri testimoni e si ripropone di procedere ad una restituzione pressoché integrale delle lezioni oxfordiane nella quale, inoltre, si debba avvertire il meno possibile la mediazione dell'editore (rifiuto di qualsiasi congettura, anche delle più plausibili; accoglimento di lezioni logicamente o linguisticamente inverosimili, o che determinino situazioni di ipermetria o ipometria; rari emendamenti attuati soltanto per rimediare a *fautes serviles, fausses lectures ou erreurs de la plume*): la prospettiva — dal Bédier sostenuta anche attraverso il dispiegamento di prestigiose risorse dialettiche — è quella di fornire al lettore un testo che abbia avuto nel Medioevo un'effettiva circolazione.

*La Chanson de Roland*. Oxford Version. Edition, Notes and Glossary by T. Atkinson Jenkins. Revised Edition, Boston 1929.

La prima edizione Jenkins risale al 1924 (Boston-New York-Chicago-London). L'edizione del '29 è disponibile in una recente ristampa (1977), con aggiornamento bibliografico a cura di Gerard J. Brault. Il testo di Oxford è fatto oggetto di un massiccio intervento di regolarizzazione ortografica e di numerose rettifiche testuali.

A. Hilka, *Rolandsmaterialien I. Das altfranzösische Rolandslied nach der Oxforder Handschrift*, Halle 1926 (SRU).

A partire dal 1942 apparvero cinque edizioni orlandiane a cura di Alfons Hilka e Gerhard Rohlfs (*Das altfranzösische Rolandslied*... ..., Tübingen 1942... 1960[5]).

Al modello bédieriano si sono ispirate numerose edizioni: non è questo il caso delle edizioni Hilka e Hilka-Rohlfs (come anche delle sottocitate edizioni Bertoni, Roncaglia, Segre), che non rinunciano a prudenti operazioni restaurative (prevalentemente *ope codicum*) condotte sul testo oxfordiano.

G. Bertoni, *La « Chanson de Roland »*. Introduzione, testo, versione, note, glossario. Firenze 1935. *Editio maior* 1936.

L'udienza accordata ai codici anti-oxfordiani allo scopo di correggere e integrare le lezioni di O si qualifica nelle edizioni Bertoni per una specialissima attenzione rivolta a $V_4$.

*La Chanson de Roland*, a cura di A. Roncaglia, Modena 1947 (Ist. di Filol. Rom. dell'Univ. di Roma. Testi e manuali, 27).

In precedenza Aurelio Roncaglia aveva procurato un saggio di edizione critica orlandiana condotto su passi scelti: *La «Chanson de Roland». «Laisses» scelte*, Modena 1940 (Ist. di Filol. Rom. dell'Univ. di Roma. Testi e manuali, 17).

*La Chanson de Roland*. Edizione critica a cura di C. Segre, Milano-Napoli 1971 (Documenti di filologia, 16).

Dopo l'edizione Stengel è la sola a proporre in apparato le varianti dei codici anti-oxfordiani (la registrazione ne è meno completa che nell'edizione Stengel, ma più ordinata e meglio praticabile). L'impostazione critica e l'impianto dell'edizione Segre sono descritti nella *Premessa al testo* (penultimo paragrafo: *Il testo Segre*).

b) EDIZIONI COMMENTATE

Tra i commenti più importanti e diffusi andranno ricordati innanzitutto quelli proposti da alcune tra le varie edizioni Gautier e dalle edizioni Jenkins e Bertoni, oltre che il volume bédieriano dei *Commentaires*: opere, queste, elencate o riferite nella sezione precedente. Tra le più recenti edizioni commentate, inoltre:

*La Chanson de Roland*. Texte original et traduction par G. Moignet, Paris 1969.

Per il testo è un'edizione di stampo bédieriano. Il commento è anche linguistico.

*The Song of Roland*, an analytical edition by G. J. Brault, I, Introduction and commentary; II, Oxford text and english translation, The Pennsylvania State University Press 1978.

Si segnala per le dimensioni del commento. Per il testo rientra nella linea delle edizioni bédieriane.

*Chanson de Roland - Cantar de Roldán* y el *Roncesvalles* navarro, por Martín de Riquer, Barcelona 1983.

È anche questa un'edizione bédieriana, anche se meno vincolata alla pura e semplice riproduzione del testo di Oxford di quanto non lo siano ad esempio le edizioni Moignet e Brault; accoglie infatti alcuni emendamenti dalle edizioni Jenkins, Roncaglia, Segre. Il commento è generalmente sobrio; si dilata localmente nell'affrontare le principali questioni orlandiane.

Sono commentate anche molte delle edizioni in o con versione italiana che si registrano qui di seguito.

### TRADUZIONI ITALIANE

Si segnalano soltanto le versioni integrali.

*La Canzone d'Orlando*, testo antico francese, tradotto per la prima volta integralmente in versi italiani da L. F. Benedetto, con introduzione di R. Renier, Torino 1907.

*La Canzone d'Orlando* tradotta da G. L. Passerini, Città di Castello 1909. Nuova edizione, Città di Castello 1932.

*Canzone d'Orlando*, tradotta da R. Sciava, Palermo 1919. Varie ristampe.

*Canzone di Rollando*, versione metrica integrale, a cura di G. Gambigliani Zoccoli, Roma 1924. 2ª edizione, Roma 1932.

*Canzone d'Orlando*, traduzione integrale in prosa di M. Ferrero, Torino 1925.

*Canzone di Rolando*, versione e note di M. Bonfantini, Torino 1925. Varie ristampe.

*La Canzone di Rolando* nel testo di Oxford, Ms. Digby 23, e nella traduzione di C. Raimondo, con prefazioni di P. de Nolhac e P. Rajna, Milano 1927.

*La Canzone d'Orlando (Chanson de Roland)*, versione italiana con introduzione e note a cura di A. Caricati, Milano 1933.

G. Bertoni, *La «Chanson de Roland»*, 1935; citata tra le *Edizioni critiche*.

*La Canzone d'Orlando*. Vol. I. Introduzione, traduzione in versi italiani, note critiche, appendice e indici dei nomi a cura di E. Borsi. Prefazione di G. Mazzoni, Firenze 1938. Non si ha notizia del vol. II.

*Chanson de Roland*, testo, versione, note, glossario a cura di F. Piccolo, Roma 1948.

Turoldo, *La Canzone di Rolando*, traduzione, introduzione e note a cura di S. Pellegrini, Torino 1953.

*La Canzone di Rolando* nel testo di Oxford, Ms. Digby 23, e nella traduzione di C. Raimondo, Torino 1956 (comprende una introduzione firmata S.M.).

*La Chanson de Roland*, studio introduttivo, testo, traduzione e note a cura di M. Nardelli, Milano 1958.

*La Canzone di Orlando*, traduzione in prosa e introduzione di M. Ferrero. Note di G. Beretta, Catania 1963.

*La Canzone di Orlando*, traduzione e note di R. Lo Cascio, Milano 1966.

*La Canzone di Orlando* tradotta in versi italiani a cura di E. De Domenico, Napoli 1973.

*La Canzone di Orlando*, introduzione di C. Pellegrini, traduzione e note di R. Rocca, Milano 1975.

*Il Poema di Rolando*, con introduzione, testo, traduzione e note a cura di M. Nardelli. Cividate Camuno 1977.

*La Chanson de Roland*, a cura di G. Ruffini con testo francese a fronte, Milano 1981.

*Chanson de Roland - Canzone di Rolando*, introduzione e note di Anna Maria Finoli, traduzione di Francesco Pozzoli, Milano 1984.

### STUDI SULLA «CHANSON DE ROLAND»

G. Paris, *Histoire poétique de Charlemagne*, Paris 1865; 2ª edizione: 1905.

L. Gautier, *Les épopées françaises*, Paris 1865-68 (voll. 3); 2ª edizione: 1878-94 (voll. 4).

J. Bédier, *Les légendes épiques. Recherches sur la formation des chansons de geste*, voll. 4, Paris 1908-13; 2ª edizione: 1914-21; 3ª edizione: 1926-29.

P. Boissonnade, *Du nouveau sur la Chanson de Roland*, Paris 1923.

R. Fawtier, *La Chanson de Roland. Etude historique*, Paris 1933.

E. Faral, *La Chanson de Roland. Etude et analyse*, Paris 1933.

J. Horrent, *La Chanson de Roland dans les littératures française et espagnole au Moyen Âge*, Paris 1951.

M. de Riquer, *Los cantares de gesta franceses: sus problemas, su relación con España*, Madrid 1952; traduzione francese, di Irénée Cluzel, *Les chansons de geste françaises*, Paris 1957.

M. Delbouille, *Sur la genèse de la Chanson de Roland (Travaux récents - Propositions nouvelles)*, Bruxelles 1954.

P. Le Gentil, *La Chanson de Roland*, Paris 1955; 2ª edizione: 1967.

R. Menéndez Pidal, *La Chanson de Roland y el neotradicionalismo: orígenes de la épica románica*, Madrid 1959; traduzione francese, di Irénée Cluzel, *La Chanson de Roland et la tradition épique des Francs*, Paris 1960.

*La technique littéraire des chansons de geste*, colloque international tenu à l'Université de Liège, Liège 1959.

S. G. Nichols jr., *Formulaic Diction and Thematic Composition in the «Chanson de Roland»*, Chapel Hill 1961.

F. Farnham, *Romanesque Design in the «Chanson de Roland»*, in «Romance Philology», XVIII, 1964, n. 2, pp. 143-64.

P. Aebischer, *Rolandiana et Oliveriana. Recueil d'études sur les chansons de geste*, Genève 1967.

I. Siciliano, *Les chansons de geste et l'épopée: mythes, histoire, poèmes*, Torino 1968.

P. Aebischer, *Préhistoire et protohistoire du Roland d'Oxford*, Bern 1972.

C. Segre, *La tradizione della Chanson de Roland*, Milano-Napoli 1974.

A. Burger, *Turold, poète de la fidélité - Essai d'explication de la Chanson de Roland*, Genève 1977.

# PREMESSA AL TESTO

Nella collezione delle *canzoni di gesta* la *Chanson de Roland*[1] manterrebbe indubbiamente la propria posizione, di assoluta preminenza, anche se non si disponesse dell'eccellente codice oxfordiano[2] e il poema fosse noto soltanto attraverso le immagini sbiadite e acci-

[1] *Chanson de Roland* è il titolo che il poema ha ricevuto sin dalla prima edizione (*La Chanson de Roland ou de Roncevaux du XII^e^ siècle*, publiée pour la première fois d'après le manuscrit de la Bibliothèque Bodléienne à Oxford par F. Michel, Paris 1837), dove pure era posto in concorrenza con quello, nettamente meno fortunato, di *Chanson de Roncevaux* (Canzone di Roncisvalle).

Il nome dell'eroe: *Rollant* (*Roland*, *Rolando*) è reso nella traduzione di Renzo Lo Cascio nella forma: *Orlando*, scelta giustificabile con l'ossequio alla tradizione dei poemi cavallereschi italiani, e poi motivata dalle opportunità offerte alla sinalefe dall'iniziale vocalica. A tale opzione del traduttore necessariamente si adeguano questa *Premessa* e le note di commento. In generale, nel trattamento dell'onomastica orlandiana la versione Lo Cascio è tra quelle che più coerentemente perseguono un programma di vera e propria «traduzione» (anziché di semplice adattamento dei nomi francesi in forma italianizzata); un paio di esempi: *Abisme* reso con *Abisso*, *Tachebrun* con *Macchiabruno*.

[2] Accanto al manoscritto oxfordiano (Oxford, Bodleian Library, Digby 23; sigla: O) la tradizione francese (francoveneta per $V_4$, C, $V_7$) è rappresentata dai seguenti testimoni, dei quali i tre ultimi sono posseduti allo stato di esigui frammenti: $V_4$ (Venezia, Marciana, ms. 225; già codice IV del fondo francese), C (Châteauroux, Municipale, ms. 1); $V_7$ (Venezia, Marciana, ms. 251; già codice VII del fondo francese); P (Paris, Nationale, ms. fr. 860); T (Cambridge, Trinity College, ms. R 3-32); L (Lyon, Bibliothèque de la Ville, ms. 894); F (Paris, Nationale, nouv. acq. fr. 5327); *l* (Fragments Lavergne); B (London, British Museum, Add. 41295 G).

Il solo O appartiene al XII secolo (secondo quarto o seconda metà); gli altri manoscritti si distribuiscono tra i secoli XIII (F; P - se-

dentate che ne offrono gli altri manoscritti francesi e francoveneti; i fraintendimenti testuali che imperversano nel codice $V_4$, così come le tergiversazioni e dispersioni narrative che impacciano il racconto dei codici rimati, non basterebbero a compromettere sostanzialmente quell'effetto di solida tenuta strutturale e di esemplare utilizzazione dei registri espressivi che ha assicurato alla più antica tra le *canzoni di gesta* giunte sino a noi una fortuna critica tanto consolidata. È altrettanto indubbio, d'altra parte, che la storia di quella fortuna si è decisamente avviata soltanto a partire

conda metà del secolo —; $V_7$, B, *l* - fine -), XIV (C - 1300 circa —; $V_4$ - probabilmente prima metà -; L) e XV (T, fine del secolo).

Soltanto O, da un capo all'altro del testo, e $V_4$, sino al verso corrispondente al 3682 di O, testimoniano della primitiva redazione assonanzata, mentre gli altri, con l'ultima parte di $V_4$, rappresentano la tradizione del rifacimento in rima.

Tutti i codici francesi e francoveneti, compresi i frammenti (ad eccezione di B, che si legge in rivista, nell'edizione di Fanny Bogdanow, *Un fragment méconnu de la Chanson de Roland*, «Romania» 81 - 1960 -, pp. 500-20) sono reperibili nell'edizione di Raoul Mortier, *Les textes de la Chanson de Roland*, Paris, 1940-44 (vol. I: O; vol. II: $V_4$; vol. IV: C; vol. V: $V_7$; vol. VI: P; vol. VII: T; vol. VIII: L; vol. IX: *l* e F; il vol. III contiene alcuni testi riferiti alla tradizione letteraria orlandiana, ma estranei alle vicende testuali del poema; il X e ultimo volume presenta la versione francese di un testo — il *Ruolandes liet* di Konrad; cfr. poco oltre in questa nota — appartenente alla tradizione esterna della *Chanson de Roland*). Per il codice oxfordiano è comunque opportuno riferirsi piuttosto alle pagine dell'edizione Segre (la ricostruzione del testo di O si ottiene agevolmente confrontando il testo critico con la prima fascia di apparato, dove sono riportate in grassetto le lezioni del manoscritto sulle quali l'editore è intervenuto); per $V_4$, inoltre, sono disponibili due più recenti edizioni: *La Chanson de Roland* nel testo assonanzato franco-italiano, edita e tradotta da Giuliano Gasca Queirazza S. J., Torino 1954; *The franco-italian Roland $V_4$*, edited by Geoffrey Robertson-Mellor, Salford 1980.

Alla tradizione esterna del poema (ovvero al complesso delle traduzioni, dei rimaneggiamenti ecc...), appartengono infine: *n* (traduzione-adattamento scandinavo, contenuto nella *branche* VIII della Karlamagnús Saga, vasta compilazione di materia carolingia), K (Konrad, *Ruolandes liet*; opera poetica originale, in medio alto-tedesco, che utilizza liberamente una antica versione del poema), *w* (*Campeu Charlymaen*; traduzione-adattamento gallese), *h* (*Roelantslied* fiammingo; rifacimento in medio neerlandese).

dal giorno del 1835[3] in cui Francisque Michel rinveniva, nella Biblioteca Bodleiana di Oxford, quell'esemplare, materialmente assai poco prezioso, che di lì a poco egli stesso avrebbe pubblicato, e che in seguito avrebbe costituito l'essenziale riferimento testuale per le migliori edizioni del poema (frutto di una particolare considerazione per le lezioni del codice oxfordiano è anche il testo critico che il presente volume riproduce dall'edizione Segre: *La Chanson de Roland*, edizione critica a cura di Cesare Segre, Milano-Napoli, Ricciardi, 1971).

Con il rinvenimento di Francisque Michel non si inaugurava soltanto una vicenda appassionante di indagini, proposte, dibattiti a proposito della complessa situazione testuale del poema, ma anche si iniziava la serie assai nutrita delle inchieste relative alle condizioni di origine della *Canzone* (rapporti con la storia e con la leggenda, datazione, identificazione dell'autore e del suo ambiente e della sua cultura), inchieste delle quali si propone inizialmente qui una sintetica ricognizione informativa.

### I «FATTI DI RONCISVALLE» NELLA LETTERATURA STORIOGRAFICA

Non manca un'attendibile documentazione storiografica relativa alla sfortunata spedizione condotta in terra di Spagna nell'anno 778 da Carlo, re dei Franchi e futuro imperatore Carlomagno. Numerose fonti arabe chiariscono a sufficienza per quali motivi il governatore musulmano di Barcellona e Gerona, Suleiman ibn Al-Arabì, sia stato indotto a chiedere l'aiuto di Carlo in una contesa che lo opponeva ad altre autorità del nord della Spagna, sue correligionarie, nel quadro del conflitto tra gli Omiadi e gli Abassidi che aveva condotto, nel 756, alla proclamazione dell'indipendenza dell'emirato di Cordova dal califfato abasside. Un nu-

[3] In precedenza erano noti agli studiosi, e non editi, i soli manoscritti C e P.

mero ragguardevole di resoconti annalistici di parte franca, accanto alla *Vita Karoli* di Eginardo (pubblicata tra l'829 e l'836), si incaricano poi, anche in tempi alquanto vicini al 778, di riferire come Carlo, acconsentendo a quella richiesta, che poteva aprirgli una possibilità abbastanza concreta di espansione o influenza nelle terre saracene, abbia organizzato due ingenti corpi di spedizione e, guidandone personalmente uno, li abbia felicemente condotti a riunirsi sotto le mura di Saragozza. Le fonti franche, a questo punto, divengono più evasive o meno sincere, e non chiariscono in modo soddisfacente per quale motivo Carlo, dopo essersi impegnato nell'assedio della città, abbia preso la risoluzione di rinunciare all'impresa e di ritornare in Francia. Il bilancio fallimentare di quella spedizione avrebbe di lì a poco registrato, di seguito all'occasione perduta e al tempo e ai mezzi dissipati, un'ulteriore voce negativa: la perdita di un contingente di retroguardia, annientato, sulla via del ritorno, tra le gole pirenaiche, nella battaglia che ha ispirato la scena centrale della *Canzone*. Nel tentativo di minimizzare la portata degli avvenimenti del 778, non tutte le fonti storiografiche rendono conto adeguato (o lo rendono precisamente attraverso la loro imbarazzata reticenza) del momento di crisi che i fatti di Spagna dovettero rappresentare nella carriera del fortunato conquistatore franco, e alcune testimonianze annalistiche giungono a non menzionare affatto l'eccidio della retroguardia (episodio forse trascurabile, a parte gli esiti letterarî, in una moderna rievocazione anche distesa delle vicende del regno di Carlo, ma che difficilmente poteva essere tralasciato senza intenzione nella minuziosa tecnica compositiva propria di quell'antica letteratura storiografica). In compenso, altre fonti hanno assunto l'impegno di riferire con dovizia di particolari (mai quanti se ne vorrebbero, certamente) i fatti che avrebbero costituito il nucleo centrale della *Canzone*, presentandoli come l'esito di un agguato teso alla retroguardia carolingia da truppe di montanari baschi[4], esperti dei luoghi e in grado di sfruttarne le strettoie, i rilievi e le asperità, agguato che si concluse con lo sterminio delle schiere franche e in particolare con l'uccisione di «numerosi dignitarî che il re aveva posto al comando delle proprie schiere» (come recitano gli *Annales qui dicuntur Einhardi*[5]). Il testo capitale diventa a questo punto la *Vita Karoli* di Eginardo che, nel ripetere, e nel riprendere spesso alla lettera, il racconto degli *Annali* appena citati, tiene a registrare i nomi di tre di quei dignitarî uccisi nell'imboscata, personalità davvero eminenti nella corte carolingia: nell'ordine, un Eggiardo, siniscalco, un Anselmo, conte palatino, e un Orlando, signore feudale preposto alla marca di Bretagna (*Hruodlandus, Brittannici limitis praefectus*), nel quale non si esiterà a riconoscere l'eroe della *Canzone*[6]. Un'informazione supplementare proviene dall'epitaffio del primo dei tre personaggi

[4] Vi è chi ritiene che nei *Wascones* dei testi non debbano essere identificati i Baschi, ma i Guasconi, popolazione appartenente al medesimo ceppo etnico, ma insediata a nord, anziché a sud, dei Pirenei. La differenza sarebbe anche apprezzabile dal punto di vista politico, potendo ipotizzarsi che l'imboscata alla retroguardia franca, nel caso che a perpetrarla fossero stati i Guasconi, rientrasse nel quadro dei moti sediziosi con i quali Carlo dovette confrontarsi in Guascogna, come già suo padre Pipino; essa risulterebbe invece trascurabile dal punto di vista ideologico (che solo veramente interessa, nel confronto con il poema), in quanto gli aggressori «storici» della retroguardia carolingia rimarrebbero in ogni caso cristiani.

[5] Anche noti come *Annali regi rimaneggiati* o *Annali regi fino all'829*. Il testo del passaggio relativo alla spedizione di Spagna del 778 si può leggere, insieme ad altre importanti testimonianze storiografiche su quegli avvenimenti, nell'appendice (pagine 225-31) all'edizione Roncaglia della *Canzone*, citata in *Bibliografia*, oltre che nel volume di Silvio Pellegrini, *Studi rolandiani e trobadorici*, Bari 1964, che raccoglie e discute a fondo nel primo Studio (*La campagna del 778 nella tradizione storiografica fino al secolo X*, pagine 27-74) una serie assai ricca di materiali documentarî analoghi.

[6] Altre plausibili testimonianze documentarie relative all'esistenza storica di un personaggio di nome Orlando collocato ai più alti livelli nella vita della corte carolingia sono offerte dalla numismatica (monete emesse nel 781 che ne portano inciso il nome) e dalla diplomatica (un documento che registra un *Rothlandus* all'interno di una lista di cospicue personalità della corte).

menzionati da Eginardo, conservato in un codice del IX secolo alla *Bibliothèque Nationale* di Parigi; il testo, oltre a confermare le notizie della *Vita Karoli* a proposito dell'elevato rango e ruolo di cortigiano rivestito da Eggiardo (*regis summus in aula fuit*) e della sua scomparsa nel corso della spedizione di Spagna (*Hunc rapuit ferro mors... tempore quo Carolus Spaniae calcavit arenas*) ci fornisce la data della battaglia, il 15 di agosto.

Nessun testo attendibile sul piano della documentazione storiografica autorizzerebbe invece a fissare a Roncisvalle — dove lo situa la *Canzone* — il luogo dello scontro (che, d'altra parte, nessun testo né altri indizî suggeriscono imperativamente di collocare altrove).

### LA SPEDIZIONE DI SPAGNA NELLA «CANZONE DI ORLANDO»

Nella deformazione poetica cui la *Chanson de Roland* ha sottoposto i fatti storici la trasferta spagnola di Carlo, tutta racchiusa nel 778 e programmata appena l'anno prima, diviene una settennale guerra di conquista e di affermazione cristiana sull'Islam, coronata da una serie di successi che — secondo la situazione riferita nella lassa introduttiva del poema — hanno condotto all'acquisizione dell'intero territorio spagnolo ad eccezione della città di Saragozza, dove Carlo ancora deve incontrare l'estrema, ormai disperata, resistenza del re Marsilio. Soltanto il tradimento di Gano — alto dignitario carolingio che nessuna fonte storica consente di identificare con un personaggio realmente esistito all'epoca degli avvenimenti — metterà a momentaneo rischio, con la battaglia di Roncisvalle, il successo dell'imperatore cristiano (nel 778 il trentaseienne sovrano dei Franchi — due volte centenario secondo la *Canzone* — doveva attendere ancora un paio di decennî e più per essere consacrato, nell'anno 800, al ruolo di Sacro Romano Imperatore). Gli effetti perversi del tradimento risulteranno comunque scongiurati dal sacrificio della retroguardia e dei dodici Pari, capitanati da Orlando, nipote di Carlo e figliastro di Gano (sacrificio che appare, pertanto, in certo senso espiatorio): prima di morire Orlando riesce, con prodigi di valore, ad impegnare il nemico, e anzi a respingerlo, sino al ritorno del grosso dell'esercito franco, condotto da Carlo, che può così scatenare l'immediata riscossa contro Marsilio (la *Vita Karoli* affermava espressamente: *neque hoc factum ad praesens vindicari poterat*). Totalmente fantastica è poi, nella seconda parte del poema, la contrapposizione tra Carlo e l'emiro di Babilonia (ovvero del Cairo) Baligante, che si conclude con una nuova, definitiva affermazione campale delle forze cristiane.

Dei tre illustri caduti ricordati da Eginardo, il solo Orlando (un puro nome e un puro titolo nella *Vita Karoli*) ricompare nel poema, dominandone da protagonista la prima parte con la robusta caratterizzazione che gli è assegnata, di fiero e leale amministratore di un orgoglio insieme personale, familiare e nazionale, per poi illuminarne, dopo morto, la seconda parte, con il senso sacrificale del suo martirio; l'assenza dal poema delle figure storiche di Eggiardo e Anselmo è surrogata dall'introduzione di personaggi assolutamente fantastici, per quel che risulta (come Oliviero, protagonista accanto ad Orlando in alcuni rilevanti episodî della prima parte della *Canzone*), oppure realmente esistiti, ma cronologicamente sfasati rispetto al 778 o comunque estranei ai fatti della battaglia pirenaica (è quest'ultimo il caso di Turpino, arcivescovo di Reims, illustre vittima di Roncisvalle secondo la *Canzone*, ed in realtà scomparso successivamente al 778 in circostanze non drammatiche).

La lista delle improbabilità e impossibilità di conciliazione tra i dati della storia (e della geografia, e del costume, ecc...) e i dati della *Canzone* potrebbe facilmente essere qui allungata; si dovrà, insomma, più che riconoscere, constatare come la *Chanson de Roland* rappresenti innanzitutto il risultato, come si diceva, di una imponente deformazione della storicità dell'impresa di Spagna, deformazione che appare inoltre consapevole e sistematica, e tale da rinviare funzionalmente a un ben preciso orizzonte ideologico, quello sintetizzabile ad esempio nella formula enunciata da Orlando nel verso 1015: *Paien unt tort e chrestïens unt dreit* (versione letterale: «I pagani hanno torto e i cristiani hanno ragione»).

## TRADIZIONE E INVENZIONE, LEGGENDA E LETTERATURA

Una volta operata la constatazione si dovrà porre il problema, che difatti si è posto a molti critici, di determinare sino a qual punto le deformazioni sopra segnalate possano essere dipese esclusivamente o prevalentemente da una intenzione letteraria personale, da attribuire alla diretta responsabilità dell'autore della *Canzone*, e quanto invece esse debbano risultare tributarie di una tradizione leggendaria già consolidata. Per fare un qualche esempio concreto, ci si potrà chiedere se l'autore della *Canzone*, che tiene spesso a preavvertire il suo pubblico degli sviluppi più o meno immediati della vicenda[7], intenda applicare in tal modo le risorse di una tecnica narrativa appropriata al fine della sollecitazione dell'uditorio[8], o se invece egli abbia semplicemente fatto conto che il pubblico dovesse già essere informato delle grandi linee (almeno) della leggenda di Orlando. Ancora, ci si potrà chiedere se la prima menzione del personaggio di Alda, nell'aspra replica di Oliviero ad Orlando dei versi 1719-21[9]

[7] Cfr. i riferimenti citati nella nota al verso 179, ma anche, quali procedimenti assimilabili, i presagi della morte di Orlando (lassa CX) e i due sogni profetici di Carlo (lasse LVI - LVII e CLXXXIV - CLXXXV).

[8] Le *canzoni di gesta* erano destinate alla pubblica esecuzione, per il canto di un giullare che si avvaleva di accompagnamento strumentale. Il termine *geste* (latino *gesta, -orum*, «imprese») si applica innanzitutto al racconto dei fatti memorabili di un eroe, poi, per estensione, alla narrazione ciclica delle vicende dei suoi ascendenti e discendenti, assumendo così anche l'accezione di «famiglia», «stirpe».

[9] *«Ora per la mia barba, / se mia sorella Alda rivedrò mai, / voi non potrete giacer fra le sue braccia!»*

— menzione che sorprende per la estemporaneità con la quale comunica informazioni affatto nuove per il lettore (che Oliviero ha una sorella, e che questa è promessa sposa ad Orlando) — si spieghi con l'esigenza letteraria di fornire quelle informazioni in maniera appunto sorprendente e perciò efficace, oppure con la consapevolezza che il pubblico dei primi ascoltatori dovesse senz'altro essere al corrente dei rapporti di parentela tra Oliviero e Alda e del fidanzamento di Alda e Orlando. È evidente, nell'uno e nell'altro caso, che le risposte indicate possono essere tanto alternative quanto complementari, e appare chiaro che il conflitto tra invenzione e tradizione, o tra elemento letterario ed elemento leggendario, non si potrà risolvere su questo piano di riscontri; ugualmente — per finire con gli esempî —, quando Oliviero, salito in vedetta su di un poggio di Roncisvalle, avvista il nemico e denuncia ad Orlando la presenza di uno sterminato numero di Saraceni schierati in assetto di guerra (là dove l'Eggiardo o l'Anselmo della storia avrebbero potuto segnalare al loro compagno Orlando soltanto il presentarsi di sciolti drappelli di montanari baschi), l'alternativa si apre ancora per non richiudersi: da una parte la scena può richiamare alla memoria l'aforisma di Nabokov sull'origine della letterarietà (sarebbe nata il giorno in cui una vedetta, in una valle preistorica, si mise a gridare al lupo senza che il lupo ci fosse); dall'altra parte, una leggenda di Orlando precedente la *Chanson de Roland* non avrebbe potuto originarsi senza contemplare per il proprio eroe un nemico formidabile per numero ed armamenti, oltre che ben distinto per razza e religione.

Nel ricercare una testimonianza probante o persuasiva di una costruzione leggendaria preesistente alla *Canzone* occorrerà pertanto riferirsi ad indizî più minuti: se persuadono ancora assai poco le esplicite, ribadite allusioni dell'autore del poema ad una fonte, designata come *l'antica Gesta* o *la Gesta dei Franchi* (cfr. la nota ai versi 1443-4), allusioni che sembrano più che altro rappresentare un modesto artificio espositivo, convincono maggiormente invece i riferimenti a materiali meglio controllabili (almeno da parte degli antichi ascoltatori), quali gli accenni alle tombe di Orlando, Oliviero e Turpino a Blavia (Blaye) e soprattutto all'olifante (corno d'avorio) di Orlando, che sarebbe stato conservato, e visitato dai pellegrini, nella chiesa di San Severino a Bordeaux (cfr. la lassa CCLXVI; persuade soprattutto, come si diceva, l'accenno all'olifante, perché a questo strumento sono strettamente collegate, nel poema, le sorti della battaglia di Roncisvalle, ed è plausibile che la diffusione di una leggenda orlandiana abbia consigliato di proporre un tale oggetto alla curiosità dei visitatori; naturalmente, è quasi altrettanto plausibile che a un olifante, identificato con quello di Orlando e venerato in una chiesa di Bordeaux, si sia rivolta la fantasia dell'autore della *Canzone* per costruire alcuni tra i suoi più celebri episodî).

A questo punto, sarà senz'altro opportuno chiarire quali conseguenze possano essere dedotte dall'ammissione che in qualche forma una leggenda orlandiana abbia potuto preesistere alla redazione del poema (ammissione che andrà fatta comunque con cautela). In primo luogo, occorre avvertire che il dibattito tra i critici non ha più, e non ha ormai da tempo, quale posta in gioco la determinazione del talento creativo dell'autore del poema: il poeta della *Chanson de Roland* brillerebbe di luce propria in ogni caso, tanto nell'eventualità che avesse propriamente inventato lo sviluppo narrativo delle due «scene del corno», o il tradimento di Gano, o la presenza di Turpino a Roncisvalle, ecc..., quanto nel caso invece che avesse ricevuto tutto ciò dalla tradizione (brillerebbe, anche ammessa la possibilità di una dipendenza tanto rigida dalla «leggenda», per la proporzione e la connessione, se non altro, con la quale avrebbe saputo distribuire e organizzare quei materiali narrativi tradizionali). La posta in gioco, affidata in tal modo non più tanto all'alternativa tra invenzione e tradizione, quanto piuttosto a quella fra tradizione relativamente antica e relativamente recente, consisterà invece nel determinare quale sia stato il raccordo tra i fatti storici del 778 e la manifestazione letteraria che se ne è sviluppata a distanza di qualche secolo: l'indagine, in altri termini, tenderà ad accertare se all'origine della *Chanson de Roland*, e delle più antiche *canzoni di gesta* in generale, si sia avuto il riposto, latente operato di una tradizione secolare, o invece l'intuizione — ideologicamente motivata — di uno o più uomini (non necessariamente, tra questi, l'autore della *Canzone*), che avrebbero colto nei vecchi testi annalistici, o in un qualche reperto disponibile a trasformarsi in reliquia (una vecchia tomba, un corno d'avorio ecc...), l'occasione per richiamare virtù affievolite, sensi eroici dimessi, odî e rancori religiosi sopiti, dei quali la nuova ondata di reazione anti-islamica del secolo XI[10] sentiva l'esigenza con riaffermato vigore. L'ispirazione o istigazione clericale delle grandi linee del poema e di certi suoi momenti essenziali appare ben verificabile, come si è visto, e quasi assicurata; che essa possa essersi prodotta e sviluppata in sintonia con una sensibile ripresa dell'avversione e dell'iniziativa militare nei confronti dei Saraceni risulta evidentemente plausibile (sono questi i passaggi fondamentali della teoria sull'origine delle *canzoni di gesta* avanzata da Joseph Bédier nelle *Légendes épiques*[11]; ma, anche a voler mantenere l'impostazione del problema nei limiti di una formulazione interlocutoria, l'*impasse* che ne deriverebbe può essere proficuamente elusa, nel caso della *Chanson de Roland*, non appena si riconduca l'attenzione ai termini obbligati del testo del poema, che nettamente si presenta come il « frutto di una sintesi di elementi vecchi, inerti

[10] Il secolo X aveva visto l'apogeo della dominazione araba nella penisola iberica; con il nuovo secolo (1031, caduta della dinastia omiade) si registra il frazionamento del regno arabo di Spagna e la ripresa dell'iniziativa anti-islamica degli stati cristiani di Aragona, Navarra e Castiglia.

[11] Dei quattro volumi in cui è distribuita l'opera — citata in *Bibliografia*—, è il terzo ad occuparsi in particolare della *Chanson de Roland*. Il Bédier, in base alla sua ipotesi di datazione del poema, annetteva senz'altro allo spirito delle Crociate (prima Crociata: 1096-99) l'emergenza del rinnovato livore anti-islamico che avrebbe promosso la composizione della *Chanson de Roland*.

e imprecisabili, e di elementi nuovi, creatori». È il caso di proseguire la citazione appena svolta (da Italo Siciliano, *Le origini delle Canzoni di gesta*, Padova 1940, pp. 213-14): «Il passato dà vaghe leggende, più o meno storiche, ed è poeticamente creato dagli uomini e dai poeti del secolo XI. Lo spirito delle canzoni di gesta è quello del secolo XI; le passioni, le idee, la forma poetica sono legate alla vita, alla storia, al rinnovamento artistico e letterario del secolo XI. Tutto approda nello spirito del poeta, tutto nasce da lui...».

### RICERCHE SULLA DATA DEL POEMA

Il problema delle origini preletterarie della *Canzone* si salda ovviamente, e per certi aspetti interferisce, con quello della sua datazione; talvolta, infatti, si è voluto dar credito, al fine di individuare la data di composizione del poema (o meglio, il termine *ad quem*) ad allusioni — anche significative — riferite genericamente alla materia orlandiana (mentre evidentemente meritano una seria considerazione soltanto i riferimenti espliciti alla *Chanson de Roland* quale noi la conosciamo): è il caso, per esempio, dell'informazione fornita da Ugo di Fleury (*Historia ecclesiastica*), nel 1110, a proposito della sepoltura di Orlando a Blaye, informazione che coincide con il dato della *Canzone*, ma che può rendere conto semplicemente del fatto che già in quell'epoca fosse effettivamente possibile visitare a Blaye una vera o presunta tomba di Orlando, come fu poi possibile almeno sino al secolo XVI (tra l'altro Ugo non fa cenno dei sepolcri di Oliviero e Turpino, personaggi più propriamente fantastici, che secondo la *Canzone* avrebbero trovato sepoltura a Blaye accanto ad Orlando nella basilica di San Romano)[12]; è anche il ca-

[12] La data di composizione della *Chanson de Roland* è comunque senz'altro anteriore al 1110: altri indizi, come si vedrà, garantiscono in questo senso. Si è voluto qui presentare e discutere questa argomentazione, superflua oltre che inadeguata (come le successive, a proposito della *Crux Karoli* e della testimonianza di Orderico Vitale), per fornire una parziale esemplificazione delle varie modalità di

so del segno confinario denominato *Crux Karoli*, che una bolla papale del 1106 segnala in prossimità di Roncisvalle, la cui denominazione può dipendere tanto dal successo della *Canzone* quanto dall'effettiva dedica di una croce da parte di Carlo; è ugualmente il caso dell'attestazione riferita da Orderico Vitale, tra il 1135 e il 1141 o 1142, relativa ad una menzione del franco Orlando, posto accanto al tebano Epaminonda e al tessalo Achille, all'interno di un saggio di sostenuta eloquenza improbabilmente attribuito a Roberto il Guiscardo morente per veleno.

Per altri motivi si dovrà ugualmente diffidare, sul versante della ricerca del termine *a quo*, di alcune suggestioni direttamente proposte dalla lettura del poema: il fatto che alcuni eminenti Saraceni siano ricordati nella *Canzone* con il titolo di *almansori* (al verso 849; ai versi 909 e 1275 apparirà poi l'almansore di Moriana) non implica necessariamente il riferimento all'appellativo attribuito al celebre capo arabo Muhammad ibn Ali-Abir, detto Al-Mansûr (ovvero «il Vittorioso»), scomparso intorno all'anno 1000, poiché un simile elogio può essere stato applicato in soprannome, come in effetti risulta, anche ad altri suoi meno illustri colleghi, vissuti in precedenza [13]; così le menzioni, nel poema, di cammelli (ai versi 31, 129, 184, 645, 847) e tamburi (ai versi 852 e 3137) non certificano affatto che la *Canzone* debba essere ritenuta posteriore

approccio al problema della datazione messe in opera dalla critica orlandiana, modalità talvolta ingegnose o curiose, e per questo meritevoli di segnalazione. — Quasi tutti gli argomenti qui succintamente riferiti a proposito della datazione della *Chanson de Roland* si ritrovano, distesamente esposti e valutati, nel volume citato di Silvio Pellegrini (capitolo II, *La data della Canzone di Rolando*, pagine 75-121); fa eccezione l'argomento del «silenzio su Santiago», per il quale si rinvia al contributo di Aurelio Roncaglia ai *Coloquios de Roncesvalles* del 1955 (Zaragoza, 1956): *Il silenzio del Roland su Sant'Iacopo: le vie dei pellegrinaggi e le vie della storia*, pp. 151-71.

[13] Cfr. la nota precedente; anche in questo caso, il fatto che l'argomentazione risulti in sé alquanto debole non toglie che la data di composizione del poema non possa, o non risulti che possa, risalire a prima dell'anno 1000.

alla battaglia di Zalaca (Sagrajas, presso Badajoz), del 1086, nella quale per la prima volta risulta che cammelli e tamburi siano stati impiegati in battaglia dai Saraceni (più propriamente dai berberi Almoravidi di Yúsuf), determinando sconcerto nelle file del nemico cristiano (l'esercito di Alfonso VI), poiché tanto gli uni quanto gli altri erano comunque già noti in Occidente (si può aggiungere che i cammelli della *Canzone* non appaiono nelle scene di battaglia, e che i tamburi saraceni rullano esclusivamente nella fasi di preparazione al combattimento, quando il nemico non è ancora in vista).

Riscontri più validi sembrano invece provenire dai *Gesta regum anglorum* di Guglielmo di Malmesbury, dai *Gesta Tancredi* di Rodolfo di Caen, dall'epistola *Ad Bernardum* di Rodolfo Tortario; il primo di questi testi riferisce che sul campo di battaglia di Hastings (1066), tra le truppe di Guglielmo il Conquistatore, sarebbe stata intonata una canzone di Orlando (*Tunc cantilena Rollandi inchoata, ut martium viri exemplum pugnaturos accederet...*): la notizia in sé appare tutt'altro che affidabile, in quanto non suffragata e quasi contraddetta da altre fonti più vicine agli avvenimenti, ma consente di riconoscere almeno che una *cantilena Rollandi* (verosimilmente identificabile con la *Chanson de Roland*) dovesse essere antecedente alla data di composizione dei *Gesta regum anglorum* (1125); il testo di Rodolfo di Caen (il passaggio in questione del suo poema è datato da J. Bédier a prima del 1118) paragona ad Orlando e Oliviero due illustri partecipanti alla prima Crociata, ritraendoli sul campo di battaglia armati l'uno di lancia e l'altro di spada (*Rollandum dicas Oliveriumque renatos, / si comitum spectes hunc hasta, hunc ense furentes*): in esso persuade soprattutto l'opportunità dell'accostamento con la situazione delineata nel verso 1120 della *Canzone*: «Tu con la lancia colpisci, io con la spada» (è Orlando che così si rivolge ad Oliviero); analoga la valutazione che si può assegnare al testo di Rodolfo Tortario (la sua epistola *Ad Bernardum* risulta anteriore al 1114), nel quale si ribadiscono alcune informazioni fornite dal poema a proposito della consegna della spada Durendala ad Orlando da parte dello zio Carlomagno, e appunto a proposito dei rapporti di parentela dei due personaggi (*diripit... ... gladium, / Rutlandi fuit iste viri virtute potentis, / quem patruus magnus Karolus huic dederat; / et Rutlandus eo semper pugnare solebat, / milia pagani multa necans populi*), informazioni che non sembra possano trovare riscontro in alcun testo antecedente alla *Canzone* (i due ultimi versi citati, pur nell'estrema genericità della formulazione, potrebbero inoltre essere confrontati con alcuni passaggi del poema, rintracciabili in particolare all'interno della prima «scena del corno»: vv. 1055-58 della lassa LXXXIII, e versi similari delle lasse successive).

A far valicare a ritroso la barriera dell'anno 1100 provvederebbero poi le registrazioni dei nomi di coppie di fratelli Orlando e Oliviero che si riscontrano relativamente numerose negli atti di archivio a partire dal 1090 circa (a fronte della loro latitanza nei documenti anteriori a quella data); secondo l'intuizione — sviluppata in particolare da Rita Lejeune — che ha sollecitato questo genere di ricerche, la fortuna della *Chanson de Roland* avrebbe ispirato i genitori dei fratelli in questione nella circostanza del loro battesimo, così che, considerando la presumibile maggiore età degli Orlandi e Olivieri che appaiono in quei documenti, la data di composizione della *Canzone* dovrebbe slittare all'indietro almeno fino al 1070. All'obiezione che vedrebbe in tale voga onomastica soltanto il riflesso della diffusione della leggenda orlandiana, e non necessariamente della *Chanson de Roland*, si può rispondere — più o meno in questi termini si è espresso Jules Horrent[14] — che niente meglio del successo im-

[14] Opera citata in *Bibliografia*, p. 295. Il volume di Jules Horrent rappresenta il contributo più notevole fin qui prodotto a proposito della fortuna della *Chanson de Roland* nella letteratura medievale; accanto ad esso merita menzione l'opera di Rita Lejeune e Jacques Stiennon dedicata alla fortuna di Orlando nell'iconografia medievale: *La Légende de Roland dans l'Art du Moyen Âge*, 2 voll., Bruxelles 1966.

mediato di un'opera letteraria può essere chiamato a spiegare una popolarità dei nomi Orlando e Oliviero che la documentazione archivistica lascia cogliere in maniera veramente e nettamente sensibile soltanto a partire da una certa data.

Ancora al terzo quarto del secolo XI si fa risalire, per via di prove paleografiche, l'attestazione della *Nota Emilianense*, attestazione assai importante in quanto sicura testimonianza, a quell'altezza cronologica, di un'opera letteraria incentrata sulla battaglia di Roncisvalle, forse un poema epico in lingua *d'oïl* e forse, pertanto, già una *Chanson de Roland* (certamente diversa, ma non poi radicalmente distinta da quella consegnata alla tradizione testuale a noi nota). Si può senz'altro esagerare sostenendo che la *Nota* (narrazione estremamente compendiosa — poco più di cento parole — della spedizione carolingia in terra di Spagna, redatta in un latino assai modesto nei margini di un codice di San Millán de la Cogolla, che la ospita senza alcuna connessione con i proprî materiali[15]) costituisca un riassunto della *Chanson de Roland*, ma non potranno, per contro, essere sottovalutate alcune assai significative concordanze (per esempio, la collocazione della morte di Orlando a Roncisvalle, e l'altro riferimento topografico ai *porti di Cisa* (*Sizer*), trovano nella *Nota* il solo occorrimento precedente al *Roland* di Oxford: *At ubi exercitum portum de Sicera transiret, in Rozaballes a gentibus Sarrazenorum fuit Rodlane occiso*). La *Nota Emilianense* omette, è vero, di registrare alcuni fondamentali elementi costitutivi della narrazione orlandiana (non vi si fa cenno, almeno esplicito, al tradimento di Gano, così come appare ignorata la relazione di *compagnonnage* — cfr. la nota ai versi 104-07 — tra Orlando e Oliviero), ma non si

[15] La *Nota Emilianense*, già pubblicata in un volume settecentesco ma lì passata inosservata, fu proposta all'attenzione degli studiosi da Dámaso Alonso (*La primitiva épica francesa a la luz de una Nota Emilianense*, «Revista de filología española», XXXVII, 1953, pp. 1-94), che la datava agli anni 1065-75, ipotesi in seguito assai discussa ma ormai giudicata sostanzialmente attendibile.

può dire che essa cada in vistose contraddizioni nei confronti della *Chanson de Roland*: importanti divergenze, più che contraddizioni, saranno la qualifica di «nipoti» dell'imperatore attribuita collettivamente dalla *Nota* ai dodici *Pari* (tra l'altro forse addebitabile alle incertezze linguistiche dell'annotatore; assai significativa, invece, la circostanza che dei dodici Pari nella *Nota* sia fatta menzione), e il fatto che la lista (incompleta) dei Pari proposta nella *Nota* inserisca tra di essi, accanto a *Rodlane* (Orlando) e *Olibero*, anche Turpino — *episcopo domini Torpini* — ed Oggiero il Danese — *Oggero Spatacurta*[16] — (personaggi della *Canzone*, estranei però al gruppo dei *Pari*), e poi un *Bertlane* e un *Ghigelmo Alcorbitanas* (personaggi ignoti al poema; ma *Ghigelmo* è sicuramente identificabile, grazie a quel curioso appellativo, con il Guglielmo *al cort* — o *corb* — *nes*, ovvero «dal naso corto» o «arcuato», protagonista di un importante ciclo epico, e in *Bertlane* sarà, di conseguenza, legittimo riconoscere un altro personaggio di rilievo appartenente alla medesima *gesta*). L'impressione, come si accennava, è che la *Nota* testimonî dell'esistenza di una *Canzone di Orlando* antecedente a quella manifestata dalla tradizione testuale a noi nota, e rispetto alla quale quest'ultima costituirebbe l'esito di una brillante rielaborazione, consistita anche nell'inserimento di nuovi episodî e motivi qualificanti (ad esempio la battaglia contro Baligante; cfr. più oltre in questa *Premessa*).

L'eventuale proto-*Roland* testimoniato dalla *Nota Emilianense* non risulta che possa farsi risalire ad epoca molto più antica rispetto alla seconda metà del secolo XI, ovvero al periodo nel quale si colloca, ormai secondo un credito generale, la data di composizione del poema a noi tramandato. Tra i tentativi di procurare, all'interno di quel cinquantennio, una ulteriore riduzione dello scarto tra i termini *a quo* e *ad quem*, è il caso di richiamare quello messo in opera da Aurelio

[16] L'epiteto allude al nome della spada di Oggiero, che alcune *canzoni di gesta* (non la *Chanson de Roland*) registrano in forme come *Corte* o *Cortain*.

Roncaglia, inteso ad individuare il termine *ad quem* nell'anno 1095: il silenzio, effettivamente inquietante, che la *Canzone* mantiene costantemente a proposito di San Giacomo — il «Maggiore», apostolo e martire fatto oggetto di straordinaria devozione in terra di Spagna, celebrato in particolare per alcune sue apparizioni dioscuriche (a cavallo, armato) sui campi delle battaglie contro i Saraceni (culto di Santiago *Matamoros*) — è interpretato come una volontaria reticenza, motivata dall'attrito verificatosi tra la Chiesa di Spagna e il Papato (al quale la Chiesa di Francia si manteneva solidale) nel periodo compreso tra il 1049 e appunto il 1095, data del Concilio di Reims che provvedeva a sanare ogni contrasto. Questa argomentazione, certamente plausibile e forse meno fortunata di quanto meriti (ma I. Siciliano già la definiva «*très ingénieuse et fort vraisemblable*»[17]), è dal Roncaglia connessa con l'identificazione — cronologicamente compatibile — del misterioso *Turoldus* nominato nell'ultimo verso del poema (nel testo oxfordiano) con Turoldo monaco di Fécamp (abate poi di Malmesbury e — tra il 1070 e il 1098 — di Peterborough), ovvero con il Turoldo già maggiormente accreditato dagli studiosi in questo genere di inchiesta[18]. L'identificazione di *Turoldus* — problema ancora aperto — è fondamentale soprattutto per chi abbia preliminarmente deciso che l'ultimo verso del manoscritto oxfordiano chiami in causa un Turoldo precisamente in quanto autore della *Chanson de Roland*. Problema, questo, anche più aperto, sul quale converrà ormai fornire qualche essenziale riferimento.

[17] I. Siciliano, *Les chansons de geste...*, citato in *Bibliografia*, nota 5 delle pagine 82-3.

[18] Di Aurelio Roncaglia è appunto il più recente contributo all'identificazione di Turoldo di Fécamp con il *Turoldus* del verso 4002 della *Canzone*: *Préhistoire d'O*, comunicazione presentata nel 1978 all'VIII Congresso della *Société Rencesvals* (negli Atti, Pamplona 1981, alle pagine 413-16, con un poscritto a pag. 580). — Altri personaggi di nome Turoldo sono stati proposti per quella identificazione: un benedettino di Coulombs, presso Chartres; un vescovo di Bayeux; un chierico di Tudela.

L'ultimo verso del manoscritto oxfordiano consiste di una formula di *explicit*, realizzata secondo uno schema del tutto consueto in occasioni del genere, eppure assai disagevole ad interpretarsi: *Ci falt la geste que Turoldus declinet.* Il fatto che un solo codice, nel discreto numero dei testimoni orlandiani, contenga questa annotazione non deve ispirare una particolare diffidenza, considerata la divaricazione testuale che si registra, nella parte finale della *Canzone*, fra la tradizione oxfordiana e la anti-oxfordiana; l'*explicit* di O, inoltre, risulta perfettamente integrato nella lassa che lo ospita dal punto di vista metrico (si tratta di un decasillabo correttamente cesurato e assonanzato in *i* - *e* come tutta la lassa CCXC). Le difficoltà nascono, come si diceva, sul piano dell'interpretazione: nessun dubbio sulle due prime parole («Qui finisce»); molti dubbî, invece, sui termini-chiave *geste* e *declinet.* Di questi due latinismi il primo è disponibile a specificarsi in diverse accezioni a seconda del contesto, ovvero in dipendenza dell'interpretazione assegnata a *declinet* (forma, di presente indicativo, di un verbo a sua volta tutt'altro che univocamente interpretabile, considerato come equivalente di «comporre», ma anche di «trascrivere», «tradurre», «elaborare» o «rielaborare»); *geste*, di conseguenza, è termine che può senz'altro alludere al poema, del quale Turoldo si dichiarerebbe l'autore, ma che ugualmente potrebbe individuare già una forma derivata del poema originario — rimaneggiamento, traduzione, trascrizione... — o qualcosa di preesistente ad esso — fonte, «leggenda» ecc... —. Tra le varie proposte interpretative dell'*explicit* oxfordiano, quella che vedrebbe *Turoldus* qualificarsi come autore della *Canzone* non appare, insomma, certamente avventata, ma rimane indubbiamente assai incerta.

La presuntiva attribuzione della *Chanson de Roland* ad un poeta di nome Turoldo è spesso chiamata in causa anche da coloro che propendono per l'origine anglonormanna dell'autore della *Canzone* (Turoldo infatti è un nome applicato largamente, anzi esclusivamente, a personaggi riferiti, per nascita o per origine, all'area normanna e anglonormanna); si offrono però altri indizî per chi intenda orientarsi verso quella direzione: così, l'insistenza con la quale nel poema si registrano allusioni a luoghi e personaggi collegati alla storia normanna (in particolare, ai versi 370-73 e 2331-32, l'attribuzione a Carlomagno delle conquiste normanne nel meridione d'Italia e nelle isole britanniche [19]) viene ad incontrarsi con le condizioni linguistiche e grafiche del testo oxfordiano, che presenta nettamente i caratteri della *scripta* anglonormanna (diffusa nelle regioni meridionali dell'Inghilterra nel periodo in cui esse furono soggette alla dominazione normanna). L'ipotesi dell'origine anglonormanna dell'autore della *Canzone* è comunque in concorrenza con numerose altre, fondate per lo più ancora su allusioni insistite episodicamente proposte dal poema a determinate aree geografiche, o su lodi particolari tributate ad alcune popolazioni, attraverso le quali l'autore avrebbe tradito una propria simpatia e probabilmente la propria provenienza: nessuna di queste ipotesi, variamente attendibili, sembra emergere chiaramente sulle altre (nemmeno quella anglonormanna, se si mantiene la prudenza sulla paternità turoldiana del poema), soprattutto perché l'autore ha programmaticamente badato a far concorrere sullo stesso piano alla gloria di Carlo tutti i popoli del suo Impero (a parte la netta preminenza accordata ai «Franchi di Francia», che però si spiegherebbe troppo bene in prospettiva politico-ideologica).

Qualche più sicura informazione a proposito dell'autore della *Chanson de Roland* proviene infine, per quel che riguarda la sua condizione sociale, dal testo medesimo del poema: la buona preparazione classica del poeta di Orlando, non ostentata e nemmeno esibita ma chiaramente avvertibile, e soprattutto la sua prati-

[19] Il poema sembrerebbe, insomma, voler suggerire l'idea che le conquiste di Roberto il Guiscardo e di Guglielmo il Conquistatore siano state intese a restaurare le glorie del Sacro Romano Impero.

ca del linguaggio e dei testi liturgici (caso tipico le preghiere di Orlando morente — vv. 2384-88 — e di Carlo — vv. 3100-09 — che riprendono il formulario delle orazioni per gli agonizzanti dell'*Ordo commendationis animae*[20]) invitano decisamente a riconoscere nell'autore della *Chanson de Roland* una appartenenza ecclesiastica o quantomeno una formazione clericale.

### IL POEMA: ASPETTI DELL'ORGANIZZAZIONE FORMALE

L'autore della *Canzone*, un anonimo di incerta provenienza (o forse un Turoldo, e in tal caso un normanno), probabilmente un ecclesiastico, fu certamente un «chierico», un letterato: l'ipotesi che vede, nei manoscritti dell'epica francese medievale, la testimonianza o il riflesso di una prassi consapevolmente letteraria, anziché la tardiva registrazione per iscritto delle prestazioni improvvisate di cantori di professione (i giullari), se richiede, nel caso di molte *canzoni di gesta*, una specifica dimostrazione, del resto largamente praticabile[21], appare invece, nel caso della *Chanson de Roland*, assolutamente garantita dalla situazione e qualità del testo ai suoi varî livelli, a cominciare da quello dei rapporti tra le grandi strutture e della loro connessione. Le obiezioni relative alla presunta estraneità strutturale dell'episodio di Baligante (ha inizio con la lassa CLXXXVIII, ma è preavvertito da un sogno presago di Carlo alla lassa CLXXXIV) sposterebbero assai poco quest'ultimo giudizio, se fossero giudicate persuasive. Ad esse si può, d'altra parte, rispon-

[20] Cfr. W. Tavernier, *Zur Vorgeschichte des altfranzösischen Rolandsliedes*, Berlin 1903. Tra i numerosi studî recenti a proposito della preghiera nell'epica francese medievale si segnalano: E. R. Labande, *Le «Credo épique». A propos des prières dans les chansons de geste*, «Recueil de travaux offerts à M. Clovis Brunel», Paris 1955, t. II, pp. 62-80; Jacques De Caluwé, *L'originalité de quelques prières épiques*, «Marche Romane» XXVI, 3-4, 1976, pp. 97-116.

[21] Cfr. Maurice Delbouille, *La chanson de geste et le livre*, alle pagine 295-407 del volume, citato in *Bibliografia*, *La technique littéraire des chansons de geste*.

dere che quella estraneità è avvertibile forse soltanto da chi già sia orientato a riscontrarla, da chi, insomma, sia portato a leggere nel poema la commovente testimonianza di una fede e di una virtù eroiche coronate dal martirio, anziché la solenne affermazione del diritto dell'Occidente ad imporre la propria «cristiana legge» sul piano dell'universalità politica, diritto del quale Carlomagno dovrà essere il depositario e l'autorevole interprete ma anche, all'occorrenza, il campione, ovvero il valido difensore sul campo (come illustra un po' tutto il poema, ma in modo veramente esemplare il solo duello tra Carlo e Baligante). Per questo e altri motivi, se può essere seriamente considerata l'ipotesi che una primitiva versione o prima redazione della *Chanson de Roland* possa non avere conosciuto l'episodio di Baligante (cfr. quanto detto in precedenza a proposito della *Nota Emilianense*), è quasi assolutamente certo che la *Canzone* a noi consegnata lo presenti non come l'effetto di una meccanica intrusione, ma come una componente organicamente integrata delle proprie strutture e del proprio significato. Nemmeno vale osservare che, sul piano della resa artistica, la seconda grande battaglia (Carlo - Baligante) costituisca una inerte replica della prima (Orlando - Marsilio): al contrario, si dovrà apprezzare nella circostanza il tentativo, consapevole e maturo, di differenziare le due rappresentazioni (così, per fare un solo esempio, è costantemente sottolineata dall'autore la fondamentale differenza tra i due combattimenti, tra l'affrontarsi, nel primo, dei Franchi «di Francia» e dei Saraceni di Spagna e la contrapposizione generalizzata, nel secondo, dei popoli che compongono i due Imperi).

È indubbiamente più problematico giustificare le sconcertanti modalità di introduzione dell'episodio di Baligante, affidate ad una presentazione dell'emiro di Babilonia effettivamente brusca e imbarazzante (con ricorso all'espediente di un antefatto — lassa CLXXXVIII — che può apparire senz'altro come il cattivo risultato di un momento di impaccio, di scarsa vena o modesta applicazione compositiva). Questa situazione, d'altra parte, se consente di riconoscere le tracce dell'innesto di un corpo originariamente estraneo sulla primitiva unità del poema (estraneo ma, come si diceva, non strutturalmente incompatibile e artisticamente alieno), non dovrà comunque essere sopravvalutata: la sconcertante apparizione dell'emiro di Babilonia sulla scena del poema (come, su piani di minore incidenza, l'altrettanto subitanea e problematica sparizione di Biancandrino — protagonista della fase d'avvio della *Canzone* — a partire dalla lassa XXXIX, e le altre repentine immissioni o estromissioni di personaggi: Alda, Margarigi...) non produce effetti devastanti sulla comunicazione delle grandi strutture del poema, « mascherata » come è dalla rispondenza a certi caratteristici procedimenti dell'organizzazione formale orlandiana che hanno presieduto, anche più manifestamente, alla connessione di altre più ridotte articolazioni narrative. Una comunicazione di tipo metonimico si attua, in sostanza e in generale, tra le grandi sequenze nelle quali è distribuita la vicenda, sequenze che appaiono in tal modo solidamente rilegate al piano di sviluppo generale, ma insieme autonomamente organizzate all'interno del loro proprio ambito (l'episodio di Baligante può rientrare in questi schemi, magari un poco fortunosamente), così come appaiono autonome, all'interno di quelle grandi sequenze, certe minori articolazioni, più specificamente delimitate in base ad una specifica segnaletica testuale (ripresa a distanza di versi o emistichî intesi a contrassegnare un esordio o una conclusione, oppure ricorso al procedimento delle lasse similari, la cui serialità è fondata sul ripresentarsi, all'interno di lasse immediatamente consecutive o che si richiamino a distanza, di determinati motivi contenutistici o moduli espressivi; alcuni esempî particolarmente notevoli sono segnalati e illustrati nella *Introduzione* al presente volume) [22].

[22] Il commento di questa edizione si incarica abbastanza sistematicamente di provvedere alla segnalazione dei varî fenomeni di parallelismo manifestati dalla *Canzone*, in particolare nei cappelli introduttivi ai raggruppamenti di lasse (II - VII, VIII - XI, XII - XXVI, ecc...), intesi soprattutto come note di raccordo; per un caso di eccezionale coinvolgimento macrostrutturale, si può rinviare appunto già alla nota dedicata alle lasse II - VII.

Al prodursi di questa tecnica dell'alternanza di contrazioni e improvvise dilatazioni del flusso narrativo (che si è qualificata talvolta come l'innesto di una tensione lirica sulla dimensione lineare del racconto[23]) contribuisce in maniera determinante il ricorso ad una strumentazione versificatoria ereditata dalla tradizione con significativi aggiustamenti: la lassa (si oppone alla strofa per il numero variabile dei suoi versi, che nella *Canzone* oscillano tra un minimo di 5 — lasse XXVI, LI, LX — e un massimo di 35 — lassa CCXXVIII —), sviluppatasi nell'ambito della letteratura agiografica[24] dall'espansione della primitiva forma della strofa breve, è assestata sull'asse orizzontale dalla scansione uniforme del decasillabo (suddiviso in due emistichî di rispettive 4 e 6 sillabe, entrambi aumentabili, in cesura e/o in clausola, di una unità sillabica soprannumeraria comprensiva di -e «muta») e su quello verticale dal legame dell'assonanza (si oppone alla rima in quanto prevede l'identità, a partire dall'ultimo accento tonico, dei soli elementi vocalici, ovvero, per un testo francese, della vocale sulla quale cade quell'ultimo accento tonico e della eventuale successiva -e «muta»). Le tecniche sopra segnalate della ripresa verbale e dell'organizzazione di gruppi di lasse secondo rapporti di similarità, come anche, più in generale, il caratteristico stile formulare proprio della *Canzone*, si fondano ampiamente sulle possibilità offerte da questa forma metrica, rilevate come sono talvolta dal riprodursi della medesima assonanza e sollecitate, come spesso appaiono, dalla conformazione ordinariamente «chiusa» della lassa (delimitata da uno o più versi di esordio o di conclusione) e soprattutto dal-

[23] Cfr. Paul Zumthor, *Essai de poétique médiévale*, Paris 1972, pp. 322-38 e 456-61.

[24] Per i rapporti tra le *canzoni di gesta* e la primitiva letteratura agiografica francese cfr. Cesare Segre, *La tradizione...*, citato in *Bibliografia* (in particolare la prima parte, *La tradizione culturale*); l'intero volume, e soprattutto la parte seconda, *La tradizione manoscritta*, costituisce un indispensabile complemento all'edizione critica ricciardiana).

la potenzialità generativa manifestata dall'attitudine combinatoria degli emistichî. Probabilmente, nel caso della *Chanson de Roland*, che è comunque un caso specialissimo, risulta non errato certamente ma inadeguato l'annettere l'adozione dei procedimenti appena richiamati esclusivamente o principalmente all'appoggio fornito alla mnemotecnica dell'esecutore di *canzoni di gesta*, o alle sue esigenze di comunicazione con la platea: si tratterà piuttosto, o più nettamente, del gusto di collegare materiali, di istituire parallelismi, di spalancare biforcazioni per poi ricondurle a un termine unitario, in un gioco che si compiace di ricorrere ad artifici scoperti ma non palesi, semplici ma non banali.

La lingua della *Canzone* subito consente di sottolineare nuovamente quest'ultimo, fondamentale dato, della ricercata sobrietà e semplicità delle risorse espressive messe in opera, verificabile così nell'impianto sintattico e nelle scelte lessicali (scrupolo designativo affidato ai verbi e ai sostantivi; disinvolta sveltezza, invece, dell'aggettivazione qualificativa) come nella selezione degli stilemi e nel loro progressivo definirsi (attraverso la ricerca della variazione produttiva di senso all'interno di una rigida matrice di stampo formulare). A questa misura convergono infine le straordinarie qualità rappresentative proprie dell'autore della *Canzone*: tanto gli aspetti del cielo e della natura (niente di puramente esornativo, ma l'ambizione di cogliere nella sua essenza l'atmosfera morale del paesaggio, consona alla scena in esso ambientata) quanto i colori e i suoni delle truppe accampate e schierate in battaglia, tanto le caratterizzazioni dei personaggi (alcuni progressivamente costruiti e complicati nel corso della vicenda attraverso successive focalizzazioni, altri efficacemente connotati da appena un'iperbole, un aggettivo, un epiteto, un nome personale) quanto l'eloquenza essenziale dei discorsi e l'energica rigidezza della gestualità, costituiscono altrettanti sigilli di una epicità (sintesi di sobrietà e concretezza) intensamente e vigorosamente risentita.

L'edizione ricciardiana della *Chanson de Roland* a cura di Cesare Segre rappresenta il tentativo più recente, e meglio impostato e condotto, di rendere conto, senza eccessivi ingombri di apparato, della complessità di numerosissime situazioni testuali, e di restituire al testo di Oxford l'apporto localmente imprescindibile di lezioni ricavate dagli altri codici. L'ipotesi stemmatica (genealogica) sulla quale il testo Segre è fondato — avanzata da Theodor Müller fin dal 1879, successivamente confermata dalle ispezioni di J. Bédier e appena ridefinita dallo stesso Segre in alcuni aspetti non essenziali — invita infatti a riscontrare nel codice oxfordiano il testimone unico di una tradizione alternativa rispetto a quella rappresentata, su varî piani di prossimità al capostipite perduto e a varî livelli di attendibilità linguistica, da tutti gli altri relativamente numerosi testimoni. Questa situazione, se giustifica nei confronti del codice O una considerazione privilegiata (che ad esso verrebbe comunque assicurata dal suo eccellente stato di conservazione testuale) non può indurre automaticamente a conferire a questo testimone una attenzione esclusiva, poiché in ogni caso lo stemma lo presenta come la copia di un modello perduto, a sua volta trascritto da un codice (identificabile con l'archetipo, ovvero con il capostipite comune alle due tradizioni alternative) ancora sospettabile di costituire soltanto una derivazione, più o meno diretta e pertanto più o meno fedele, dell'esemplare predisposto dall'autore nell'atto di consegnare la propria opera alla pubblica diffusione.

Il testo Segre[25], in base ai dati ora esposti, è il risultato delle seguenti decisioni: 1) accoglimento, in tutta

[25] Nella presente edizione si sono corretti alcuni refusi presenti nel testo critico dell'edizione ricciardiana: al verso 851 si è reintegrato il punto espuntivo sotto la *-t* finale di *ajustet*; al verso 929 si è corretto: *d[o]l* in: *d[oe]l* e al verso 1376: *re<on>ois* in: rec*<on>ois*; al verso 1991 si è sostituita la virgola finale con il punto e virgola; al verso 3198 si è corretto: *Apres* in: *Après*.

serenità filologica, delle lezioni del codice O confermate in un qualsiasi modo dalla tradizione alternativa (anche nel caso di lezioni inquietanti dal punto di vista esegetico); 2) accoglimento fiducioso delle lezioni del manoscritto oxfordiano non confermate, o anche apertamente contraddette, dalla tradizione alternativa, qualora tali lezioni siano sufficientemente garantite dalla propria qualità (non si presentino con le caratteristiche dell'errore testuale); 3) intervento sul testo di O, quando questo si qualifichi come manifestamente erroneo e fondatamente emendabile: rarissimi i casi di correzione congetturale (tanto inedita quanto mutuata da precedenti edizioni critiche o proposte di emendamento), ma rari anche i casi di correzioni suggerite dalla tradizione alternativa, praticate soltanto in seguito al riscontro contestuale di parecchi requisiti (relativamente frequenti, invece, le rettifiche di piccolo impianto, quali la ricostruzione di una sillaba inequivocabilmente identificabile, o qualche minimo aggiustamento attuato a fini di regolarizzazione metrica, ecc...); 4) rinuncia all'intervento sul testo oxfordiano, pur manifestamente scorretto o lacunoso, in assenza di una plausibile soluzione del problema critico (rinuncia segnalata in margine dalla *crux*). In quest'ultimo caso soprattutto divengono preziose, anche soltanto al fine dell'intelligenza del testo, le note di apparato che l'edizione Segre propone in numerosissime circostanze (distinguendole tipograficamente dagli apparati di varianti), e che consistono essenzialmente della discussione delle lezioni avanzate dalla tradizione alternativa rispetto al testo oxfordiano. In questo senso, e a stretto rigore, il testo critico dell'edizione Segre non potrebbe essere riproposto autonomamente, privo di quegli apparati di varianti e di commenti testuali che ne rappresentano un complemento indispensabile; a questa difficoltà il commento della presente edizione cerca comunque di far fronte, derivando dagli apparati critici dell'edizione ricciardiana almeno le informazioni e suggestioni essenziali, a parzialissimo risarcimento di quella «lettura sinottica delle due redazioni concorrenti» che l'edizione Segre insieme consentiva e raccomandava.

Gli interventi più cospicui rispetto al testo oxfordiano sono segnalati nel testo critico mediante ricorso ad alcuni tradizionali accorgimenti grafici: tra parentesi uncinate appaiono quelle lettere o parole assenti nel codice O e integrate dall'editore, tra parentesi quadre quelle lettere o parole che sostituiscono lettere o parole del manoscritto, tra parentesi graffe i versi di O che l'editore ha ritenuto non genuini (interpolati dal copista responsabile del codice oxfordiano — o dal suo ascendente — all'interno della sequenza originaria).

Allo scopo di favorire i riscontri con altre edizioni, anche la numerazione delle lasse e dei versi ricorre talora a particolari espedienti grafici: determinandosi, nel testo Segre, lo spostamento delle lasse CXIII-CXIV dopo il verso 1660 (rappresenterebbero invece, nell'ordine del codice oxfordiano, o meglio nella numerazione vulgata che ad esso si attribuisce[26], i versi 1467-1509), si verifica un caso di doppia numerazione che coinvolge l'intero episodio, all'interno del quale la numerazione Segre (tanto delle lasse quanto dei versi) è data entro parentesi quadre[27], e la numerazione secondo l'ordine di O fuori parentesi; in corrispondenza dei versi 280-330 di O si attua, nella tradizione antioxfordiana, una complessa vicenda di spostamenti, che il testo Segre, mantenendosi fedele all'ordinamento di O, procura comunque di segnalare, indicando tra parentesi quadre la numerazione alternativa, accolta, se pur discutibilmente, da alcuni editori; si hanno infine i casi nei quali il testo Segre ha operato una frattura all'interno di lasse considerate unitarie dalla maggioranza degli editori: la circostanza è segnalata mediante ricorso agli esponenti $^{a}$ e $^{b}$ (è il caso — ulterior-

26 Nella numerazione vulgata, accolta in quanto tale nel testo Segre, senza entusiasmo, la *Canzone* consta di 4002 versi; nel computo rientrano alcuni versi assenti in O e plausibilmente congetturati da varî editori.

27 A questa numerazione ci si riferisce negli *Indici dei nomi proprî*.

mente complicato dal fatto che il fenomeno si registra nell'ambito dell'episodio interessato dallo spostamento delle lasse CXIII-CXIV, sopra segnalato — delle lasse CXXIV [a] [CXXII [a]] e CXXIV [b] [CXXII [b]], oltre che delle lasse CCXXV [a] e CCXXV [b]).

Non si ritrovano, nella presente edizione, le numerose lasse che la tradizione alternativa aggiunge rispetto alle 290 del codice O, e che l'edizione ricciardiana propone (generalmente nella forma del codice $V_4$) distinguendole, mediante il carattere corsivo, dal corpo del testo critico: si tratta di passaggi di assai dubbia autenticità (con pochissime eccezioni), dei quali in sede di commento — nei cappelli introduttivi ai gruppi di lasse — si è regolarmente registrata la presenza e procurata talvolta una rapida sintesi. Due di questi passaggi, ritenuti genuini da C. Segre — si tratta delle pochissime eccezioni appena segnalate — sono riprodotti, secondo la lezione di $V_4$, e tradotti letteralmente nelle note ai versi 791 e 1912.

### LA TRADUZIONE

Nel 1966 l'editore Rizzoli (B.U.R., prima serie) pubblicava una traduzione in versi, dovuta a Renzo Lo Cascio, della *Chanson de Roland*, corredata da un ampio e valido commento, di impianto prevalentemente esegetico, procurato dallo stesso traduttore. La presente edizione recupera quella apprezzata versione, che Renzo Lo Cascio ha voluto cortesemente rivedere, rimediando a qualche refuso e rettificando alcuni particolari, a suo giudizio meritevoli di riconsiderazione, ma soprattutto provvedendo a realizzare la corrispondenza tra il testo italiano e il testo critico dell'edizione Segre (il volume del '66, infatti, era privo del testo francese e, di conseguenza, lasciava libero il curatore di scegliere le proprie lezioni tra quelle proposte dalle migliori edizioni allora disponibili).

Il decasillabo epico (a differenza di altri versi della tradizione poetica francese medievale, che consigliano il ricorso alla traduzione in prosa o alla versione cosiddetta alineare[28]) può consentire uno sforzo di approssimazione della versione italiana all'andamento ritmico del testo originale: si tratta sempre, naturalmente, della strada più ardua a praticarsi, ma si dovrà riconoscere che la versione Lo Cascio, che ha scelto di impegnarvisi, l'abbia percorsa con esiti assai brillanti.

Al commento dell'edizione del '66 era spesso affidato il compito di segnalare le discordanze, a volte sensibili, tra il testo italiano e le lezioni francesi corrispondenti: molte di quelle note dovevano essere riacquisite anche all'interno del commento di questa edizione, dove appaiono appena adattate e, ovviamente, siglate [*N.d.T.*]; ugualmente per forza di cose (e cioè di sillabe e di assonanze), vanno spesso perduti, nella versione Lo Cascio, elementi importanti di parallelismo, ripresa verbale, stile formulare ecc..., che, nei casi di maggior rilievo, si è provveduto a segnalare in sede di commento[29].

MARIO BENSI

[28] La versione alineare si preoccupa di realizzare la corrispondenza semantica verso per verso del testo tradotto con l'originale a fronte, rinunciando a qualsiasi ricerca di ordine metrico-ritmico.

[29] In vista della stesura di questa *Premessa al testo* si sono utilmente consultate, accanto ai testi segnalati nelle note precedenti, le trattazioni generali, citate in *Bibliografia*, di Martín de Riquer (alla *Chanson de Roland* è dedicata la prima parte del suo volume), Pierre Le Gentil e André Burger. Nella preparazione del commento si sono assiduamente frequentate le note di alcune edizioni (in particolare i lavori, citati in *Bibliografia*, di Renzo Lo Cascio, T. Atkinson Jenkins e Gérard Moignet); dato il carattere del commento proposto dalla presente edizione, «strutturale» o, per dir meglio, fondato su fitti rimandi, riferimenti e confronti testuali, ci si è rivolti assai frequentemente alle concordanze del codice O, offerte dal volume, di Joseph J. Duggan, *A Concordance of the Chanson de Roland*, Ohio State University Press 1969.

Carlomagno, tra Orlando (a sinistra) e Oliviero. Vetrata (1200 ca.) della cattedrale romanica di Strasburgo, oggi conservata al Musée de l'Œuvre Notre-Dame di Strasburgo.

La battaglia di Roncisvalle in un disegno del 1396 tratto dal *Miroir historial* di Jean de Vignay (Parigi, Bibliothèque Nationale, f. fr. 314, f° 11v.).

« Quante vi sono aste di sangue piene,
e gonfaloni e insegne fatte a pezzi! »
(Lassa CIX, vv. 1399-1400)

Carlomagno ode il corno di Orlando a Roncisvalle, disegno colorato (1450 ca.) dal *Karl der Grosse* dello Stricker. (Bonn, Universitätsbibliothek, S. 500, f° 136 r.)

« Il conte Orlando con pena e con affanno,
con gran dolore or suona l'olifante,
...
Disse il sovrano: "Sento il corno d'Orlando!
Mai suonerebbe, se non stesse lottando". »
(Lassa CXXXIII, vv. 1761-62 e 1768-69)

Particolare di una miniatura (1300 ca.) dal *Karl der Grosse* dello Stricker (San Gallo, Stadtbibliothek, ms. 302, f° 52 v.).

A sinistra, Orlando morente tenta di spezzare Durendala:

> « Colpisce Orlando sopra una pietra bigia,
> e più ne stacca di quanto io vi so dire.
> La spada stride, non si rompe o scalfisce,
> ma verso il cielo d'un balzo va diritta. »
> (Lassa CLXXII, vv. 2338-41)

A destra, Orlando tende il guanto all'arcangelo Gabriele:

> « Protende ed offre il guanto destro a Dio:
> dalla sua mano San Gabriele lo piglia.
> Sopra il suo braccio or tiene il capo chino:
> a mani giunte è andato alla sua fine. »
> (Lassa CLXXV, vv. 2389-92)

Miniatura da: Guillaume Crétin, *Recueil sommaire des cronicques françoyses*, 1515-25 (Parigi, Bibliothèque Nationale f. fr. 1820, f° 133 v.).

Carlomagno piange la morte di Orlando:

> « "Amico Orlando, Dio l'anima tra i fiori
> in Paradiso ti metta coi gloriosi!" »
> (Lassa CCVI, vv. 2898-99)

Sullo sfondo, il supplizio di Gano:

> « Verso un ruscello che scorre in mezzo a un campo
> a gran rovina ora Gano è arrivato.
> Tutti i suoi nervi gli vengono allungati,
> tutte le membra del suo corpo gli strappano »
> (Lassa CCLXXXVIII, vv. 3968-71)

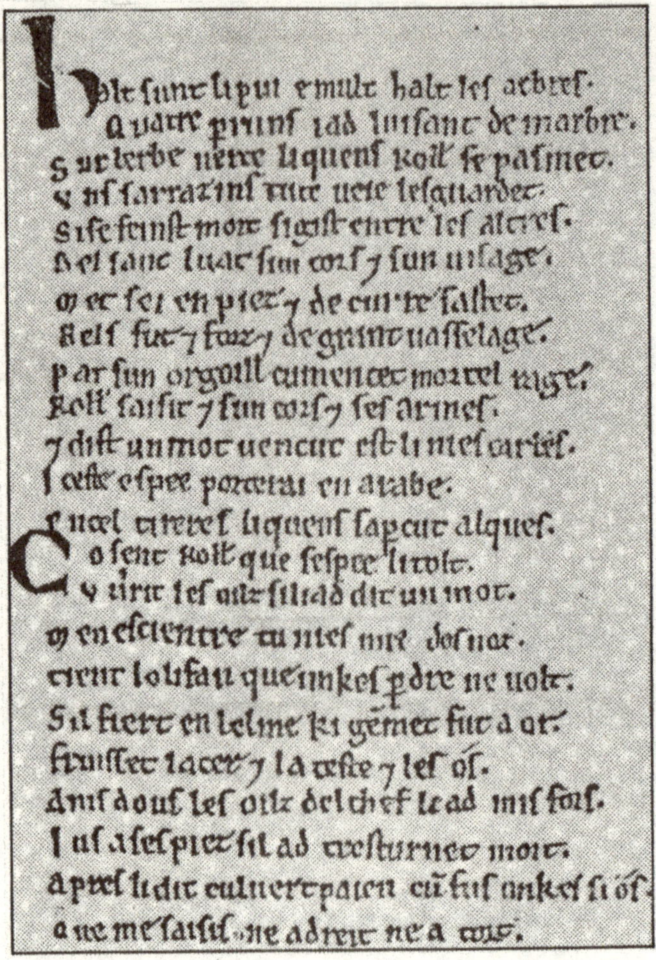

Halt sunt li pui e mult halt les arbres.
Quatre perruns i ad luisant de marbre.
Sur l'erbe verte li quens Rollant se pasmet.
Uns sarrazins tute veie l'esguardet.
Si se feinst mort, si gist entre les altres.
Del sanc luat sun cors e sun visage.
Met sei en piez e de curre se hastet.
Bels fut e forz e de grant vasselage.
Par sun orgoill cumencet mortel rage.
Rollant saisit e sun cors e ses armes.
E dist un mot: vencut est li niés Carles.
Iceste espee porterai en Arabe.
En cel tireres li quens s'aperçut alques.
Ço sent Rollant que s'espee li tolt.
Uvrit les oilz, si li ad dit un mot:
Men escientre tu n'ies mie des noz.
Tient l'olifan, qu'unkes perdre ne volt,
Sil fiert en l'elme ki gemmet fut a or.
Fruisset l'acer e la teste e les os.
Amsdous les oilz del chef li ad mis fors.
Jus a ses piez si l'ad tresturnet mort.
Apres li dit: culvert paien, cum fus unkes si os
Que me saisis ne a dreit ne a tort?

Fac-simile riproducente parzialmente il f° 41 v. del manoscritto oxfordiano, ovvero la lassa CLXVIII e parte della CLXIX (vv. 2271-93)

# LA CANZONE DI ORLANDO

# [LA CHANSON DE ROLAND]

## LASSA I

La *Canzone*, nel suo esordio, già fornisce numerosi elementi utili a riconoscerne e definirne la posizione nei confronti della realtà storica. Il titolo di *imperatore* e l'epiteto *magnes* (del testo francese) attribuiti a Carlo dal verso 1, la menzione dei *sette anni* (v. 2) durante i quali l'esercito cristiano si sarebbe impegnato nella conquista, *fino al mare*, della terra di Spagna (v. 3), l'ubicazione *su una montagna* (v. 6) di Saragozza, i fondamenti della fede pagana di Marsilio (vv. 7-8), fantastici quanto gli stessi nome e ruolo dell'avversario di Carlo, indicano a sufficienza l'intento perseguito dall'autore della *Canzone*: il conferimento di dimensioni epiche a scarne, labili, eventualmente mal possedute cognizioni storiche e geografiche (cfr. la *Premessa al testo* e le note ai versi 1, 2, 3, 6, 7-8).

I

Carles li reis, nostre emper‹er›e magnes,
Set anz tuz pleins ad estét en Espaigne:
Tresqu'en la mer cunquist la tere altaigne.
N'i ad castel ki devant lui remaigne;

I

Re Carlo, il nostro imperatore grande,
sette anni pieni è stato nella Spagna,
e l'alta terra ha preso fino al mare.
Non v'è castello che innanzi a lui rimanga,

v. 1 Il nome di Carlo apre la *Canzone* esibendo gli appellativi (variamente ripresi nel corso del poema) che lo definiscono nei suoi legami con la nazione (*re*), con la cristianità (*imperatore*), con la storia (*grande; magnes* nel testo francese). Soltanto il primo poteva essere legittimamente attribuito a Carlo nell'anno (778) della sua spedizione di Spagna: il re dei Franchi sarebbe divenuto imperatore, come è noto, soltanto nella notte di Natale dell'anno 800, ricevendo la corona dalle mani di papa Leone III; alla qualifica imperiale è anche connesso l'attributo *magnes* (la *Canzone* propone anche spesso la forma sintetica: *Carlomagno*). Il possessivo *nostro* esprime l'adesione incondizionata dell'autore e del suo pubblico ai valori individuati dagli appellativi di Carlo.

v. 2 La spedizione del 778 si risolse interamente nel corso di quell'anno. La cifra di sette anni non soltanto attribuisce un rilievo di epica solennità ad un'impresa militare in sé non particolarmente significativa (cfr. la *Premessa al testo*), ma anche è funzionale alla caratterizzazione di alcuni personaggi: Carlo e, forse più ancora, Gano e Orlando. Carlo sente la responsabilità di un impegno bellico protratto tanto a lungo; Gano ne avverte soprattutto il peso; Orlando (cfr. vv. 197 e segg.) è portato a misurare il tempo della spedizione sulla frequenza delle proprie vittorie.

v. 3 Anche l'estensione del territorio che sarebbe stato conquistato da Carlo nel corso della campagna del 778 risente alquanto della deformazione epica.

vv. 4-5 Si avrà una ripresa del motivo svolto in questo passag-

Mur ne citét n'i est remés a fraindre,
Fors Sarraguce, ki est en une muntaigne.
Li reis Marsilie la tient, ki Deu nen aimet,
Mahumet sert e Apollin recleimet:
Ne·s poet guarder que mals ne l'i ateignet. AOI.

né città o muro che debba ancora infrangere.
Sol Saragozza, che sta su una montagna,
tiene Marsilio, il re che Dio non ama,
serve Maometto e Apollo prega e chiama:
dalla rovina non si potrà guardare.

gio, in analogo contesto narrativo, ai versi 704 e 2611, ed un'analoga menzione dei castelli e delle mura e città, all'interno di un discorso diretto, ai versi 236-38.

v. 6 Saragozza, pur attorniata da colline (monte Torrero, 235 metri), si distende nella vallata dell'Ebro.

vv. 7-8 Il politeismo e, come apparirà in seguito, l'idolatria, sarebbero tra i contenuti essenziali della fede dei Saraceni (difatti a più riprese designati come *i pagani*), secondo l'autore della *Canzone*; la mistificazione si spinge, come si vede, sino all'abbinamento, e quindi all'assimilazione, del fondatore dell'Islam ad una divinità dell'antico paganesimo.

v. 9 La mal riposta fede di Marsilio potrà condurre soltanto alla rovina; oltre che illustrare un semplice e fondamentale presupposto ideologico che informa l'intera *Canzone*, questo giudizio vale ad esemplificare, sin dalla prima lassa, l'essenziale disposizione narrativa caratteristica dell'autore, che rinuncia ad ogni espediente riferito a sviluppi di attesa o sorpresa, e regolarmente partecipa al lettore la propria prescienza degli avvenimenti narrati (l'esempio probabilmente più notevole ai versi 1408-11). — La parola, o sigla, misteriosa: AOI., che chiude la prima lassa, e riappare in numerose altre — per lo più in prossimità del verso finale — nel solo manoscritto di Oxford, può rappresentare, data appunto la sua prevalente collocazione, un suggerimento, non meglio determinabile, per l'esecutore della *Canzone*, e sarà eventualmente da collegare alla componente musicale originariamente connessa al testo (sulla quale si è minimamente informati); ipotesi, queste, ragionevoli e attendibili quanto indimostrate.

## LASSE II-VII

Costituiscono un nucleo compatto (ancorché ulteriormente segmentabile) inserito tra la lassa introduttiva della *Canzone* e la presentazione di Carlo e dei suoi principali campioni (lassa VIII). Il verso finale della lassa VII: *egli* (Carlo) *impedire non può che lo raggirino* è in rapporto di similarità con il verso finale della lassa I: *dalla rovina non si potrà* (Marsilio) *guardare*, similarità che emerge più nettamente dal riscontro con il testo francese, dove è garantita dall'identità del primo emistichio e dalla conseguente impostazione sintattica dei due versi. Le lasse III-IV (consiglio fraudolento di Biancandrino) e V-VI (istruzioni all'ambasceria saracena) costituiscono nuclei minori individuati da elementi di similarità e raccordati tra loro da altri elementi analoghi (cfr. i versi finali delle lasse IV e V); le lasse II e VII funzionano piuttosto da cerniere narrative (ma la lassa II — che inaugura sostanzialmente l'azione del poema — getta anche un lunghissimo ponte sino alla lassa CLXXXVI, che inaugurerà la seconda parte della *Canzone* e alla quale la lassa II è collegata da strettissimi rapporti di similarità; cfr. la nota alle lasse CLXXXVI-CCI).

## II

Li reis Marsilie esteit en Sarraguce.
Alez en est en un verger suz l'umbre;
Sur un perrun de marbre bloi se culched,
Envirun lui plus de vint miliё humes.
Il en apelet e ses dux e ses cuntes:
— Oëz, seignurs, quel pecchét nus encumbret:
Li e‹m›per‹er›es Carles de France dulce
En cest païs nos est venuz cunfundre.
Jo nen ai ost qui bataille li dunne,

## II

Il re Marsilio si trova in Saragozza.
È in un verziere andato, sotto l'ombra:
sopra un pietrone di marmo blu si corica;
gli stanno attorno più di ventimila uomini.
Egli si volge ai suoi duchi e ai suoi conti:
"Signori, udite che disgrazia ci è sopra.
L'imperatore che tien la Francia dolce
in questa terra è venuto a sconvolgerci.
Io non ho esercito che battaglia gli muova,

v. 11 *verziere*: giardino.

v. 14 *ai suoi duchi e ai suoi conti*: cfr. la nota al verso 70.

v. 16 *la Francia dolce*: il più delle volte per *Francia* si dovrà intendere l'impero dei Franchi (così ad es., con tutta evidenza, al verso 36). — In ventiquattro occasioni il testo francese della *Canzone* abbina al nome *Francia* l'aggettivo *dolce* (che precede il nome in dieci occasioni e in quattordici lo segue). Anche altrove lo stereotipo *France dulce / dulce France* si trova ad essere impiegato da Saraceni; toccherà, come qui a Marsilio, a suo nipote Aelrotte (v. 1194; testo francese) e a suo fratello Falsarone (v. 1223; testo francese), a Baligante (v. 2661) e al suo messaggero Chiariano (v. 2773; testo francese).

v. 18 Come aiuta a chiarire il verso successivo, non dovrebbe essere tanto in questione il numero degli armati a disposizione di Marsilio (che si rivelerà poi ingentissimo), quanto la loro provata inferiorità nei confronti dell'esercito cristiano, inferiorità che al verso 19 sarà riscontrata sul piano del valore in battaglia e qui presumibilmente sul piano organizzativo e della disposizione tattica.

Ne n'ai tel gent ki la sue deru‹m›pet.
Cunseilez mei cume mi saivë hume,
Si·m guarisez e de mort e de hunte! –
N'i ad paien ki un sul mot respundet,
Fors Blancandrins de‹l› castel de Valfunde.

III

Blancandrins fut des plus saives paiens;
De vasselage fut asez chevaler:
Prozdom i out pur sun seignur aider.
E dist al rei: – Or ne vus esmaiez!
Mandez Carlun, a l'orguillus e fier,
‹Fe›deilz servises e mult granz amistez.
Vos li durrez urs e leons e chens,
Set cenz camelz e mil hosturs müers,
D'or e d'argent .IIII.C. muls cargez,
Cinquante carre qu'en ferat carïer:
Ben en purrat lüer ses soldeiers.
En ceste tere ad asez osteiét:
En France, ad Ais, s'en deit ben repairer.
Vos le sivrez a feste seint Michel,
Si recevrez la lei de chrestïens,
Serez ses hom par honur e par ben.
S'en volt ostages, e vos l'en enveiez,

né ho tale gente che mandi in rotta i suoi.
Or consigliatemi come saggi miei uomini,
per farmi salvo da morte e da vergogna".
Nessun pagano risponde qui all'infuori
di Biancandrino del castel di Valfonda.

III

Fu Biancandrino dei più saggi pagani:
fu un cavaliere di valore assai grande:
per dare aiuto al suo signore un bravo.
Disse egli al re: "Ma non vi scoraggiate!
Offrite al fiero, all'orgoglioso Carlo
grande amicizia ed un servir leale.
Voi gli darete orsi e leoni e cani,
cammelli e astori con le penne mutate,
dategli muli d'oro e d'argento carichi,
cinquanta carri da fare trasportare:
così potrà pagare i suoi soldati!
In questa terra assai ha guerreggiato;
deve tornarsene in Francia, ad Aquisgrana.
Per San Michele poi andrete da Carlo,
riceverete la legge dei cristiani
e in bene e onori sarete suo vassallo.
Se vuole ostaggi, voi dovete mandargliene,

v. 23 *Biancandrino*: figura di diplomatico accorto, abile, determinato e spregiudicato. La sua funzione di consigliere privilegiato di Marsilio è avvicinabile al ruolo esercitato presso Carlo da Namo.

vv. 31-2 Il testo francese specifica — rispettivamente in settecento, mille, quattrocento — il numero dei cammelli, degli astori e dei muli. — *astori*: uccelli per la caccia, simili agli sparvieri; *con le penne mutate*: questa caratteristica accresceva il pregio degli astori; la muta delle penne, infatti, ne metteva a rischio la vita. Cfr. i versi 129 e 184 (e la nota a quest'ultimo).

v. 36 *in Francia, ad Aquisgrana*: Aquisgrana (Renania settentrionale; ted. Aachen; fr. Aix-la-Chapelle) era per Carlomagno residenza di elezione. Cfr. la nota al verso 16.

v. 37 *Per San Michele*: per la festa dell'arcangelo San Michele (16 ottobre).

v. 38 *legge*: religione, come spesso altrove.

U dis u vint, pur lui afiancer:
Enveiu‹n›s i les filz de noz muillers;
Par num d'ocire enveierai le men.
Asez est melz qu'il i perdent le‹s› chefs,
Que nus perduns l'onur ne la deintét,
Ne nus seiuns cunduiz a mendeier! — AOI.

## IV

Dist Blancandrins: — Pa‹r› ceste meie destre
E par la barbe ki al piz me ventelet,
L'ost des Franceis verrez sempres desfere;
Francs s'en irunt en France, la lur tere.
Quant cascuns ert a sun meillor repaire,
Carles serat ad Ais, a sa capele.
A seint Michel tendrat mult halte feste;
Vendrat li jurz, si passerat li termes,
N'orrat de nos paroles ne nuveles.
Li reis est fiers e sis curages pesmes:
De noz ostages ferat tre‹n›cher les testes.
Asez est mielz qu'il i perdent les testes,
Que nus perduns clere Espaigne, la bele,
Ne nus aiuns les mals ne les suffraites. —
Dïent paien: — Issi poet il ben estre. —

## V

Li reis Marsilie out sun cunseill finét,
Si·n apelat Clarin de Balaguét,

o dieci o venti, così da assicurarlo.
Anche i figliuoli delle spose mandiamogli;
pur se potrà morire, il mio gli mando.
Ma è meglio assai ch'essi perdano il capo,
che perder noi onori e dignità
ed esser noi ridotti a mendicare!"

IV

Qui Biancandrino disse: "Per la mia destra
e per la barba che sul petto m'ondeggia,
vedrete subito i Francesi disperdersi.
Ritorneranno in Francia, la lor terra,
e quando ognuno sarà nel suo paese
e ad Aquisgrana Carlo, alla sua cappella,
per San Michele terrà una grande festa.
Verrà quel giorno, trascorrerà quel termine,
e ancor di noi dovrà notizie attendere.
Tremendo è il re ed il suo cuore è pessimo:
ai nostri ostaggi farà troncar le teste.
Ma è meglio assai ch'essi perdan le teste,
che perder noi la chiara Spagna bella
e averne noi tanti mali e miserie!"
Dicono allora i pagani: "Può essere!"

V

Il re Marsilio fine al consiglio ha dato.
Or fa venire Chiarin di Balagario,

v. 49 *Francesi*: le denominazioni *Francesi* e *Franchi* appaiono sostanzialmente intercambiabili, tanto nel testo francese quanto nella presente traduzione, decise di volta in volta soltanto dalle opportunità della versificazione; entrambe possono ricoprire il significato particolare di «appartenenti alla nazione francese» o quello generale di «sudditi o guerrieri di Carlomagno».

vv. 63-8 Dei dieci ambasciatori di Marsilio qui nominati, soltanto Biancandrino avrà un ruolo effettivo, dapprima nel corso delle trattative condotte nel campo cristiano e poi, di ritorno a Saragozza,

Est‹r›amarin e Eudropin, sun per,
E Priamun e Guarlan le barbét
E Machiner e sun uncle Maheu
E Joüner e Malbien d'ultre mer
E Blancandrins por la raisun cunter.
Des plus feluns dis en ad apelez:
— Seignurs baruns, a Carlemagne irez;
Il est al siege a Cordres la citét.
Branches d'olive en voz mains porterez:
Ço senefiet pais e humilitét.
Par voz saveirs se'm püez acorder,
Jo vos durrai or e argent asez,
Teres e fiez tant cum vos en vuldrez. —

Estramarigi ed Eudropin, suo pari,
fa venir Priamo col barbuto Guarlando,
poi Machinero e lo zio che si chiama
Matteo, Giunero, Malbene d'oltremare
e Biancandrino, per dir tutto il suo piano.
Dei più felloni dieci ne ha radunati:
"Signori, andrete dunque da Carlomagno.
Egli all'assedio di Cordova ora sta.
Rame d'ulivo voi recherete in mano:
questo è segnale di pace e d'umiltà.
Se voi un accordo saprete procurarmi,
argento ed oro assai son pronto a darvi,
e terre e feudi quanti ognun ne vorrà".

nei colloqui tra Gano e i consiglieri di Marsilio. Degli altri, il solo Estramarigi sarà altrove nominato (ai versi 941 e 1304, durante i preliminari e nel corso della battaglia di Roncisvalle): può essere legittimo il sospetto che l'Estramarigi scelto come ambasciatore al verso 64 sia soltanto un omonimo dell'Estramarigi presentato come compagno di Estorgante al verso 941 e colpito a morte da Berengario nel verso 1304.

v. 67 *Malbene*: è il primo dei numerosi guerrieri saraceni il cui nome è contraddistinto dal caratteristico e significativo prefisso *Mal*.

v. 70 Nel testo francese Marsilio si rivolge ai dieci che saranno designati suoi messaggeri chiamandoli *Seignurs baruns* (Signori baroni). Già al verso 14 (*ai suoi duchi e ai suoi conti*) si segnalava la tendenza ad attribuire all'ambito saraceno certi ruoli sociali (e conseguenti prerogative) proprî della consuetudine romano-germanica. Le *rame d'ulivo* in mano agli ambasciatori saraceni in segno *di pace e d'umiltà* (nei versi similari 72 e 80, e poi nel verso 93) possono dipendere da analoga impostazione.

v. 71 La contraddizione, comunque non stridente, con i versi 4-6 (*Non v'è castello... né città o muro... Sol Saragozza...*) si può risolvere pensando che Marsilio non sia, a questo punto, ancora informato della caduta di Cordova, oppure ritenendo che si abbia qui un'espressione compendiosa per: «Carlo si trova a Cordova, che ha tenuto d'assedio e che ora lo ospita». Al verso 97 ritornerà la menzione di Cordova, nel contesto dei versi 96-102, dedicati alla conquista della città. — *Cordres*, del testo francese, è identificata con Cordova piuttosto attendibilmente, anche se con qualche difficoltà di ordine geografico.

Dïent paien: — De ço avum asez! — AOI.

## VI

Li reis Marsilie out finét sun cunseill.
Dist a ses humes: — Seignurs, vos en ireiz,
Branches d'olive en voz mains portereiz;
Si me direz Carlemagne le rei,
Pur le soen Deu, qu'il ait mercit de mei.
Ja ne verrat passer cest premer meis,
Que je·l sivrai od mil de mes fedeilz,
Si recevrai la chrestïene lei:
Serai ses hom par amur e par feid.
S'il voelt ostages, il en avrat par veir. —
Dist Blancandrins: — Mult bon plait en avreiz. — AOI.

## VII

Dis blanches mules fist amener Marsilies,
Que li tramist li reis de Suatilie;
Li freins unt d'or, les seles d'argent mises.
Cil sunt muntez ki le message firent;
Enz en lur mains portent branches d'olive.
Vindrent a Charles, ki France ad en baillie;
Ne·s poet guarder quë alques ne l'engignent. AOI.

I Saracini dicono: "Questo basta!"

## VI

Pose al consiglio il re Marsilio termine.
Disse ai suoi uomini: "Signori, partirete.
Rame d'ulivo in mano recherete,
e andrete a dire a Carlomagno il re,
per il suo Dio, che abbia pietà di me.
Prima che veda passare questo mese,
lo seguirò con mille miei fedeli,
riceverò dei cristiani la legge,
vassallo suo sarò con ogni fede.
Se vuole ostaggi, egli ne avrà di certo".
E Biancandrino: "Bene vi accorderete".

## VII

Fa dieci mule bianche venir Marsilio,
che gli mandò il re di Suatilia,
con selle e freni d'oro e argento guerniti.
I messaggeri sono in groppa saliti:
nelle lor mani recan rame d'ulivo.
Vanno da Carlo, che ha la Francia in dominio:
egli impedire non può che lo raggirino.

v. 77 La risposta-commento degli astanti (forse non dei dieci ambasciatori; cfr. il similare verso 61) al discorso di Marsilio non sembra interpretabile a fondo e con sicurezza. D'altra parte, il testo francese appare sospetto, oltre che ambiguo o comunque non perspicuo (sospetto per l'*asez* finale, che già chiudeva il verso 75: l'autore della *Canzone* si rivela generalmente molto attento ad evitare certe soluzioni troppo facili e impacciate ai problemi dell'assonanza).

v. 90 *Suatilia*: regno pagano non meglio identificato (forse di fantasia).

## LASSE VIII-XI

La lassa VIII registra sul finire (vv. 120-121) l'arrivo dell'ambasceria saracena al campo di Carlo, ma sembra avere principalmente la funzione di suggerire il clima di euforia (cfr. il verso iniziale) e di appagamento che si respira nell'esercito cristiano, in modo da preparare l'accoglimento dell'invito di Gano alla transazione con Marsilio. Sempre nella lassa VIII vengono nominati per la prima volta Orlando e Oliviero, con alcuni altri personaggi eminenti della parte cristiana (cfr. la nota ai versi 104-07); a Carlo è dedicato un breve, efficace ritratto (vv. 117-19). Le lasse IX-X contengono il discorso di Biancandrino, riproduzione di quello rivolto da Marsilio agli ambasciatori nelle lasse V-VI, a sua volta fondato sul discorso di Biancandrino delle lasse III-IV; le reazioni di Carlo sono annotate nei versi finali della lassa IX (vv. 137-38) e iniziali della lassa X (vv. 139-46), e infine sintetizzate al verso 156, conclusivo della lassa X. La lassa XI ha funzione di raccordo con la successiva, e con il successivo momento della narrazione (il consiglio dei baroni cristiani), come indica la similarità dei suoi versi 165-66 con i due versi iniziali della lassa XII.

## VIII

Li empereres se fait e balz e liez:
Cordres ad prise e les murs peceiez,
Od ses cadables les turs en abatiéd.
Mult grant eschech en unt si chevaler
D'or e d'argent e de guarnemenz chers.
En la citét nen ad remés paien
Ne seit ocis, u devient chrestïen.
Li empereres est en un grant verger,
Ensembl'od lui Rollant e Oliver,
Sansun li dux e Anseïs li fiers,

## VIII

L'imperatore or si fa baldo e lieto:
Cordova ha preso, le mura ha fatto a pezzi,
con catapulte le torri ha messo a terra.
Assai gran preda ne hanno i suoi cavalieri
d'oro e d'argento e d'armature belle.
Nella città pagano non vi resta,
che non sia ucciso o cristian non divenga.
L'imperatore è in un grande verziere
e con lui sono Orlando ed Oliviero,
Sansone il duca con Anseigi il fiero,

vv. 101-02 Nella lassa CCLXV, dedicata alla presa di Saragozza, sarà illustrata più diffusamente, ai versi 3667-70, la pratica della conversione in massa imposta ai Saraceni sconfitti.

vv. 104-07 Vengono qui nominati sei dei dodici Pari (Orlando e Oliviero, Sansone e Anseigi, Gerino e Geriero); estraneo al gruppo dei Pari — che costituisce la scorta personale dell'imperatore e si immolerà interamente nella battaglia di Roncisvalle — è il gonfaloniere (vessillifero) regio, Gioffré d'Angiò. Gli altri sei Pari saranno Ottone e Berengario, Ivo e Ivorio, Engeliero di Guascogna e Gerardo di Rossiglione. — La *Canzone* offre una lista completa dei dodici Pari nella lassa CLXXVI (anche le lasse LXIV e CLXI avrebbero il medesimo proposito, come indica la tradizione testuale antagonista del manoscritto oxfordiano, ma nella lassa LXIV risultano mancanti i nomi di Ivo, Ivorio, Sansone ed Engeliero — in luogo dei due ultimi si trovano quelli di Astorre e di Gaiofiero, non più citati altrove — e nella lassa CLXI sono omessi i versi destinati a registrare la menzione di Ivo e Ivorio e di Engeliero; per il valore simbolico del numero dei Pari, cfr. la nota al verso 178). I primi dieci Pari (nel-

Gefreid d'Anjou, le rei gunfanuner;
E si i furent e Gerin e Gerers.
La u cist furent, des altres i out bien:
De dulce France i ad quinze milliers.
Sur palies blancs siedent cil cevaler,
As tables jüent pur els esbaneier,
E as eschecs li plus saive e li veill,
E escremissent cil bacheler leger.
Desuz un pin, delez un eglenter,
Un faldestoed i [ou]t, fait tut d'or mer:
La siet li reis ki dulce France tient.

Gioffré d'Angiò, gonfalonier del re;
e v'è Gerino insieme con Geriero.
Dov'essi furono, altri ve n'eran bene:
c'erano quindici migliaia di Francesi.
Su bianchi drappi siedono i cavalieri,
per divertirsi giocan coi tavolieri,
e con gli scacchi i più saggi ed i vecchi:
tiran di scherma gli agili baccellieri.
Sotto un gran pino, accanto ad un roseto,
hanno innalzato un trono d'oro schietto:
qui il re che tiene la dolce Francia siede.

l'ordine nel quale si trovano esposti in questa nota) risultano legati a coppie da una particolare solidarietà (che si esprime generalmente con il termine di *compagnonnage*), sottolineata dall'autore mediante vari espedienti. Si consideri il caso esemplare della coppia Gerino-Geriero: già collegati dal nome allitterante (come anche avviene per Ivo ed Ivorio), sono spesso abbinati all'interno dello stesso verso (ed è, questa, regola generale per le cinque coppie), agiscono in lasse consecutive durante la battaglia di Roncisvalle (lasse XCVI e XCVII; così anche, nelle lasse XCVIII e XCIX Sansone e Anseigi, nelle lasse CI e CII Ottone e Berengario) e in un caso attaccano insieme un nemico, Timozello, al verso 1385; muoiono infine nella stessa lassa ([CXX] CXXII) per mano del medesimo avversario, Grandonio (in lasse ravvicinate saranno riferite le morti di Sansone e Anseigi, nello stesso verso quelle di Ivo ed Ivorio). Il tema della solidarietà tra Orlando e Oliviero offrirà variazioni ben più specifiche e significative, aprendosi anche a grandiosi effetti drammatici (in esso e nel suo svolgimento J. Bédier vedeva il più originale nucleo d'ispirazione del poema).

v. 111 Il testo francese ha «alle tavole», che è anche la denominazione arcaica italiana del gioco della *tavola reale* o *tric trac*: di origine inglese, è oggi ben praticato — anche in Italia — sotto il nome di *backgammon*; come gli scacchi (v. 112) è gioco tattico, nel quale si tratta di acquisire vantaggi di posizione.

v. 113 *baccellieri*: sarebbero normalmente i giovani, futuri cavalieri, che a corte svolgono il tirocinio delle armi; al verso 3020, però, li ritroveremo in prima fila nello schieramento delle truppe contro Baligante, agli ordini di Rabello e Guinemante, comandati a sostituire Oliviero e Orlando alla guida dell'avanguardia: nella *Canzone* i *baccellieri* saranno dunque probabilmente i cavalieri più giovani e prestanti.

Blanche ad la barbe e tut flurit le chef,
Gent ad le cors e l[e] cuntenan[t] fier:
S'est ki·l demandet, ne l'estoet enseigner.
E li message descendirent a pied,
Si·l saluerent par amur e par bien.

## IX

Blancandrins ad tut premereins parléd,
E dist al rei: – Salvét seiez de Deu,
Le glorius que devuns aüre[r]!
Iço vus mandet reis Marsilies li bers:
Enquis ad mult la lei de salvetét.
De sun aveir vos voelt asez duner,
Urs e leüns, veltres enchaïgnez,
Set cenz cameilz e mil hosturs müez,
D'or e d'argent .IIII. cenz muls trussez,
Cinquante care que carïer ferez:
Tant i avrat de besanz esmerez,
Dunt bien purrez voz soldeiers lüer.
En cest païs avez estét asez:
En France, adˋAis, bien repairer devez.
La vos sivrat, ço dit, mis avoëz. –
Li empereres [en] tent ses mains vers Deu,
Baisset sun chef, si cumenceṭ a penser. AOI.

Bianca ha la barba e fiorita la testa,
nobile il corpo ed il contegno fiero.
Se alcun lo cerca, lo riconosce presto.
Posero piede a terra i messaggeri:
lo salutarono con parole amorevoli.

## IX

Primo fra tutti Biancandrino ora parla.
E disse al re: "Il Signore vi salvi,
il Dio glorioso che dobbiamo adorare!
Questo vi manda a dir Marsilio il bravo:
molto ha studiato la legge che ci salva;
or vuole assai dei suoi beni donarvi,
orsi e leoni e veltri incatenati,
cammelli e astori con le penne mutate,
vuol darvi muli d'oro e d'argento carichi,
cinquanta carri da fare trasportare,
e d'oro schietto darvi tanti besanti
da ben pagarne tutti i vostri soldati.
In questa terra voi siete stato assai;
dovete in Francia tornare, ad Aquisgrana.
Là il mio signore, dice, vi seguirà".
L'imperatore a Dio tende le mani,
abbassa il capo, e incomincia a pensare.

v. 117 Carlo aveva 36 anni al tempo della sua spedizione di Spagna; la *Canzone* insiste invece sulla sua leggendaria vecchiaia (cfr. i versi 523-24 e i similari 539-40 e 551-52). — *fiorita*: completamente bianca (come il biancospino in fiore).

v. 128 *veltri*: cani (cfr. il similare verso 30) da inseguimento e da presa.

v. 129 *con le penne mutate*: cfr. la nota al verso 31.

v. 132 *besanti*: il nome (*besanti* o *bisanti*) di queste monete d'oro, che avevano corso in Oriente, fa evidente riferimento a Bisanzio.

## X

Li empereres en tint sun chef enclin,
De sa parole ne fut mie hastifs:
Sa custume est qu' il paroleṭ a leisir.
Quant se redrecet, mult par out fier lu vis.
Dist as messages: — Vus avez mult ben dit.
Li reis Marsilies est mult mis enemis.
De cez paroles que vos avez ci dit,
En quel mesure en purrai estre fiz? —
— Voe‹l›t par hostages, – ço dist li Sarrazins –
Dunt vos avrez u dis u quinze u vint.
Pa‹r› num de ocire i metrai un mien filz;
E si·n avrez, ço quid, de plus gentilz.
Quant vus serez el palais seignurill,
A la grant feste seint Michel del Peril,
Mis avoëz la vos sivrat, ço dit.
Enz en voz bainz que Deus pur vos i fist,
La vuldrat il chrestïens devenir. —
Charles respunt: — Uncor purrat guarir. — AOI.

## X

L'imperatore tenne il suo capo chino.
Quand'egli parla, non parla all'improvviso:
è suo costume di discorrer tranquillo.
Drizza la testa, e molto fiero ha il viso.
"Parlate bene," ai messaggeri disse
"ma il re Marsilio è molto mio nemico.
Alle parole, che avete detto qui,
in che misura conviene che m'affidi?"
"Prendete ostaggi" rispose il Saracino.
"Ne avrete dieci, quindici o venti. Anch'io,
pure a morirvi, ci metterò un mio figlio;
e ancor più nobili averne vi è possibile.
Quando nel vostro palazzo signorile
festeggerete San Michel del Pericolo,
il mio signore vi seguirà, egli dice,
venendo ai bagni che per voi fece Dio:
laggiù vorrà cristiano divenire".
Carlo risponde: "Salvarsi gli è possibile".

vv. 139-41 Analogo atteggiamento meditativo di Carlo, introdotto da versi similari a 139, nell'esordio della lassa XV (vv. 214-16) e in chiusura della LXI (vv. 771-73).

v. 152 *del Pericolo*: con questa insegna (per esteso: *del Pericolo del mare*) era onorato l'arcangelo, soccorritore dei naviganti in rischio di naufragio.

v. 154 *bagni*: di Aquisgrana (cfr. la nota al verso 36), città termale, come il toponimo stesso suggerisce — anche nel testo francese: *Ais* (*Eis* in due casi) da *Aquis*.

## XI

Bels fut li vespres e li soleilz fut cler.
Les dis mulez fait Char‹l›es establer.
El grant verger fait li reis tendre un tref:
Les dis messages ad fait enz hosteler;
.XII. serjanz les unt ben cunreez.
La noit demurent tresque vint al jur cler.
Li empereres est par matin levét,
Messe e matines ad li reis escultét.
Desuz un pin en est li reis alez,
Ses baruns mandet pur sun cunseill finer:
Par cels de France voelt il del tut errer. AOI.

## XI

Bello fu il vespro ed il sole fu chiaro.
Le dieci mule mandà il re nelle stalle,
e nel verziere fa una tenda innalzare;
i messaggeri vi fa dentro ospitare:
dodici fanti si mettono a curarli.
Restano a notte qui sino al giorno chiaro.
Assai per tempo l'imperatore s'alza,
va mattutino e messa ad ascoltare,
e sotto un pino va dopo ad adagiarsi:
chiama i baroni per tener l'adunanza,
ché vuol seguire sempre quelli di Francia.

v. 157 Per la prima volta la *Canzone* offre una delle sue caratteristiche — sobrie e dense — notazioni dedicate alla natura (qui del tempo; altrove anche dei luoghi). In particolare i motivi del *vespro* e del *sole* ritorneranno, con analoghe modalità di manifestazione, al verso 1807 (il *vespro*) e ai versi 1002, 2646, 3345 (il *sole*). In questi quattro casi il *vespro* o il *sole* saranno abbinati al *giorno*, in costruzioni predicative simili a quelle che qui raccordano tra loro *vespro* e *sole*.

v. 161 *fanti*: il termine adottato dal traduttore a rendere i *serjanz* del testo francese funziona molto bene (si trattava infatti di militi di bassa forza addetti ai servizi — cfr. vv. 3957 e 3967 —): lat. *servientem*, da cui fr. *sergent*, da cui it. *sergente*; it. (arc.) *fante* = garzone, servitore.

v. 164 *mattutino*: preghiere previste dall'ufficio per la prima ora canonica.

## LASSE XII - XXVI

In questo gruppo di lasse si svolge interamente l'episodio del consiglio dei baroni francesi. Esso si risolve in due momenti, introdotti dalla lassa XII (presentazione dei partecipanti): 1) discussione della proposta di pace di Marsilio e suo accoglimento (lasse XIII - XVI); 2) designazione di un messo che si rechi al campo saraceno allo scopo di perfezionare l'intesa in una diretta trattativa (lasse XVII - XXVI). Il primo momento si articola secondo uno schema rigidamente sottolineato dalla distribuzione delle lasse (impostazione del dibattito da parte di Carlo — lassa XIII —; intervento di Orlando — lassa XIV —; intervento di Gano, di segno opposto ma analogamente introdotto e impostato rispetto a quello di Orlando — lassa XV —; intervento di Namo, accolto dall'adesione esplicita dell'assemblea ed implicita di Carlo — lassa XVI —). Il secondo momento, dopo le lasse XVII — XVIII — XIX (nelle quali si offrono per l'ambasceria rispettivamente Namo, Orlando e Oliviero), assume uno sviluppo assai più vario e animato a partire dalla lassa XX, quando l'esplosione dell'ira di Gano, la sua aperta sfida ad Orlando e ai Pari e le sue minacce di vendetta intervengono a rompere la ritualità giuridica connessa al conferimento delle insegne di messaggero.

XII

Li emper‹er›es s'en vait desuz un pin;
Ses baruns mandet pur sun cunseill fenir:
Le duc Oger, l'arcevesque Turpin,

## XII

L'imperatore se ne va sotto un pino:
chiama i baroni per tenere il consiglio:
il duca Oggiero, il vescovo Turpino,

v. 168 All'ombra di un pino si situeranno altri momenti decisivi della *Canzone*: il tradimento di Gano (cfr. v. 500), la morte di Orlando (cfr. vv. 2357 e 2375). Si è anche avanzata l'ipotesi, non priva di fondatezza nonostante qualche difficoltà, che il pino, in quanto rappresentante tipico della natura nordica, possa qualificarsi emblematicamente, nel corso dell'intero poema, come l'albero dei cristiani, in contrapposizione al meridionale ulivo, albero dei Saraceni. Tale ipotesi estrema (che qui è impossibile discutere, fondandosi soprattutto sul riscontro di alcune varianti offerte dalla tradizione anti-oxfordiana e non accolte nel testo Segre) può anche rivestire una forma meno radicale (il pino e l'ulivo contrassegnerebbero allora rispettivamente Carlo e Marsilio, o il luogo di adunanza dei cristiani e dei Saraceni intorno a Carlo e a Marsilio).

v. 170 *il duca Oggiero*: di Danimarca, è protagonista di alcune *canzoni di gesta* e personaggio di numerose altre. — *il vescovo Turpino*: è lo storico vescovo di Reims, scomparso qualche tempo (almeno un decennio) dopo Roncisvalle, al quale un compilatore, intorno alla metà del secolo XII, ha preteso di attribuire una propria opera, la *Historia Karoli Magni et Rotholandi*, meglio nota come *Chronica dello Pseudo-Turpino*. — Nel testo francese l'appellativo di Turpino è costantemente quello di *arcivescovo*; è reso con *vescovo* qui e al verso 1124.

vv. 170-78 Alcuni personaggi di questo elenco sono già stati nominati: Orlando e Oliviero (v. 104), Geriero e Gerino (v. 107). Uno solo, Enrico, non apparirà più nel seguito della *Canzone*; Ezzelino di Guascogna, Teobaldo di Remi e Milone faranno sporadiche appari-

Richard li velz e sun neüld Henri,
E dę Gascuigne li proz quens Acelin,
Tedbald de Reins e Milun sun cusin;
E si i furent e Gerers e Gerin;
Ensembl'od els li quens Rollant i vint,
E Oliver, li proz e li gentilz.
Des Francs de France en i ad plus de mil.
Guenes i vint, ki la traïsun fist.
Des or cumencet le cunseill que mal prist. AOI.

Riccardo il vecchio e suo nipote Enrico,
il prode conte di Guascogna Ezzelino,
e con Teobaldo di Remi anche il cugino,
che è Milone, e Geriero e Gerino.
Con essi insieme il conte Orlando arriva,
ed Oliviero, il nobile ed ardito.
Franchi di Francia ve ne son più di mille.
Vi venne pure Gano, che poi tradì.
Ora il consiglio che male andò s'inizia.

zioni in ruoli comprimarî; di appena maggior rilievo nel poema le funzioni del duca Oggiero e di Riccardo il vecchio; protagonisti invece saranno, sin dall'episodio che sta qui iniziando, Turpino e Gano. Tra coloro che avranno un ruolo effettivo nel consiglio dei baroni manca qui la menzione del duca Namo: è possibile — ed è eventualità non tanto remota, quanto piuttosto assai debolmente suffragabile — che sia caduto il verso destinato a contenere il nome di Namo; sarebbe stato, in tal caso, probabilmente il primo della serie dedicata alla presentazione dei partecipanti al consiglio, e avrebbe potuto contenere il verbo *vint* («venne»), del quale la sintassi del testo francese tra il verso 169 e il 170 può sentire l'esigenza, forse la necessità. Verrebbe però a cadere, o ad essere indebolito, in tal modo, un suggestivo riscontro che si è talvolta avanzato: tra il numero dei baroni intorno a Carlo (dodici con Gano) e degli apostoli intorno a Gesù, la sera della Cena (dodici con Giuda). Cfr., per analoghi riferimenti alla vicenda narrata nei Vangeli, la nota al verso 178.

v. 171 *Riccardo il vecchio*: è tradizionale l'identificazione con Riccardo I, duca di Normandia un paio di secoli dopo Roncisvalle, al quale alcune cronache attribuiscono l'appellativo di «vecchio». — Troppo incerti rimangono i tentativi di identificare altri personaggi di questa lista con figure storiche.

v. 173 *Remi*: Reims (tradotto secondo la forma latina).

v. 178 Gano è introdotto sulla scena della *Canzone* allo stesso modo che Giuda nel *Vangelo* di Luca: ultimo nella lista dei dodici apostoli, e subito presentato in quello che sarà il suo ruolo fondamentale: «*elegit... Iudam Iscariotam, qui fuit proditor*» (Luca 6, 16). Il raffronto tra Gano e Giuda può essere ulteriormente sviluppato (cfr. le note ai versi 280-85 e 602); così pure il raffronto della vicenda narrata nella *Canzone* o di certi suoi momenti con analoghi tratti o aspetti del racconto evangelico (sono dodici i Pari come dodici gli apostoli — cfr. la nota ai versi 170-78 — e appaiono strette le rassomiglianze tra i segni prodigiosi con i quali la natura partecipa alla sorte di Orlando morituro e le manifestazioni verificatesi tra cielo e terra alla morte del Cristo — cfr. la nota ai versi 1423-37).

v. 179 Cfr. la prima parte della nota al verso 9. Ai versi 3704, 3747, 3946 si avranno analoghe formule di preavviso, nelle quali il

## XIII

— Seignurs barons, — dist li emperere Carles —
Li reis Marsilie m'ad tramis ses messages:
De sun aveir me voelt duner grant masse,
Urs e leüns e veltres caeignables,
Set cenz cameilz e mil hosturs muables,
Quatre cenz muls cargez de l'or d'Arabe,
Avoec iço plus de cinquante care.
Mais il me mandet quë en France m'en alge:
Il me sivrat ad Ais, a mun estage,
Si recevrat la nostre lei plus salve;
Chrestïens ert, de mei tendrat ses marches.

## XIII

"Signori," disse l'imperatore Carlo
"il re Marsilio i suoi messi mi manda.
Assai mi vuole dei suoi beni donare,
orsi, leoni, veltri da incatenare,
cammelli e astori con penne da mutare,
e muli carichi d'oro fino d'Arabia;
poi, oltre a questo, più di cinquanta carri.
Però mi dice che in Francia me ne vada:
mi seguirà dove sto, ad Aquisgrana,
riceverà la legge che ci salva:
sarà cristiano, da me avrà le sue marche.

testo francese proporrà un identico primo emistichio: *Des or cumencet* (e cfr. la nota al verso 511).

v. 184 *astori con penne da mutare*: si potrebbero intendere gli *hosturs muables* del testo francese in modo da non contraddire quanto detto nella nota al verso 31 (a proposito del maggior pregio degli astori che avessero effettuato la muta delle penne); così: «astori che possono ben sottoporsi alla muta», senza averne a patire le conseguenze negative (sarà inoltre sottinteso «*de main*», o «*de repaire*», espressioni che, in opposizione a «*de bois*», specificano la muta realizzata in cattività). La forma *muables*, comunque, non pare conosca altre attestazioni fuori della *Canzone*, e risulta qui suggerita dall'assonanza e dalle esigenze di parallelismo tra le coppie di versi 30-31, 128-29, 183-84 (in particolare tra le due ultime coppie, all'interno delle quali l'opposizione tra i *veltres enchaignez* e i *veltres caeignables* (*veltri incatenati* e *da incatenare*) in assonanza nei versi 128 e 183 ha senz'altro determinato quella corrispondente, dei versi 129 e 184, tra gli *hosturs müez* e gli *hosturs muables*): per questi motivi non si potrà escludere che *muables* sia qui semplicemente una forma sinonima di *müers* (v. 31) e *müez* (v. 129) e possa valere pertanto: «con le penne mutate».

v. 188 *dove sto*: *a mun estage* del testo francese vale: «nella mia sede (palazzo)».

v. 189 Nel testo francese la frase è comparativa: «la legge più salutare». [*N.d.T.*]

v. 190 *da me avrà le sue marche*: governerà per mia concessione le sue terre. La *Canzone* amplifica regolarmente, come qui, il valore proprio di «marca»: zona o provincia di confine (cfr. vv. 275, 374, 839, 2209, 3128, 3168, 3716); nei tre primi casi «marca» è solo nel testo francese).

Mais jo ne sai quels en est sis curages. –
Dïent Franceis: – Il nus i cuvent guarde! – AOI.

## XIV

Li empereres out sa raisun fenie.
Li quens Rollant, ki ne l'otrïet mie,
En piez se drecet, si li vint cuntredire.
Il dist al rei: – Ja mar crerez Marsilie!
Set anz ‹ad› pleins que en Espaigne venimes;
Jo vos cunquis e Noples e Commibles,
Pris ai Valterne e la tere de Pine
E Balasguéd e Tüele e Se[b]ilie.
Li reis Marsilie i fist mult que traïtre.
De ses paien‹s vos en en›veiat quinze,
Cha[s]cuns portout une branche d'olive;
Nuncerent vos cez paroles meïsme.
A voz Franceis un cunseill en presistes;
Loërent vos alques de legerie.
Dous de voz cuntes al paien tramesistes:
L'un fut Basan e li altres Basilies;
Les chef en prist es puis desuz Haltilie.

Ma io non so che cosa abbia nell'animo".
Dicono i Franchi: "Ci occorre stare in guardia!"

## XIV

L'imperatore il discorso ha finito.
Il conte Orlando, che in altro modo stima,
si drizza in piedi, lo viene a contraddire.
E disse: "Guai, se credete a Marsilio!
Già da sette anni nella Spagna venimmo;
e conquistato v'ho Nobile e Commibile,
preso ho Valterna e la terra di Pina,
e Balagario e Tudela e Siviglia.
Gran tradimento vi fece il re Marsilio.
Dei suoi pagani a voi ne mandò quindici,
recava ognuno una rama d'ulivo;
queste parole medesime vi dissero.
Voi dai Francesi prendeste allor consiglio,
ed essi diedero un consiglio stordito.
Due vostri conti al pagano spediste:
l'un fu Basante e l'altro fu Basilio,
che il capo persero nei monti presso Altilia.

v. 197 Cfr. la nota al verso 2.

vv. 198-200 Dove risultino sufficientemente fondate, il *Repertorio dei nomi propri* indica le proposte di identificazione dei toponimi qui elencati. *Balagario* era già al verso 63.

v. 198 La traduzione di questi due toponimi tiene conto del fatto che essi, forse, sono di fantasia. [*N.d.T.*] — La nota del traduttore fa preciso riferimento ai due toponimi del verso 198, e non genericamente alla toponomastica orlandiana. L'identificazione di *Commibles* del testo francese con Coimbra manifesta comunque un buon fondamento di attendibilità.

vv. 201-09 Dunque il parere espresso da Orlando ai versi 210-13 non è ispirato soltanto dal suo orgoglio di conquistatore, biasimato da Gano al verso 228, ma anche da una giustificata diffidenza nei confronti del nemico, come lo stesso Gano dovrà in seguito riconoscere (ai versi 329-30).

v. 208 I versi 330 e 490 (nel testo francese) diranno come Basante e Basilio fossero fratelli.

v. 209 *Altilia*: *Haltilie*, del testo francese, non sembra località identificabile. La sua ulteriore menzione nel manoscritto di Oxford,

Faites la guer‹e› cum vos l'avez enprise;
En Sarraguce menez vostre ost banie,
Metez le sege a tute vostre vie,
Si vengez cels que li fels fist ocire! — AOI.

XV

Li emper‹er›e en tint sun chef enbrunc,
Si duist sa barbe, afaitad sun gernun,
Ne ben ne mal ne respunt sun nevuld.
Franceis se taisent, ne mais que Guenelun:
En piez se drecet, si vint devant Carlun;
Mult fierement cumencet sa raisun,
E dist al rei: — Ja mar crerez bricun,
Ne mei në altre, se de vostre prod nun!
Quant ço vos mandet li reis Marsiliun
Qu'il devendrat jointes ses mains tis hom
E tute Espaigne tendrat par vostre dun,
Puis recevrat la lei que nus tenum,
Ki ço vos lodet que cest plait degetuns,
Ne li chalt, sire, de quel mort nus murjuns.

Lottate come lottaste da principio,
e il vostro esercito in Saragozza arrivi;
fate l'assedio, anche a durar la vita,
ma vendicate gli uomini che vi uccise!"

## XV

Il capo chino tenne l'imperatore:
lisciò la barba, i baffi accarezzò,
né mal né bene al nipote rispose.
Tacciono i Franchi, ma Gano parlar vuole:
si drizza in piedi, innanzi al re si pone,
con gran fierezza comincia il suo discorso.
E disse: "Guai, se credete a un briccone,
a me o ad altri, se non per bene vostro!
Se il re Marsilio manda a dirvi che vuole
vostro vassallo diventare in ginocchio,
che avrà la Spagna tutta per vostro dono
e accetterà la nostra legge dopo,
chi vi consiglia di rigettar l'accordo,
non pensa come possiam morire noi.

al verso 491, sempre in riferimento a Basante e Basilio, registrerà una diversa forma, *Haltoie*, corretta nel testo Segre sulla base del riscontro con il verso 209 (e di altre considerazioni); altri editori correggono *Haltilie* in *Haltoïe* a 209.

v. 210 Letteralmente: «Fate la guerra come l'avevate iniziata». [*N.d.T.*]

vv. 214-16 Cfr. la nota ai versi 139-41.

vv. 220-29 La contrapposizione di Gano al precedente discorso di Orlando (cfr. la similarità dei versi d'esordio, 196 e 220) è animata da un astioso spirito polemico, che appare palesemente (cfr. in particolare il verso 229) ma non intende ancora apertamente scoprirsi; di qui, senz'altro, la formulazione oscura e accidentata dei versi 220-21, da intendersi: «Sarebbe un errore dare fiducia a un briccone, di chiunque si trattasse (anche di me stesso): dovete accogliere soltanto quel parere che sia davvero espresso per il vostro vantaggio».

v. 223 L'espressione «a mani giunte» (o, come qui si traduce, *in ginocchio*) allude alla cerimonia dell'omaggio feudale prestato dal vassallo al suo signore. [*N.d.T.*]

Cunseill d'orguill n'est dreiz quë a plus munt;
Laissun les fols, as sages nus tenuns! – AOI.

## XVI

Aprés iço i est Neimes venud
(Meillor vassal n'aveit en la curt nul),
E dist al rei: – Ben l'avez entendud:
Guenes li quens ço vus ad respondud.
Saveir i ad, mais qu'il seit entendud.
Li reis Marsilie est de guere vencud:
Vos li avez tuz ses castels toluz,
Od voz caables avez fruisét ses murs,
Ses citez arses e ses humes vencuz.
Quant il vos mandet qu'aiez mercit de lui,
Pecchét fereit ki dunc li fesist plus.
U par ostage vos voelt faire soürs,
Ceste grant guerre ne deit munter a plus. –
Dïent Franceis: – Ben ad parlét li dux. – AOI.

Non deve vincere un consiglio d'orgoglio:
lasciamo i folli e ai saggi diamo ascolto!"

## XVI

Qui innanzi agli altri ecco Namo venuto:
miglior vassallo non c'è in corte di lui.
Disse al sovrano: "Avete ben veduto
quale risposta Gano v'ha qui tenuta:
certo v'è senno, se s'ode con astuzia.
Il re Marsilio nella guerra è battuto:
i suoi castelli gli avete tolti tutti
e con le macchine frantumate le mura,
le città arse e le schiere distrutte.
Se manda a dirvi d'aver pietà di lui,
colpa sarebbe fargli male di più.
Se con ostaggi vi vuol fare sicuro,
questa gran guerra durar non deve più!"
Dicono i Franchi: "Ha ben parlato il duca".

v. 230 Namo, a differenza di quanto avviene in numerose altre *canzoni di gesta*, non è designato, nella *Canzone di Orlando*, come duca di Baviera (il titolo di duca gli è spesso comunque attribuito). È il tipo del consigliere avveduto e autorevole (il suo parere — approvato dall'assemblea al verso 243 — decide Carlo in questa prima fase del consiglio dei baroni, così come saranno accolti favorevolmente da Carlo altri suoi interventi, effettuati nelle lasse LXII, CXXXIV e CLXXVII). Si segnalerà inoltre in occasione dello schieramento delle truppe contro Baligante (lasse CCXVI-CCXXIV) e per qualche azione in combattimento (uccide Malprimo nella lassa CCXLVI; si scontra con Canabeo e, rimasto stordito, è soccorso e vendicato da Carlo nelle lasse CCXLVII-CCXLIX).

v. 234 *se s'ode con astuzia*: «purché (il parere di Gano) venga correttamente inteso». Molto probabilmente Namo vuole — con tale riserva — sottolineare come la sua adesione al discorso di Gano non si estenda a certe espressioni, e al tono in genere, di aspra rimostranza nei confronti di Orlando.

vv. 236-38 Cfr. la nota ai versi 4-5.

XVII

— Seignurs baruns, qui i enveieruns
En Sarraguce, al rei Marsiliuns? —
Respunt dux Neimes: — Jo irai, par vostre dun!
Livrez m'en ore le guant e le bastun. —
Respunt li reis: — Vos estes saives hom:
Par ceste barbe e par cest men gernun,
Vos n'irez pas uan de mei si luign.
Alez sedeir, quant nuls ne vos sumunt! —

XVIII

— Seignurs baruns, qui purruns enveier
Al Sarrazin ki Sarraguce tient? —
Respunt Rollant: — Jo i puis aler mult ben! —
— Nu ferez certes: — dist li quens Oliver
— Vostre curages est mult pesmes e fiers;
Jo me crendreie que vos vos meslisez.
Se li reis voelt, jo i puis aler ben. —
Respunt li reis: — Ambdui vos en taisez!
Ne vos në il n'i porterez les piez.
Par ceste barbe que veez bla[n] c̣he‹ie›r,
Li duze per mar i serunt jugez! —
Franceis se taisent, as les vus aquisez.

XIX

Turpins de Reins en est levét del renc,

## XVII

"Chi manderemo lì, signori baroni,
al re Marsilio, allora, in Saragozza?"
E Namo: "Me, se me ne fate dono!
Datemi dunque il guanto ed il bastone".
Risponde il re: "Voi siete un uomo accorto.
Ma per la barba ed i baffi che porto,
così lontano io non vi manderò.
State seduto: nessun vi s'è rivolto!"

## XVIII

"Signori, dunque, chi mandare potremo
al Saracino che Saragozza tiene?"
Risponde Orlando: "Io posso andarvi bene!"
"Non lo farete" dice il conte Oliviero.
"Il vostro cuore è molto duro e fiero:
io temerei che voi lite faceste.
Ma se il re vuole, si può mandare me."
Risponde il re: "Entrambi voi tacete!
Né voi né lui laggiù vi recherete.
Per questa barba che biancheggiar vedete,
nessuno i dodici Pari mi deve scegliere!"
Allor si placano e tacciono i Francesi.

## XIX

Ora Turpino di Remi si fa innanzi,

v. 247 *il guanto ed il bastone*: affidati ad un messo, sono emblemi rispettivamente della mano e dello scettro del signore, che al suo inviato delega così la propria autorità.

v. 250 In effetti Namo, in tutta la *Canzone*, rimarrà costantemente nell'ombra di Carlo.

vv. 255-58 Si delinea già qui l'opposizione tra il temperamento di Oliviero, controllato e riflessivo, e quello di Orlando, *duro e fiero* nel giudizio del compagno.

v. 262 *i dodici Pari*: cfr. la nota ai versi 104-07; per il numero dodici, e la sua probabile intenzione simbolica, cfr. la nota al verso 178.

E dist al rei: – Laisez ester voz Francs!
En cest païs avez estét set anz:
Mult unt oüd e peines e ahans.
Dunez m'en, sire, le bastun e le guant,
E jo irai al Sarazin espa[n],
Si·n vois vedeir alques de sun semblant. –
Li empereres respunt par maltalant:
– Alez sedeir desur cel palie blanc!
N'en parlez mais, se jo ne·l vos cumant! – AOI.

## XX

– Francs chevalers, – dist li emperere Carles
– Car m'eslisez un barun de ma marche
Qu‹i› a Marsili[e] me portast mun message. –
Ço dist Rollant: – Ço ert Guenes, mis parastre. –

e dice al re: "Lasciate stare i Franchi!
In questa terra siete stato sette anni;
essi hanno avuto tante pene ed affanni
Datemi, sire, il bastone ed il guanto,
ed io andrò dal Saracin di Spagna:
voglio vedere un po' come mi appare".
L'imperatore risponde di malanimo:
"Laggiù sedete sopra quel drappo bianco!
E non parlate se non ve lo comando!"

## XX

Disse re Carlo: "Cavalieri di Francia,
del mio paese un barone indicatemi,
che rechi al re Marsilio il mio messaggio".
Orlando disse: "Il mio padrigno Gano".

vv. 265-70 Come appare da questo suo primo intervento, l'arcivescovo di Reims non intende limitare il proprio ruolo nell'esercito franco a compiti di assistenza spirituale. Sarà, questa, la nota fondamentale della sua caratterizzazione: il vescovo-barone attingerà alla propria qualità di ecclesiastico una certa autorità morale sulle truppe, e una specifica intenzione anti-«eretica» (cfr. v. 1484) alla sua animosità nei confronti dei Saraceni, ma risulterà soprattutto connotato dalla sua attitudine di combattente generoso e valoroso (l'uomo di fede emergerà comunque suggestivamente in alcune importanti occasioni; cfr. ad es. la benedizione dei cadaveri, nella lassa CLXI). Il secolo XI (epoca alla quale si fa risalire la composizione della *Canzone*; cfr. la *Premessa al testo*) è periodo che, in attesa della riforma gregoriana (di Gregorio VII, papa tra il 1073 e il 1085) e poi della sua compiuta attuazione, conosce ancora le più vistose compromissioni dell'apparato ecclesiastico sul piano dei rapporti politici, tra le quali l'attività dei prelati guerrieri si segnala tra le più appariscenti e significative (tipo di vescovo-guerriero fu, tra i tanti, Turoldo di Bayeux, ovvero uno di quei personaggi di nome Turoldo per i quali si è proposta l'identificazione con il *Turoldus* nominato nell'ultimo verso del manoscritto oxfordiano, nell'ipotesi che quel *Turoldus*, a sua volta, potesse essere identificato con l'autore del poema).

v. 277 Alla relazione di affinità tra Gano e Orlando faranno ancora riferimento i versi 287, 743 (similare a 277), 753, 762 e 1027, senza che la *Canzone* abbia mai cura di renderne ragione in maniera più precisa.

Dïent Franceis: – Car il le poet ben faire!
Se lui lessez, n'i trametrez plus saive. –
E li quens Guenes en fut mult anguisables.
De sun col getet ses grandes pels de martre
E est remés en sun blialt de palie.
Vairs out ‹les oilz› e mult fier lu visage,
Gent out le cors e les costez out larges:
Tant par fut bels, tuit si per l'en esguardent.
Dist a Rollant: – Tut fol, pur quei t'esrages?
Ço set hom ben que jo sui tis parastres,
Si as jugét qu'a Marsili[e] en alge!

Dicono i Franchi: "Egli lo può ben fare!
Se lui togliete, uno non c'è più saggio".
[301] Fu dall'angoscia oppresso il conte Gano:
gettò dal collo le gran pelli di martora,
e nella tunica di seta egli rimase.
Aveva il volto fiero, gli occhi cangianti,
[305] nobile il corpo ed il torace largo:
fu così bello che tutti lo miravano.
Disse egli a Orlando: "Pazzo, che è questa rabbia?
che tuo padrigno son io tutti lo sanno;
eppure hai detto che da Marsilio io vada!

vv. 280-85 Si ha qui il primo ritratto di Gano (il successivo, ai versi 3763-65, risulterà non meno lusinghiero). Si è soliti riconoscere, con tutte le ragioni, in questa presentazione del traditore — tanto distante dai *clichés* abitualmente chiamati a connotare la perversità connessa al ruolo (aspetto fosco del volto e sgraziato del corpo, atteggiamenti ambigui e servili) — una manifestazione delle superiori qualità rappresentative dell'autore della *Canzone*, intese qui a rilevare immediatamente come Gano non sia un traditore per natura, ma lo divenga soltanto in seguito a una distorta valutazione del comportamento tenuto da Orlando nei suoi confronti. Ugualmente è possibile cogliere in questo smaliziato ritratto del traditore un'ulteriore approssimazione — cfr. la nota al verso 178 — del personaggio di Gano a quello di Giuda nel racconto evangelico (Giuda, come Gano, non è inizialmente connotato dagli evangelisti in modo che se ne annunci la disposizione al tradimento).

v. 282 *tunica di seta*: il *blialt* del testo francese era una sopravveste, di lana o, come qui, di seta, sulla quale il cavaliere poteva indossare l'usbergo (cotta di maglia) o un mantello di pelliccia (le *gran pelli di martora* del verso 281).

vv. 286-91 L'ira di Gano è senz'altro giustificata, più che dalla designazione di Orlando (poiché Gano non è affatto caratterizzato come un vile), dalla natura dei suoi rapporti con il designatore, Orlando, suo figliastro. Si è anche voluto motivarla con la circostanza che, avendo Carlo in precedenza respinto le candidature di Namo, Orlando, Oliviero, Turpino, come figure di troppa importanza perché potessero essere esposte al rischio dell'ambasceria, Gano abbia potuto sentire diminuito o svalutato il proprio ruolo presso Carlo da una designazione così prontamente avallata dall'assemblea (cfr. vv. 278-79). L'astio nei confronti di Orlando è però la motivazione prevalente, e, certo, esso è alfine clamorosamente liberato dalla designazione; ma già in precedenza si era facilmente lasciato percepire nel discorso di Gano dei versi 220-29. Le ragioni di quel rancore sa-

Se Deus ço dunet que jo de la repaire,
Jo t'en muvra‹i› un‹e› si grant contr‹a›ire
Ki durerat a trestut tun edage. –
Respunt Rollant: – Orgoill oi e folage;
Ço set hom̃ ben, n'ai cure de manace.
Mai‹s› saives hom, il deit faire message:
Si li reis voelt, prez sui por vus le face. –

## XXI

Guenes respunt: – Pur mei n'iras tu mie! AOI.
Tu n'ies mes hom, ne jo ne sui tis sire.
Carles comandet que face sun servise:
En Sarraguce en irai a Marsilie;
Einz i f‹e›rai un poi de ‹le›gerie,
Que jo n'esclair ceste meie grant ire. –
Quant l'ot Rollant, si cumençat a rire. AOI.

## XXII

Quant ço veit Guenes que ore s'en rit Rollant,
Dunc ad tel doel, pur poi d'ire ne fent:

Ma se di là Dio mi farà tornare,
ti farò sempre un così gran contrasto,
che durerà per quanto tu vivrai".
"Follia ed orgoglio!" qui gli risponde Orlando.
"San tutti bene ch'io non temo minacce.
Ma un uomo accorto recar deve il messaggio:
se il re lo vuole, per voi son pronto a farlo!"

XXI

Gano risponde: "Per me tu non partire!
Né tu vassallo mi sei, né io tuo sire.
Carlo comanda che io vada a servirlo;
e in Saragozza me ne andrò da Marsilio.
Ma io farò certo qualche follia,
prima di porre fine alla mia grand'ira".
Quando l'udì, si mise Orlando a ridere.

XXII

Vedendo Gano che Orlando ride, sente
un tal dolore, che in cuor d'ira si fende:

ranno dunque anche le ragioni dell'ira che in seguito alla designazione di Orlando si scatena, ed è evidente che l'autore della *Canzone* non ha inteso chiarirle (perché note al suo pubblico, o perché ritenesse poeticamente superfluo l'indagarle; cfr. comunque la nota al verso 312).

v. 297 Il rapporto di vassallaggio avrebbe reso legittima la sostituzione proposta da Orlando, che, in assenza di esso, sarebbe risultata soltanto disonorevole.

vv. 300-01 Si è soliti annettere a questa minaccia il valore di una velata anticipazione del futuro comportamento di Gano nel campo saraceno. Indubbiamente, nei confronti del lettore, o dell'ascoltatore di un tempo, questi versi hanno inteso funzionare come segnale in tal senso, come, e anche più, è il caso del verso 336 (cfr. la prima parte della nota al verso 9). Sul piano dello svolgimento dell'episodio, però, non si saprebbe distinguere più di tanto questa minaccia da quella precedente dei versi 289-91; in entrambi i casi, è Orlando ad essere in prima istanza ravvisato dal rancore di Gano (di qui la sua reazione del verso 302): la vendetta minacciata non sembra, insomma, essere connessa con l'ambasceria (anzi, cfr. il verso 289).

A ben petit quë il ne pert le sens;
E dit al cunte: — Jo ne vus aim nïent:
Sur mei avez turnét fals jugement.
Dreiz emperere, veiz me ci en present:
Ademplir voeill vostre comandement. —

## XXIII

— En Sarraguce sai ben qu'aler m'estoet; AOI.
Hom ki la vait, repairer ne s'en poet.
Ensurquetut si ai jo vostre soer,
Si·n ai un filz, ja plus bels n'en estoet:
Ço est Baldewin, – ço dit – ki ert prozdoem.
A lui lais jo mes honurs e mes fieus.
Gua‹r›dez le ben, ja ne·l verrai des oilz. —
Carles respunt: — Tro‹p› avez tendre coer;
Puis que·l comant, aler vus en estoet. —

## XXIV

Ço dist li reis: — Guenes, venez avant, AOI.
Si recevez le bastun e lu guant.
Oït l'avez: sur vos le jugent Franc. —
— Sire, — dist Guenes — ço ad tut fait Rollant:
Ne l'amerai a trestut mun vivant,
Ne Oliver, por ço qu'est si cumpainz,
Li duze per, por ‹ço› qu'il l'aiment tant.
Desfi ·les ci, sire, vostre veiant. —
Ço dist li reis: — Trop avez maltalant.

e poco manca ch'egli non perda i sensi.
Al conte dice: "Io non v'amo per niente:
avete fatto una maligna scelta.
Giusto sovrano, eccomi qui presente:
gli ordini vostri sono pronto ad adempiere".

## XXIII

"In Saragozza so ben che andar dovrò;
ma chi va là, non può farne ritorno.
Io poi per moglie ho la sorella vostra,
e il più bel figlio che avere mai si possa:
è Baldovino, che un giorno sarà un prode.
Io lascio a lui tutti i feudi e gli onori.
Voi cura abbiatene: non lo vedran questi occhi".
Carlo risponde: "Tenero avete il cuore.
Poiché ve l'ordino, andare vi bisogna".

## XXIV

Disse il sovrano: "Gano, venite avanti:
ora prendetevi il bastone ed il guanto.
L'avete udito: vi designano i Franchi".
Rispose Gano: "Sire, m'ha scelto Orlando!
Per quanto io viva, io non potrò più amarlo,
né più Oliviero, che d'Orlando è il compagno,
ed anche i dodici Pari, che l'aman tanto:
li sfido tutti, a voi, sire, davanti".
Gli disse il re: "Avete assai malanimo.

v. 312 La *Canzone* non informa a proposito del nome di questa sorella di Carlo, madre di Orlando e poi sposa di Gano. Una leggenda, che ha trovato credito in alcune *canzoni di gesta*, voleva che Orlando fosse nato da una relazione incestuosa di Carlo con la sorella: un fatto che è stato chiamato a spiegare l'odio di Gano nei confronti di Orlando (ma cfr. la nota ai versi 286-91).

vv. 322-26 La sfida formale lanciata da Gano nei confronti dei dodici Pari sarà da lui invocata a difesa, ed avrà un certo peso, in occasione del processo per tradimento (cfr. vv. 3775-76).

Or irez vos certes, quant jo·l cumant. –
– Jo i puis aler, mais n'i avrai guarant: AOI.
Nu l'out Basilies ne sis freres Basant. –

## XXV

Li empereres li tent sun guant, le destre;
Mais li quens Guenes iloec ne volsist estre:
Quant le dut prendre, si li caït a tere.
Dïent Franceis: – Deus, que purrat ço estre?
De cest message nos avendrat grant perte. –
– Seignurs, – dist Guenes – vos en orrez noveles! –

## XXVI

– Sire, – dist Guenes – dunez mei le cungiéd:
Quant aler dei, n'i ai plus que targer. –
Ço dist li reis: – Al Jhesu e al mien! –
De sa main destre l'ad asols e seignét;
Puis li livrat le bastun e le bref.

Or certo andrete, poiché ve lo comando".
"Io posso andarvi, ma senza alcun riparo,
come non l'ebbero Basilio né Basante."

## XXV

L'imperatore gli tende il guanto destro,
ma il conte Gano vorrebbe qui non essere.
Andò per prenderlo, e gli cadde per terra.
Dicono i Franchi: "Dio, che potrà ciò essere?
Da un tal messaggio ci verrà una gran perdita".
"Signori," dice Gano "ne sentirete!"

## XXVI

"Datemi, sire," disse Gano "il congedo.
Poiché andar debbo, non ho che cosa attendere."
E il re: "Partite per Gesù e per me!"
Con la sua destra l'assolve e poi lo segna.
Quindi gli affida il bastone ed il breve.

vv. 329-30 Cfr. la nota ai versi 201-09.

vv. 331-36 Cfr. la prima parte della nota al verso 9.

v. 339 S'intenda: «col congedo di Gesù e col mio congedo». [*N.d.T.*]

v. 341 Il *breve* è qui il messaggio scritto per Marsilio. [*N.d.T.*]

## LASSE XXVII - XXX

La lassa XXVII prepara il successivo momento della narrazione (il dialogo tra Gano e Biancandrino sulla strada di Saragozza), insistendo su alcune motivazioni del rancore di Gano nei confronti di Orlando, già emerse nella precedente scena del consiglio dei baroni francesi (nelle espressioni di solidarietà dei fedeli di Gano ritorna, con i versi 353-56, il tono di minacciosa rimostranza contro Orlando che già aveva caratterizzato gli sfoghi di rabbia del loro signore sino dai versi 286-91; nel saluto che Gano rivolge ai suoi si rinnova la menzione della moglie e del figlio Baldovino, con la preoccupazione per la sorte di quest'ultimo in quanto erede dei feudi paterni — vv. 361-64, da confrontare con i versi 312-16.

Il colloquio tra Gano e Biancandrino (lasse XXVIII — XXX) è centrale nello sviluppo del tema del tradimento: durante il consiglio dei baroni Gano aveva concepito risolutamente, e pubblicamente dichiarato, la sua rivalsa nei confronti di Orlando; ora, in cammino verso Saragozza, egli si rende conto di come i Saraceni, attraverso Biancandrino, possano essere un eccellente strumento a disposizione della sua vendetta; la trattativa con Marsilio gli darà modo infine di perfezionare nei particolari le modalità di attuazione del proprio progetto. Gano, nel processo che gli verrà intentato sul finire della *Canzone*, sosterrà di non essere colpevole di tradimento, ma di avere soltanto perseguito una vendetta personale contro Orlando (cfr. il verso 3778: «*Vendetta ho fatta, ma tradimento no*»): allo scopo di rilevare, sin d'ora, i margini di sincerità, almeno sostanziale, di quella autodifesa, importa sottolineare, in questo episodio, come la promessa di aiuto reciproco che Gano e Biancandrino si scambiano nei versi 403-04 sia rivolta espressamente contro il solo Orlando e non riguardi affatto Carlo ed i Francesi in genere (sulla stessa linea di condotta si manterrà Gano anche nel successivo episodio della trattativa con Marsilio).

## XXVII

Guenes li quens s'en vait a sun ostel.
De guarnemenz se prent a cunreer,
De ses meillors quë il pout recuvrer.
Esperuns d'or ad en ses piez fermez,
Ceint‹e› Murglies, s'espee, a sun costéd,
En Tachebrun, sun destrer, est muntéd:

## XXVII

Il conte Gano nel suo alloggio si reca.
A rivestirsi comincia d'armi e vesti,
e mette quello che può trovar di meglio:
speroni d'oro ferma bene ai suoi piedi,
al fianco cinge la sua spada Murglea,
e Macchiabruno monta, ch'è il suo destriero,

v. 345 La doratura è caratteristica di numerose parti del corredo del guerriero orlandiano e della sua cavalcatura (43 volte ritornano la parola «oro» o l'aggettivo «dorato» nel testo francese della *Canzone*, con riferimento a tali armamentarî).

vv. 346-47 La spada di Gano, *Murglea*, è registrata nel testo francese qui come *Murglies*, e al verso 607 invece nella forma *Murgleis*. Il nome del cavallo di Gano, *Macchiabruno*, è reso dal traduttore secondo la plausibile interpretazione etimologica (secondo tale modalità saranno trattati altri nomi di cavalli e spade, e di loro detentori, riferiti nel seguito della presente nota; per il riscontro con i nomi proposti dal testo francese cfr. il *Repertorio dei nomi proprî del testo italiano*). La denominazione di *destriero* spettava al cavallo da battaglia o da torneo, che il palafreniere guidava nelle trasferte reggendone il freno con la mano destra. — Soltanto per Gano, qui, e poi per Orlando e Carlo, la *Canzone* fa conoscere il nome proprio della spada e del cavallo (rispettivamente Durendala e Vegliantivo per Orlando; Gioiosa e Tenzinduro per Carlo). Saranno anche nominate le spade di Oliviero (Altachiara) e di Turpino (Almacia), la spada di Baligante (Preziosa) e il suo spiedo — sorta di lancia — (Maltà). Troveranno menzione infine i nomi dei cavalli di Gerino e Geriero (Sorello e Passacervo) e dei Saraceni Marsilio (Guadagnone), Climborino (Barbamosca), Malcotante (Saltoperduto) e Grandonio (Marmorio).

L'estreu li tint sun uncle Guinemer.
La veïsez tant chevaler plorer,
Ki tuit li dïent: – Tant mare fustes, ber!
En cort al rei mult i avez estéd,
Noble vassal vos i solt hom clamer.
Ki ço jugat que doüsez aler,
Par Charlemagne n'er[t] guariz ne tensez.
Li quens Rollant ne·l se doüst penser,
Quë estrait estes de mult grant parentéd. –
Enprés li dïent: – Sire, car nos menez! –
Ço respunt Guenes: – Ne placet Damnedeu!
Mielz est sul moerge que tant bon chevaler.
En dulce France, seignurs, vos en irez:
De meie part ma muiller salüez,
E Pinabel, mun ami e mun per,
E Baldewin, mun filz que vos savez;
E lui aidez e pur seignur tenez. –
Entreṭ en sa veie, si s'est achiminez. AOI.

## XXVIII

Guenes chevalchet suz une olive halte,
Asemblét s'est as sarrazins messag‹es›.
Mais Blancandrins ki envers lu‹i› s'atarget:
Par grant saveir parolet li uns a l'altre.
Dist Blancandrins: – Merveilus hom est Charles,
Ki cunquist Puille e trestute Calabre!
Vers Engletere passat il la mer salse,

mentre la staffa tien lo zio Guinemero.
Ne avreste visti piangere cavalieri,
che gli dicevano: "Sfortunato che siete!
Voi siete stato in corte molto tempo,
e sempre nobile vassal vi si ritenne.
Chi giudicò che partire doveste,
neppure Carlo gli potrà far difesa.
Il conte Orlando pensar non lo doveva,
ché uscito siete di parentado eccelso".
E gli dicevano: "Signor, con voi prendeteci!"
Risponde Gano: "A Dio non piaccia questo!
Meglio ch'io muoia, che tanti cavalieri.
Voi nella dolce Francia, signori, andrete:
là la mia donna salutate per me,
con il mio amico e pari Pinabello
e il mio figliuolo, che bene conoscete:
dategli aiuto, e per signor tenetelo".
Entra in cammino: la sua strada ha già preso.

## XXVIII

Sotto alti olivi ora Gano cavalca:
coi messaggeri pagani s'accompagna,
e Biancandrino insiem con lui s'attarda:
con grande astuzia parlano l'uno all'altro.
Disse il pagano: "Che uomo grande è Carlo!
Preso ha la Puglia e tutta la Calabria,
per l'Inghilterra passato ha il mare salso

v. 362 *Pinabello*: sarà difensore di Gano, e suo campione contro Teodorico, nella parte finale della *Canzone*.

v. 363 Il testo francese presenta nuovamente il nome di Baldovino (già al verso 314).

vv. 371-73 Può essere significativa la coincidenza tra le conquiste attribuite a Carlo da questi versi (Carlomagno non conquistò la Puglia o la Calabria, né esercitò una qualsiasi forma di autorità sulle isole britanniche) e quelle effettivamente realizzate nel meridione d'Italia (Roberto il Guiscardo) e in Inghilterra (Guglielmo il Conquistatore, battaglia di Hastings, 1066) dai Normanni intorno alla metà del secolo XI.

Ad oes seint Perre en cunquist le chevage.
Que nus requert ça en la nostre marche? –
Guenes respunt: – Itels est sis curages.
Jamais n'ert hume ki encuntre lui vaille. – AOI.

## XXIX

Dist Blancandrins: – Francs sunt mult gentilz home.
Mult grant mal funt e ‹cil› duc e cil cunte
A lur seignur, ki tel cunseill li dunent:
Lui e altrui travaillent e cunfundent. –
Guenes respunt: – Jo ne sai, veirs, nul hume,
Ne mes Rollant, ki uncore en avrat hunte.
Er main sedeit li emperere suz l'umbre:
Vint i ses niés, out vestue sa brunie,
E out predét dejuste Carcasonie;
En sa main tint une vermeille pume.
«Tenez, bel sire», dist Rollant a sun uncle,
«De trestuz reis vos present les curunes».
Li soens orgoilz le devreit ben cunfundre,
Kar chascun jur de mort ‹si› s'abandunet.
Seit ki l'ociet, tute pais puis avriumes. – AOI.

ed a San Pietro conquistato ha il denaro.
Ora che vuole nelle nostre contrade?"
Gano risponde: "Egli è così nell'animo:
non c'è nessuno che di fronte a lui valga".

## XXIX

Disse il pagano: "I Franchi sono nobili,
ma molto male fanno al loro signore
quei duchi e conti che in tal modo lo esortano,
e lui e gli altri mandano in perdizione".
Gano risponde: "D'uomini tali io so
soltanto Orlando, che un dì ne avrà vergogna.
L'altra mattina sedeva Carlo all'ombra;
venne il nipote, con la corazza addosso:
predato aveva attorno a Carcassona;
aveva in mano un pomo color rosso.
Disse allo zio: 'Questo pomo vi dono:
di tutti i re eccovi le corone'.
Dovrebbe certo rovinarlo l'orgoglio,
perché ogni giorno alla morte si espone.
Se alcun l'uccide, avremo pace dopo".

v. 373 *denaro*: *chevage* («imposta») del testo francese è tradotto *denaro*, perché in tal modo («denaro di san Pietro») veniva designato il tributo anticamente corrisposto da alcuni Stati al Papa.

v. 384 *corazza*: la *brunie* (più spesso *bronie*) del testo francese era costituita da una tunica di cuoio rinforzata da placche metalliche; nella *Canzone* il termine può spesso rappresentare un sinonimo della cotta di maglia detta *usbergo* (*osberc* o *halberc* nel testo francese), ma il verso 3088 manifesta entrambe le specie di armatura (così come, nel testo Segre, al verso 711, dove il manoscritto oxfordiano è lacunoso).

v. 385 *Carcassona*: non sicura, e nemmeno probabile, l'identificazione della località pagana di questo nome con la città francese di Carcassonne.

## XXX

Dist Blancandrins: — Mult est pesmes Rollant,
Ki tute gent voelt faire recreant
E tutes teres met en chalengement!
Par quele gent quïet il espleiter tant? —
Guenes respunt: — Par la franceise gent:
Il l'aiment tant, ne li faldrunt nïent.
Or e argent lur met tant en present,
Muls e destrers, palies e guarnemenz;
† L'emperere meïsmes ad tut a sun talent:
† Cunquerrat li les teres d'ici qu'en Orïent. — AOI.

## XXX

Disse il pagano: "È un uomo tristo Orlando,
che vuole tutte le genti assoggettare
ed ogni terra vuole signoreggiare!
Con quale gente pensa di compier tanto?"
Gano risponde: "Con gli uomini di Francia.
L'amano tanto, che non gli mancheranno:
egli dà loro argento ed oro assai,
muli e destrieri, ed armature e drappi.
L'imperatore ha tutto quel che brama:
sino all'Oriente conquiste potrà fare".

v. 401 Soggetto di *Cunquerrat* («conquisterà») del testo francese sarebbe veramente Orlando, e una versione letterale renderebbe: «Conquisterà a lui (all'*imperatore* del verso precedente) le terre (che sono) di qui sino in Oriente». Le incertezze testuali dei versi 400 e 401, rettificabili in varî modi ma sempre in assenza di precise garanzie, rendono comunque possibili molteplici interpretazioni (anche, per quanto poco persuasivamente, quella che vedrebbe Orlando, secondo Gano, al verso precedente, manovrare a suo talento la volontà dell'imperatore).

## LASSE XXXI - LII

I primi emistichi del primo e quarto verso della lassa XXXI nel testo francese sono identici: con questo espediente viene dato rilievo ai tre primi versi della lassa (contenenti un'informazione essenziale: Gano e Biancandrino si sono scambiati una promessa di reciproco aiuto contro Orlando), distinti dal seguito, che ha la sola funzione di introdurre all'episodio della missione di Gano presso Marsilio e del suo tradimento.

Le lasse XXX - XXXVII costituiscono un contributo di rilievo alla complessa caratterizzazione del personaggio di Gano: questi, mentre è ormai sul punto di accedere al tradimento, ancora non rinuncia a compiere preventivamente il proprio dovere di vassallo, riferendo con espressioni adeguatamente risentite la sostanza del messaggio di Carlo (non teme le reazioni degli interlocutori, e lo proclama a se stesso — vv. 447-49 — e a Marsilio — vv. 456-61 —); d'altra parte, si potrà ugualmente riconoscere come il discorso di Gano manifesti toni ostentatamente provocatori, fatti per suscitare in Marsilio una disposizione aggressiva che, opportunamente indirizzata, potrebbe andare a sfogarsi contro Orlando e i suoi Pari (è, questa, un'interpretazione corroborata soprattutto dai versi 471-73, dove il nome di Orlando è chiamato in causa da Gano senza che Carlo avesse dato istruzioni in tal senso).

Dopo che Biancandrino (lassa XXXVIII) ha rassicurato il suo re sulla reale disposizione di Gano nei confronti dei Saraceni, il colloquio tra Marsilio e l'ambasciatore di Carlo prosegue in modo radicalmente diverso (con la lassa XXXIX, tra l'altro, si è già forse insinuato il motivo della corruzione). Marsilio fa ricorso alla tecnica già sperimentata positivamente da Biancandrino nei versi 370-74: imposta il discorso su Carlo, sulle sue qualità e sul suo valore, attendendo che sia lo stesso Gano a spostarlo su Orlando: cosa che puntualmente si verifica nella seconda e nella terza delle lasse similari XL, XLI, XLII (la similarità delle lasse sembra qui avere la funzione di assecondare l'ammorbidimento dei toni della trattativa rispetto all'asprezza e alla drammaticità della prima fase, ed insieme quella di condurre Gano lentamente e progressivamente alla definitiva dissociazione delle immagini di Carlo e di Orlando, dissociazione che risulterà ormai scontata nella successiva lassa XLIII). Soltanto nelle lasse XLVI - XLVII Gano e Marsilio giureranno la loro intesa, che nelle lasse XLIII - XLV si è già però interamente realizzata (e ritorna, al verso 602, il tema della corruzione): la ribadiscono i doni di Valdabruno, Climborino, Bramimonda (lasse XLVIII - L) e il commiato di Gano da Marsilio (lasse LI - LII).

XXXI

Tant chevalcherent Guenes e Blancandrins,
Que l'un a l'altre la sue feit plevit
Quë il querreient que Rollant fust ocis.
Tant chevalcherent e veies e chemins
Que en Sarraguce descendent suz un if.
Un faldestoet out suz l'umbre d'un pin,
Envolupét d'un palie alexandrin:
La fut li reis ki tute Espaigne tint,
Tut entur lui vint milie Sarrazins.
N'i ad celoi ki mot sunt ne mot tint,
Pur les nuveles qu'il vuldreient oïr.
Atant as vos Guenes e Blanchandrins.

XXXII

Blancandrins vint devant [Marsiliun],
Par le puig tint le cunte Guenelun;
E dist al rei: — Sal[s] seiez de Mahum

## XXXI

Andaron tanto Gano con Biancandrino,
che l'un con l'altro giurando si promisero
di cercar come Orlando fosse ucciso.
Tanto cavalcano lungo strade e cammini,
che in Saragozza smontano a un tasso infine.
Un trono v'era sotto l'ombra d'un pino,
tutto coperto d'un drappo alessandrino:
ecco qui il re che ha la Spagna in dominio;
e ventimila, intorno, Saracini.
Nessuno c'è che una parola dica,
per le notizie che vorrebbero udire.
Or qui s'avanzano Gano con Biancandrino.

## XXXII

Venne a Marsilio Biancandrino di fronte,
e per la mano teneva Gano il conte.
Disse egli al re: "Vi salvino Macone

v. 408 *d'un drappo alessandrino*: s'intenda: «d'un drappo di seta d'Alessandria d'Egitto», che era città famosa per il commercio delle stoffe, che riceveva anche con le carovane dalla Persia e dall'India; se pure l'aggettivo non voglia indicare più genericamente una provenienza orientale. [*N.d.T.*]

vv. 416-17 Cfr. vv. 7-8 (Maometto è qui designato nella forma alternativa *Macone* - corrispondente a *Mahum* del testo francese).

E d'Apollin, qui seintes leis tenuns!
Vostre message fesime‹s› a Charlun;
Ambes ses mains en levat cuntre munt,
Loat sun Deu, ne fist altre respuns.
Ci vos enveiet un sun noble barun
Ki est de France, si est mult riches hom:
Par lui orrez si avrez pais u nun. –
Respunt Marsilie: – Or dïet, nus l'orrum! – AOI.

## XXXIII

Mais li quens Guenes se fut ben purpensét.
Par grant saver cumencet a parler,
Cume celui ki ben faire le set;
E dist al rei: – Salvez seiez de Deu,
Li glorius qui devum aürer!
Iço vus mandet Carlemagnes li ber,
Que recevez seinte chrestïentét;
Demi Espaigne vos voelt en fiu duner.
Se cest'acorde otrïer ne vulez,
Pris e lïez serez par poestéd,
Al siege ad Ais en serez amenét,
Par jugement serez iloec finét:
La murrez vus a hunte e a viltét. –
Li reis Marsilies en fut mult esfreéd:
Un algier tint, ki d'or fut enpenét;
Ferir l'en volt, se n'en fust desturnét. AOI.

e Apollo, i quali sante leggi ci impongono!
Demmo il messaggio vostro all'imperatore.
Ambe le mani al cielo egli levò,
lodò il suo Dio, non fece altra risposta.
Ma qui vi manda un nobile barone,
dei suoi di Francia, e che potente è molto:
da lui saprete se avrete pace o no".
"Parli: l'udremo!" re Marsilio risponde.

## XXXIII

Ma il conte Gano, dopo avere pensato,
con gran saggezza incominciò a parlare,
come colui che ben fare lo sa.
E disse al re: "Il Signore vi salvi,
il Dio glorioso che dobbiamo adorare!
Vi manda a dire il prode Carlomagno
che riceviate la legge dei cristiani:
vi vuole in feudo donare mezza Spagna.
Se quest'accordo non volete accettare,
sarete a forza allor preso e legato,
portato dove sta Carlo, ad Aquisgrana,
e per giudizio a morte condannato:
là morirete con vergogna e viltà".
Il re Marsilio freme tutto di rabbia:
un giavellotto con penne d'oro agguanta:
lo vuol colpire, ma gli altri l'allontanano.

v. 417 *i quali sante leggi ci impongono!*: letteralmente: «dei quali osserviamo le sante leggi».
v. 419 Cfr. v. 137.
v. 437 *viltà*: umiliazione.
v. 439 *giavellotto*: il termine (più specifico e non meglio determinabile con sicurezza) che è chiamato a designare questo giavellotto, o lancia, nel testo francese — *algier*; *algeir* a 442, *agiez* (pl.) a 2075 — non è attestato altrove in lingua *d'oïl*; l'etimo è tradizionalmente ricondotto ad un vocabolo anglosassone.

## XXXIV

Li reis Marsilies ad la culur müee;
De sun algeir ad la hanste crollee.
Quant le vit Guenes, mist la main a l'espee;
Cuntre dous deie l'ad del furrer getee,
Si li ad dit: – Mult estes bele e clere!
Tant vus avrai en curt a rei portee!
Ja ne·l dirat de France li emperere
Que suls i moerge en l'estrange cuntree;
Einz vos avrunt li meillor cumperee. –
Dïent paien: – Desfaimes la mellee! –

## XXXV

T[an]t li preierent li meillor Sarrazin,
Qu'el faldestoed s'es‹t› Marsilies asis.
Dist l'Algalifes: – Mal nos avez baillit,
Que li Franceis asmastes a ferir.
Vos doüssez esculter e oïr. –
– Sire, – dist Guenes – mei l'avent a suffrir.
Jo ne lerreie por tut l'or que Deus fist
Ne tut l'aveir ki seit en cest païs
Que ne li dïe, se tant ai de leisir,
Que Charle[magnes], li reis poësteïfs,
Par mei li mandet, sun mortel enemi. –
Afublez est d'un mantel sabelin

## XXXIV

Il re Marsilio ha il colore mutato.
Comincia a scuotere del giavellotto l'asta;
Gano lo vede, mette mano alla spada,
due dita fuori del fodero la trae.
E dice: "Molto voi siete bella e chiara!
Tanto vi avrò nella corte portata!
L'imperatore di Francia non dirà
che muoio solo in straniera contrada,
prima che v'abbiano i migliori comprata!"
"Fermiam la lite!" qui dicono i pagani.

## XXXV

Tanto i migliori pregarono Marsilio,
che il re sul trono finalmente si assise.
"Voi ci turbaste," disse allora il Califfo
"quando il Francese pensaste di colpire.
Voi dovevate ascoltarlo e sentirlo".
E Gano: "Sire, questo debbo soffrirlo.
Però per tutto l'oro che ha fatto Iddio
e per i beni di cui la Spagna è ricca,
non lascerò di dir, se mi è possibile,
quello che Carlo, il re possente, dice
per mezzo mio al suo mortal nemico".
Porta un mantello Gano di zibellino,

v. 449 *comprata*: s'intenda: «conquistata a caro prezzo». [*N.d.T.*]

v. 453 *ci turbaste*: s'intenda: «ci avete messi in un brutto impiccio». [*N.d.T.*] — il *Califfo*: il termine traduce correttamente l'*Algalife* del testo francese, ma il personaggio così designato — zio di Marsilio e alto dignitario della corte saracena di Spagna — non detiene i poteri connessi al titolo di califfo nella gerarchia islamica (della quale occupa il vertice, dato che il termine esprime la qualifica di «successore» di Maometto).

v. 456 *questo debbo soffrirlo*: s'intenda: «debbo sopportare questo affronto». [*N.d.T.*]

vv. 462-66 L'atteggiamento di Gano ricorda quello da lui assun-

Ki fut cuvert d'un palie alexandrin:
Getet le a tere, si·l receit Blancandrin.
Mais de s'espee ne volt mie guerpir:
En sun puign destre par l'orie punt la tint.
Dïent paien: — Noble baron ad cil — AOI.

## XXXVI

Envers le rei s'est Guenes aproismét,
Si li ad dit: — A tort vos curuciez,
Quar ço vos mandet Carles, ki France tient,
Que recevez la lei de chrestïens;
Demi Espaigne vus durat il en fiét,
L'altre meitét avrat Rollant sis niés:
Mult orguillos i avrez parçuner!
Si ceste acorde ne volez otrïer,
En Sarraguce vus vendrat aseger.
Par poëstét serez pris e lïez,
† Menét serez [. .] dreit ad Ais le siét;
Vus n'i avrez palefreid ne destrer,
Ne mul ne mule que puissez chevalcher:
Getét serez sur un malvais sumer.
Par jugement iloec perdrez le chef.
Nostre emperere vus enveiet cest bref. —
El destre poign l'ad livrét al paien.

tutto coperto d'un drappo alessandrino:
lo getta a terra, e Biancandrin lo piglia;
ma dalla spada Gano non si divide,
e l'aureo pomo nel pugno destro stringe.
"È proprio un nobile!" dicono i Saracini.

## XXXVI

Al re Marsilio Gano s'è avvicinato
per dirgli: "A torto voi vi state crucciando
perché il sovrano di Francia a dir vi manda
che riceviate la legge dei cristiani:
in feudo vuole donarvi mezza Spagna;
l'altra metà l'avrà il nipote Orlando:
e così avrete un vicino arrogante!
Se quest'accordo non volete accettare,
in Saragozza verrà per assediarvi.
Sarete a forza allor preso e legato;
vi porteranno diritto ad Aquisgrana.
Né palafreno né destrier vi daranno,
né mulo o mula da poter cavalcare:
su un vil somiero voi sarete gettato.
Poi, per sentenza, vi perderete il capo.
L'imperatore questo breve vi manda".
E nella destra lo mette del pagano.

to (cfr. v. 281) nel suo primo moto di aperta contrapposizione a Orlando durante il consiglio dei baroni francesi.

v. 466 *pomo*: appendice terminale dell'impugnatura della spada.

v. 479 *palafreno*: è, in opposizione al *destriero*, il cavallo da viaggio, robusto e pesante. [*N.d.T.*]; per *destriero*, cfr. la nota ai versi 346-47.

v. 481 *somiero*: è genericamente la bestia da carico. Talvolta nella presente traduzione al posto del termine *somiero* è adoperato quello di *mulo* e viceversa. [*N.d.T.*]

## XXXVII

Marsilies fut esculurez de l'ire,
Freint le seel, getét en ad la cire.
Guardet al bref, vit la raisun escrite:
— Carle me mandet, ki France ad en baillie,
Que me remembre de la dolur e l'ire,
Ço est de Basan e sun frere Basilie
Dunt pris les chefs as puis de‹suz› Halt[il]ie.
Se de mun cors voeil aquiter la vie,
Dunc li envei mun uncle l'Algalife;
‹U› altrement ne m'amerat il mie. —
Aprés parlat ses filz envers Marsilies,
E dist al rei: — Guenes ad dit folie;
Tant ad errét, nen est dreiz que plus vivet:
Livrez le mei, jo en ferai la justise. —
Quant l'oït Guenes, l'espee en ad branlie;
Vait s'apuier suz le pin a la tige.

## XXXVIII

Enz el verger s'en est alez li reis;
Ses meillors humes en meineṭ ensembl'od sei,
E Blancandrins i vint, al canud peil,
E Jurfarét, ki est ses filz e ses heirs,
E l'Algalifes, sun uncle e sis fedeilz.
Dist Blancandrins: — Apelez le Franceis:
De nostre prod m'ad plevie sa feid. —
Ço dist li reis: — E vos l'i ameneiz. —

## XXXVII

Il re Marsilio si fa pallido d'ira,
rompe il sigillo, la cera getta via,
e guarda al breve, vede il discorso scritto:
"Mi dice Carlo, che la Francia ha in dominio,
che mi ricordi del dolore e dell'ira,
ch'egli ha nell'animo per Basante e Basilio,
cui tolsi il capo nei monti presso Altilia.
Se dunque io voglio non perdere la vita,
debbo or mandargli il Califfo mio zio:
non mi sarà, diversamente, amico".
Qui al re Marsilio s'indirizzò suo figlio,
e disse: "Gano ha detto una pazzia.
Ha tanto errato che non deve più vivere.
Datelo a me, ché ne farò giustizia!"
Appena l'ode, Gano il ferro brandisce:
va ad appoggiarsi contro il tronco del pino.

## XXXVIII

S'è ritirato il re dentro il verziere:
conduce gli uomini suoi migliori con sé.
Vien Biancandrino, che ha candidi i capelli,
con Giurfaretto, che è suo figlio ed erede,
ed il Califfo, suo zio e suo fedele.
"Chiamate" disse Biancandrino "il Francese:
in favor nostro ha impegnato la fede".
Rispose il re: "E allora conducetelo!"

v. 485 *si fa pallido d'ira*: altri intende: «s'imporpora dall'ira». [*N.d.T.*]

v. 492 Letteralmente: «Se del mio corpo voglio mettere al sicuro la vita»; il «corpo» è utilizzato altrove in costrutti perifrastici analoghi: cfr. ad es. i versi 892 e 901, dove il traduttore ha reso con «la mia persona».

v. 495 *suo figlio*: il verso 504 ne dirà il nome, Giurfaretto.

vv. 501-05 Come Carlo nella lassa XII (nei confronti della quale la lassa XXXVIII, per questi primi cinque versi, si segnala per buoni spunti di similarità), Marsilio, una volta ascoltato il messaggio riferito dall'ambasciatore, raduna un consiglio ristretto, riservato agli uomini di meglio provate qualità e fiducia.

Guene[lun] pris‹t› par la main destre a‹s› deiz,
Enz el verger l'en meinet josqu'al rei.
La purparolent la traïsun seinz dreit. AOI.

## XXXIX

— Bel sire Guenes, — ço li ad dit Marsilie
— Jo vos ai fait alques de legerie
Quant por ferir vus demustrai grant ire.
Guaz vos en dreit par cez pels sabelines
(Melz en valt l'or que ne funt cinc cenz livres):
Einz demain noit iert bele l'amendise. —
Guenes respunt: — Jo ne·l desotrei mie.
Deus, se lui plaist, a bien le vos mercie! — AOI.

## XL

Ço dist Marsilies: — Guenes, par veir [cre]ez,
En talant ai que mult vos voeill amer.
De Carlemagne vos voeill oïr parler.
Il est mult vielz, si ad sun tens usét:
Men escïent, dous cenz anz ad passét.
Par tantes teres ad sun cors demenéd,
Tanz ‹colps› ad pris sur sun escut bucler,
Tanz riches reis cunduit a mendistéd:
Quant ert il mais recreanz d'osteier? —
Guenes respunt: — Carles n'est mie tels.
N'est hom ki·l veit e conuistre le set,
Que ço ne dïet que l'emperere est ber.
Tant ne·l vos sai ne preiser ne loër,
Que plus n'i ad d'onur e de bontét.
Sa grant valor ki purreit acunter?

E quello Gano afferrò per la destra,
e nel verziere lo condusse dal re.
Tramano là l'ingiusto tradimento.

## XXXIX

"Bel sire Gano," prese a dire Marsilio
"io v'ho trattato con un po' di follia,
quando per l'ira vi volevo colpire.
Ecco qui in cambio pelli di zibellino;
ne val più l'oro di cinquecento libbre.
Domani avrete un'ammenda più ricca".
Gano risponde: "Certo non le respingo.
Ve ne compensi Iddio, se gli è gradito!"

## XL

Disse Marsilio: "Gano, per vero abbiate
che ho desiderio molto grande d'amarvi.
Di Carlomagnó vi voglio udir parlare.
È molto vecchio: il suo tempo l'ha fatto.
Per quanto io sappia, passato ha duecent'anni.
Per tante terre ha il corpo trascinato,
sopra lo scudo gli han tanti colpi dato,
poveri ha fatto tanti ricchi sovrani!
E quando stanco sarà di guerreggiare?"
Gano risponde: "Ma così non è Carlo!
Nessun lo vede e a conoscerlo impara,
che poi non dica: 'L'imperatore è un bravo!'
Non ve lo so lodare né vantare
tanto da dirne ogni onore e bontà.
Il suo valore chi potrebbe contarlo?

v. 511 La tradizione anti-oxfordiana propone qui un primo emistichio del tipo *Des or cumencet* (per il quale cfr. la nota al verso 179).

v. 516 Forse si allude a liste o fregi d'oro che adornavano le pellicce. La libbra era una determinata unità di peso, che diede il nome a un'unità monetaria, donde poi derivò il nome della lira. [*N.d.T.*] Una ingegnosa proposta di emendamento (debole, però, sul piano testuale) correggerebbe *or* (oro) in *ors* (orlo, contorno, guarnizione).

De tel barnage l'ad Deus enluminét,
Meilz voelt murir que guerpir sun barnét. —

XLI

Dist li Paiens: — Mult me puis merveiller
De Carlemagne, ki est canuz e vielz:
Men escïentre, dous cenz anz ad e mielz.
Par tantes teres ad sun cors traveillét,
Tanz cols ad pris de lances e d'espiét,
Tanz riches reis cunduiz a mendistiét:
Quant ert il mais recreanz d'osteier? —
— Ço n'iert, — dist Guenes — tant cum vivet sis niés!
N'at tel vassal suz la cape del ciel;
Mult par est proz sis cumpainz Oliver.
Les .XII. pers, que Carles ad tant chers,
Funt les enguardes a .XX. mil chevalers:
Soürs est Carles, que nuls home ne crent. — AOI.

Dio tale luce di prodezza gli ha dato,
che morirebbe piuttosto che lasciarla".

## XLI

Disse il pagano: "Meravigliar mi debbo
di Carlomagno, così canuto e vecchio!
Per quanto io sappia, ha duecent'anni e meglio.
Ha travagliato il corpo in tante terre,
ha preso tanti colpi di lancia e spiedo,
e ha fatto poveri tanti potenti re!
Quando sarà stanco di fare guerra?"
"Mai," disse Gano "finché il nipote è in piedi!
Non c'è un vassallo come lui sotto il cielo,
e molto prode è il compagno Oliviero.
E avanti i dodici Pari amati dal re
con ventimila cavalieri procedono.
Tanto è sicuro Carlo, che nessun teme."

v. 536 *piuttosto che lasciarla*: altri intende: «piuttosto che venir meno ai suoi baroni». [*N.d.T.*] Per varî motivi, l'interpretazione data nella nota del traduttore appare preferibile. Tra l'altro, sembra che risponda meglio alla domanda di Marsilio del verso 528: Carlo non può stancarsi di guerreggiare non perché alla guerra lo chiami il desiderio di provare il proprio valore (già ampiamente illustrato), ma piuttosto perché ciò rappresenterebbe un venir meno ai suoi doveri nei confronti dell'insieme dei baroni (il *barnét* del testo francese ha questo significato in altri luoghi orlandiani), che dalla *luce di prodezza* che Dio ha conferito a Carlo si attendono guida e sostegno. Non si può chiedere a Carlo, sembrerebbe dire Gano seguendo questa interpretazione, di rinunciare alla guerra, ma lo si potrebbe chiedere ai suoi baroni (cfr. vv. 166-67), e la cosa risulterebbe possibile qualora venisse meno l'ostacolo costituito da Orlando, il quale rappresenta, per il suo valore, una precisa garanzia di vittoria (come diranno le successive repliche similari di Gano a Marsilio dei versi 544-49 e 557-62).

v. 548 S'intenda: «formano le truppe d'avanguardia con ventimila cavalieri». [*N.d.T.*]

XLII

Dist li [Paiens]: — Merveille en ai ‹mult› grant
De Carlemagne, ki est canuz e blancs:
Mien escïentre, plus ad de .II.C. anz.
Par tantes teres est alét cunquerant,
Tanz colps ad pris de bons espiez trenchanz,
Tanz riches reis morz e vencuz en champ:
Quant ier‹t› il mais d'osteier recreant? —
— Ço n'iert, — dist Guenes — tant cum vivet Rollant!
N'ad tel vassal d'ici qu'en Orïent;
Mult par est proz Oliver, sis cumpainz.
Li .XII. per, que Carles aimet tant,
Funt les enguardes a .XX. milie de Francs:
Soürs est Carles, ne crent hume vivant. — AOI.

XLIII

— Bel sire Guenes, — dist Marsilies li reis
— Jo ai tel gent, plus bele ne verreiz:
Quatre cenz milie chevalers puis aveir.
Puis m'en cumbatre a Carle e a Franceis? —
Guenes respunt: — Ne vus, a ceste feiz!
De voz paiens mult grant perte i avreiz.
Lessez folie, tenez vos al saveir.
L'empereür tant li dunez aveir,
N'i ait Franceis ki tot ne s'en merveilt.
Par .XX. hostages que li enveiereiz,
En dulce France s'en repairrat li reis.
Sa rereguarde lerrat derere sei;
Iert i sis niés, li quens Rollant, ço crei,
E Oliver, li proz e li curteis.
Mort sunt li cunte, së est ki mei en creit.

## XLII

Disse il pagano: "Ho meraviglia grande
di Carlomagno, così canuto e bianco!
Per quanto io sappia, ha più di duecent'anni.
Per tante terre passato è conquistando,
e colpi preso ha di spiedi affilati,
e re potenti uccisi e vinti in campo!
Quando sarà di guerreggiare stanco?"
"Mai,"disse Gano "finché sia vivo Orlando!
Da qui in Oriente non c'è un vassallo uguale.
E molto prode è Oliviero, il compagno:
e stanno i dodici Pari, amati da Carlo,
in avanguardia con ventimila Franchi.
Sicuro è Carlo: non teme alcun mortale."

## XLIII

"Bel sire Gano," disse Marsilio il re,
"con me ho tal gente che non ce n'è più bella:
ne ho quattrocento migliaia, cavalieri!
Posso combattere contro Carlo e i Francesi?"
Gano risponde: "Non questa volta certo!
Molto gran perdita dei pagani vi avreste.
Non siate folle: statevi alla saggezza.
L'imperatore, dategli tanti averi,
che meraviglia prenda tutti i Francesi.
Con venti ostaggi che voi gli manderete,
farà ritorno nella sua Francia il re,
ma lascerà la retroguardia dietro,
con il nipote, il conte Orlando, credo,
ed Oliviero, il valente e cortese.
Son belli e morti i due, se mi si crede!

v. 569 È un argomento caratteristico di Gano (cfr. v. 229).

Carles verrat sun grant orguill cadeir,
N'avrat talent que ja mais vus guerreit. — AOI.

## XLIV

— Bel sire Guenes, — ‹ço dist li reis Marsilies›
— Cum faitement purrai Rollant ocire? —
Guenes respont: — Ço vos sai jo ben dire.
Li reis serat as meillors porz de Sizer,
Sa rereguarde avrat detrés sei mise;
Iert i sis niés, li quens Rollant, li riches,
E Oliver, en qui il tant se fiet;
.xx. milie Francs unt en lur cumpaignie.
De voz paiens lur enveiez .C. milie.
Une bataille lur i rendent cil primes;
La gent de France iert blecee e blesmie:
Ne·l di por ço, des voz iert la martirie.
Altre bataille lur livrez de meïsme:
De quel que seit, Rollant n'estoertrat mie.
Dunc avrez faite gente chevalerie;
N'avrez mais guere en tute vostre vie. — AOI.

Carlo vedrà il suo orgoglio cadere:
non avrà voglia mai più di farvi guerra".

## XLIV

"Bel sire Gano," il re Marsilio disse
"in che maniera Orlando potrò uccidere?"
Gano risponde: "Io ve lo so ben dire.
Il re sarà ai valichi di Cisa.
La retroguardia egli farà seguire
col conte Orlando, il gran nipote, a guida,
ed Oliviero, di cui tanto si fida;
e ventimila Franchi in lor compagnia.
Voi centomila pagani lì spedite,
che una battaglia attacchino per primi:
sarà la gente di Francia assai colpita.
I vostri certo vi avranno gran martirio;
ma un altro assalto voi date tuttavia!
O prima o dopo, Orlando non può uscirne.
Da cavaliere avrete così agito;
né avrete guerra più per tutta la vita".

v. 583 *valichi di Cisa*: la *Canzone* [nel testo francese] chiama questi valichi «i maggiori porti» [v. 719], «i migliori porti» [qui], «i porti maestri» [v. 2939] di Cisa. [*N.d.T.*] Il termine *port* (*porz*) soltanto in due occasioni (ai versi 1429 e 2626) designa nella *Canzone* un porto di mare; spesso, invece, indica, come qui, una gola, una stretta, un valico montano. *Cisa* è toponimo equivalente a *Roncisvalle*.

v. 589 *per primi*: il testo francese ha un avverbio: *primes* («dapprima»).

v. 591 *certo*: traduce *Ne'l di por ço* («Non faccio per dire»; letteralmente: «Non lo dico per questo»). L'espressione del testo francese ha comunque, o riceve dal contesto, anche un valore energicamente avversativo rispetto all'affermazione precedente: il *gran martirio*, infatti, è quello della (pur momentanea) sconfitta.

v. 593 *O prima o dopo*: l'espressione del testo francese si richiama a *bataille* («assalto») del verso precedente: «dall'uno o dall'altro (assalto)».

XLV

– Chi purreit faire que Rollant i fust mort,
Dunc perdreit Carles le destre braz del cors,
Si remeindreient les merveilluses oz.
N'asemblereit jamais si grant esforz;
Tere Major remeindreit en repos. –
Quan‹t› l'ot Marsilie, si l'ad baisét el col.
Puis si cumencet a [uvr]ir ses tresors. AOI.

XLVI

† Ço dist Marsilies: – Qu'en parlereient [. . .]
† Cunseill n'est proz dunt hume [. . . . . .]
† La traïsun me jurrez de Rollant. –
Ço respunt Guenes: – Issi seit cum vos plaist! –
Sur les reliques de s'espee Murgleis
La traïsun jurat, si s'est forsfait. AOI.

## XLV

"Se alcun potesse a Orlando dar la morte,
farebbe Carlo del braccio destro tronco;
si fermerebbero le truppe prodigiose,
non riunirebbe più Carlo sì gran forze,
la Terra Avita rimarrebbe in riposo".
Quando il re l'ode, bacia Gano sul collo.
Dopo comincia a mostrare il tesoro.

## XLVI

Disse Marsilio: "Parlare più a che serve?
Non è il consiglio buono, se non c'è fede.
Giurate subito d'Orlando il tradimento".
Risponde Gano: "Sia come a voi par bene!"
Sulle reliquie della spada Murglea
egli giurò, ed il misfatto fece.

v. 600 *la Terra Avita*: cfr. il *Repertorio dei nomi proprî del testo italiano* per le due interpretazioni concorrenti di *Tere Major* del testo francese. La traduzione adotta quella indubbiamente più persuasiva, resa tale dal riscontro con le analoghe forme genitivali dei versi 1443 e 3262 (*Geste Francor*, «la Gesta dei Franchi»), 1221 (*l'enseigne paienor*, «l'insegna, il grido dei pagani»), 1019, 2427, 2639, 2694 (*gent paienur*, o *paienor*, «la gente pagana, dei pagani»).

v. 602 L'avidità non è stata per Gano la principale spinta al tradimento; pure, l'autore si compiace più volte di sottolinearne la corruzione, iniziando da questo verso (se non forse dalla lassa XXXIX) sino al 641, e riprendendone altrove il motivo (vv. 845-47, 1148 e 3756). Può essere stato determinante in questo senso il desiderio di rilevare maggiormente l'analogia tra Gano e Giuda (cfr. le note ai versi 178 e 280-85).

vv. 603-05 La traduzione ipotizza plausibilmente il contenuto dei versi 603 e 604, non conservati per intero, e rende il verso 605 (che contravviene, nel testo francese, alle regole dell'assonanza).

v. 607 *reliquie della spada*: il pomo della spada poteva contenere reliquie (cfr. Durendala, la spada di Orlando, al verso 2345).

## XLVII

Un faldestoed i out d'un olifant.
Marsilies fait porter un livre avant:
La lei i fut Mahum e Tervagan.
Ço ad jurét li Sarrazins espans,
Se en rereguarde troevet le cors Rollant,
Cumbatrat sei a trestute sa gent,
E, së il poet, murrat i veirement.
Guenes respunt: — Ben seit vostre comant. — AOI.

## XLVIII

Atant i vint uns paiens, Valdabruns.
Icil [levat le] rei Marsiliun.
Cler en riant l'ad dit a Guenelun:
— Tenez m'espee, meillur n'en at nuls hom!
Entre les helz ad plus de mil manguns.

## XLVII

C'era d'avorio lì un trono collocato.
Fa re Marsilio portare un libro avanti.
Poi sulla legge giura di Tervagante
e di Macone quel Saracin di Spagna
che se mai trovi in retroguardia Orlando,
con la sua gente gli sferrerà battaglia:
e, se è mortale, Orlando morirà.
"Quel che volete si compia!" dice Gano.

## XLVIII

Venne un pagano di nome Valdabruno,
che fu a Marsilio padrino d'armatura.
Disse egli a Gano con un riso sicuro:
"Vi do il mio ferro: miglior non ne ha nessuno:
nell'elsa ha mille e più mangoni chiusi.

v. 611 *Tervagante*: costituisce, con Maometto e Apollo, una specie di trinità saracena. Ai versi 2580-90, 2696-97, 2711-12, 3267-68, 3490-91 le tre divinità sono chiamate in causa insieme o nel medesimo contesto.

v. 615 *se è mortale*: il testo francese ha qui una forma ellittica: *së il poet* («se egli può»), che il traduttore ha scelto di risolvere come: «se egli può morire». È interpretazione legittima, alla quale le libertà sintattiche caratteristiche della forma orlandiana consentono però di opporre, e probabilmente preferire, la lettura: «se egli può farlo» (fare, cioè, in modo che Orlando sia morto); in questa interpretazione il soggetto sarebbe naturalmente Marsilio: «Se egli (Marsilio) può farlo, egli (Orlando) certamente morirà»: cfr. il verso 596.

v. 618 S'intenda: «che era stato padrino»; cioè, «lo aveva armato cavaliere». [*N.d.T.*]

v. 620 *ferro*: spada (*espee* nel testo francese).

v. 621 *nell'elsa*: nel testo francese: *entre les helz*; cioè: «tra la guardia e il pomo della spada». Poiché il *mangone* era una moneta d'oro, si dovrà ritenere — per ristrettezza di spazio — che Valdabruno alluda al valore di *mille e più mangoni* raggiunto, tra oro, pietre e lavorazione, dalle parti più preziose della sua spada (è spiegazione che trova qualche difficoltà — ma non proprio insormontabile — nel verso 1570, dove, rinnovandosi la menzione della spada donata a Gano da Valdabruno, è detto che questi *la spada e mille mangoni gli donò*).

Par amistiez, bel sire, la vos duins,
Que [n]os aidez de Rollant le barun,
Qu'en rereguarde trover le poüsum. —
— Ben serat fait — li quens Guenes respunt;
Puis se baiserent es vis e es mentuns.

## XLIX

Aprés i vint un paien, Clim‹b›orins;
Cler en riant a Guenelun l'ad dit:
— Tenez mun helme, unches meillor ne vi;
Si nos aidez de Rollant li marchis,
Par quel mesure le poüssum hunir. —
— Ben serat fait — Guenes ‹li› respundit;
Puis se baiserent es buches e es vis. AOI.

## L

Atant i vint reïne Bramimunde:
— Jo vos aim mult, sire, — dist ele al cunte
— Car mult vos priset mi sire e tuit si hume.
A vostre femme enveierai dous nusches;
Bien i ad or, matices e jacunces:

Per amicizia, bel signor, vi rinuncio;
ma contro Orlando dateci il vostro aiuto,
che in retroguardia possiam trovarlo, dunque!"
E Gano: "Sì, sarà fatto" concluse.
Poi si baciarono viso e mento ambedue.

## XLIX

Dopo anche venne il pagan Climborino,
che fece un chiaro sorriso a Gano, e disse:
"Ecco il mio elmo: miglior mai non ne vidi;
ma contro Orlando voi dateci consiglio,
in che maniera lo possiamo avvilire".
"Sì, sarà fatto" Gano in risposta disse.
Poi si baciarono sulla bocca e sul viso.

## L

Poi la regina venne pur, Bramimonda.
"Io v'amo molto, signore" disse al conte.
"Molto vi stimano il re con tutti i suoi.
Or due collane vi do per vostra moglie,
ricche in giacinti, in ametiste, in oro,

v. 630 *dateci consiglio*: il testo francese ha: *si nos aidez* (aiutateci); Climborino intenderà, per questo aiuto, la designazione di Orlando alla retroguardia, che rientrava nel piano suggerito da Gano (vv. 574-75 e 584-85), era stata auspicata da Marsilio (v. 613) e richiesta espressamente da Valdabruno (ai versi 623-24, similari a 630-31).

v. 634 *la regina ... Bramimonda*: costituisce con Alda (fidanzata di Orlando, sorella di Oliviero), la coppia dei personaggi femminili della *Canzone*. Avrà qualche momento di presenza significativa nel corso del poema, e la sua conversione al cristianesimo (prenderà col battesimo il nome di Giuliana) ne rappresenterà quasi la conclusione (cfr. vv. 3985-87 e 3990).

v. 636 *il re*: il testo francese ha *mi sire* («il mio signore»; denominazione usuale per: «mio marito»).

v. 638 *giacinti ... ametiste*: pietre preziose di colore rispettivamente arancione e viola.

Mielz valent eles que tut l'aveir de Rume.
Vostre emperere si bones ne vit unches. –
Il les ad prises, en sa hoese les butet. AOI.

LI

Li reis apelet Malduit, sun tresorer:
– L'aveir Carlun est il apareilliez? –
E cil respunt: – Oïl, sire, asez bien:
.VII.C. cameilz, d'or e argent cargiez,
E .XX. hostages, des plus gentilz suz cel. – AOI.

LII

Marsilies tint Guen‹elun› par l'espalle,
Si li ad dit: – Mult par ies ber e sage.
Par cele lei que vos tenez plus salve,
Guardez de nos ne turnez le curage.
De mun aveir vos voeill dunner grant masse:
.X. muls cargez del plus fin or d'Arabe;
Ja mais n'iert an altretel ne vos face.
Tenez les clefs de ceste citét large:
Le grant aveir en presentez a Carles;
Pois me jugez Rollant a rereguarde!
Se·l pois trover a port në a passage,
Liverrai lui une mortel bataille. –
Guenes respunt: – Mei est vis que trop targe! –
Pois est muntéd, entret en sun veiage. AOI.

che valgon più dei tesori di Roma.
Belle così non ne ha l'imperatore!"
Gano le prende, e nell'uosa le pone.

## LI

Il re chiamò Maldotto, il tesoriere:
"Son pronti i doni che a Carlo manderemo?"
Quegli risponde: "Sire, sì, molto bene:
cammelli carichi d'argento e d'oro, e venti
nobili ostaggi: i più nobili in terra".

## LII

Marsilio Gano trattenne per la spalla,
e così disse: "Voi siete prode e saggio.
Per quella legge che pensate che salvi,
fate attenzione che il cuor non vi si cambi.
Assai vi voglio dei miei beni donare:
dieci somieri con fino oro d'Arabia;
e nessun anno lascerò senza farlo.
Vi do di questa grande città le chiavi:
tutti i tesori presentatene a Carlo;
e poi mettete Orlando in retroguardia.
Se in una stretta lo trovo o in qualche valico,
una battaglia mortale voglio dargli".
Gano risponde: "Tardar troppo mi pare!"
Monta a cavallo: comincia il suo viaggio.

v. 649 *legge ... che salvi*: il testo francese ha qui la forma aggettivale comparativa («più salutare»); cfr. v. 189.

v. 650 *che il cuor non vi si cambi*: letteralmente: «che non distogliate da noi il cuore» (o, meglio, la volontà, l'intendimento).

v. 659 «*Tardar troppo mi pare!*»: seguendo immediatamente l'espressione con la quale Marsilio ribadisce la propria volontà di adoperarsi per l'uccisione di Orlando, sembra evidente che la battuta di Gano sia carica di intenzione allusiva.

LASSE LIII - LVII

L'unità di tempo consente di raggruppare queste lasse, che rendono conto degli avvenimenti verificatisi nel campo cristiano durante il giorno e la notte che hanno preceduto la battaglia di Roncisvalle. *Al mattino, all'alba, il dì si leva* (v. 667); Gano giunge a Valterna, dove Carlo è accampato, e fornisce la sua falsa versione dell'esito delle trattative con Marsilio, determinando la partenza dell'esercito cristiano per la Francia; i Francesi, a sera, si trovano attendati sulla cima di un colle, ignari delle insidie che quattrocentomila Saraceni stanno loro preparando (vv. 707-16); *il giorno passa e la notte s'addensa* (v. 717); Carlo è avvertito da due sogni premonitori (lasse LVI e LVII) della minaccia che incombe sulle sue truppe e di quella che verrà portata alla sua autorità dai fedeli di Gano, in primo luogo da Pinabello, sul finire della *Canzone*. — L'interpretazione dei sogni di Carlo che si è appena data (del secondo in particolare) è fondata sul riconoscimento dello stretto parallelismo che collega questi presagi ai sogni che, ancora in coppia, si presenteranno a Carlo nella notte che precederà la battaglia con Baligante (lasse CLXXXIV e CLXXXV); cfr. la nota ai versi 726-35.

## LIII

Li empereres aproismet sun repaire.
Venuz en est a la citét [Valterne]:
Li quens Rollant, il l'ad e prise e fraite;
Puis icel jur en fut cent anz deserte.
De Guenelun atent li reis nuveles
E le treüd d'Espaigne, la grant tere.
Par main en l'albe, si cum li jurz esclairet,
Guenes li quens est venuz as herberges. AOI.

## LIV

Li empereres est par matin levét;
Messe e matines ad li reis escultét.
Sur l'erbe verte estut devant sun tref.
Rollant i fut e Oliver li ber,
Neimes li dux e des altres asez.
Guenes i vint, li fels, li parjurez;
Par grant veisdie cumencet a parler,
E dist al rei: — Salvez seiez de Deu!
De Sarraguce ci vos aport les clefs.
Mult grant aveir vos en faz amener
E .xx. hostages: faites les ben guarder!
E si vos mandet reis Marsilies li ber:

## LIII

L'imperatore s'appressa al suo paese,
e alla città di Valterna perviene,
presa e distrutta da Orlando, e da quel tempo
rimasta poi per cent'anni deserta.
Ora di Gano il re notizie attende,
ed il tributo di Spagna, la gran terra.
Come al mattino, all'alba, il dì si leva,
il conte Gano giunge all'accampamento.

## LIV

Assai per tempo l'imperator s'è alzato
e mattutino e messa ha già ascoltato.
Sull'erba verde sta alla sua tenda avanti.
Vi sono Orlando ed Oliviero il bravo,
il duca Namo e parecchi degli altri.
Vi venne pure quel traditor di Gano,
che con astuzia incominciò a parlare.
Disse egli al re: "Il Signore vi salvi!
Di Saragozza io vi reco le chiavi;
grandi tesori condurre ve ne faccio,
e venti ostaggi: fateli ben guardare.
Il re Marsilio a voi chiede che biasimo

v. 662 *Valterna:* cfr. v. 199, dove era ricordata, come qui ribadiscono i versi 663-64, tra le conquiste di Orlando.
vv. 669-70 Identici, nel testo francese, ai versi 163-64.

De l'Algalifes ne·l devez pas blasmer;
A mes oilz vi .IIII.C. milie armez,
Halbers vestuz, alquanz healmes fermez,
Ceintes espees as punz d'or neielez,
Ki l'en conduistrent tresqu'en la ‹rive› mer:
[Por ço] s'en fuient, por la chrestïentét
Quë il ne voelent ne tenir ne guarder.
Einz qu'il oüssent .IIII. liues siglét,
Si·s aquillit e tempeste e oréd:
La sunt neiez, jamais ne·s en verrez.
Së il fust vif, jo l'oüsse amenét.
Del rei paien, sire, par veir creez:
Ja ne verrez cest premer meis passét,
Qu'il vos sivrat en France le regnét,
Si recevrat la lei que vos tenez:
Jointes ses mains iert vostre comandét;
De vos tendrat Espaigne le regnét. –
Ço dist li reis: – Gracïét en seit Deus!
Ben l'avez fait; mult grant prod i avrez. –
Par mi cel ost funt mil grailles suner:
Franc desherbergent, funt lur sumers trosser.
Vers dulce France tuit sunt achiminez. AOI.

## LV

Carles li magnes ad Espaigne guastede,
Les castels pris, les citez violees.
Ço dit li reis que sa guere out finee.
Vers dulce France chevalchet l'emperere.
Li quens Rollant ad l'enseigne fermee,

per il Califfo non gli dobbiate dare:
ché vidi armati quattrocento migliaia,
e alquanti avevano elmi e usberghi indossati
e spade cinte con l'else d'or niellate,
che lo condussero alla riva del mare.
Per questo fuggono, per la legge cristiana,
ch'essi non vogliono prendere né osservare.
Ma prima d'essere quattro leghe lontani,
tempesta e vento fecero loro assalto.
Là naufragarono; né li vedrete mai.
Se fosse vivo, l'avrei condotto qua.
E quanto al re, sire, per vero abbiate
che non vedrete questo mese passare,
che già nel regno vi seguirà di Francia,
riceverà la legge che osservate,
a mani giunte si sottometterà,
e avrà da voi il regno della Spagna".
Qui dice il re: "Iddio sia ringraziato!
Bene faceste; ne avrete gran vantaggio".
Fan tra l'esercito mille trombe suonare.
Levano i Franchi le tende e i muli caricano,
e s'incamminano verso la dolce Francia.

## LV

Il grande Carlo la Spagna ha devastata,
presi i castelli, violate le città.
Dice d'avere la guerra terminata.
Verso la Francia l'imperator cavalca.
Il conte Orlando ora l'insegna pianta

vv. 682-91 Si tratta di un falso resoconto; il Califfo, morto secondo il racconto di Gano, riapparirà durante la battaglia di Roncisvalle (cfr. la nota al verso 1914), nella quale sarà ucciso da Oliviero.

v. 683 *usberghi*: cfr. la nota al verso 384.

v. 684 *l'else*: letteralmente: «i pomi»; *niellate*: lavorate di niello, tecnica orafa che consisteva nel riempire i solchi di una incisione con smalto nero (da *nigellus*, diminutivo di *niger*, nero).

v. 704 Cfr. la nota ai versi 4-5.

vv. 707-08 Nel testo francese è detto soltanto che Orlando ha allacciato l'insegna, il gonfalone (alla sua lancia), e che, *in vetta a un*

En sum un tertre cuntre le ciel levee.
Franc se herbergent par tute la cuntree.
Paien chevalchent par cez greignurs valees,
Halbercs vestuz e [lur brunies dublees],
Healmes lacez e ceintes lur espees,
Escuz as cols e lances adubees.
‹Enz› en un bruill par sum les puis remestrent;
.IIII.C. milie atendent l'ajurnee.
Deus! quel dulur que li Franceis ne·l sevent! AOI.

## LVI

Tresvait le jur, la noit est aserie.
Carles se dort, li empereres riches;
Sunjat qu'il eret a[s] greignurs porz de Sizer,
† Entre ses poinz teneit sa hanste fraisnine.
Guenes li quens l'ad ‹de›sur lui saisie;
Par tel aïr l'at [croll]ee e brandie,
Qu'envers le cel en volent les esc[lic]es.
Carles se dort, qu'il ne s'esveillet mie.

in vetta a un colle, contro il cielo, ed i Franchi
drizzan le tende per tutta la contrada.
Per le gran valli cavalcano i pagani,
gli usberghi indosso, le corazze ben salde,
gli elmi allacciati, le spade cinte al fianco,
gli scudi al collo, le bandiere alle lance.
In cima ai monti, in un bosco, ristanno:
attendon l'alba quattrocento migliaia.
Dio, che dolore che i Franchi non lo sappiano!

## LVI

Il giorno passa e la notte s'addensa.
Re Carlo dorme, l'imperator possente.
In sogno ai valichi di Cisa gli par d'essere,
l'asta di frassino fra le sue mani stretta;
e il conte Gano ecco che gliel'afferra
e gliela scrolla così furiosamente,
che verso il cielo ne volano le schegge.
Re Carlo dorme, e affatto non si desta.

*colle*, l'ha alzata verso il cielo. Non è chiaro se egli infigga l'asta al suolo o la levi contro il cielo col braccio.

v. 713 *le bandiere alle lance*: s'intenda: «con le lance guarnite dei gonfaloni». [*N.d.T.*]

v. 719 *ai valichi di Cisa*: cfr. la nota al verso 583; il primo sogno di Carlo si lascia dunque agevolmente interpretare come un presagio dell'imminente battaglia di Roncisvalle; corrisponde all'analoga premonizione (della battaglia contro Baligante) della lassa CLXXXIV.

v. 723 È probabile che nel manoscritto di Oxford sia caduto un verso (tra 722 e 723), testimoniato dalla restante tradizione, nel quale l'asta di frassino veniva a spezzarsi tra le mani di Carlo, cercando Gano di strappargliela *così furiosamente*; cfr. infatti v. 837. Nella versione del codice C (minime le varianti di $V_4$ e $V_7$ rispetto a C) questo verso 722 *bis* così recita: *Q'entre ses poinz li est fraite et brisie* («Che tra le mani gli è infranta e spezzata»).

## LVII

Aprés iceste altre avisiun sunjat:
Qu'il ert en France, a sa capele, ad Ais.
El destre braz li morst uns vers si mals.
Devers Ardene vit venir uns leuparz,
Sun cors demenie mult fierement asalt.
D'enz de ‹la› sale uns veltres avalat,
Que vint a Carles le‹s› galops e les salz;
La destre oreille al premer ver trenchat,
Ireement se cumbat al lepart.
Dïent Franceis que grant bataille i ad,
‹Mais› il ne sevent liquels d'els la veintrat.
Carles se dort, mie ne s'esveillat. AOI.

## LVII

Altra visione dopo in sogno gli appare:
che nella propria cappella, in Aquisgrana,
al braccio destro forte un verro lo azzanni;
poi dalle Ardenne venir vede un leopardo,
che lui nel corpo ferocemente assalta;
ed ecco un veltro sbucare dalla sala,
che vien da Carlo di galoppo ed a salti,
e prima al verro l'orecchio destro strappa,
irosamente poi s'attacca al leopardo.
Dicono i Franchi che v'è una gran battaglia,
però non sanno chi a vincerla sarà.
Re Carlo dorme, e non si desta affatto.

vv. 726-35 Il sogno della lassa CLXXXV (cfr. la nota alle lasse LII - LVII) offrirà alcune considerevoli analogie con il presagio svolto in questi versi, risultando d'altra parte nettamente più perspicuo e consentendo con buona approssimazione di leggere entrambe le premonizioni sulla medesima falsariga: la scena che qui si svolge *nella ... cappella, in Aquisgrana* sarebbe allora quella del processo a Gano, e del successivo duello giudiziario tra Pinabello e Teodorico d'Angiò; il *verro* che azzanna Carlo *al braccio destro* (cfr. vv. 596-97 e 1195) risulterebbe, come appare piuttosto manifestamente, Gano; il *leopardo* che ugualmente attenta alla persona di Carlo sarebbe Pinabello, difensore di Gano e suo campione; il *veltro*, infine, che accorre in difesa di Carlo e lotta contro il verro e il leopardo andrebbe identificato con Teodorico, che opporrà a Pinabello solide argomentazioni durante il processo e si batterà contro di lui per la definitiva affermazione del buon diritto di Carlo. Secondo un'altra interpretazione, alla quale principalmente si oppone l'ambientazione del sogno ad Aquisgrana, data dall'intera tradizione manoscritta, il secondo presagio sarebbe, come il primo, relativo alla battaglia di Roncisvalle, ed il verro, il leopardo, il veltro alluderebbero rispettivamente a Marsilio, al Califfo, a Orlando.

v. 727 *verro*: suino maschio adibito alla riproduzione.

v. 729 *lui nel corpo*: letteralmente, «il suo corpo medesimo», dove «corpo» è da intendere secondo quanto detto nella nota al verso 492.

v. 730 *veltro*: cfr. la nota al verso 128.

v. 732 *prima al verro*: letteralmente, «al primo verro» (cioè, verosimilmente: «al verro, nominato per primo»).

## LASSE LVIII - LXV

*La notte passa e appare l'alba chiara* (v. 737), ed è l'alba di Roncisvalle: Gano designa Orlando alla retroguardia (lassa LVIII), e la designazione è subito accettata da Orlando (lassa LIX) e ratificata da Carlo in seguito a un intervento di Namo (lassa LXII), che risolve la dolorosa perplessità dell'imperatore (versi 771-73). Nelle lasse successive Orlando concorda con Carlo il contingente delle truppe da destinare alla retroguardia (LXIII), raccoglie intorno a sé i guerrieri che principalmente la costituiranno — i dodici Pari (ma cfr. la nota ai versi 104-07) e poi Turpino e Gualtiero dell'Ulmo (LXIV) —; assegna infine a Gualtiero una specifica missione (LXV). Questi materiali narrativi hanno stretti rapporti con quelli analoghi delle lasse XIII - XXVII (consiglio dei baroni francesi, designazione di Gano e sua partenza per l'ambasceria), rapporti che, per lo più evidenti di per sé, sono anche rilevati nettamente in alcuni luoghi (ad esempio, la lassa LXII, dedicata all'intervento di Namo, si potrà confrontare con la XIV, che riferisce un altro discorso dello stesso personaggio e, costruita sulla medesima assonanza, è introdotta da tre versi affini ai tre versi iniziali della lassa LXII — il primo e terzo verso delle due terne sono anzi tra loro identici nel testo francese —). Tra la lassa LXIII e la LXIV la tradizione anti-oxfordiana inserisce una lassa dedicata all'armamento di Orlando, probabilmente genuina (cfr. la nota al verso 791) e tale da accentuare i parallelismi appena segnalati, invitando al confronto con la prima parte della lassa XXVII (armamento di Gano); per contro, la lassa LX, assente nella tradizione anti-oxfordiana, appare sospetta, principalmente per la troppo aperta animosità nei confronti di Gano che Orlando in essa rivelerebbe (e cfr. la nota ai versi 761-65 e al verso 765).

## LVIII

Tresvait la noit e apert la clere albe.
† Par mi cel host [................]
Li empereres mult fierement chevalchet.
— Seignurs barons, — dist li emperere Carles
— Veez les porz e les destreiz passages:
Kar me jugez ki ert en la rereguarde. —
Guenes respunt: — Rollant, cist miens fillastre:
N'avez baron de si grant vasselage. —
Quant l'ot li reis, fierement le reguardet;
Si li ad dit: — Vos estes vifs diables.
El cors vos est entree mortel rage.
E ki serat devant mei en l'ansguarde? —
Guenes respunt: — Oger de Denemarche:
N'avez barun ki mielz de lui la facet. —

## LIX

Li quens Rollant, quant il s'oït juger, AOI.
Dunc ad parléd a lei de chevaler:

## LVIII

La notte passa e appare l'alba chiara.
Suonano forte le trombe in mezzo al campo.
L'imperatore fieramente cavalca.
"Signori," disse l'imperatore Carlo
"vedete i valichi e gli stretti passaggi:
suvvia, sceglietemi chi sarà in retroguardia".
Gano risponde: "Orlando, il mio figliastro.
Voi non avete barone così bravo".
Il re che l'ode, fieramente lo guarda,
e poi gli dice: "Voi siete proprio un diavolo!
Avete in cuore una rabbia mortale.
E avanti a me chi sarà in avanguardia?"
Gano risponde: "Oggier di Danimarca:
non v'è barone che meglio può guidarla".

## LIX

Il conte Orlando, che scegliere s'intese,
allor parlò da vero cavaliere:

v. 738 L'apporto della tradizione anti-oxfordiana non ha consentito a C. Segre di identificare con sufficienti garanzie la lettera del testo, lacunoso nel manoscritto di Oxford, ma ha permesso comunque al traduttore di renderne verosimilmente la sostanza (cfr. anche il verso 700, identico per il primo emistichio nel testo francese).

v. 746 *proprio un diavolo!*: letteralmente: «un vivo diavolo»; vale a dire: «un diavolo incarnato». [*N.d.T.*]

— Sire parastre, mult vos dei aveir cher:
La rereguarde avez sur mei jugiét!
N'i perdrat Carles, li reis ki France tient,
Men escïentre palefreid ne destrer,
Ne mul ne mule que deiet chevalcher,
Ne n'i perdrat ne runcin ne sumer
Quë as espees ne seit einz eslegiét. —
Guenes respunt: — Veir dites, jo·l sai bien. — AOI.

LX

Quant ot Rollant qu'il ert en rereguarde,
Ireement parlat a sun parastre:
— Ahi! culvert, malvais hom de put aire,
Quïas le guant me caïst en la place,
Cum fist a tei le bastun devant Carle? — AOI.

LXI

— Dreiz emperere, — dist Rollant le barun
— Dunez mei l'arc que vos tenez el poign!

"Signor padrigno, caro vi debbo avere:
la retroguardia avete per me scelta!
Carlo, il sovrano di Francia, non può perdervi,
per quanto io penso, palafreno o destriero,
né mulo o mula che cavalcare debba,
né vi può perdere ronzino né somiero,
che con le spade non sia prima conteso".
Gano risponde: "È vero, io lo so bene".

## LX

Sentendo Orlando che sarà in retroguardia,
irosamente al suo padrigno parla:
"Ahi, vile, tristo uomo di brutta razza,
pensavi forse che mi cadesse il guanto,
come il bastone a te davanti a Carlo?"

## LXI

Il conte Orlando dice all'imperatore:
"Giusto sovrano, datemi l'arco vostro.

vv. 761-65 Dell'intera lassa (cfr. la nota alle lasse LVIII - LXV) è sospetta l'autenticità; la difesa meglio fondata della necessità di questo passaggio narrativo fa riferimento al verso 777, dove è detto, da Namo, che Orlando *è preso da gran cruccio*, ciò che pare, pertanto, richiedere in precedenza da parte di Orlando un vero e proprio sfogo di rabbia; d'altra parte, una manifestazione (pur controllatissima) dell'ira di Orlando può leggersi nella formulazione sarcastica della sua battuta dei versi 768-70, e in quella antifrastica (che non tutti, però, leggono in tal senso) delle sue prime parole dopo la designazione (verso 753: *Signor padrigno, caro vi debbo avere*).

v. 763 *vile*: nel testo francese la parola offensiva adoperata da Orlando per dire la viltà del padrigno, [*culvert*], corrisponde a *culverto*, o *colliberto*, termine che propriamente serviva a designare lo schiavo affrancato. [*N.d.T.*]

v. 765 Poiché a Gano era caduto il guanto, al verso 333, e non il bastone, si avrà qui un ulteriore (cfr. la nota ai versi 761-65) indizio della dubbia autenticità della lassa LX (diverso, e più complesso, il caso del verso 770; cfr. la nota).

v. 767 *arco*: come il bastone affidato a Gano nell'ambasceria, è un simbolo del potere di Carlo, delegato a un suo rappresentante (qui ad Orlando, primo responsabile della retroguardia).

Men escïentre, ne·l me reproverunt
Quë il me chedet, cum fist a Guenelun
De sa main destre, quant reçut le bastun. –
Li empereres en tint sun chef enbrunc,
Si duist sa barbe e detoerst sun gernun.
Ne poet müer que de s‹es› oilz ne plurt.

## LXII

Anprés iço i est Neimes venud,
Meillor vassal n'out en la curt de lui;
E dist al rei: – Ben l'avez entendut:
Li quens Rollant, il est mult irascut.
La rereguarde est jugee sur lui;
N'avez baron ki jamais la remut.
Dunez li l'arc que vos avez tendut,

Per quanto io penso, non mi faran rimprovero
che dalla mano mi cada l'arco, come,
quando lo prese, cadde a Gano il bastone".
Il capo chino tenne l'imperatore,
lisciò la barba, i baffi attorcigliò:
non può frenarsi, e pianger gli bisogna.

## LXII

Dopo anche Namo da Carlo sopraggiunge.
Miglior vassallo in corte non ci fu.
Disse egli al re: "Avete ben veduto
che il conte Orlando è preso da gran cruccio:
la retroguardia, ormai che gli si aggiudica,
non v'è barone che gliela tolga più!
Dategli l'arco che voi tenete in pugno,

v. 770 Letto nella traduzione, questo verso andrebbe ad avvalorare il verso 765 (cfr. la nota), sospetto, con tutta la lassa che lo contiene. Il testo francese, però, non dice espressamente che *cadde a Gano il bastone*; avverte soltanto che quando Gano ricevette il bastone, qualcosa gli cadde di mano (senza specificare l'oggetto; si ricorderà che si trattava del guanto destro di Carlo, che l'imperatore gli affidava nel conferirgli le insegne di ambasciatore). Il fatto è che anche il verso 770 appare sospetto (non sul piano dell'autenticità, ma dal punto di vista testuale, proprio perché non risulta che cosa fosse caduto a Gano durante l'episodio rievocato da Orlando). Il testo Segre rinuncia, nell'assenza di precise garanzie, all'emendamento del verso 770, ma fornisce in apparato una proposta di soluzione altamente plausibile secondo logica, oltre che testualmente attendibile: il *guanto* sarebbe stato presente in origine nel verso 770, e la somiglianza grafica tra *guant* (guanto) e *quant* (quanto) ne avrebbe favorito l'erronea soppressione all'interno del manoscritto di Oxford; i contorni, non meglio precisabili, dei versi 769-70 avrebbero potuto, in questa ipotesi, farsi leggere nel modo seguente: «che mi cada (l'arco) come cadde a Gano / il vostro guanto destro, quando ricevette il bastone».

vv. 771-73 Cfr. la nota ai versi 139-41.

v. 780 *che voi tenete in pugno*: cioè: «che avete teso». [*N.d.T.*] Certo, poiché si tratta di un arco, è verosimile che «teso» sia da intendere come la traduzione suggerisce («tendere» = tirare a sé la corda dell'arco per scoccare la freccia). È anche possibile, però, che

Si li truvez ki trés bien li ajut! –
Li reis li dunet, e Rollant l'a reçut.

### LXIII

Li empereres ‹en› apelet Rollant:
– Bel sire niés, or savez veirement:
Demi mun host vos lerrai en present.
Retenez les, ço est vostre salvement! –
Ço dit li quens: – Jo n'en ferai nïent;
Deus me cunfunde, se la geste en desment!
.xx. milie Francs retendrai, ben vaillanz.
Passez les porz trestut soürement:
Ja mar crendrez nul hume a mun vivant! –

e poi trovategli chi possa dargli aiuto!"
Il re dà l'arco: così Orlando l'ha avuto.

## LXIII

L'imperatore si rivolge ad Orlando:
"Signor nipote, certo non ignorate
che del mio esercito or mezzo ve ne lascio.
Voi trattenetelo, perché vi salverà".
Il conte dice: "Non voglio proprio farlo.
Dio mi confonda, s'io smentisco la schiatta!
Sol ventimila terrò di prodi Franchi.
Con sicurezza piena passate i valichi.
Sino a ch'io viva, temer sarebbe male!"

il verbo «tendere» abbia qui il valore di «porgere», che manifesta per esempio al verso 331: *L'imperatore gli tende il guanto destro*, e che il verso sia dunque da interpretare come: «Dategli l'arco che avete (ora) teso, che state tendendo» (per conferirlo al comandante della retroguardia); si otterrebbe in tal modo un acquisto di affinità con il verso 767, che in una versione letterale recita: «Datemi l'arco che tenete in pugno».

v. 791 Di seguito a questo verso la tradizione anti-oxfordiana propone la lassa, probabilmente genuina, cui si è accennato sul finire della nota alle lasse LVII - LXV. Eccone il testo secondo la lezione del codice $V_4$: *Li cont Rollant è munté sor un mon. / Ad una bruna, çama' meior non vid on, / Laça son elmo ch'è fato a baron, / Çinçe Durendar, dun ad or è li pon; / Al col se mist un escù de Sanson. / No vol monter se 'n su Valiantis non. / Tem son espleu, blanc è li confalon; / Li bande ad or li bat fin al pon: / Or vederà chi l'amarà o non. / Dis li François: — E nu vos seguiron! —* (versione letterale: «Il conte Orlando è salito su un monte. / A una corazza, mai si vide la migliore, / allaccia il suo elmo, appropriato a un barone, / cinge Durendala, il cui pomo è dorato; / al collo si mette uno scudo [...]. / Non vuole cavalcare altri che Vegliantivo. / Tiene lo spiedo; ne è bianca l'insegna, / le frange dorate giungono sino al pugno: / ora vedrà chi lo ami e chi no. / Dicono i Francesi: — E noi vi seguiremo! —»). Nella versione si è rinunciato a rendere *de Sanson* (al quinto verso; letteralmente: «di Sansone»), ritenendo, con l'apparato Segre, che quell'espressione, in assonanza, debba nascondere altra lezione.

## LXIV

Li quens Rollant est muntét el destrer. AOI.
Cuntre lui vient sis cumpainz Oliver,
Vint i Gerins e li proz quens Gerers,
E vint i Otes, si i vint Berengers,
† E vint i Astors e Anseïs li fiers,
Vint i Gerart de Rossillon li veillz,
Venuz i est li riches dux Gaifiers.
Dist l'arcevesque: — Jo irai, par mun chef! —
— E jo od vos: — ço dist li quens Gualters
— Hom sui Rollant, jo ne li dei faillir. —
Entr'els eslisent .xx. milie chevalers. AOI.

## LXV

Li quens Rollant Gualter del Hum apelet:
— Pernez mil Francs de France, nostre tere,
Si purpernez les des[trei]z e les tertres,
Que l'emperere nis un des soens n'i perdet. — AOI.
Respunt Gualter: — Pur vos le dei ben faire. —
Od mil Franceis de France, la lur tere,
Gualter desrenget les destreiz e les tertres:
N'en descendrat pur malvaises nuveles

## LXIV

Il conte Orlando montato è sul destriero.
Gli vien incontro il compagno Oliviero,
vengon Gerino e il buon conte Geriero,
e quindi Ottone e Berengario, e vengono
avanti Astorre ed Anseigi il fiero,
e poi Gerardo di Rossiglione il vecchio,
ed anche il duca potente Gaiofiero.
Turpino esclama: "Per la mia testa, io vengo!"
"Ed io con voi" disse il conte Gualtiero.
"Sono d'Orlando: mancare non gli debbo".
Poi ventimila cavalieri si scelgono.

## LXV

Orlando chiama Gualtier dell'Ulmo a sé:
"Con mille Franchi di Francia, nostra terra,
andate a prendere le colline e le strette;
nessun dei suoi l'imperatore perda".
Dice Gualtiero: "Per voi farlo ben debbo".
Con mille Franchi di Francia, la lor terra,
gira Gualtiero per i colli e le strette:
per brutte nuove non scenderà nemmeno,

vv. 795-98 Alcuni tra i Pari sono qui nominati per la prima volta: Ottone, Berengario, Gerardo di Rossiglione (per Astorre e Gaiofiero cfr. la nota ai versi 104-07). Gerardo di Rossiglione è tradizionalmente identificato con un personaggio del IX secolo, con il quale si identificano anche i protagonisti delle canzoni di gesta di *Girart de Rossilho*, di *Aspremont* (Gerars d'Eufrate) e di *Girart de Vienne*.

v. 800 *Gualtiero*: già al verso 803 sarà designato in maniera più specifica: *Gualtiero dell'Ulmo*. È personaggio di un certo rilievo: gli viene affidata una missione particolare (vv. 804-06), al ritorno dalla quale, unico superstite dei mille uomini al suo comando, si ricongiungerà a Orlando e Turpino nella lassa CLI, battendosi ancora valorosamente, per morire infine nella lassa CLIII.

Enceis qu'en seient .VII.C. espees traites.
Reis Almaris del regne de Belferne
Une bataille lur livrat, le jur, pesme.

se non si snudino ben settecento ferri.
Il re Almarigi del regno di Belferna
diè lor battaglia, quel giorno stesso, orrenda.

v. 811 *settecento ferri*: cioè: «settecento spade». Si tratta d'un numero tondo, come il nostro *mille* [*N.d.T.*] Il verso vuole intendere che le truppe di Gualtiero resteranno sul campo sino al termine del combattimento che li opporrà ai Saraceni, guidati da Almarigi di Belferna (cfr. la nota successiva), cioè sino al corpo a corpo, alla mischia «a spada tratta»: i versi 3401-03 (inseriti nella lassa CCXLIV, che, soprattutto nel testo francese, manifesta notevoli affinità con la LXV) illustrano efficacemente il passaggio dall'una all'altra fase della battaglia, nell'avvicendamento tra gli spiedi e le spade: *Dan tali colpi che assai spiedi vi perdono, / e dopo snudano centomila e più ferri. / Ecco la mischia dolorosa e tremenda!*

v. 812 *Almarigi ... di Belferna*: non più nominato altrove; in effetti, la vicenda di Gualtiero dell'Ulmo e dei suoi mille uomini non è rappresentata dalla *Canzone*, ma soltanto sommariamente riferita, nei versi 2041-43, una volta ritornato Gualtiero, in fuga dai colli e dalle strette, sulla scena principale della battaglia di Roncisvalle.

## LASSE LXVI-LXVIII

*Son alti i poggi, le valli tenebrose, / scure le rocce, le strette paurose*: la notazione ambientale (cfr. la nota al verso 157) introduce efficacemente al clima delle tre lasse, sottolineando la commozione dei Francesi, giunti ormai alla *Terra Avita* (vv. 816-22) e, anche più, il cupo presentimento che il sogno della lassa LVI ha suscitato in Carlo (vv. 823-25, 829-41). Analoga per il tema, ma estranea quanto a risonanze poetiche, appare la lassa che i codici anti-oxfordiani inserirebbero tra la LXV e la LXVI. La lassa LXVIII presenta due parti ben distinte, dilatando dapprima il tema delle lasse precedenti (non solo Carlo, ma tutti i Francesi sono in apprensione per Orlando, e avvertono forse confusamente l'insidia perpetrata da Gano ai suoi danni) e volgendo poi l'attenzione sul contrastante fervore battagliero dei Saraceni, ormai in vista della retroguardia dell'esercito francese (è predisposto in tal modo lo sfondo per l'episodio successivo, delle « vanterie » dei Saraceni davanti a Marsilio).

## LXVI

Halt sunt li pui e li val tenebrus,
Les roches bises, les destreiz merveillus.
Le jur passerent Franceis a grant dulur:
De .xv. liu‹e›s en ot hom la rimur.
Puis quë il venent a la Tere Majur,
Virent Guascuigne, la tere lur seignur;
Dunc l[ur] remembret des fius e des honurs,
E des pulcele‹s› e des gentilz oixurs:
Cel n'en i ad ki de pitét ne plurt.
Sur tuz les altres est Carles anguissus:
As porz d'Espaigne ad lessét sun nevold.
Pitét l'en prent, ne poet müer n'en plurt. AOI.

## LXVII

Li .XII. per sunt remés en Espaigne,
.xx. milie Francs unt en ‹la› lur cumpaigne;
Nen unt poür ne de murir dutance.
Li emperere s'en repairet en France.
Suz sun mantel en fait la cuntenance.
Dejuste lui li dux Neimes chevalchet;
E dit al rei: — De quei avez pesance? —
Carles respunt: — Tort fait ki·l me demandet!

## LXVI

Son alti i poggi, le valli tenebrose,
scure le rocce, le strette paurose.
Quel giorno i Franchi vi passan con dolore:
si sente a quindici leghe il loro frastuono.
Giunti alla Terra Avita, quando scorgono
già la Guascogna, terra del lor signore,
dei loro feudi viene ad essi memoria,
delle fanciulle, delle nobili mogli.
Ognuno piange dalla pietà commosso.
Ma sopra gli altri è Carlo in grande angoscia:
lasciato ai valichi della Spagna ha il nipote;
pietà lo prende, e pianger gli bisogna.

## LXVII

Restano i dodici Pari in terra di Spagna.
Han ventimila Francesi per compagni,
che alcun timore di morire non hanno.
L'imperatore se ne ritorna in Francia.
Sotto il mantello nasconde la sua faccia.
Accanto a lui cavalca il duca Namo.
Dice egli al re: "Che cos'è che vi affanna?"
Carlo risponde: "Mal fa chi lo domanda:

v. 818 *Terra Avita*: cfr. la nota al verso 600.

v. 830 Nel testo francese il verso è d'interpretazione dubbia. [*N.d.T.*] La tradizione anti-oxfordiana fa precedere a 830 un verso formulato in modo identico a 3712 (*Si mette a piangere, tira la barba bianca*) e affine a 2943 e 4001 (identici tra loro nel testo francese); ammettendo che 830 abbia in origine fatto coppia con quella lezione, potrebbe essere più facilmente inteso, e tradotto: «Sotto il mantello dà (e cioè nasconde) la manifestazione di questo suo dolore».

Si grant doel ai, ne puis müer ne·l pleigne:
Par Guenelun serat destruite France.
Enoit m'avint ‹par› un'avisiun d'angele
Que entre mes puinz me depeçout ma hanste
Chi ad jugét mis nes a rereguarde.
Jo l'ai lessét en une estrange marche.
Deus! se jo·l pert, ja n'en avrai escange. — AOI.

## LXVIII

Carles li magnes ne poet müer n'en plurt.
.C. milie Francs pur lui unt grant tendrur
E de Rollant merveilluse poür.
Guen‹e›s li fels en ad fait traïsun,
Del rei paien en ad oüd granz duns,
Or e argent, palies e ciclatuns,
Muls e chevals e cameilz e leüns.
Marsilies mandet d'Espaigne les baruns,
Cuntes, vezcuntes e dux e almaçurs,
Les amirafles e les filz as cunturs:
.IIII.C. milie en ajusteṭ en .III. jurz.
En Sarraguce fait suner ses taburs;
Mahumet levent en la plus halte tur:
N'i ad paien ne·l prit e ne l'aort.
Puis si chevalchent par mult grant cuntençun,
La tere cer[cent] e les vals e les munz.
De cels de France virent les gunfanuns.
La rereguarde des .XII. cumpaignuns
Ne lessẹrat bataille ne lur dunt.

ho tal dolore, che mi bisogna piangere.
Gano farà distruggere la Francia.
Mandato un sogno m'ha questa notte un angelo:
che fra le mani mi rompeva la lancia
chi m'ha il nipote mandato in retroguardia.
In una terra straniera io l'ho lasciato.
Dio!, se lo perdo, nessuno avrò per cambio".

## LXVIII

Il grande Carlo il suo pianto non domina.
Son centomila Franchi per lui commossi;
e per Orlando hanno un fiero timore.
Ne ha fatto Gano tradimento, il fellone.
Dal re pagano avuto ha grandi doni,
oro ed argento, drappi e manti preziosi,
muli e cavalli e cammelli e leoni.
Marsilio chiama della Spagna i baroni,
conti, visconti e duchi ed almansori,
e chiama emiri e figli di contori:
son quattrocento migliaia al terzo giorno.
Ora i tamburi suonar fa in Saragozza.
Maometto innalzano sulla più alta torre:
non v'è pagano che non lo preghi e adori.
Dopo cavalcano con molto gran vigore,
la terra cercano, cercan le valli e i monti;
e infine scorgono di Francia i gonfaloni.
La retroguardia dei Pari contro loro
non mancherà di cominciar lo scontro.

vv. 845-47 Cfr. la nota al verso 602.

vv. 849-50 I titoli di questi dignitarî musulmani rinviano tanto al mondo feudale cristiano (*conti, visconti, duchi, contori*; già al verso 14 Marsilio si rivolgeva *ai suoi duchi e ai suoi conti*) quanto al mondo arabo (*almansori, emiri*).

v. 849 *almansori*: il nome fa riferimento all'appellativo *Al-Mansûr* («il Vittorioso»), attribuito a numerosi capi arabi, tra i quali Muhammad ibn-Ali-Abir, personaggio del secolo X, fu particolarmente famoso per una serie di imprese militari in terra iberica.

v. 850 *emiri... contori*: *emiri* traduce gli *amirafles* del testo francese, e indica un titolo — che la *Canzone* più spesso esprime nella forma *amiraill* — con il quale si onoravano califfi e capi militari; ai *contori* era attribuito un livello gerarchico relativamente inferiore.

v. 856 *cercano*: perlustrano.

## LASSE LXIX-LXXVIII

Il nipote di Marsilio, Aelrotte, ambisce a svolgere tra i Saraceni il ruolo che è del nipote di Carlo, Orlando, presso i Francesi. Chiede al suo re il privilegio di ingaggiare battaglia per primo contro Orlando (lassa LXIX) e ottiene il comando di un drappello che schieri, accanto a lui, undici (cfr. la nota al verso 877) combattenti scelti, da opporre ai dodici paladini del gruppo di Orlando (lassa LXX). Si registra subito l'adesione di Falsarone, fratello di Marsilio, e di altri dieci guerrieri, che si esibiscono, secondo un rituale fatto di gesti (la presentazione della spada: vv. 925, 949, 966) e di parole (stereotipi abilmente modulati nelle varie lasse similari all'interno di un impianto schematico piuttosto rigido), nelle loro «vanterie» (cfr. *vantance*, nel testo francese, al verso 911), manifestazioni di sfida nei confronti di Orlando in particolare, e dei dodici Pari e dei Francesi tutti. Si distinguono per qualche aspetto della presentazione — generalmente assai sobria — alcuni guerrieri, oltre ad Aelrotte: Estorgante ed Estramarigi (lassa LXXVI), perché ne è sottolineata la relazione di *compagnonnage*, già suggerita dai nomi allitteranti (cfr. la nota ai versi 104-07) e perché svolgono a due voci la loro vanteria; l'emiro di Balagario (lassa LXXII) e Margarigi di Siviglia (lassa LXXVII), perché entrambi sono ritratti in modo assai lusinghiero, e, nel caso di Margarigi, anche accattivante; Chernublo di Montenero (lassa LXXVIII), perché ne è procurata una caratterizzazione maggiormente insistita, giocata — a contrasto con Margarigi, al quale succede nell'elenco — su aspetti tra il bestiale e il demoniaco.

## LXIX

Li niés Marsilie, il est venuz avant
Sur un mulet od un bastun tuchant.
Dist a sun uncle belement en riant:
– Bel sire reis, jo vos ai servit tant,
Si·n ai oüt e peines e ahans,
Faites batailles e vencues en champ:
Dunez m'un feu, ço est le colp de Rollant!
Jo l'ocirai a mun espiét trenchant.
Se Mahumet me voelt estre guarant,
De tute Espaigne aquiterai les pans
Des ‹les› porz d'[Aspre] entresqu'a Durestant.
Las serat Carles, si recrerrunt si Franc;

## LXIX

Viene il nipote di re Marsilio avanti
in groppa a un mulo che col bastone batte.
Disse allo zio facendo un riso gaio:
"Io, bel sovrano, v'ho già servito tanto,
e tante pene ne ho sofferto ed affanni:
fatto ho battaglie e le ho vinte sul campo.
Io voglio in feudo il colpo contro Orlando!
L'ucciderò col mio spiedo affilato
e, se Maometto aiuto mi vuol dare,
tutta la terra libererò di Spagna,
dai passi d'Aspra giungendo a Durestante.
Con Carlo stanco si arrenderanno i Franchi,

v. 860 *il nipote di re Marsilio*: il nome — Aelrotte — sarà dato più oltre, nel corso della battaglia, al verso 1188.

vv. 863-65 Come Orlando (ai versi 198-200), Aelrotte si compiace nella rivendicazione delle proprie benemerenze guerresche.

v. 866 *feudo*: il privilegio del primo colpo contro Orlando viene chiesto come un'investitura. [*N.d.T.*]

v. 870 L'espressione vorrà significare: dall'estremità settentrionale alla meridionale (e infatti i *passi d'Aspra* corrispondono al valico pirenaico oggi detto di Somport; non è identificata invece con sicurezza la località che il testo francese indica come *Durestant*).

N'avrez mais guere en tut vostre vivant. –
Li reis Marsilie l'en ad dunét le guant. AOI.

## LXX

Li niés Marsilies tient le guant en sun poign,
Sun uncle apelet de mult fiere raisun:
– Bel sire reis, fait m'avez un grant dun.
Eslisez mei .XII. de voz baruns,
Si·m cumbatrai as .XII. cumpaignuns! –
Tut premerein l'en respunt Falsaron
(Icil ert frere al rei Marsiliun):
– Bel sire niés, e jo e vos irum.
Ceste bataille, veirement la ferum.
La rereguarde de la grant host Carlun,
Il est jugét que nus les ocirum. – AOI.

## LXXI

Reis Corsa‹b›lis, il est de l'altre part,
Barbarins est e mult de males arz.
Cil ad parlét a lei de bon vassal:
Pur tut l'or Deu ne volt estre cuard.

né avrete guerra più per quanto viviate".
Il re Marsilio allora gli dà il guanto.

## LXX

Il guanto stringe di Marsilio il nipote.
Parla allo zio con un fiero discorso:
"M'avete fatto, bel sovrano, un gran dono.
Ora sceglietemi dodici fra i baroni:
così coi dodici Pari combatterò".
A questo punto primo gli dà risposta
del re Marsilio il fratel Falsarone:
"Andremo voi ed io, signor nipote.
Combatteremo, è certo, questa volta.
È stabilito che dell'imperatore
la retroguardia sterminerem quest'oggi".

## LXXI

Re Corsabligi giunge da un'altra parte:
è un barberino che sa ogni arte malvagia.
Egli ora parla proprio da buon vassallo:
per nulla al mondo vuol essere codardo.

v. 873 La consegna del guanto sanziona il privilegio concesso ad Aelrotte in quanto richiesto nella forma di un'investitura (cfr. la nota al verso 866).

v. 877 Il testo Segre rinuncia a correggere il numero (dodici) dato dal manoscritto di Oxford, poiché il riscontro della tradizione testuale e dei rapporti tra i varî rappresentanti di essa non è tale da autorizzare l'emendamento; l'apparato dell'edizione critica comunque riconosce l'opportunità e quasi la necessità della correzione: undici infatti risulteranno infine i pagani che si presenteranno a Marsilio per dare con Aelrotte il primo assalto alle truppe cristiane, e undici dovevano risultare i compagni di Aelrotte per contrapporsi al gruppo dei Pari (undici + Orlando).

v. 888 *per nulla al mondo*: letteralmente: «per tutto l'oro di Dio» (creato da Dio).

As vos poignant Malprimis de Briga[l]:
Plus curt a piét que ne fait un cheval.
Devant Marsilie cil s'escrïet mult halt:
— Jo cunduirai mun cors en Rencesvals;
Se truis Rollant, ne lerrai que ne·l mat! —

LXXII

Uns amurafles i ad de Balaguez,
Cors ad mult gent e le vis fier e cler.
Puis quë il est sur sun cheval muntét,
Mult se fait fiers de ses armes porter;
De vasselage est il ben alosez:
Fust chrestïens, asez oüst barnét.
Devant Marsilie cil en est escrïét:
— En Rencesvals irai mun cors [gui]er!
Se truis Rollant, de mort serat finét,
E Oliver e tuz les .XII. pers.
Franceis murrunt a doel e a viltét.
Carles li magnes velz est e redotez;
Recreanz ert de sa guerre mener:
Si remeindrat Espaigne en quitedét. —
Li reis Marsilie mult l'en ad mercïét. AOI.

Poi Malprimigi di Berbegallo passa,
che a piedi corre più presto d'un cavallo,
e grida forte al re Marsilio avanti:
"La mia persona porterò a Roncisvalle:
se trovo Orlando, è certo che l'ammazzo!"

## LXXII

Anche un emiro qui c'è di Balagario,
che il corpo ha nobile e il viso ha fiero e chiaro:
quando è salito sopra il suo buon cavallo,
si fa assai baldo del suo portare l'armi.
Per la prodezza egli è molto lodato:
un gran barone sarebbe da cristiano!
Così egli grida dinanzi al suo sovrano:
"La mia persona porterò a Roncisvalle.
Se trovo Orlando, ucciso finirà,
con Oliviero e coi dodici Pari.
Morranno i Franchi con dolore e viltà.
Il grande Carlo vecchio e svanito è ormai:
non vorrà più la guerra continuare:
e tutta in pace ci rimarrà la Spagna".
Il re Marsilio più volte lo ringrazia.

v. 889 Tra 888 e 889 devono essere caduti, nel manoscritto di Oxford, due versi — presenti nella tradizione anti-oxfordiana — nei quali la vanteria di Corsabligi si articolava in forma di discorso diretto. È anche probabile che tale vanteria, in tale forma, dovesse già iniziare al verso 888, che in O risulterebbe così rimaneggiato in concomitanza con l'omissione dei versi successivi. È dunque il caso di prendere in considerazione il discorso di Corsabligi anche nella forma che esso presenta nel codice $V_4$: — *Por tut l'or Deo non voio eser coart: / Se trovo François, no laxarò ni asalt! / Eo sum li terço, or se n'adreli el quart!* — («Per tutto l'oro di Dio non voglio essere codardo: / Se mi imbatto nei Francesi, non mancherò di attaccarli! / Io sono il terzo, ora si scelga il quarto!»).

v. 901 *Roncisvalle*: per la prima volta appare qui il nome della valle pirenaica che sarà teatro dell'eroismo e del sacrificio di Orlando.

v. 904 *viltà:* umiliazione.

## LXXIII

Uns almaçurs i ad de Moriane,
N'ad plus felun en la tere d'Espaigne.
Devant Marsilie ad faite sa vantance:
— En Rencesvals guïerai ma cumpaigne,
.xx. milie ‹humes› ad escuz e a lances;
Se trois Rollant, de mort li duins fiance.
Jamais n'ert jor que Carles ne se pleignet. — AOI.

## LXXIV

D'altre part est Turgis de Turteluse;
Cil est uns quens, si est la citét sue.
De chrestïens voelt faire male vode.
Devant Marsilie as altres si s'ajust‹et›;
Ço dist al rei: — Ne vos esmaiez unches!
Plus valt Mahum que seint Perre de Rume:
Se lui servez, l'onur del camp ert nostre.
En Rencesvals a Rollant irai juindre;
De mort n'avrat guarantisun pur hume.
Veez m'espee, ki est e bone e lunge:
A Durendal jo la metrai encuntre;
Asez orrez laquele irat desure.
Franceis murrunt, si a nus s'abandunent;
Carles li velz avrat e d[oe]l e hunte:
Jamais en te[st]e ne porterat curone. —

## LXXV

D'altre part est Escremiz de Valterne;
Sarrazins est, si est sue la tere.
Devant Marsilie s'escrïet en la presse:

## LXXIII

Un almansore v'è poi di Moriana:
non c'è un fellone maggiore nella Spagna.
Così dinanzi a Marsilio si vanta:
"I miei soldati guiderò in Roncisvalle:
ventimila uomini armati a scudo e lancia.
Se trovo Orlando, io giuro che l'ammazzo.
Mai più re Carlo potrà frenare il pianto".

## LXXIV

V'è poi Turgiso, conte di Tortelosa,
una città della quale è signore.
Egli ai cristiani augura mala sorte:
cogli altri innanzi a Marsilio si pone,
e dice al re: "Non abbiate timore!
Val più Macone che San Pietro di Roma:
se lo servite, l'onor del campo è nostro.
In Roncisvalle Orlando troverò:
nessun potrà scamparlo dalla morte.
Qui la mia spada vedete, lunga e buona:
a Durendala la metterò di contro;
ben sentirete qual sarà superiore.
Morranno i Franchi, se vengono su noi:
il vecchio Carlo ne avrà pena e vergogna,
e in capo più non porterà corona".

## LXXV

Poi Escremigi di Valterna anche viene,
ch'è un Saracino padron della sua terra.
Grida dal mezzo della folla al suo re:

v. 918 L'espressione del testo francese resa con *mala sorte* (*male vode* da *mala vota*) significa effettivamente «cattivo augurio»; è anche probabile, però, che sia qui da intendere con valore pregnante, e che l'intero verso possa essere interpretato: «Dei cristiani egli intende fare strage».

v. 926 *Durendala*; cfr. la nota ai versi 346-47.

— En Rencesvals irai l'orgoill desfaire.
Se trois Rollant, n'en porterat la teste,
Në Oliver, ki les altres cadelet;
Li .XII. per tuit sunt jugez a perdre.
Franceis murrunt e France en ert deserte:
De bons vassals avrat Carles suffraite. — AOI.

## LXXVI

D'altre part est uns paiens, Esturganz;
Estramariz i est, un soens cumpainz:
Cil sunt felun, traïtur suduiant.
Ço dist Marsilie: — Seignurs, venez avant!
En Rencesvals irez as porz passant,
Si aiderez a cunduire ma gent! —
E cil respundent: — Sire, a vostre coman[t].
Nus asaldrum Oliver e Rollant;
Li .XII. per n'avrunt de mort guarant,
‹Car› noz espees sunt bones e trenchant:
Nus les feruns vermeilles de chald sanc.
Franceis murrunt, Carles en ert dolent,
Tere Majur vos metrum en present.
Venez i, reis, si·l verrez veirement:
L'empereor vos [rendrum recreant]. —

## LXXVII

Curant i vint Margariz de Sibilie;
Cil tient la tere entre‹s›qu'as Cazmarine‹s›.
Pur sa beltét dames li sunt amies:
Cele ne·l veit, vers lui ne s'esclargisset;
Quant ele·l veit, ne poet müer ne riet.

"In Roncisvalle annienterò i superbi.
Se trovo Orlando, gli taglierò la testa,
ed anche all'altro capitano Oliviero.
Son tutti i dodici Pari dannati a perdersi.
Sarà la Francia, morti i Franchi, deserta!
Carlo di buoni vassalli avrà difetto!"

## LXXVI

V'è, d'altra parte, un pagano, Estorgante,
che ha il suo compagno Estramarigi accanto:
sono felloni, traditori sleali.
"Signori," disse il re "fatevi avanti!
In Roncisvalle voi ve n'andrete ai valichi:
m'aiuterete la mia gente a guidare."
Quelli rispondono: "Sire, ai vostri comandi.
Assaliremo Oliviero ed Orlando;
né scampo i dodici Pari da morte avranno,
ché buone abbiamo e affilate le spade,
e le faremo rosse di caldo sangue.
Morranno i Franchi, ne avrà dolore Carlo:
la Terra Avita vi potremo donare.
Sire, veniteci; vedrete in verità:
l'imperatore vi darem debellato".

## LXXVII

Vien Margarigi, correndo, di Siviglia,
che tien la terra che giunge a Camarina.
È così bello che ogni dama gli è amica:
quando lo vedono, s'illuminano in viso,
né alcuna c'è che possa non sorridere:

N'i ad paien de tel chevalerie.
Vint en la presse, sur les altres s'escrïet,
E dist al rei: – Ne vos esmaiez mie!
En Rencesvals irai Rollant ocire,
Në Oliveṛ n'en porterat la vie;
Li .XII. per sunt remés en martirie.
Veez m'espee, ki d'or est enheldie,
Si la·‹m› tramist li amiralz de Primes:
Jo vos plevis qu'en vermeill sanc ert mise.
Franceis murrunt e France en ert hunie;
Carles li velz a la barbe flurie
Jamais n'ert jurn qu'il n'en ait doel e ire.
Jusqu'a un an avrum France saisie;
Gesir porrum el burc de seint Denise. –
Li reis paiens parfundement l'enclinet. AOI.

## LXXVIII

D'altre part est Chernubles de Mun‹e›igre,
Josqu'a la tere si chevoel li bal‹e›ient.
Greignor fais portet, par giu, quant il s'enveiset,
Que [.VII.] mulez ne funt, quant il sumeient.
Icele tere, ço dit, dun‹t› il [se seivret],
Soleill n'i luist ne blet n'i poet pas creistre,
Pluie n'i chet, rusee n'i adeiset,
Piere n'i ad que tute ne seit neire:
Dïent alquanz que diables i meignent.
Ce dist Chernubles: – Ma bone espee ai ceinte:
En Rencesvals jo la teindrai vermeille.
Se trois Rollant, li proz, enmi ma veie,
Se ne l'asaill, dunc ne faz jo que creire:

nessun pagano è un cavaliere simile.
Tra la gran folla viene, e sugli altri grida,
dicendo al re: "Suvvia, non vi smarrite!
In Roncisvalle Orlando andrò ad uccidere;
e anche Oliviero non salverà la vita.
Rimasti i dodici Pari sono al martirio.
Ecco la spada con l'elsa d'or guernita:
volle l'emiro lasciarmela di Prima.
Giuro d'intingerla presto in sangue vermiglio.
Sarà la Francia, morti i Franchi, avvilita!
Il vecchio Carlo, che ha la barba fiorita,
sempre, ogni giorno, ne avrà dolore ed ira.
La Francia avremo entro un anno in balia:
potrem nel borgo giacer di San Dionigi".
Profondamente il sovran gli s'inchina.

## LXXVIII

C'è poi Chernublo, anche, di Montenero:
i suoi capelli sino a terra gli ondeggiano.
Quand'egli gioca, porta maggiore peso
che sette muli con la soma sul tergo.
In quella terra dalla quale egli viene
non splende sole, grano non vi può crescere,
pioggia non cade, rugiada non s'addensa,
pietra non v'è che non sia tutta nera:
dicono alcuni che i diavoli vi han sede.
Chernublo disse: "Ho una spada valente:
in Roncisvalle vermiglia voglio renderla.
Se il prode Orlando sulla mia strada viene
e non l'assalgo, mai più dovrete credermi.

v. 973 Insomma: «potremo accamparci nei dintorni di Parigi, nel cuore della nazione francese» (*il borgo... di San Dionigi* è oggi la città di Saint-Denis-en-France, nei pressi della capitale).

vv. 980-81 Cfr. la maledizione biblica dei monti di Gelboe (2 *Re* 1, 21): «*Montes Gelboe, nec ros, nec pluvia veniet super vos, neque sint agri primitiarum*».

Si cunquerrai Durendal od la meie.
Franceis murrunt e France en ert des[trei]te. —
A icez moz li .XII. ‹per› s'al‹e›ient.
Itels .C. milie Sarrazins od els meinent
Ki de bataille s'argüent e hasteient.
Vunt s'aduber desuz une sap[eie].

Io Durendala conquisterò con questa.
Sarà la Francia, morti i Franchi, dolente!"
Così si adunano i Pari tutti insieme,
e centomila Saracini li seguono,
che di buttarsi nella battaglia anelano.
Vanno ad armarsi sotto un folto d'abeti.

v. 991 Seguendo il consiglio di Gano (cfr. vv. 588-89), Marsilio indirizza contro la retroguardia di Carlo un primo contingente di centomila uomini, trascinati dai dodici «Pari» saraceni, riservando il grosso delle sue truppe — i restanti trecentomila — per il secondo assalto, che egli stesso guiderà.

## LASSE LXXIX-XCII

I primi dodici versi della lassa LXXIX collocano la scena della *Canzone* ancora nel campo saraceno: un esercito imponente e splendidamente equipaggiato si appresta a dare l'assalto alla retroguardia di Orlando. Oliviero si incarica a questo punto di interpretare la giustificata apprensione delle truppe francesi (lasse LXXIX — vv. 1006-07 —, LXXX e LXXXII) e di assicurarsi che questa si traduca in un più accanito impegno nella battaglia imminente (vv. 1046-1048). Le quattro lasse tra la LXXXIII e la LXXXVI (cinque nella tradizione anti-oxfordiana, per un passaggio inserito all'interno di un diverso e scarsamente attendibile ordinamento del materiale narrativo) costituiscono il nucleo centrale dell'episodio: si affrontano — ripetutamente, secondo un accorto montaggio fondato sulla similarità delle lasse — le diverse concezioni del valore militare interpretate da Oliviero e Orlando (il quale aveva già fornito un eloquente saggio sul medesimo tema nei versi 1008-16, le cui principali sentenze saranno riprese nei versi 1117-19). Il motivo del contrasto (l'opportunità — ravvisata da Oliviero e respinta con sdegno da Orlando — di suonare il corno per chiamare in aiuto le truppe di Carlo) contrassegna l'intero episodio delle lasse LXXIX - XCII: è la prima «scena del corno» (la seconda avrà inizio con la lassa CXXVIII), la prima esplicita presentazione (cfr. la nota ai vv. 255-258) di Orlando e Oliviero nella caratteristica opposizione e complementarità delle rispettive indoli, i cui termini la *Canzone* condensa nei versi 1093-94: *Orlando è prode ed Oliviero è saggio. / Hanno bravura meravigliosa entrambi.*

L'intervento di Turpino — benedizione della retroguardia, lassa LXXXIX — inaugura il motivo dominante delle lasse XC - XCII: i cristiani si preparano serenamente a ricevere e sostenere l'assalto, mentre Orlando e Oliviero ritornano, ma con giudizî o accenti più concilianti, su alcuni temi della loro precedente controversia. Sul finire della lassa XCII si è ormai introdotti nel vivo della battaglia.

## LXXIX

Paien s'adubent d'osbercs sarazineis,
Tuit li plusur en sunt dublez en treis.
Lacent lor elmes mult bons sarraguzeis,
Ceignent espees de l'acer vianeis;
Escuz unt genz, espiez valentineis,
E gunfanuns blancs e blois e vermeilz.
Laissent les muls e tuz les palefreiz,
Es destrers muntent, si chevalchent estreiz.
Clers fut li jurz e bels fut li soleilz:
N'unt guarnement que tut ne reflambeit.
Sunent mil grailles, por ço que plus bel seit;
Granz est la noise, si l'oïrent Franceis.
Dist Oliver: — Sire cumpainz, ce crei,
De Sarrazins purum bataille aveir. —
Respont Rollant: — E Deus la nus otreit!
Ben devuns ci estre pur nostre rei:
Pur sun seignor deit hom susfrir destreiz
E endurer e granz chalz e granz freiz,
Si·n deit hom perdre e del quir e del peil.
Or guart chascuns que granz colps [i] empleit,

## LXXIX

S'armano tutti d'usberghi saraceni,
che son di stoffa, i più, tre volte spessi.
Di Saragozza s'allacciano i buoni elmi,
cingono spade d'acciaio viennese,
han begli scudi e spiedi di Valenza,
e gonfaloni bianchi, rossi e celesti.
Lasciano i muli e tutti i palafreni,
e van serrati cavalcando i destrieri.
Chiaro fu il giorno ed il sole fu bello.
Non v'è armatura che tutta non fiammeggi.
Suonano mille trombe, perché sia meglio.
Tanto è il frastuono che l'odono i Francesi.
Disse Oliviero: "Signor compagno, io credo
che dai pagani potrem battaglia avere".
Risponde Orlando: "E Dio ce la conceda!
Dobbiam restare qui per il nostro re:
giusto è soffrire, se al proprio signor serve,
e sopportare gran caldo e grande freddo:
perfino pelle, perfin capelli perderci!
Or d'assestare gran colpi ognuno cerchi,

v. 997 *viennese*: di Vienne, città francese (nel Delfinato).

v. 998 *Valenza*: probabilmente la città spagnola di Valencia, non la francese Valence.

v. 1012 *pelle,... capelli*: nel testo francese propriamente «pelle e pelo». [*N.d.T.*]

Mal[e] cançun de nus chantét ne seit!
Paien unt tort e chrestïens unt dreit.
Malvaise essample n'en serat ja de mei. — AOI.

## LXXX

Oliver [muntet] desur un pui [halçur],
Guardet su[r] destre par mi un val herbus,
Si veit venir cele gent paienur;
Si·n apelat Rollant, sun cumpaignun:
— Devers Espaigne vei venir tel bruur,
Tanz blancs osbercs, tanz elmes flambius!
Icist ferunt nos Franceis grant irur.
Guenes le sout, li fel, li traïtur,
Ki nus jugat devant l'empereür. —
— Tais, Oliver! — li quens Rollant respunt
— Mis parrastre est, ne voeill que mot en suns. —

## LXXXI

Oliver est desur un pui muntét.
Or veit il ben d'Espaigne le regnét,
E Sarrazins, ki tant sunt asemblez.
Luisent cil elme, ki ad or sunt gemmez,
E cil escuz e cil osbercs safrez
E cil espiez, cil gunfanun fermez.
Sul les escheles ne poet il acunter:
Tant en i ad que mesure n'en set.
E lui meïsme en est mult esguarét;
Cum il einz pout, del pui est avalét;
Vint as Franceis, tut lur ad acuntét.

perché non dicano di noi canzon di scherno!
A noi cristiani il diritto appartiene!
Cattivo esempio non verrà mai da me".

## LXXX

Monta Oliviero or sopra un alto poggio:
a destra guarda, dov'è una valle erbosa,
vede la gente pagana che s'accosta.
Al suo compagno Orlando egli si volge:
"Vien dalla Spagna un così gran fragore:
quanti elmi e usberghi luccicanti si scorgono!
Sui nostri Franchi verranno con furore.
Gano doveva saperlo, il traditore,
che fece il nostro nome all'imperatore".
"Taci, Oliviero" Orlando gli risponde;
"è mio padrigno: non farne più parola."

## LXXXI

È sopra un poggio Oliviero montato:
bene di qui scopre il regno di Spagna,
e dei pagani le schiere sterminate.
Splendono gli elmi d'oro e di gemme ornati;
e scudi e spiedi e usberghi ricamati;
e i gonfaloni attaccati alle lance.
Ma le colonne non potrebbe contare:
ce ne son tante che il numero non sa;
dentro se stesso ne resta assai turbato.
Com'egli può, cala dal poggio al basso,
vien dai Francesi ed ogni cosa narra.

v. 1015 Letteralmente: «I pagani hanno torto e i cristiani hanno ragione»; l'affermazione trova eco in altri luoghi del poema, ugualmente impostati, nel testo francese, sull'opposizione *torto* (pagani) / *ragione* (cristiani): cfr. vv. 1212, 3554 (e 3359, 3367, 3413).

v. 1032 *ricamati*: nel testo francese *safrez*, ovvero ricamati di *safre* (propriamente una sfumatura del giallo, e probabilmente il filo d'ottone che si intesseva tra le maglie dell'usbergo).

## LXXXII

Dist Oliver: – Jo ai paiens veüz;
Unc mais nuls hom en tere n'en vit plus.
Cil devant sunt .C. milië ad escuz,
Helmes laciez e blancs osbercs vestuz;
Dreites cez hanstes, luisent cil espiét brun.
Bataille avrez, unches mais tel ne fut.
Seignurs Franceis, de Deu aiez vertut!
El camp estez, que ne seium vencuz! –
Dïent Franceis: – Dehét ait ki s'en fuit!
Ja pur murir ne vus en faldrat uns. – AOI.

## LXXXIII

Dist Oliver: – Paien unt grant esforz;
De noz Franceis m'i semblẹt aveir mult poi!
Cumpaign Rollant, kar sunez vostre corn,
Si l'orrat Carles, si returnerat l'ost. –
Respunt Rollant: – Jo fereie que fols!
En dulce France en perdreie mun los.
Sempres ferrai de Durendal granz colps;
Sanglant en ert li branz entresqu'a l'or.
Felun paien mar i vindrent as porz!
Jo vos plevis, tuz sunt jugez a mort. – AOI.

## LXXXIV

– Cumpainz Rollant, l'olifan car sunez,
Si l'orrat Carles, ferat l'ost returner,

## LXXXII

Disse Oliviero: "I pagani ho veduti:
nessuno in terra ne vide mai di più.
Ne abbiam davanti centomila con scudi,
elmi allacciati e bianchi usberghi chiusi,
lance diritte, lucenti spiedi bruni.
Battaglia avrete, quale mai non ci fu.
Da Dio, signori, vi venga ogni virtù!
Restate in campo, perché non siam battuti!"
Dicono i Franchi: "Maledetto chi fugge!
Anche a morire, non mancherà nessuno".

## LXXXIII

Disse Oliviero: "I pagani han gran forza,
e i nostri Franchi mi pare che sian pochi!
Compagno Orlando, suonate il vostro corno.
Carlo l'udrà: coi suoi farà ritorno".
Risponde Orlando: "Sarebbe agir da folle!
Nella mia Francia io perderei il mio nome.
Di Durendala or darò grandi colpi:
l'arrosserò fino nell'elsa d'oro.
Son giunti ai valichi con lor danno i felloni:
giuro che tutti sono dannati a morte".

## LXXXIV

"Compagno Orlando, l'olifante suonate:
Carlo l'udrà, farà i Franchi tornare:

v. 1054 Orlando giustifica il proprio ostinato rifiuto con argomentazioni che chiamano in causa l'onore personale (qui), familiare (vv. 1063 e 1075) e nazionale (vv. 1065 e 1090). In precedenza aveva dichiarato il motivo, che ispira in generale i suoi atteggiamenti, dell'esemplarità del proprio ruolo: *Cattivo esempio non verrà mai da me*! (v. 1016).

v. 1059 *l'olifante*: è il *corno* del verso 1051, qui designato con termine più specifico che allude alla nobiltà del materiale di cui è

Succurrat nos li reis od sun barnét. –
Respont Rollant: – Ne placet Damnedeu
Que mi parent pur mei seient blasmét,
Ne France dulce ja cheet en viltét!
Einz i ferrai de Durendal asez,
Ma bone espee quë ai ceint al costét:
Tut en verrez le brant ensanglentét.
Felun paien mar i sunt asemblez:
Jo vos plevis, tuz sunt a mort livrez. – AOI.

### LXXXV

– Cumpainz Rollant, sunez vostre olifan,
Si l'orrat Carles, ki est as porz passant.
Je vos plevis, ja returnerunt Franc. –
– Ne placet Deu – ço li respunt Rollant
– Que ço seit dit [pur] nul hume vivant,
Ne pur paien, que ja seie cornant!
Ja n'en avrunt reproece mi parent.
Quant jo serai en la bataille grant
E jo ferrai e mil colps e .VII. cenz,
De Durendal verrez l'acer sanglent.
Franceis sunt bon, si ferrunt vassalment;
Ja cil d'Espaigne n'avrunt de mort guarant. –

### LXXXVI

Dist Oliver: – D'iço ne sai jo blasme.
Jo ai veüt les Sarrazins d'Espaigne:
Cuverz en sunt li val e les muntaignes
E li lariz e trestutes les plaignes.

coi suoi baroni il re ci aiuterà".
Risponde Orlando: "Al Signore non piaccia
che i miei parenti sian per me biasimati,
e disonore ne abbia la dolce Francia!
Prima gran colpi darò con Durendala,
la buona spada che tengo cinta al fianco:
tutto vedrete il brando insanguinato.
Si son con danno qui i pagani adunati:
giuro che a morte son tutti destinati".

## LXXXV

"Compagno Orlando, suonate l'olifante.
Carlo l'udrà, che sta passando i valichi.
Io ve lo giuro che torneranno i Franchi".
"A Dio non piaccia" così risponde Orlando
"che mai si dica che per un uom mortale,
per un pagano, il corno abbia suonato!
I miei parenti mai non ne avranno biasimo.
Quando nel mezzo sarò della battaglia,
ben più di mille volte trarrò la spada:
rosso di sangue ne vedrete l'acciaio.
Son prodi i Franchi, e colpiran da bravi:
quelli di Spagna non avran chi li salvi".

## LXXXVI

Disse Oliviero: "Non ci può esser biasimo.
Io li ho veduti i pagani di Spagna:
ne son coperte le valli e le montagne,
gli scabri picchi e tutte le campagne.

costituito, la zanna di elefante (la parola del testo francese, *olifant*, designa altrove, ai versi 609 e 2653, semplicemente la materia — appunto l'avorio — nella quale sono scolpiti i troni di Marsilio e Baligante).

v. 1078 Nel testo [francese] il numero iperbolico è invece di «mille e settecento colpi». [*N.d.T.*]

Granz sunt les oz de cele gent estrange;
Nus i avum mult petite cumpaigne. —
Respunt Rollant: — Mis talenz en e[n]graigne.
Ne placet Deu ne ses ‹seinz ne ses› angles
Que ja pur mei perdet sa valur France!
Melz voeill murir qu'[a] huntage [remaigne]:
Pur ben ferir l'emperere nos aimet. —

## LXXXVII

Rollant est proz e Oliver est sage,
Ambedui unt me‹r›veillus vasselage:
Puis quë il sunt as chevals e as armes,
Ja pur murir n'eschiverunt bataille.
Bon sunt li cunte e lur paroles haltes.
Felun paien par grant irur chevalchent.
Dist Oliver: — Rollant, veez en alques!
Cist nus sunt pres, mais trop nus est loinz Carles.
Vostre olifan suner vos ne·l deignastes;
Fust i li reis, n'i oüssum damage.
Guardez amunt ‹ça› devers les porz d'[Aspre]:
Veeir poëz dolente rereguarde;
Ki ceste fait, jamais n'en ferat altre. —
Respunt Rollant: — Ne dites tel ultrage!
Mal seit del coer ki el piz se cuardet!
Nus remeindrum en estal en la place;
Par nos i ert e li colps e li caples. — AOI.

## LXXXVIII

Quant Rollant veit que bataille serat,
Plus se fait fiers que leon ne leupart.

Grandi gli eserciti sono qui dei pagani,
e noi ben piccola compagnia vi teniamo".
Risponde Orlando: "E cresce la mia brama.
Non piaccia a Dio, ai suoi angeli, ai santi,
che per me perda il suo valor la Francia!
Meglio morire che restar nell'infamia!
Se Carlo ci ama, è perché ben colpiamo".

## LXXXVII

Orlando è prode ed Oliviero è saggio.
Hanno bravura meravigliosa entrambi.
Poiché a cavallo si trovano ed in armi,
anche a morire, non schiveran battaglia.
Son prodi i conti, le parole son alte
Ora i pagani con gran furor cavalcano.
Disse Oliviero: "Orlando, un po' guardate!
Son qui vicini, e troppo lungi è Carlo!
Voi l'olifante non voleste suonare:
se il re qui fosse, noi non avremmo danno.
Guardate a monte verso i valichi d'Aspra:
vedete come triste è la retroguardia!
Chi questa fa, non ne farà più un'altra".
Risponde Orlando: "Non dite enormità!
Sia maledetto il cuore che s'abbatte!
Al nostro posto noi rimarremo in campo:
da noi verranno i colpi e il battagliare!"

## LXXXVIII

Vedendo Orlando che vi sarà battaglia,
si fa più fiero che leone o leopardo.

v. 1109 L'abbinamento tra *i colpi* (*li colps*) e *il battagliare* (*li caples*) si ripresenterà, nel testo francese, ai versi 1678 e 3380. Nei tre casi è possibile che per *i colpi* si debba intendere il confronto individuale e per *il battagliare* invece l'azione del guerriero nel cuore della mischia.

Franceis escrïet, Oliver apelat:
– Sire cumpainz, amis, ne·l dire ja!
Li emperere, ki Franceis nos laisat,
Itels .xx. milie en mist a une part:
Sun escïentre, n'en i out un cuard.
Pur sun seignur deit hom susfrir granz mals
E endurer e forz freiz e granz chalz,
Si·n deit hom perdre del sanc e de la char.
Fier de ‹la› lance, e jo de Durendal,
Ma bone espee que li reis me dunat!
Se jo i moerc, dire poet ki l'avrat:
[Iceste espee] fut a noble vassal. –

## LXXXIX

D'altre part est li arcevesques Turpin,
Sun cheval broche, e muntet un lariz;
Franceis apelet, un sermun lur ad dit:
– Seignurs baruns, Carles nus laissat ci;
Pur nostre rei devum nus ben murir.
Chrestïentét aidez a sustenir!
Bataille avrez, vos en estes tuz fiz,
Kar a voz oilz veez les Sarrazins.
Clamez voz culpes, si preiez Deu mercit!
Asoldrai vos pur voz anmes guarir.
Se vos murez, esterez seinz martirs:
Sieges avrez el greignor pareïs. –
Franceis de‹s›cendent, a tere se sunt mis,
E l'arcevesque de Deu les beneïst:
Par penitence les cumandeṭ a ferir.

Grida ai Francesi ed Oliviero chiama:
"Signor compagno, amico, non parlare!
L'imperatore, che ci affidò i suoi Franchi,
qui ventimila ne ha radunati tali
che a suo vedere nessuno vi è codardo.
Or per il proprio signore grandi mali
giusto è soffrire, e gran freddo e gran caldo:
e deve perdersi anche sangue, anche carne.
Tu con la lancia colpisci, io con la spada,
con Durendala, che mi donò il sovrano!
Se muoio, certo potrà dir chi l'avrà
ch'essa fu in mano a un nobile vassallo".

## LXXXIX

In altra parte c'è il vescovo Turpino.
Sprona il cavallo, sale uno scabro picco,
chiama i Francesi, questo sermone dice:
"Prodi signori, Carlo ci lasciò qui:
per il sovrano dobbiamo ben morire.
Date soccorso alla gente di Cristo!
Battaglia avrete, voi ne siete convinti,
ché coi vostri occhi vedete i Saracini.
Pregate Dio, le vostre colpe dite!
Vi assolverò: le anime avrete libere.
Martiri santi sarete, se morite,
e avrete i seggi nel più alto Paradiso".
Smontano i Franchi, s'inginocchiano e chinano,
e l'arcivescovo per Dio li benedice:
per penitenza comanda di colpire.

## XC

Franceis se drecent, si se metent sur piez:
Ben sunt asols, quites de lur pecchez;
E l'arcevesque de Deu les ad seignez.
Puis sunt muntez sur lur curanz destrers;
Adobez sunt a lei de chevalers
E de bataille sunt tuit apareillez.
Li quens Rollant apelet Oliver:
— Sire cumpainz, mult ben le savïez
Que Guenelun nos ad tuz espïez:
Pris en ad or e aveir e deners.
Li emperere nos devreit ben venger!
Li reis Marsilie de nos ad fait marchét;
Mais as espees l'estuvrat esleger. — AOI.

## XCI

As porz d'Espaigne en est passét Rollant
Sur Veillantif, sun bon cheval curant.
Portet ses armes, mult li sunt avenanz;
Mais sun espiét vait li bers palmeiant,
Cuntre le ciel vait la mure turnant,
Laciét en su‹m› un gunfanun tut blanc;
Les ‹f›renges ‹d'or› li batent josqu'as mains.
Cors ad mult gent, le vis cler e riant.
Sun cumpaignun aprés le vait sivant,
E cil de France le cleiment a guarant.
Vers Sarrazins reguardet fierement
E vers Franceis humele e dulcement;
Si lur ad dit un mot curteisement:
— Seignurs barons, süef, ‹le› pas tenant!
Cist paien vont grant martirie querant.

## XC

S'alzano i Franchi, si mettono ora in piedi:
assolti e liberi dai peccati si sentono;
ché l'arcivescovo per Dio li ha benedetti.
Montano dopo sui rapidi destrieri:
armati sono da buoni cavalieri,
tutti già pronti per il combattimento.
Il conte Orlando si volge ad Oliviero:
"Signor compagno, lo sapevate bene
che il conte Gano ci ha fatto tradimento:
ha ricevuto oro, denaro, averi.
L'imperatore vendicar ci dovrebbe!
Il re Marsilio ci ha preso come merce;
ma con le spade pagar bene ci deve".

## XCI

Orlando è giunto ai valichi di Spagna
su Vegliantivo, l'agile suo cavallo:
l'armi sue porta, che bene gli si adattano.
Ora il suo spiedo il prode va agitando,
e contro il cielo va la punta girando,
legato in cima un gonfalone bianco:
le frange d'oro gli batton sulle mani.
Nobile ha il corpo, e il viso lieto e chiaro.
Lo va seguendo da presso il suo compagno:
quelli di Francia a difesa lo chiamano.
Verso i pagani fieramente egli guarda,
guarda benigno e dolce verso i Franchi
e con parole cortesi ad essi parla:
"Prodi signori, andate a lenti passi!
Questi pagani martirio van cercando.

v. 1148 Cfr. la nota al verso 602.

v. 1153 *Vegliantivo*: *Vegliantino* nella tradizione dei poemi cavallereschi italiani.

Encoi avrum un eschec bel e g[ra]nt:
Nuls reis de France n'out unkes si vaillant. –
A cez paroles vunt les oz ajustant. AOI.

## XCII

Dist Oliver: – N'ai cure de parler.
Vostre olifan ne deignastes suner,
Ne de Carlun mie vos n'en avez.
Il n'en set mot, n'i ad culpes li bers;
Cil ki la sunt ne funt mie a blasmer.
Kar chevalchez a quanque vos püez!
Seignors baruns, el camp vos retenez!
Pur Deu vos pri, ben seiez purpensez
De colps ferir, de receivre e duner!
L'enseigne Carle n'i devum ublïer. –
A icest mot sunt Franceis escrïét.
Ki dunc oïst – Munjoie! – demander,
De vasselage li poüst remembrer.
Puis si chevalchent, Deus! par si grant fiertét!
Brochent ad ait pur le plus tost aler,
Si vunt ferir, que fereient il el?
E Sarrazins ne·s unt mie dutez:
Francs e paiens as les vus ajustez.

Avrem quest'oggi bottino bello e grande:
mai n'ebbe tale nessun dei re di Francia".
Così gli eserciti si vanno avvicinando.

## XCII

Disse Oliviero: "Parlar non m'interessa.
Voi l'olifante suonare non voleste,
ed ora Carlo non potete più averlo.
Colpa quel prode non ha, ché non sa niente;
né chi è laggiù biasimare si deve.
Via, cavalcate per quanto voi potete,
prodi signori, ed il campo tenete!
Per Dio vi prego: siate soltanto attenti
a ferir bene, a dar colpi e riceverne!
Non ci scordiamo quale è il grido del re".
E allora gridano tutti quanti i Francesi.
Chi avesse udito "Mongioia!", ora potrebbe
ben ricordare che cosa è la prodezza.
Dopo cavalcano, Dio, con tanta fierezza!
Dànno di sprone per andare più in fretta,
vanno a colpire - che cos'altro farebbero? -,
ma i Saracini non temono per niente.
Franchi e pagani, eccoli stretti insieme!

**vv. 1179-82** *Mongioia* è il nome dell'orifiamma (bandiera, insegna) di Carlo, ed è anche il grido di guerra dei Franchi (il termine *enseigne* del testo francese — qui a 1179 — vale entrambe le accezioni, per slittamento dalla prima alla seconda). Il sostantivo antico francese *monjoie* significa «poggio, collina, ammasso, luogo elevato», così che l'insegna di Carlo potrebbe fare riferimento ad una collina strettamente legata ai destini della nazione francese (per esempio, come è stato proposto, a quella, dal nome analogo, sulla quale si svolse il martirio di San Dionigi). La canzone stessa procura una ricostruzione pseudo-etimologica dell'origine della parola *Monjoie*, connettendola al nome della spada di Carlo, Gioiosa, nei versi 2501 e segg.

## LASSE XCIII-CXI

I dodici Pari saraceni, nello stesso ordine nel quale erano stati presentati nelle lasse LXIX — LXXVIII, si scontrano in combattimenti singolari con alcuni tra i più illustri guerrieri della retroguardia, non precisamente contro i dodici Pari cristiani, come ci si potrebbe attendere, perché — dopo Orlando (lassa XCIII, uccisione di Aelrotte) e Oliviero (lassa XCIV, uccisione di Falsarone) — occorre dare spazio a Turpino, estraneo al gruppo dei dodici (lassa XCV), e dopo Gerino, Geriero, Sansone, Anseigi, Engeliero, Ottone, Berengario (alle loro imprese sono dedicate — una per ciascuno — le lasse tra XCVI e CII) conviene che Orlando e Oliviero ribadiscano la loro preminenza: Orlando lo farà abbattendo il temibile Chernublo (lassa CIV), Oliviero scampando quasi miracolosamente (cfr. v. 1316) nello scontro con Margarigi (lassa CIII), che sarà, dei dodici Saraceni, il solo superstite e il solo che si sia fatto veramente onore (tanto che molti hanno giudicato, probabilmente a torto, sconcertante e problematica la sua improvvisa scomparsa dalla scena del poema nel manoscritto di Oxford; la tradizione anti-oxfordiana propone in effetti un gruppo di tre lasse, tra CXI e CXII, che assegnano a Margarigi almeno la funzione di rendere conto a Marsilio dell'esito del primo assalto, dal quale i Franchi sono usciti largamente vittoriosi, ma anche estremamente provati). Le lasse CV - CXI (tra CX e CXI la tradizione anti-oxfordiana inserisce tre lasse scarsamente attendibili) insistono ancora sul valore di Orlando, Oliviero, dei dodici Pari e dei Francesi in genere (CV), ravvivando la narrazione — che tra XCIII e CIV si era articolata secondo un'applicazione piuttosto rigida della tecnica caratteristica dello stile formulare — mediante ricorso ad episodî maggiormente caratterizzati (lasse CVI - CVII: Oliviero, spezzata la lancia, ne utilizza un relitto come arma impropria, prima di passare alla spada; lassa CVIII: Gerino e Geriero agiscono simultaneamente contro Timozello, mentre Turpino persegue la sua caccia all'«eretico», uccidendo l'incantatore Siglorello, visitatore degli Inferi), e riassumendo infine le sorti della battaglia, dapprima nel racconto dell'autore (CIX) e poi per voce del popolo francese, avvertito in patria da foschi presagi (CX), e nelle parole dell'arcivesvoco Turpino (CXI), intento a sollevare ed incitare i suoi, addolorati per la scomparsa di tanti commilitoni.

## XCIII

Li niés Marsilie, il ad num Aelroth;
Tut premereins chevalchet devant l'ost.
De noz Franceis vait disant si mals moz:
— Feluns Franceis, hoi justerez as noz.
Traït vos ad ki a guarder vos out;
Fols est li reis ki vos laissat as porz.
Enquoi perdrat France dulce sun los,
Charles li magnes le destre braz del cors. —
Quant l'ot Rollant, Deus! si grant doel en out!
Sun cheval brochet, laiset curre a esforz,
Vait le ferir li quens quanquë il pout.
L'escut li freint e l'osberc li desclot,
Trenchet le piz, si li briset les os,
Tute l'eschine li desevret del dos:
Od sun espiét l'anme li getet fors;
Enpeint le ben, fait li brandir le cors,
Pleine sa hanste del cheval l'abat mort:

## XCIII

Ora il nipote di Marsilio Aelrotte
cavalca a tutto il suo esercito in fronte.
Dei nostri Franchi va parlando per onta:
"Franchi felloni, lotterete con noi.
Per difensore aveste un traditore.
Il re che ai valichi vi lasciò soli è un folle.
Oggi la Francia perderà la sua gloria,
e il braccio destro re Carlo del suo corpo".
Quando ode Orlando, Dio, che dolor ne prova!
Sprona il cavallo, con forza lo fa correre,
e va a colpire Aelrotte più che può.
Scudo gl'infrange ed usbergo gli rompe,
il petto gli apre e gli frantuma l'ossa,
tutte le vertebre gli separa dal dorso,
gli getta l'anima con il suo spiedo fuori,
ben gliel'affonda, sicché gli scuote il corpo,
con tutta l'asta giù lo scavalca morto:

v. 1188 *Aelrotte*: cfr. la nota al verso 860.

v. 1195 *il braccio destro... del suo corpo*: cfr. le parole di Gano dei versi 596-97: *Se alcun potesse a Orlando dar la morte, / farebbe Carlo del braccio destro tronco* (dove il testo francese presentava ugualmente la specificazione *del corpo*) e il secondo sogno di Carlo, al verso 727: *al braccio destro forte un verro lo azzanni.*

v. 1204 *con tutta l'asta*: l'espressione sembra voler sottolineare la profondità della ferita procurata, e quindi la sicurezza con la quale è stato inferto il colpo.

En dous meitiez li ad brisét le col.
Ne leserat, ço dit, que n'i parolt:
— Ultre!, culvert, Carles n'est mie fol,
Ne traïsun unkes amer ne volt.
Il fist que proz qu'il nus laisad as porz:
Oi n'en perdrat France dulce sun los.
Ferez i, Francs, nostre est li premers colps!
Nos avum dreit, mais cist glutun unt tort. — AOI.

## XCIV

Un duc i est, si ad num Falsaron;
Icil er‹t› frere al rei Marsiliun.
Il tint la tere Dat[ha]n e [Abir]un;
Suz cel nen at plus encrisme felun.
Entre dous oilz mult out large le front,
Grant demi piéd mesurer i pout hom.
Asez ad doel quant vit mort sun nevold;
Ist de la prese, si se met en bandun,
E s[i] escrïet l'enseigne paienor.
Envers Franceis est mult cuntrarius:
— Enquoi perdrat France dulce s'onur! —
Ot le Oliver, si·n ad mult grant irur.
Le cheval brochet des oriez esperuns,

in due metà l'ha spezzato nel collo.
Non lascerà però di dirgli ancora:
"Va', miserabile! Re Carlo non è un folle,
né mai gli piacque d'essere un traditore.
Se ci lasciò ai valichi, fu un prode,
né perderà la Francia oggi la gloria.
Colpite, Franchi: è nostro il primo colpo!
Di fronte a noi questi poltroni han torto".

## XCIV

Un duca v'era di nome Falsarone:
era fratello di Marsilio e signore
della contrada di Datane e Abirone.
Non v'era al mondo un peggiore fellone.
Tra gli occhi aveva così larga la fronte,
che misurava un mezzo piede buono.
Assai si dolse per il nipote morto,
uscì di folla, tra l'armi si gettò,
e a urlare il grido pagano incominciò.
Verso i Francesi pieno era di livore:
"Oggi la Francia dovrà perder l'onore!"
L'udì Oliviero e assai se ne sdegnò,
punse il cavallo con gli speroni d'oro,

vv. 1207-10 Orlando ribatte partitamente alle affermazioni di Aelrotte dei versi 1192-94 (cfr. l'analoga replica di Turpino — vv. 1254-55 — alle parole di Corsabligi dei versi 1240-42).

v. 1212 Letteralmente: «Noi abbiamo ragione, invece questi poltroni (vili, felloni; nel testo francese *glutun*, sinonimo di *felun*) hanno torto». Cfr. la nota al verso 1015.

v. 1215 *Datane e Abirone*: nel libro dei Numeri (16), i fratelli Datan e Abiram, leviti ribelli a Mosè, sono clamorosamente castigati da Dio, che li precipita in una voragine apertasi improvvisamente sotto di loro.

v. 1221 *il grido pagano*: la *Canzone* non informa a proposito del grido di guerra dei Saraceni di Marsilio; sul modello di Carlo (cfr. la nota ai versi 1179-82) — l'emiro di Babilonia, Baligante, sceglierà come insegna il nome della propria spada, Preziosa, a sua volta esemplato su Gioiosa, spada di Carlomagno.

Vait le ferir en guise de baron.
L'escut li freint e l'osberc li derumpt,
El cors li met les pans del gunfanun,
Pleine sa hanste l'abat mort des arçuns.
Guardet a tere, veit gesir le glutun,
Si li ad dit par mult fiere raison:
— De voz manaces, culvert, jo n'ai essoign.
Ferez i, Francs, kar tres ben les veintrum! —
— Munjoie! — escrïet, ço est l'enseigne Carlun. AOI.

## XCV

Uns reis i est, si ad num Corsablix,
Barbarins est, d'un estra‹n›ge païs,
Si apelad le‹s› altres Sarrazins:
— Ceste bataille, ben la puum tenir,
Kar de Franceis i ad asez petit.
Cels ki ci sunt devum aveir mult vil,
Ja pur Charl[un] n'i ert un sul guarit:
Or est le jur qu'els estuvrat murir. —
Ben l'entendit li arc‹e›vesques Turpin;
Suz ciel n'at hume que voeillet ‹plus› haïr.
Sun cheval brochet des esperuns d'or fin:
Par grant vertut si l'est alét ferir.
L'escut li freinst, l'osberc li descumfist,
Sun grant espiét par mi le cors li mist,
Empeint le ben, que m[ul]t le fait brandir,
Pleine sa hanste l'abat mort el chemin.
Guardet a [t]ere, veit le glutun gesir;
Ne laisserat que n'i parolt, ço dit:
— Culvert paien, vos i avez mentit!
Carles, mi sire, nus est guarant tuz dis;
Nostre Franceis n'unt talent de fuïr.

e andò a colpirlo come un vero barone.
Scudo gl'infrange ed usbergo gli rompe,
gl'infilza i lembi del gonfalone in corpo,
con tutta l'asta l'abbatte dall'arcione.
Guardò per terra, giacer vide il poltrone,
e gli parlò con un fiero discorso:
"Vile, le vostre minacce non m'importano.
Colpite, Franchi, ché nostra è la vittoria!"
E getta il grido del re Carlo: "Mongioia!"

## XCV

Un re v'è pure che ha nome Corsabligi:
è d'un paese remoto, un Barberino.
Egli si volge agli altri Saracini:
"Questa battaglia sostener ci è possibile,
perché di Franchi c'è un numero assai piccolo.
Quelli che stanno qui teniamoli a vili.
Carlo a nessuno potrà salvar la vita:
è il giorno questo che debbono morire".
E l'arcivescovo, che ben l'udì, Turpino,
nessuno al mondo odia così deciso:
con i suoi sproni d'oro il cavallo stimola,
e con gran forza si slancia per colpirlo.
Scudo gl'infrange, usbergo gli sconficca,
in mezzo al corpo il suo spiedo gl'infigge,
ben ve l'affonda, sicché il corpo vacilla,
con tutta l'asta l'abbatte sul cammino.
A terra guarda, giacere vede il vile;
però non lascia di parlargli, e gli dice:
"Vile pagano, voi avete mentito!
Carlo, il mio re, è sempre il nostro ausilio,
né i nostri Franchi pensano di fuggire.

Voz cumpaignuns feruns trestuz restifs:
Nuvele mort vos est[uvra]t susfrir.
Ferez, Franceis, nul de vus ne s'ublit!
Cist premer colp est nostre, Deu mercit. –
– Munjoie! – escrïet por le camp retenir.

XCVI

E [Gerins] fiert Malprimis de Brigal;
Sis bons escuz un dener ne li valt:
Tute li freint la bucle de cristal,
L'une meitiét li turnet cuntreval;
L'osberc li rumpt entresquë a la charn,
Sun bon espiét enz el cors li enbat.
Li paiens chet cuntreval a un quat;
L'anme de lui en portet Sathanas. AOI.

XCVII

E sis cumpainz Gerers fiert l'amurafle,
L'escut li freint e l'osberc li desmailet;
Sun bon espiét li me[t] en la curaille,
Empeint le bien, par mi le cors li passet,
Pleine sa hanste, mort l'abat e[n la place].
Dist Oli[v]er: – Gente est nostre bataille. –

Faremo i vostri restare tutti qui.
Un'altra morte vi toccherà soffrire.
Colpite, Franchi! Siate tutti ben vigili!
Il primo colpo è nostro, grazie a Dio!"
Grida: "Mongioia!", ché vuole in campo vincere.

## XCVI

Su Malprimigi di Berbegallo or va
Gerino e nulla lo scudo a quello vale:
tutta gl'infrange la bòrchia di cristallo,
e una metà per terra gliela manda;
l'usbergo rompe sino a toccar la carne,
il buono spiedo dentro il corpo gli caccia:
cade il pagano a terra tutt'a un tratto.
L'anima via si porta Satanasso.

## XCVII

Contro l'emiro va Geriero, il compagno:
scudo gl'infrange e usbergo gli dismaglia,
il buono spiedo nei visceri gli pianta,
ben gliel'affonda e il corpo gli trapassa,
con tutta l'asta morto a terra l'abbatte.
Disse Oliviero: "È una bella battaglia!"

v.1257 *un'altra morte vi toccherà soffrire*: cioè «la morte dell'anima, dopo quella del corpo». [*N.d.T.*] È un ecclesiastico che così si esprime, ed è dunque possibile che in «altra morte» sia implicato il riferimento alla «seconda morte» di *Apocalisse*, 20, 11-15; 21, 8. Ma l'espressione «nuova morte» (*Nuvele mort* del testo francese) è spesso attestata (nella variante *mort nuvele*) come sinonima di «morte imminente»; in questa ipotesi non sarebbe annunciata qui, evidentemente, a Corsabligi, già spirato, ma genericamente ai Saraceni, in replica alla minaccia del verso 1242.

v.1263 *la borchia di cristallo*: nella borchia metallica posta al centro dello scudo poteva essere incastonato un cristallo di rocca (cfr. anche il verso 3150). Il cristallo compare altrove ad ornare elmi (v. 1955), else, delle quali costituisce il pomo (vv. 1364, 3431), e l'olifante di Orlando (v. 2296).

## XCVIII

Sansun li dux vait ferir l'almaçur,
L'escut li freinst, ki est ad or e a flurs.
Li bons osbercs ne li est guarant prod:
Trenchet le coer, le firie e le pulmun,
Que ‹mort› l'abat, qui qu'en peist u qui nun.
Dist l'arcevesque: — Cist colp est de baron! —

## XCIX

E Anseïs laiset le cheval curre,
Si vait ferir Turgis de Turteluse:
L'escut li freint desuz l'oree bucle,
De sun osberc li derumpit les dubles,
Del bon espiét el cors li met la mure:
Empeinst le ben, tut le fer li mist ultre,
Pleine sa hanste el camp mort le tresturnet.
Ço dist Rollant: — Cist colp est de produme! —

## C

Et Engelers, li Guascuinz de Burdele,
Sun cheval brochet, si li laschet la resne,
Si vait ferir Escremiz de Valterne.
L'escut del col li freint e escantelet,
De sun osberc li rumpit la ventaille,
Si·l fiert el piz entre les dous furceles;
Pleine sa hanste l'abat mort de la sele.
Aprés li dist: — Turnét estes a perdre! — AOI.

## XCVIII

Sansone il duca colpisce l'almansore:
gl'infrange subito lo scudo d'oro e a fiori,
né il buon usbergo gran difesa gli oppone:
gli taglia il cuore, il fegato e il polmone;
l'abbatte morto, ne soffrano oppur no.
Disse Turpino: "Che colpo da barone!"

## XCIX

Ora Anseigi a tutta briglia sprona,
e su Turgiso corre di Tortelosa:
prima lo scudo sotto la borchia d'oro,
sino alla stoffa poi l'usbergo gli rompe,
e il buono spiedo gl'infilza dentro il corpo,
ben gliel'affonda e il ferro manda fuori:
con tutta l'asta lo rovescia giù morto.
Orlando dice: "Questo è colpo da prode!"

## C

Ed Engeliero, guascone di Bordela,
sprona il cavallo, gli abbandona le redini,
ed Escremigi va a ferir di Valterna.
Gl'infrange al collo lo scudo e lo fa a pezzi,
ed il cappuccio gli rompe dell'usbergo:
fra le clavicole lo colpisce nel petto:
con tutta l'asta l'abbatte dalla sella.
Dopo gli disse: "Venuto siete a perdervi!"

v. 1289 *Engeliero*: non nominato in precedenza (ma cfr. la nota ai versi 104-07); *Bordela*: Bordeaux (da: Burdìgala).

v. 1293 *cappuccio*: o *ventaglia*, proteggeva il capo ed il collo.

## CI

E [Otes] fie‹r›t un paien, Estorgans,
Sur sun escut en la pene devant,
Que tut li trenchet le vermeill e le blanc;
De sun osberc li ad rumput les pans,
El cors li met sun bon espiét tre‹n›chant,
Que mort l'abat de sun cheval curant.
Aprés li dist: — Ja n'i avrez guarant! —

## CII

E Berenger, il fiert [E]stramariz:
L'escut li freinst, l'osberc li descumfist,
Sun fort es[pié]t par mi le cors li mist,
Que mort l'abat entre mil Sarrazins.
Des .XII. pers li .X. en sunt ocis;
Ne mes que dous n'en i ad remés vifs:
Ço est Chernubles e li quens Margariz.

## CIII

Margariz est mult vaillant chevalers,
E bels e forz e isnels e legers.
Le cheval brochet, vait ferir Oliver;
L'escut li freint suz la bucle d'or mer,
Lez le costét li conduist sun espiét.
Deus le guarit, qu'el cors ne l'ad tuchét.
La hanste fruisset, mie n'en abatiét.
Ultre s'en vait, qu'il n'i ad desturber;
Sunet sun gresle pur les soens ralïer.

## CI

E Otton colpisce un pagano, Estorgante,
sopra lo scudo nel cuoio che sta avanti,
e tutto taglia il vermiglio ed il bianco;
poi dell'usbergo i lembi via gli lacera,
gli pianta in corpo il suo spiedo affilato,
morto l'abbatte dal rapido cavallo.
Dopo gli disse: "Nessuno più vi salva!"

## CII

E Berengario colpisce Estramarigi:
scudo gl'infrange, usbergo gli sconficca,
in mezzo al corpo il suo spiedo gl'infigge,
l'abbatte morto tra mille Saracini.
Sono dei dodici Pari già dieci uccisi;
non più di due ne son rimasti vivi:
sono Chernublo e il conte Margarigi.

## CIII

È Margarigi un prode cavaliere,
e bello e forte ed agile e leggero.
Sprona il cavallo, va a colpire Oliviero,
lo scudo sotto la borchia d'or gli spezza,
lungo il costato gli fa strisciar lo spiedo.
Dio lo salvò, ché in corpo non lo prese:
gli ruppe l'asta, però non l'abbatté.
Egli oltre va, ché nessuno lo ferma:
e suona ai suoi per raccoglierli insieme.

v. 1298 *nel cuoio*: la *pene* del testo francese è probabilmente il bordo dello scudo, rinforzato di cuoio o tela.
v. 1317 *gli ruppe l'asta*: o forse: «spezzò la propria asta».

## CIV

La bataille est merveilluse e cumune.
Li quens Rollant mie ne s'asoüret;
Fiert de l'espiét tant cum hanste li duret:
A .xv. cols l'ad ‹e› fraite e perdue;
Trait Durendal, sa bone espee, nue,
Sun cheval brochet, si vait ferir Cher[n]uble.
L'elme li freint u li carbuncle luisent,
Trenchet le [chef] e la cheveleüre,
Si li trenchat les oilz e la faiture,
Le blanc osberc, dunt la maile est menue,
E tut le cors tresqu'en la furcheüre.
Enz en la sele, ki est a or batue,
El cheval est l'espee aresteüe:
Trenchet l'eschine, hunc n'i out quis jointure,
Tut abat mort el pred sur l'erbe drue.
Aprés li dist: – Culvert, mar i moüstes!
De Mahumet ja n'i avrez aiude.
Par tel glutun n'ert bataille oi vencue. –

## CV

Li quens Rollant par mi le champ chevalchet;
Tient Durendal, ki ben trenchet e taillet.
Des Sarrazins lur fait mult grant damage.
Ki lui veïst l'un geter mort su‹r› l'altre,
Li sanc tuz clers gesir par cele place!
Sanglant en ad e l'osberc e ‹la› brace,
Sun bon cheval le col e l‹es› espalles.
E Oliver de ferir ne se target:
Li .xii. per n'en deivent aveir blasme;
E li Franceis i fierent e si caplent.

## CIV

È una tremenda battaglia dappertutto.
Il conte Orlando non si guarda per nulla:
vibra lo spiedo finché l'asta gli dura,
che dopo quindici colpi ha rotta e perduta.
La buona spada Durendala qui snuda,
sprona il cavallo, va a çolpire Chernublo,
gl'infrange l'elmo, dove i carbonchi lucono.
gli fende il capo e la capigliatura,
gli cava gli occhi, il volto gli sfigura,
e il bianco usbergo dalla maglia minuta
gli taglia e il corpo sino all'inforcatura.
Passa la sella d'oro incrostata tutta
con la sua spada e il cavallo raggiunge
e il dorso taglia senza cercar giunture:
sull'erba cadono il cavallo e Chernublo.
Dice: "Veniste qui per vostra sfortuna!
Da Maometto non avrete più aiuto!
Un tal poltrone non può vincere più!"

## CV

Il conte Orlando per il campo cavalca:
tien Durendala che bene fende e taglia.
Dei Saracini va facendo massacro:
l'aveste visto i morti ammonticchiare!
e il sangue chiaro tutto a terra stagnare!
Egli ha l'usbergo sanguinoso e le braccia
e il buon destriero nel petto e nelle spalle.
Né di colpire Oliviero si stanca,
né sono i dodici Pari degni di biasimo.
Quanto ai Francesi, dan colpi e ne ridanno;

v. 1326 *carbonchi*: pietre preziose di colore rosso.
v. 1327 Cfr. v. 976: *i suoi capelli sino a terra gli ondeggiano.*
v. 1342 C. Segre ha rinunciato a correggere *gesir* (letteralmente: *giacere*) ma il suo commento in apparato manifesta una notevole propensione ad avvalorare la proposta congetturale *glacier*, alla quale corrisponde la traduzione *stagnare*.

Moerent paien e alquanz en i pasment.
Dist l'arcevesque: — Ben ait nostre barnage! —
— Munjoie! — escrïet, ço est l'enseigne Carle. AOI.

## CVI

E Oliver chevalchet par l'estor
(Sa hanste est frait‹e›, n'en ad quë un trunçun)
E vait ferir un paien, Mal‹sar›un.
L'escut li freint, ki est ad or e a flur,
Fors de la teste li met les oilz ansdous,
E la cervele li chet as piez desuz;
Mort le tresturnet od tut .VII.C. des lur.
Pois ad ocis Turgis e Esturguz;
La hanste briset, esclicet josqu'as poinz.
Ço dist Rollant: — Cumpainz, que faites vos?
En tel bataille n'ai cure de bastun:
Fers e acers i deit aveir valor.
U est vostre espee, ki Halteclere ad num?
D'or est li helz e de cristal li punz. —
— Ne la poi traire, — Oliver li respunt
— Kar de ferir oi jo si grant bosoign! — AOI.

## CVII

Danz Oliver trait ad sa bone espee
Que ses cumpainz li ad tant demandee,
E il li ad cum cevaler mustree.
Fiert un paien, Justin de Val Ferree:
Tute la teste li ad par mi sevree,
Trenchet le cors e ‹la› bronie safree,
La bone sele, ki a or est gemmee,

ed ecco muoiono o svengono i pagani.
Dice Turpino: "Bene ai nostri vassalli!"
Grida: "Mongioia!", ch'è il grido di re Carlo.

## CVI

Ed Oliviero cavalca tra la folla:
ha l'asta rotta, resta con un troncone,
sopra un pagano si getta, Malsarone,
gl'infrange subito lo scudo d'oro e a fiori,
fuor della testa gli spicca entrambi gli occhi,
ed il cervello gli fa schizzare al suolo:
fra settecento dei suoi l'abbatte morto.
Uccide dopo Turgiso ed Esturgogio,
ma in pezzi l'asta gli salta sino al polso.
"Che cosa fate?" gli disse Orlando allora.
"In questa lotta non occorre un bastone.
Qui ferro e acciaio soltanto hanno valore.
Dov'è la spada, che Altachiara ha per nome?
È d'oro l'elsa e di cristallo il pomo!"
"Non l'ho snudata," Oliviero risponde
"ché di colpire avevo gran bisogno!"

## CVII

Tratto Oliviero or ha la buona spada,
che il suo compagno tanto gli ha domandata;
e gliela mostra da cavaliere bravo.
Ed un pagano, Giustin da Val Ferrata,
colpisce e a mezzo gli fende tutto il capo,
gli taglia il corpo, la trapunta corazza,
la buona sella d'oro e di gemme ornata,

v. 1358 *Turgiso*: omonimo del Saraceno ucciso da Anseigi al verso 1287 (se non è qui difettoso il *Turgis* del manoscritto di Oxford; la tradizione anti-oxfordiana inviterebbe a leggere *Turgin*, «Turgino»).

E al ceval a l'eschine trenchee:
Tut abat mort devant loi en la pree.
Ço dist Rollant: — Vos rec‹on›ois jo, frere.
Por itels colps nos eimet li emperere. —
De tutes parz est — Munjo‹i›e! — escrïee. AOI.

## CVIII

Li quens Gerins set el ceval Sorel
E sis cumpainz Gerers en Passecerf.
Laschent lor reisnes, brochent amdui a ait,
E vunt ferir un paien, Timozel,
L'un en l'escut e li altre en l'osberc.
Lur dous espiez enz el cors li unt frait,
Mort le tresturnent trés enmi un guarét.
{Ne l'oï dire, ne jo mie ne·l sai
Liquels d'els dous en fut li plus isnels.}
Esp‹er›veris, icil fut filz ‹Burel,
Celui ocist Engelers de› Burdel.
E l'arcevesque lor ocist Siglorel,
L'encanteür ki ja fut en enfer:
Par artimal l'i cundoist Jupiter.
Ço dist Turpin: — Icist nos ert forsfait! —
Respunt Rollant: — Vencut est le culvert.
Oliver, frere, itels colps me sunt bel. —

e pur la schiena gli spacca del cavallo:
cade Giustino col cavallo sul prato.
"Vi riconosco, fratello" Orlando esclama.
"Per questi colpi l'imperatore ci ama".
E s'alza il grido "Mongioia!" da ogni parte.

## CVIII

Gerino il conte sta sul caval Sorello,
e il suo compagno Gerier su Passacervo.
Le briglie allentano, spronan con forza insieme,
e a colpir vanno un pagan, Timozello,
l'un sullo scudo e l'altro nell'usbergo.
Dentro il suo corpo gli spezzano gli spiedi
e lo rovesciano morto dentro un maggese.
{Dir non l'ho udito, né io lo so per niente,
quale dei due tra loro fu il più svelto.}
Esprevarino, il figlio di Borello,
morì per mano d'Engelier di Bordela;
e l'arcivescovo uccise Siglorello,
l'incantatore che già fu nell'inferno,
tratto da Giove laggiù per sortilegio.
Disse Turpino: "Era per noi colpevole!"
Risponde Orlando: "Ora il vile è disteso.
Sono bei colpi, Oliviero, fratello!"

vv. 1379-80 *Sorello*: il nome del destriero di Gerino sembra chiaramente derivare da *soro* (sauro), tipo di cavallo che riceve tale denominazione dal colore, rossastro, del manto; sarà un cavallo soro, al verso 1943, il destriero del Califfo. — *Passacervo*: il nome fa evidente riferimento a particolari doti di corsiero.

vv. 1386-87 La presenza di questi due versi si potrebbe, al limite, giustificare, ritenendo che l'autore abbia inteso sottolineare, nell'espressione dubitativa, la simultaneità dei colpi inferti contro Timozello da Gerino e Geriero; ma è forte il sospetto, avanzato da C. Segre (apparato dell'ed. critica) che essi vadano meglio riferiti a Sorello e Passacervo, e dunque anticipati dopo 1380; più forte ancora il sospetto che costituiscano una incongrua interpolazione propria del manoscritto di Oxford (sono assenti nella tradizione anti-oxfordiana, ed il primo risulta difettoso per l'assonanza).

## CIX

La bataille est aduree endementres.
Franc e paien merveilus colps i rendent,
Fierent li un, li altre se defendent.
Tant'hanste i ad e fraite e sanglente,
Tant gunfanun rumpu e tant'enseigne!
Tant bon Franceis i perdent lor juvente!
Ne reverrunt lor meres ne lor femmes,
Ne cels de France ki as porz les atendent. AOI.
Karles li magnes en pluret, si·s demente.
De ço qui calt? N'en avrunt sucurance.
Malvais servis‹e› le jur li rendit Guenes,
Qu'en Sarraguce sa maisnee alat vendre!
Puis en perdit e sa vie e ses membres;
El plait ad Ais en fut jugét a pendre,
De ses parenz ensembl'od lui tels trente
Ki de murir nen ourent esperance. AOI.

## CX

La bataille est merveilluse e pesant.
Mult ben i fiert Oliver e Rollant,
Li arcevesques plus de mil colps i rent,
Li .XII. per ne s'en targent nïent,
E li Franceis fierent cumunement.
Moerent paien a miller‹s› e a cent:
Ki ne s'en fuit, de mort n'i ad guarent;
Voillet o nun, tut i laisset sun tens.

## CIX

Or la battaglia più ostinata diventa.
Franchi e pagani colpi si dànno e rendono;
gli uni colpiscono e gli altri si difendono.
Quante vi sono aste di sangue piene,
e gonfaloni e insegne fatte a pezzi!
La giovinezza perdon tanti Francesi,
che madri e mogli non potran rivedere,
né gli altri Franchi che ai valichi li attendono!
Il grande Carlo ne piange e si dispera.
Però a che serve? Non ne avranno sollievo.
Brutto servizio Gano gli rese il tempo
che in Saragozza vendette i suoi fedeli.
Dopo, la vita ne perdette e le membra
ad Aquisgrana, dove appender lo fecero
con trenta insieme anche dei suoi parenti,
che di morire certo non s'attendevano.

## CX

È la battaglia prodigiosa e tremenda.
Vi dan bei colpi Orlando ed Oliviero,
e l'arcivescovo più di mille ne avventa,
e certo i dodici Pari non perdon tempo,
ed i Francesi colpiscon tutti insieme.
A cento e a mille sono i pagani spenti,
e chi non fugge, non ha chi lo protegga:
vogliano o no, la vita tutti perdono.

vv. 1408-11 Cfr. la nota al verso 9.

v. 1409 *appender lo fecero*: ci sarebbe contraddizione con la realtà del supplizio di Gano, che finirà squartato nei versi 3964-73, ma il testo francese dice soltanto che Gano «fu condannato all'impiccagione»: in effetti tale risulterà la pena prevista — cfr. vv. 3789, 3831, 3932; nel caso di Gano si risolverà però di infierire infliggendogli il castigo dello squartamento, al quale è possibile che si riferisca qui il verso 1408.

Franceis i perdent lor meillors guarnemenz;
Ne reverrunt lor peres ne parenz,
Ne Carlemagne ki as porz les atent.
En France en ad mult merveillus turment:
Orez i ad de tuneire e de vent,
Pluie e gresilz desmesureement;
Chiedent i fuildres e menut e suvent,
E terremoete ço i ad veirement:
De Seint Michel de‹l› P[e]ri[l] josqu'as Seinz,
Des Besen[ç]un tresqu'as ‹porz› de Guitsand,
Nen ad recét dunt [li] mur‹s› ne cravent.
Cuntre midi tenebres i ad granz;
N'i ad clartét, se li ciels nen i fent.
Hume ne·l veit ki mult ne s'esp[oe]nt.
Dïent plusor: — Ço est li definement,
La fin del secle, ki nus est en present. —
Il ne l‹e› sevent, ne dïent veir nïent:
Ço est li dulors por la mort de Rollant.

Lasciano i Franchi ogni miglior difesa:
parenti e amici non potran rivedere,
né Carlomagno che ai valichi li attende.
In Francia scoppia una grande tempesta:
un uragano c'è di tuono e di vento,
di pioggia e grandine che senza fine scende:
cadon le folgori ininterrottamente,
c'è il terremoto: questo accade davvero.
Dalla città dei Santi a San Michele,
da Besanzone a Guizzante non c'è
una dimora dove i muri non crepino.
A mezzogiorno vi sono grandi tenebre:
non v'è chiarore, se il cielo non si fende.
Nessuno assiste senza averne spavento.
Dicono i più: "Certo la fine è questa:
certo del mondo venuto è ora il termine!"
Essi non sanno, né dicon proprio il vero,
ché questo è il lutto perché Orlando si spegne.

v. 1420 *ogni miglior difesa*: la traduzione ha scelto di riconoscere un uso figurato di *guarnemenz* (letteralmente, e nella *Canzone* costantemente: «equipaggiamento militare»). La soluzione è senz'altro opportuna, ma è possibile che abbiano ragione i codici anti-oxfordiani nel proseguire l'elencazione delle perdite dei Francesi, passando dall'equipaggiamento in generale alle armi in particolare, e infine agli uomini, soggetto del verso 1421.

vv. 1423-37 ... *il lutto perché Orlando si spegne* (v. 1437) determina in Francia prodigi analoghi a quelli verificatisi, secondo il racconto evangelico, alla morte del Cristo (l'analogia si registra in particolare per i fenomeni e le reazioni riferiti nei versi 1427, 1430, 1431, 1433, da confrontare con: Matteo, 27, 45; 51, 4). Cfr. la nota al verso 178.

vv. 1428-29 Mont-St.-Michel, Saintes, Besançon, Wissant delimitano la Francia del X sec. [nota in apparato dell'ed. Segre]. Di qui la preferenza per Saintes in Saintonge nell'identificazione dei «Santi» del testo francese (altre ipotesi: Colonia, detta anche *Sancti aurei*, Xanten, sul Reno, e Sens).

v. 1435 Letteralmente: «la fine del secolo che abbiamo presentemente»; dove la parola *secolo* sembra adunare il significato di «secolo», «età», «tempo» e quello religioso di «mondo» (in contrapposto all'«eternità»). [*N.d.T.*]

## CXI

Franceis i fer[en]t de coer e de vigur;
Paien sunt morz a millers e a fuls:
De cent millers n'en poënt guarir dous.
Dist ‹l'arcevesques›: — Nostre hume sunt mult proz;
Suz ciel n'ad [rei] plus en ait de meillors.
Il est escrit en la Geste Francor
Que ‹bons› vassals [out] nostre empereür. —
Vunt par le camp, si requerent les lor,
Plurent des oilz de doel e de tendrur
Por lor parenz par coer e par amor.
Li reis Marsilie od sa grant ost lor surt. AOI.

## CXI

Lottano i Franchi con coraggio e vigore
ed i pagani sono a migliaia morti:
di centomila non due salvar si possono.
Disse Turpino: "I nostri sono prodi:
non c'è alcun re che n'abbia di migliori.
Scritto la *Gesta dei Franchi* questo porta:
che bei vassalli ebbe l'imperatore".
Van per il campo e ricercano i loro,
e versan lacrime d'affetto e di dolore
per i parenti dal profondo del cuore.
Col grande esercito Marsilio ora si scorge.

v. 1440 *di centomila*: letteralmente: «di cento migliaia», così che «migliaia» potrebbe essere sottinteso anche al successivo numerale *due*, secondo l'interessante suggerimento dell'edizione Jenkins; risulterebbe che «di centomila non se ne possono salvare nemmeno duemila».

vv. 1443-44 Questi due versi (che eventualmente, adottando una diversa interpunzione, potrebbero essere riferiti ad un commento del narratore, anziché attribuiti a Turpino) introducono per la prima volta nel poema la menzione della *Gesta dei Franchi* (*Geste Francor* è una delle caratteristiche forme genitivali segnalate nella nota al verso 600). Altri richiami all'autorità di tale fonte saranno proposti — dal narratore — al verso 3262 (dove essa è ancora designata, nel testo francese, come *Gesta dei Franchi*) e ai versi 1685, 2095 (nei due casi è la *Gesta*, senza specificazioni) e 3742 (*l'antica Gesta*). È possibile che anche nel verso finale del manoscritto di Oxford la parola *gesta* sia da intendere come un riferimento alla fonte rappresentata dalla *Gesta dei Franchi* (cfr. la nota al verso 4002). Al verso 3181, inoltre, Baligante farà menzione di *molte geste* dedicate a Carlomagno. L'esame dei versi citati e dei loro contesti informa che la *Gesta dei Franchi* — fonte probabilmente fittizia delle vicende della *Canzone* — sarebbe stata una delle numerose compilazioni cronachistiche relative a Carlomagno (verso 3181), che dall'autore della *Canzone* era considerata antica (v. 3742), che essa avrebbe appoggiato il proprio racconto su prove documentarie (le *carte* e i *brevi* del verso 1684), che avrebbe registrato la presenza di Turpino a Roncisvalle (v. 2095) e contenuto gli episodî di Baligante (v. 3262) e del processo di Gano (v. 3742), vale a dire che già avrebbe arricchito la narrazione dei fatti storici con ricorso ad abbondante materiale fantastico o leggendario.

## LASSE CXII-CXXVI

*Per quattro assalti è andata loro bene* (ai cristiani), / *ma il quinto assalto è una dura faccenda* (vv. 1686-87). Esauriti i due primi assalti (lasse XCIII-CIII e CIV-CXI), le lasse CXII-CXXVI riferiscono del terzo, del quarto e del quinto, condotti personalmente da Marsilio. L'ordine delle lasse, all'interno delle due estreme, differisce nel codice di Oxford rispetto a quello proposto univocamente dagli altri manoscritti, che risulta nettamente preferibile ed è adottato nel testo Segre: le lasse CXIII-CXIV di O, dedicate ad una impresa individuale di Turpino, precederanno così immediatamente la lassa CXXVI, che si apre con l'apprezzamento manifestato da Orlando per il valore dell'arcivescovo, mentre la lassa CXXIV di O si leggerà suddivisa in due parti, i diciassette primi versi e gli otto ultimi precedendo e rispettivamente seguendo la lassa, di O, CXXV (nel testo le lasse in questione saranno contrassegnate da una duplice numerazione; tra parentesi quadre quella che risulta dall'ordinamento procurato nell'edizione). La tradizione anti-oxfordiana propone inoltre un nucleo di tre lasse a seguito di O CXV [CXIII], una lassa a seguito del secondo troncone di O CXXIV [CXXII$^{b}$], un gruppo infine di quattro lasse tra il verso 1679 e il 1680, entrambi appartenenti alla lassa CXXVI (aggiunte che risultano a seconda dei casi probabilmente o decisamente apocrife). Nell'ordine del testo Segre l'episodio, che è piuttosto complesso, dovendosi dar conto del progressivo deteriorarsi della situazione della retroguardia, appare costruito molto efficacemente: le due prime lasse (CXII e CXV di O) propongono rispettivamente le esortazioni di Orlando a Oliviero e di Turpino alle truppe, tali da ricordare per il tema e la connessione dei motivi le lasse LXXXVIII-LXXXIX (anche la XC, meno nettamente); le lasse successive, sino al primo troncone di O CXXIV [CXXII[a]], sono organizzate a coppie, nel primo membro delle quali un guerriero pagano uccide uno dei dodici Pari, mentre al secondo è affidata la vendetta, il più delle volte rincarata, cui provvedono nell'ordine Oliviero, Orlando, Turpino e ancora Orlando; dopo due lasse che riassumono la situazione del campo dopo il terzo assalto saraceno, si assiste (nelle lasse CXIII e CXIV di O, ovvero [CXXIV] e [CXXV]), al quarto assalto, che l'autore individua dapprima attraverso un'azione particolare, lo scontro tra Turpino e Abisso (vv. [1628]-[1670]), poi attraverso l'ampia prospettiva della lassa CXXVI, i cui ultimi versi, però, informano ormai sulla decimazione che il quinto assalto rappresenta per la retroguardia di Orlando: *Muoiono tutti i guerrieri francesi, / meno sessanta, che Dio lasciati ha in piedi* (vv. 1688-89).

## CXII

Marsilie vient par mi une valee
Od sa grant ost quë il out asemblee:
† .xx. escheles ad li reis anumbrees.
L[uis]ent cil elme as perres d'or gemmees
E cil escuz e cez bronies sasfrees.
.VII. milie graisles i sunent la menee:
Grant est la noise par tute la contree.
Ço dist Rollant: – Oliver, compaign, frere,
Guenes li fels ad nostre mort juree:
La traïsun ne poet estre celee;
Mult grant venjance en prendrat l'emperere.
Bataille avrum e forte [e] aduree,
Unches mais hom tel ne vit ajustee.
Jo i ferrai de Durendal, m'espee,
E vos, compainz, ferrez de Halteclere.
En tan[tes teres] les avum nos portees!
Tantes batailles en avum afinees!
Male chançun n'en deit estre cantee. – AOI.

## CXII

Marsilio viene, percorrendo una valle,
col grande esercito che ha fatto radunare:
venti colonne ha potuto contare.
Splendono gli elmi con gemme incastonate,
splendon gli scudi, le trapunte corazze;
e settemila trombe suonan la carica:
grande è il frastuono per tutta la contrada.
E qui: "Oliviero, fratello," disse Orlando
"Gano, il fellone, la morte ci ha giurato.
Il tradimento più non si può celare:
l'imperatore vendetta ne farà.
Avrem battaglia violenta ed ostinata:
nessuno mai vide una mischia tale.
Io colpirò con la mia Durendala
e voi, compagno, con la vostra Altachiara.
In tante terre noi le abbiamo portate!
Tante battaglie abbiamo terminate!
Canzone a scherno non dovranno cantarne."

v. 1451 Il primo emistichio è ipometro nel testo francese; stessa situazione a 3035, 3192, 3217, 3237, 3282, 3314, versi che tutti comprendono nel testo francese la parola *eschele* (schiera, o colonna).
vv. 1457-59 Cfr. vv. 1146-49.
vv. 1462-64 Cfr. vv. 1120-21.

## [CXIII] CXV

‹Quant› Franceis veient que paiens i ad tant,
De tutes parz en sunt cuvert li camp,
Suvent regretent Oliver e Rollant,
Les .XII. pers, qu'il lor seient guarant.
E l'arcevesque lur dist de sun semblant:
— Seignors barons, n'en alez mespensant!
Pur Deu vos pri que ne seiez fuiant,
Que nuls prozdom malvaisement n'en chant;
Asez est mielz que moerjum cumbatant.
Pramis nus est: fin prendrum a itant,
Ultre cest jurn ne serum plus vivant;
Mais d'une chose vos soi jo ben guarant:
Seint pareïs vos est abandunant;
As Innocenz vos en serez seant. —
A icest mot si s'esbaldissent Franc,
Cel n'en i ad Munjoie ne demant. AOI.

## [CXIV] CXVI

Un Sarrazin i out de Sarraguce,
De la citét l'une meitét est sue:
Ço est Climborins, ki pas ne fu‹i›t p[or h]ume.
Fiance prist de Guenelun le cunte,
Par amistiét l'en baisat en la buche,
Si l'en dunat s[un helme] e s'escarbuncle.

## [CXIII] CXV

Quando i Francesi vedon tanti pagani,
che da ogni parte ne son coperti i campi,
chiamano spesso Oliviero ed Orlando,
chiamano i dodici Pari perché li salvino.
E l'arcivescovo dice quel che ha nell'animo:
"Prodi signori, buoni pensieri fate!
Per Dio vi prego: alla fuga non datevi!
che nessun bravo a scherno poi ne canti.
Meglio è che noi combattendo moriamo,
poiché già scritto è che presto finiamo:
noi non vivremo dopo questa giornata;
ma d'una cosa vi posso assicurare:
s'apre per voi il Paradiso santo,
dove starete agl'Innocenti accanto".
Queste parole fanno più baldi i Franchi,
e tutti il grido "Mongioia!" allora innalzano.

## [CXIV] CXVI

C'è un Saracino che vien da Saragozza,
d'una metà della città signore:
è Climborino, che non teme alcun uomo.
Quando di Gano il giuramento accolse,
per amicizia lo baciò sulla bocca,
e gli donò l'elmo col suo carbonchio.

v. [1480] Cfr il verso 1135, che ugualmente chiudeva l'esortazione di Turpino della lassa LXXXIX. — *agl'Innocenti*: i santi Innocenti, vittime della strage scatenata da Erode allo scopo di eliminare il neonato Gesù (il sacrificio di massa sarà appunto il comune paradigma che consente a Turpino di istituire un rapporto tra essi ed i componenti della retroguardia).

v. [1485] *Climborino*: cfr. la lassa XLIX, nella quale aveva donato un proprio elmo a Gano (v. 630), come è qui ricordato al verso [1488], e nella quale, come ora ribadisce il verso [1487], era detto che egli aveva baciato Gano *sulla bocca e sul viso* (v. 633).

v. [1488] *l'elmo col suo carbonchio*: s'intenda: «l'elmo col carbonchio incastonatovi». [*N.d.T.*]

Tere Major, ço dit, metrat a hunte,
A l'emperere si toldrat la curone.
Siet el ceval qu'il cleimet Barbamusche,
Plus est isnels que esprever në arunde;
Brochet le bien, le frein li abandunet,
Si vait ferir Engeler de Guascoigne:
Ne·l poet guarir sun escut ne sa bronie:
De sun espiét el cors li met la mure,
Empeint le ben, tut le fer li mist ultre,
Pleine sa hanste el camp mort le tresturnet.
Aprés escrïet: – Cist sunt bon a [c]unfundre!
Ferez, paien, pur la presse derumpre! –
Dïent Franceis: – Deus, quel doel de prodome! –
AOI.

[CXV] CXVII

Li quens Rollant apelet Oliver:
– Sire cumpainz, ja est morz Engeler;
Nus n'avium plus vaillant chevaler. –
Respont li quens: – Deus le me doinst venger! –
Sun cheval brochet des esperuns d'or mier,
Tient Halteclere, sanglent en. est l'acer;
Par grant vertut vait ferir le paien.
Brandist sun colp e li Sarrazins chiet;
L'anme de lui en portent aversers.

La Terra Avita vuol esporre allo scorno
e vuole a Carlo togliere la corona!
Sta sul cavallo che chiama Barbamosca,
ch'è più veloce di sparviero o di rondine.
Lo sprona bene, il freno gli abbandona,
e va a colpire Engelier di Guascogna,
che scudo e usbergo difendere non possono,
perché la punta dello spiedo nel corpo
gl'infigge e affonda e il ferro caccia fuori:
con tutta l'asta l'abbatte in campo, morto.
Poi grida: "Questi sconvolgere si possono!
Orsù, pagani, rompiamone la folla!"
E i Franchi: "Dio, che pena per quel prode!"

[CXV] CXVII

Il conte Orlando si volge ad Oliviero:
"Signor compagno, è già morto Engeliero:
non avevamo più bravo cavaliere".
Risponde il conte: "Dio voglia ch'io lo vendichi!"
Punge il cavallo con sproni d'oro schietto,
tiene Altachiara, di sangue è pieno il ferro,
con forza contro il Saracin si sfrena,
assesta il colpo, e il pagano va a terra.
Subito l'anima i diavoli ne prendono.

vv. [1489-90] È un'esplicita dichiarazione di intenti (nel testo francese, infatti: «La Terra Avita, dice, esporrà allo scorno etc...»), analoga a quelle precedentemente svolte da alcuni tra i dodici Pari saraceni nel corso del primo assalto e da tutti nella scena delle «vanterie» (lasse LXIX-LXXVIII).

vv. [1491-92] La denominazione del destriero, e il paragone relativo alla sua rapidità, saranno anche caratteristici dei campioni saraceni presentati nelle successive lasse [CXVI], [CXVIII], [CXX]; sarà questo, d'altra parte, soltanto il più appariscente tra gli elementi di similarità che collegheranno le azioni di Climborino, Valdabruno, Malcotante e Grandonio (maggiori variazioni nelle successive descrizioni delle repliche indirizzate nei loro confronti).

v. [1510] *i diavoli*: nel testo francese *aversers* (avversarî), secondo una denominazione caratteristica del linguaggio ecclesiastico, ma di larghissimo impiego.

Puis ad ocis le duc Alphaïen;
Escababi i ad le chef trenchét;
.VII. Arrabiz i ad deschevalcét:
Cil ne sunt proz ja mais pur guerreier.
Ço dist Rollant: – Mis cumpainz est irez!
Encuntre mei fait asez a preiser.
Pur itels colps nos ad Charles plus cher. –
A voiz escrïet: – Ferez i, chevaler! – AOI.

## [CXVI] CXVIII

D'altre part est un paien, Valdabrun:
Celoi levat le rei Marsiliun.
Sire est par mer de .IIII.C. drodmunz;
N'i ad eschipre qui·s cleimt se par loi nun.
Jerusalem prist ja par traïsun,
Si violat le temple Salomon,
Le patriarche ocist devant les funz.
Cil ot fiance del cunte Guenelon;
Il li dunat s'espee e mil manguns.
Siet el cheval qu'il cleimet Gramimund,
Plus est isnels que nen est uns falcuns;
Brochet le bien des aguz esperuns,
Si vait ferir li riche duc Sansun:

Dopo anche il duca Alfagano giù stende,
a Escababì fa saltare la testa,
e dalla sella sette Arabi poi getta,
che non saranno più bravi per far guerra.
Orlando disse: "È adirato davvero!
Accanto a me merita che s'apprezzi.
Per questi colpi Carlo ci vuol più bene".
Grida a gran voce: "Colpite, cavalieri!"

## [CXVI] CXVIII

Un Saracino, Valdabruno, c'è ancora,
che fu a Marsilio padrino d'armi un giorno.
Possiede in mare quattrocento dromoni,
e i marinai gli son tutti devoti.
Gerusalemme già conquistò con frode,
violando il tempio anche di Salomone,
ed il patriarca uccise innanzi ai fonti.
Quando di Gano il giuramento accolse,
la spada e mille mangoni gli donò.
Sta sul cavallo che chiama Gramimondo,
ch'è più veloce di quanto sia un falcone:
lo punge bene con gli aguzzi speroni,
ed a colpire corre il duca Sansone:

v. [1519] *Valdabruno*: come già nel caso di Climborino, sono qui ripresi alcuni motivi della sua precedente apparizione nella lassa XLVIII: anche in essa, come ora a [1520], era ricordata la parte avuta da Valdabruno nella formazione cavalleresca di Marsilio (al verso 618), ed era rappresentata la consegna — qui richiamata a [1527] — della spada e dei mille mangoni a Gano (cfr. la nota al verso 621).

v. [1521] *dromoni*: il nome, di origine greca, designa navi di imponenti dimensioni.

v. [1524] Il tempio di Salomone a Gerusalemme non venne mai riedificato dopo la distruzione operata da Tito. Sarà preferibile prendere atto dell'ennesima incongruenza della *Canzone* (da intendersi, come sempre, riferita al proposito della deformazione epico-leggendaria) piuttosto che fare il tentativo di razionalizzare l'allusione, annettendola a questa o quella persecuzione saracena contro i cristiani di Gerusalemme.

v. [1525] S'intenda: «ai fonti battesimali». [*N.d.T.*]

L'escut li freint e l'osberc li derumpt,
El cors li met les pans del gunfanun,
Pleine sa hanste l'abat mort des arçuns:
— Ferez, paien, car tres ben les veintrum! —
Dïent Franceis: —Deus, quel doel de baron! — AOI.

[CXVII] CXIX

Li quens Rollant, quant il veit Sansun mort,
Podez saveir que mult grant doel en out.
Sun ceval brochet, si li curt ad esforz,
Tient Durendal, qui plus valt que fin or;
Vait le ferir li bers, quanquë il pout,
Desur sun elme, ki gemmét fut ad or;
Trenchet la teste e la bronie e le cors,
La bone sele, ki est gemme[e] ad or,
E al cheval parfundement le dos;
Ambure ocit, ki que·l blasme [u] qui·l lot.
Dïent paien: — Cist colp nus est mult fort! —
Respont Rollant: — Ne pois amer les voz;
Devers vos est li orguilz e li torz. — AOI.

[CXVIII] CXX

D'Affrike i ad un African venut,
Ço est Malquiant, le filz al rei Malcud.
Si guarnement sunt tut a or batud:
Cuntre le ciel sur tuz les altres luist.
Siet el ceval qu'il cleimet Salt Perdut:
Beste nen est ki poisset curre a lui.
Il vait ferir Anseïs en l'escut:

scudo gl'infrange ed usbergo gli rompe,
gl'infilza i lembi del gonfalone in corpo,
con tutta l'asta l'abbatte dall'arcione:
"Date, pagani, ché vinceremo noi!"
Dicono i Franchi: "Che dolor di quel prode!"

### [CXVII] CXIX

E come Orlando vide Sansone morto,
pensar potete se n'ebbe gran dolore!
Sprona il cavallo, corre di tutta forza,
tien Durendala, che vale più dell'oro,
e va a colpirlo quanto più forte può
di sopra all'elmo, che ha le gemme nell'oro:
gli taglia il capo, la corazza ed il corpo,
la buona sella, che pure ha gemme in oro,
ed al cavallo profondamente il dorso;
entrambi uccide, lo biasimino o lodino.
I Saracini dicono: "È un duro colpo!"
Risponde Orlando: "Non posso amare i vostri,
poiché con voi stanno l'orgoglio e il torto".

### [CXVIII] CXX

C'è un Africano che dall'Africa è giunto:
è Malcotante, figlio del re Malcuto.
Ha vesti ed armi tutte d'oro battuto,
e contro il cielo più degli altri riluce.
Sta sul cavallo detto Saltoperduto,
col quale bestia non c'è che si misuri.
Ad Anseigi andò a colpir lo scudo:

v. [1553] C. Segre, pur rinunciando all'emendamento nel testo critico, riconosce in apparato l'opportunità di ravvisare, in *Cuntre le ciel* («contro il cielo») di O, una deviazione rispetto alla probabile lezione genuina, *Cuntre soleil* («contro il sole, in controluce»), proposta dalla tradizione anti-oxfordiana.

v. [1555] S'intenda: «nella corsa». [*N.d.T.*]

Tut li trenchat le vermeill e l'azur;
De sun osberc li ad les pans rumput,
El cors li met e le fer e le fust.
Morz est li quens, de sun tens n'i ad plus.
Dïent Franceis: — Barun, tant mare fus! —

## [CXIX] CXXI

Par le camp vait Turpin, li arcevesque.
Tel coronét ne chantat unches messe
Ki de sun cors feïst tantes proëcces.
Dist al paien: — Deus tut mal te tramette!
Tel a[s] ocis dunt al coer me regrette. —
Sun bon ceval i ad fait esdemetre,
Si l'ad ferut sur l'escut de Tulette
Que mort l'abat desur le herbe verte.

## [CXX] CXXII

De l'altre part est un paien, Grandonies,
Filz Capüel, le rei de Capadoce.
Siet el cheval quë il cleimet Marmorie,
Plus est isnels que n'est oisel ki volet;
Laschet la resne, des esperuns le brochet,
Si vait ferir Gerin par sa grant force:
L'escut vermeill li freint, de‹l› col li portet,
‹Tute› sa bronie aprof li ad desclose,
El cors li met tute l'enseingne bloie,
Que mort l'abat en une halte roche.
Sun cumpaignun Gerers ocit uncore
† E Berenger e Guiun de Seint Antonie;

gli tagliò tutto il vermiglio e l'azzurro,
entrambi i lembi dell'usbergo gli ruppe,
gli mise dentro il corpo il ferro e il fusto.
È morto il conte: il suo tempo è compiuto.
Dicono i Franchi: "Avesti assai sfortuna!"

## [CXIX] CXXI

Va per il campo Turpino, l'arcivescovo.
Mai tonsurato ci fu a cantare messa,
che poi sapesse fare tante prodezze.
Disse al pagano: "Dio non ti mandi bene!
Tu hai ucciso chi mi dà tanta pena".
E contro subito il cavallo gli sfrena,
lo coglie sopra lo scudo di Toledo,
così l'abbatte morto sull'erba verde.

## [CXX] CXXII

Da un'altra parte c'è un pagano, Grandonio,
figlio del re Capuel di Cappadocia.
Sta sul cavallo ch'egli chiama Marmorio,
ch'è più veloce d'un uccello che voli.
Le briglie allenta, lo punge con gli sproni,
e va a colpire Gerino con gran forza:
il rosso scudo gl'infrange e glielo toglie
dal collo e tutta la corazza gli rompe,
gl'infigge tutta l'insegna azzurra in corpo:
su un'alta roccia così l'abbatte morto.
Dopo il compagno Gerier ne uccide, e ancora,
con Berengario, Guido di Sant'Antonio;

v. [1565] *non ti mandi bene!*: propriamente: «ti mandi ogni male». [*N.d.T.*]

v. [1581] Tra le correzioni avanzate a sanare la lezione inaccettabile di O, appare su tutte avvantaggiata — anche a giudizio di C. Segre — la seguente: «*E Berenger e Guiun de Saintonie*» («E Berengario e Guido di Saintonge»), lezione, d'altra parte, insufficientemente convalidata dalle attestazioni dei manoscritti; di qui, nel testo Segre, la rinuncia all'emendamento.

Puis vait ferir un riche duc, Austorje,
Ki tint Vale[nce] e Envers sur le Rosne.
Il l'abat mort, paien en unt grant joie.
Dïent Franceis: – Mult decheent li nostre! –

## [CXXI] CXXIII

‹L›i quens Rollant tint s'espee sanglente.
Ben ad oït que Franceis se dementent;
Si grant doel ad que par mi quïet fendre.
Dist al paien: – Deus tut mal te consente!
Tel as ocis que mult cher te quid vendre. –
Sun ceval brochet, ki del ‹curre› cuntence.
Ki que·l cumpert, venuz en sunt ensemble.

## [CXXIIa] CXXIVa

Grandonie fut e prozdom e vaillant
E vertuus e vassal cumbatant.
Enmi sa veie ad encuntrét Rollant;
Enceis ne·l vit, si·l cunut veirement
Al fier visage e al cors qu'il out gent
E al reguart e al contenement;
Ne poet müer qu'il ne s'en espoënt.
Fuïr s'en voel‹t›, mais ne li valt nïent:
Li quens le fiert tant vertuusement,
Tresqu'al nasel tut le elme li fent,
Trenchet le nes e la buche e les denz,
Trestut le cors e l'osberc jazerenc,

poi va a colpire un grande duca, Austorgio,
che tien Valenza ed Inverso sul Rodano:
morto l'abbatte, e i pagani ne godono.
Dicono i Franchi: "Come cadono i nostri!"

### [CXXI] CXXIII

Piena di sangue la spada Orlando tiene
e sente bene che i Franchi si disperano:
tanto dolore gli par che il cuor gli fenda.
Disse al pagano: "Ogni male ti venga!
Tu hai ucciso chi voglio caro venderti!"
Sprona il cavallo, che alla lotta s'avventa.
Chiunque or paghi, eccoli stretti insieme.

### [CXXIIª] CXXIVª

Era Grandonio uomo prode e valente:
pieno d'ardire quand'egli combatteva.
Si trova a un tratto Orlando dirimpetto:
non l'ha mai visto, ma lo ravvisa adesso
al volto fiero, all'alto portamento,
al suo guardare, a tutto il suo contegno:
non può evitare di prenderne spavento.
Vuole fuggire, ma non gli serve a niente:
il conte un colpo gli dà così tremendo,
che l'elmo sino al nasale gli fende,
gli spacca il naso, la bocca con i denti,
e tutto il corpo, le maglie dell'usbergo,

v. [1588] La lezione oxfordiana è più che difendibile (e pertanto il testo Segre non si attenta a modificarla) ma non proprio pienamente persuasiva; C. Segre ha così ravvisato l'opportunità di suggerire in apparato una congettura agevole ed attraente, «*Si grant doel ad, par ire quïet fendre*»: «Tanto grande dolore prova, (che) per l'ira sente (il cuore) spezzarsi».

v. [1589] *Ogni male ti venga!*: letteralmente: «Dio ogni male ti mandi!». [*N.d.T.*]

v. [1602] *nasale*: lista metallica che dall'elmo scendeva a protezione del naso.

De l'oree sele [les] dous alves d'argent
E al ceval le dos parfundement;
Ambure ocist seinz nul recoevrement,
E cil d'Espaigne s'en cleiment tuit dolent.
Dïent Franceis: — Ben fiert nostre guarent! —

## [CXXIII] CXXV

La [bat]aille est m‹erv›eilluse e hastive;
Franceis i ferent par vigur e par ire,
Tren‹che›nt cez poinz, cez costez, cez eschines,
Cez vestemenz entresquë as chars vives:
Sur l'erbe verte li cler sancs s'en afilet.
‹Dïent paien: — Nus ne·l susfrirum mie!›
Tere Major, Mahummet te maldie!
Sur tute gent est la tue hardie. —
Cel nen i ad ki ne crïet Marsilie:
— Cevalche, rei! Bosuign avum d'aïe! —

## [CXXII$^{b}$] CXXIV$^{b}$

La bataille est e merveillose e grant;
Franceis i fierent des espiez brunisant.
La veïssez si grant dulor de gent,
Tant hume mort e nasfrét e sanglent!
L'un gist sur l'altre e envers e adenz.
Li Sarrazin ne·l poënt susfrir tant:
Voelent u nun, si guerpissent le camp;
Par vive force les enca‹l›cerent Franc. AOI.

la sella d'oro nei suoi fianchi d'argento,
ed il cavallo nel dorso per intero.
Muoiono subito cavallo e cavaliere.
Quelli di Spagna ne gemono dolenti.
Dicono i Franchi: "Come colpisce bene!"

## [CXXIII] CXXV

È la battaglia impetuosa e terribile.
Dan colpi i Franchi con vigore e con ira:
tagliano mani, fianchi e schiene trafiggono,
tagliano vesti sino alle carni vive.
Sull'erba verde il chiaro sangue fila.
"Non resistiamo!" dicono i Saracini.
"Ti maledica Maometto, Terra Àvita!
Su tutte l'altre è la tua gente ardita."
Non c'è nessuno che non gridi: "Marsilio!
Cavàlca, o re! Ci bisogna il tuo ausilio!"

## [CXXII$^{b}$] CXXIV$^{b}$

È la battaglia terribile ed immensa.
Coi bruni spiedi colpiscono i Francesi.
Quanto dolore si poteva vedere,
morti e feriti, tutti di sangue pieni!
L'uno sull'altro giaccion proni o riversi.
I Saracini non possono più reggere.
Vogliano o no, lasciare il campo debbono,
e a viva forza i Francesi li inseguono.

v. [1609] *Come colpisce bene!*: nel testo [francese] il soggetto è: «il nostro difensore». [*N.d.T.*]

### [CXXIV] CXIII

Marsilies veit de sa gent le martirie,
Si fait suner ses cors e ses buisines,
Puis si chevalchet od sa grant ost banie.
Devant chevalchet un sarrazin, Abisme:
Plus fel de lui n'out en sa cumpagnie.
Teches ad males e mult granz felonies;
Ne creit en Deu, le filz seinte Marie;
Issi est neirs cume peiz ki est demise.
Plus aimet il traïsun e murdrie
Que il ne fesist trestut l'or de Galice;
Unches nuls hom ne·l vit jüer ne rire.
Vasselage ad e mult grant estultie:
Por ço est drud al felun rei Marsilie;
Sun dragun portet a qui sa gent s'alïent.
Li arcevesque ne l'amerat ja mie;
Cum il le vit, a ferir le desiret.
Mult quiement le dit a sei meïsme:
– Cel Sarraz‹ins› me semblet mult herite;
Mielz [voeill murir] que jo ‹ne› l'alge ocire.
Unches n'amai cuard ne cuardie. – AOI.

### [CXXV] CXIV

Li arcevesque cumencet la bataille.
Siet el cheval qu'il tolit a Grossaille,
Ço ert uns reis qu'ocist en Denemarche.
Li destrers est e curanz e aates,
Piez ad copez e les gambes ad plates,
Curte la quisse e la crupe bien large,
Lungs les costez e l'eschine ad ben halte,

## [CXXIV] CXIII

Vede dei suoi re Marsilio il martirio,
e fa suonare buccine e corni in giro;
dopo cavalca con l'esercito unito.
Va innanzi a tutti un Saraceno, Abisso:
tra i suoi nessuno più fellone può dirsi.
Ha brutte colpe e grandi fellonie;
in Dio non crede, nel figlio di Maria,
di nero come la pece fusa è tinto,
ed ama più di tradire e d'uccidere
che d'aver tutto l'oro che c'è in Galizia:
nessun l'ha visto mai giocare né ridere.
Però ha prodezza e troppo grande ardire:
per questo è caro al fellone Marsilio.
Porta il suo drago, al quale i suoi si stringono.
Mai l'arcivescovo potrà fargli buon viso:
come lo vede, lo vorrebbe colpire;
e tra se stesso a bassa voce dice:
"Mi pare eretico molto quel Saracino:
meglio morire che non andare a ucciderlo.
Io mai viltà non ho amato né vili!"

## [CXXV] CXIV

E l'arcivescovo comincia la battaglia.
Sta sul cavallo ch'egli tolse a Grossaglia,
il re che un tempo uccise in Danimarca.
Questo destriero è rapido e vivace:
zoccoli concavi possiede e zampe piatte,
corta la coscia e la groppa ben larga,
alta la schiena ed allungati i fianchi,

v. [1641] *il suo drago*: l'effigie del dragone compare altrove, a volte unita all'insegna e allo stendardo, dai quali pertanto dovrebbe distinguersi, alla testa delle truppe di Baligante; cfr. vv. 3266, 3330, 3548, 3550. — *il suo... la sua*: di Marsilio, nominato al verso precedente.

Blanche la cue e la crignete jalne,
Petite oreille, la teste tute falve.
Beste nen est ki encontre lui alge.
Li arcevesque brochet par vasselage,
Ne laisserat qu'Abisme nen asaillet:
Vait le ferir en l'escut a miracle;
Pierres i ad, [ma]tistes e topazes,
Esterminals e carbuncles ki ardent;
En Val Metas li dunat uns diables,
Si li tramist li amiralz Galaf‹r›es.
Turpins i fiert, ki nïent ne l'espargnet,
Enprés sun colp ne quid que un dener vaillet;
Le cors li trenchet tres l'un costét qu'a l'altre,
Que mort l'abat en une voide place.
Dïent Franceis: — Ci ad grant vasselage!
En l'arcevesque est ben la croce salve. —

CXXVI

Li quens Rollant apelet Oliver:
— Sire cumpaign, se·l volez otrïer,
Li arcevesque est mult bon chevaler,
N'en ad meillor en tere ne suz cel:
Ben set ferir e de lance e d'espiét. —
Respunt li quens: — Kar li aluns aider! —
A icest mot l'unt Francs recumencét.
Dur sunt li colps e li caples est grefs;
Mult grant dulor i ad de chrestïens.
Ki puis veïst Rollant e Oliver
De lur espees ferir e capl‹ei›er!
Li arcevesque i fiert de sun espiét.
Cels qu'il unt mort, ben les poet hom preiser:

la coda bianca e la criniera gialla,
le orecchie piccole e tutto biondo il capo:
né c'è una bestia che altrettanto si slanci.
Or l'arcivescovo sprona proprio da bravo,
né certo Abisso d'assalire egli lascia:
lo va a colpire nello scudo ammirabile,
dove son gemme, ametiste e topazi,
pietre preziose e carbonchi fiammanti:
in Val Metasso glielo diede un diavolo:
glielo mandò un emiro, Galafro.
Ora Turpino per nulla lo risparmia:
dopo il suo colpo più un denaro non vale.
Gli taglia il corpo da un fianco sino all'altro,
sicché l'abbatte morto in un vuoto spiazzo.
"Questa è prodezza!" dicono allora i Franchi.
"Nelle sue mani il pastorale è salvo."

## CXXVI

Il conte Orlando si volge ad Oliviero:
"Signor compagno, se ammetter lo volete,
è l'arcivescovo un bravo cavaliere.
Non ce n'è uno migliore sotto il cielo:
ben sa colpire e di lancia e di spiedo".
Risponde il conte: "Andiamo a sostenerlo!"
I Franchi allora a battersi riprendono.
Son duri i colpi, e il battagliare pesa:
sono i cristiani in molto gran tormento.
Chi avesse visto Orlando ed Oliviero
dare e ridare colpi coi loro ferri!
Con il suo spiedo colpisce l'arcivescovo.
I morti possono calcolarsi davvero,

v. [1660] *ammirabile*: è traduzione plausibile di una lezione (*a miracle*) notevolmente incerta.
v. [1665] *per nulla lo risparmia*: s'intenda: «non risparmia lo scudo». [*N.d.T.*]

Il est escrit es cartres e es brefs;
Ço dit la Geste: plus de .IIII. milliers.
As quatre turs lor est avenut ben;
Li quint aprés lor est pesant e gref:
Tuz sunt ocis cist franceis chevalers,
Ne mes seisante, que Deus ad esparniez.
Einz quë il moergent, se vendrunt ‹il› mult cher.
AOI.

come sta scritto nelle carte e nei brevi,
a quattromila e più, dice la *Gesta*.
Per quattro assalti è andata loro bene,
ma il quinto assalto è una dura faccenda.
Muoiono tutti i guerrieri francesi,
meno sessanta, che Dio lasciati ha in piedi.
Prima che cadano, si venderanno bene!

## LASSE CXXVII-CXXXVIII

La seconda «scena del corno», ovvero il secondo contrasto tra Orlando e Oliviero relativo all'impiego del corno, occupa le lasse CXXVII-CXXX, e si risolve, nella CXXXI, con un intervento di Turpino: nella situazione ribaltata rispetto alla prima «scena del corno» (Orlando prende coscienza — lassa CXXVII — della necessità di avvisare Carlo e si ripropone di suonare l'olifante — vv. 1702 e 1714 —; vorrebbe, e richiede, l'approvazione di Oliviero, che polemicamente gliela rifiuta) si registrano analogie piuttosto evidenti con le lasse LXXXIII-LXXXVII (cfr. in particolare le lasse LXXXV e CXXVIII, dove le affinità sono sollecitate dalla comune assonanza). Le tre lasse successive sono costruite in base ad uno schema bipartito: nei versi iniziali (1753-54; 1761-64; 1785-87) Orlando suona l'olifante *con gran forza* (1754), *con gran dolore* (1762), *con grande pena* (1787), mentre la descrizione registra un progressivo incremento di drammaticità; nella parte finale di tali lasse si assiste alla reazione che l'ascolto del suono del corno determina in Carlo, in Namo, nei Francesi tutti e nella cattiva coscienza di Gano. Le lasse CXXXV-CXXXVIII vedono infine l'esercito di Carlo muovere al soccorso della retroguardia di Orlando, al cui fianco ancora si spera di combattere, anche se ormai prevale in tutti la consapevolezza della disfatta di Roncisvalle (Gano intanto è stato imprigionato: vv. 1816-29). I due versi finali della lassa CXXXVIII richiamano la conclusione della CXXVI — soprattutto per la menzione dei sessanta uomini cui si è ridotto il contingente di retroguardia — e introducono al tema successivo, dell'estrema resistenza di Orlando e del suo drappello. La tradizione anti-oxfordiana aggiunge, dopo CXXXVIII, una lassa certamente apocrifa, dedicata ad uno sfogo di Carlo contro Gano e i di lui antenati.

CXXVII

Li quens Rollant des soens i veit grant perte.
Sun cumpaignun Oliver en apelet:
— Sire cumpainz, pur Deu, que vos en haitet?
Tanz bons vassals veez gesir par tere;
Pleindre poüms France dulce, la bele:
De tels barons cum or remeint deserte!
E! reis, amis, que vos ici nen estes!
Oliver, frere, cum le purrum nus faire?
Cum faitement li manderum nuveles? —
Dist Oliver: — Jo ne·l sai cument quere.
† Mielz voeill murir que hunte nus seit retraite. —

CXXVIII

Ço dist Rollant: — Cornerai l'olifant,
Si l'orrat Carles, ki est as porz passant.
Jo vos plevis, ja returnerunt Franc. —
Dist Oliver: — Vergoigne sereit grant
E reprover a trestuz voz parenz;
Iceste hunte dureit al lur vivant.
Quant je·l vos dis, n'en feïstes nïent;
Mais ne·l ferez par le men loëment.
Se vos cornez, n'ert mie hardement.

## CXXVII

Dei suoi la strage il conte Orlando vede,
e si rivolge al compagno Oliviero:
"Signor compagno, per Dio, che ve ne sembra?
Vedete tanti prodi giacer per terra!
Possiamo piangere la Francia dolce e bella,
or che di tali baroni resta vedova!
Ahimè, re, amico, perché voi qui non siete?
Che si può fare, Oliviero, fratello?
In quale modo avvisar lo potremo?"
Disse Oliviero: "Io non so in che maniera.
Meglio che infamia la morte voglio averne".

## CXXVIII

Orlando disse: "Suonerò l'olifante.
Carlo l'udrà, che sta passando i valichi:
io ve lo giuro che torneranno i Franchi".
Disse Oliviero: "Una vergogna grande
sarebbe ai vostri parenti tutti quanti:
fino a che vivano, ne avrebbero l'infamia!
Quand'io lo dissi, nulla voleste farne;
col mio consenso non lo farete ormai!
Se voi suonate, non sarà più da bravo;

v. 1701 Cfr. v. 1091.

Ja avez vos ambsdous les braz sanglanz! —
Respont li quens: — Colps i ai fait mult genz! — AOI.

## CXXIX

Ço dit Rollant: — Forz est nostre bataille:
Jo cornerai, si l'orrat li reis Karles. —
Dist Oliver: — Ne sereit vasselage!
Quant je·l vos dis, cumpainz, vos ne deignastes:
S'i fust li reis, n'i oüsum damage.
Cil ki la sunt n'en deivent aveir blasme. —
Dist Oliver: — Par ceste meie [b]arbe,
Se puis veeir ma gente sorur Alde,
Ne jerreiez ja mais entre sa brace! — AOI.

## CXXX

Ço dist Rollant: — Por quei me portez ire? —
E il respont: — Cumpainz, vos le feïstes,
Kar vasselage par sens nen est folie:
Mielz valt mesure que ne fait estultie.
Franceis sunt morz par vostre legerie;
Jamais Karlon de nus n'avrat servise.
Se·m creïsez, venuz i fust mi sire;
Ceste bataille oüsum [defenie],

e avete entrambe le braccia sanguinanti!"
Risponde il conte: "Colpi gagliardi ho dati!"

## CXXIX

Orlando disse: "È dura la battaglia!
Io suonerò: così l'udrà il re Carlo".
Disse Oliviero: "Non sarebbe da bravo!
Quand'io lo dissi, compagno, rifiutaste.
Se il re qui fosse, noi non avremmo danno.
Quelli di là, non debbono aver biasimo".
Disse Oliviero: "Ora per la mia barba,
se mia sorella Alda rivedrò mai,
voi non potrete giacer fra le sue braccia!"

## CXXX

Orlando disse: "Perché avete quest'ira?"
Quello risponde: "Voi ne deste il motivo:
valor con senno non è certo follia,
e la misura val più della stoltizia.
Son morti i Franchi per la vostra pazzia.
Noi non potremo Carlo mai più servire.
Se aveste udito, il re sarebbe qui:
questa battaglia ormai l'avremmo vinta,

v. 1711 È probabile che si abbia anche in questo verso il ricalco sarcastico di un'espressione utilizzata da Orlando nella prima «scena del corno», ai versi 1056, 1067, 1079 (*tutto vedrete il brando insanguinato*, a 1067): ora Orlando non solo ha il brando coperto di sangue nemico, ma anche le braccia coperte dal proprio, e non ci si potrebbe attendere da lui la consueta efficienza nel suonare il corno.

v. 1718 *Quelli di là*: le truppe di Carlo (cfr. v. 1174).

v. 1719 *Disse Oliviero*: la ripresa del primo emistichio del verso 1715 non sembra qui opportuna, pur mancando gli estremi per la correzione; la tradizione anti-oxfordiana non presenta tale inutile didascalia, ma fa proseguire (nel manoscritto $V_4$) il discorso di Oliviero con un duplice giuramento, sulla mano e sulla barba, da confrontare con quello di Biancandrino dei versi 47-48.

v. 1720 *Alda*: sorella di Oliviero, promessa sposa di Orlando; è questa la sola menzione del personaggio prima della scena che la vedrà protagonista delle lasse CCLXVII-CCLXVIII.

U pris u mort i fust li reis Marsilie.
Vostre proëcce, Rollant, mar la ve‹ï›mes!
Karles li magnes de nos n'avrat aïe.
† N'ert mais tel home desqu'a Deu juïse.
Vos i murrez e France en ert hunie.
Oi nus defalt la leial cumpaignie:
Einz l[a] vespre‹e› ert gref la departie. — AOI.

## CXXXI

Li arceves‹ques› les ot cuntrarïer,
Le cheval brochet des esperuns d'or mer,
Vint tresqu'a els, si·s prist a castïer:
— Sire Rollant, e vos, sire Oliver,
Pur Deu vos pri, ne vos cuntralïez!
Ja li corners ne nos avreit mester,
Mais nepurquant si est il asez melz.
Venget li reis, si nus purrat venger:
Ja cil d'Espaigne n'en deivent turner liez!
Nostre Franceis i descendrunt a piéd,
Truverunt nos e morz e detrenchez;
Leverunt nos en bieres sur sumers,
Si nus plurrunt de doel e de pitét,
Enfüerunt en aitres de musters;
N'en mangerunt ne lu ne porc ne chen. —
Respunt Rollant: — Sire, mult dites bien. — AOI.

## CXXXII

Rollant ad mis l'olifan a sa buche,
Empeint le ben, par grant vertut le sunet.
Halt sunt li pui e la voiz est mult lunge,

e preso o morto sarebbe il re Marsilio.
Fu mal vedere la vostra valentia!
Ora al re Carlo non saremo d'ausilio,
all'uom più grande fino al dì del Giudizio.
Morrete, e avrà la Francia l'ignominia.
Oggi finisce la nostra compagnia:
prima del vespro sarà triste il dividerci".

## CXXXI

Qui l'arcivescovo, che li udì far contesa,
punse il cavallo con sproni d'oro schietto,
venne da loro e ad ammonirli prese:
"Voi, sire Orlando, e voi, sire Oliviero,
per Dio vi prego, non vogliate contendere!
Suonare il corno oramai non ci serve,
e tuttavia suonarlo è molto meglio.
Venga qui il re, e ci farà vendetta.
Quelli di Spagna non devono andar lieti!
I nostri Franchi qui smonteranno a piedi,
ci troveranno già morti e fatti a pezzi,
ci porteranno in bare su somieri,
ci piangeranno con dolore e con pena:
sepolti in atrii sarem di monasteri,
che lupi o porci o cani non ci addentino".
Risponde Orlando: "Signor, dite assai bene".

## CXXXII

Orlando ha messo l'olifante alla bocca,
lo preme bene, con gran forza lo suona.
Son alti i poggi, e lunga è assai la voce:

v. 1733 *fino al dì del Giudizio*: la traduzione non corrisponde al testo oxfordiano (difettoso per l'ipermetria ma sospetto anche per altri motivi), che legge: «fino al giudizio di Dio», ma ad un suo attendibile tentativo di restauro: *tresqu'al jur* (o eventualmente *di*) *de* (o *del*) *juise*.

v. 1750 Orlando, Oliviero e Turpino saranno sepolti nella basilica di San Romano a Blavia (Blaye); cfr. vv. 3689-93.

Granz .xxx. liwes l'oïrent il respundre.
Karles l'oït e ses cumpaignes tutes.
Ço dit li reis: — Bataille funt nostre hume! —
E Guenelun li respundit encuntre:
— S'altre·l desist, ja semblast grant mençunge! —
AOI.

## CXXXIII

Li quens Rollant, par peine e par ahans,
Par grant dulor sunet sun olifan.
Par mi la buche en salt fors li cler sancs:
De sun cervel le temple en est rumpant.
Del corn qu'il tient l'oïe en est mult grant:
Karles l'entent, ki est as porz passant,
Naimes l'oïd, si l'escultent li Franc.
Ce dist li reis: — Jo oi le corn Rollant!
Unc ne·l sunast, se ne fust cumbatant. —
Guenes respunt: — De bataille est nïent!
Ja estes ‹vus› veilz e fluriz e blancs;
Par tels paroles vus resemblez enfant.
Asez savez le grant orgoill Rollant;
Ço est merveille que Deus le soefret tant.
Ja prist il Noples seinz le vostre comant;
Fors s'en eissirent li Sarrazins dedenz,
Si·s cumbatirent al bon vassal Rollant.
Puis od les ewes lavat les prez del sanc:
Pur cel le fist, ne fust ‹ap›arissant.
Pur un sul levre va‹i›t tute jur cornant.
Devant ses pers vait il ore gabant:
Suz cel n'ad gent ki ‹l'›osast querre en champ.
Car cevalcez! Pur qu'alez arestant?
Tere Major mult est loinz ça devant. — AOI.

a trenta leghe ne giungeva il rimbombo.
L'ode re Carlo, tutte le truppe l'odono.
Dice il sovrano: "Battaglia fanno i nostri!"
Allora Gano diede questa risposta:
"Se altri parlasse, parrebbe gran menzogna!"

## CXXXIII

Il conte Orlando con pena e con affanno,
con gran dolore or suona l'olifante.
Fuor della bocca gli sgorga il sangue chiaro,
e al suo cervello la tempia ecco si schianta.
L'eco del corno che suona va lontano:
la sente Carlo, che sta passando i valichi,
e l'ode Namo, e l'ascoltano i Franchi.
Disse il sovrano: "Sento il corno d'Orlando!
Mai suonerebbe, se non stesse lottando".
Gano risponde: "Non c'è battaglia affatto!
Ormai voi siete vecchio, fiorito e bianco:
dicendo questo, voi sembrate un infante.
Certo l'orgoglio conoscete d'Orlando:
fa meraviglia che Dio lo soffra tanto.
Prese anche Nobile senza il vostro comando;
e i Saracini allora ne sbucarono,
e combatterono col buon vassallo Orlando.
Egli con l'acque lavò poi tutti i prati,
perché nessuno vi scorgesse più il sangue.
Per una lepre tutto il dì va suonando.
Coi suoi compagni si va facendo baldo:
gente non c'è pronta a cercarlo in campo.
Via, cavalcate! Perché state fermandovi?
La Terra Avita è ancor molto lontana".

v. 1775 Cfr. v. 198.

v. 1784 Si può segnalare un'apparenza di contraddizione nei confronti del verso 818 (*Giunti alla Terra Avita...*), facilmente rimediabile del resto, supponendo che là il narratore si riferisse ai confini tra la Terra Avita e la Spagna, e che qui Gano invece consideri la meta effettiva del viaggio di ritorno in patria.

## CXXXIV

Li quens Rollant ad la buche sanglente,
De sun cervel rumput en est li temples.
L'olifan sunet a dulor e a peine.
Karles l'oït e ses Franceis l'entendent.
Ço dist li reis: – Cel corn ad lunge aleine! –
Respont dux Neimes: – Baron i fait la peinte!
Bataille i ad, par le men escïentre.
Cil l'at traït ki vos en roevet feindre.
Adubez vos, si crïez vostre enseigne,
Si sucurez vostre maisnee gente!
Asez oëz que Rollant se dementet. –

## CXXXV

Li empereres ad fait suner ses corns.
Franceis descendent, si adubent lor cors
D'osbercs e d'elmes e d'espees a or.
Escuz unt genz e espiez granz e forz,
E gunfanuns blancs e vermeilz e blois.
Es destrers muntent tuit li barun de l'ost,
Brochent ad ait tant cum durent li port.
N'i ad celoi a l'altre ne parolt:
– Se veïssum Rollant einz qu'il fust mort,
Ensembl'od lui i durriums granz colps. –
De ço qui calt? car demurét unt trop.

## CXXXIV

Il conte Orlando ora ha la bocca piena
tutta di sangue e schiantate ha le tempie;
e l'olifante suona con grande pena.
L'ode re Carlo, e i Francesi lo sentono.
Disse il sovrano: "Quel corno a lungo geme!"
Risponde Namo: "Fa sforzo il prode certo!
C'è una battaglia, per quello ch'io ne penso.
Chi vi trattiene, gli ha fatto tradimento.
Vestite l'armi: s'alzi il grido di guerra,
e i vostri nobili compagni soccorrete!
Udite bene che Orlando si dispera!"

## CXXXV

L'imperatore fa suonare i suoi corni.
Scendon di sella i Francesi, ed indossano
usberghi ed elmi e spade ornate d'oro.
Han begli scudi e spiedi grandi e forti,
bianchi e vermigli e azzurri gonfaloni.
Tutti i baroni sopra i destrieri montano,
per tutti i valichi spronano con gran forza,
e l'uno all'altro parlano in questo modo:
"Se mai vedessimo Orlando ancor non morto,
insiem con lui ne daremmo di colpi!"
Però a che vale? Ritardato hanno troppo.

v. 1792 *gli ha fatto tradimento*: traduce *Cil l'at traït*, lezione del manoscritto di Oxford che, pur mantenuta nel testo critico, sembra cedere, secondo l'apparato dell'edizione Segre, di fronte a quella che è possibile ricostruire in base alle lezioni proposte dai codici anti-oxfordiani: *Cist fel le set* (*Questo infame ne è consapevole*). Non potrebbero mantenersi allora i contorni della presente traduzione, e l'intero verso andrebbe reso: «Ne è consapevole questo infame, che vi trattiene». — *vi trattiene*: più propriamente: «vi esorta alla noncuranza»; ma il passaggio è tutt'altro che limpido, anche se testualmente assai ben garantito.

v. 1802 *per tutti i valichi*: per quanto sono lunghi i valichi (letteralmente: «finché durano»).

## CXXXVI

Esclargiz est li vespres e li jurz;
Cuntre soleil reluisent cil adub,
Osbercs e helmes i getent grant fla‹m›bur,
E cil escuz, ki ben sunt peinz a flurs,
E cil espiez, cil orét gunfanun.
Li empereres cevalchet par irur
E li Franceis dolenz e curuçus.
N'i ad celoi ki durement ne plurt,
E de Rollant sunt en ‹mult› grant poür.
Li reis fait prendre le cunte Guenelun,
Si·l cumandat as cous de sa maisun.
Tut li plus maistre en apelet, Besgun:
— Ben le me guarde, si cume tel felon!
De ma maisnee ad faite traïsun. —
Cil le receit, s'i met .C. cumpaignons
De la quisine, des mielz e des pejurs.
Icil li peilent la barbe e les gernuns,
Cascun le fiert .IIII. colps de sun puign,
Ben le batirent a fuz e a bastuns;
E si li metent el col un caeignun,
Si l'encaeinent altresi cum un urs;
Sur un sumer l'unt mis a deshonor.
Tant le guard‹er›ent que·l rendent a Charlun.

## CXXXVII

Halt sunt li pui e tenebrus e grant, AOI.
Li val parfunt e les ewes curant.
Sunent cil graisle e derere e devant
E tuit rachatent encuntre l'olifant.
Li empereres chevalcheṭ ireement
E li Franceis curuçus e dolent;

## CXXXVI

S'è fatto chiaro il vespro e chiaro il giorno.
E le armature splendono contro il sole:
gli usberghi e gli elmi gettano gran fulgore,
come gli scudi tutti dipinti a fiori,
come gli spiedi e i gonfaloni d'oro.
L'imperatore cavalca con furore,
ed i Francesi con sdegno e con angoscia.
Non c'è uno solo che non pianga a dirotto,
e per Orlando sono in grande timore.
Il re fa prendere il conte Gano allora
e lo consegna in custodia ai suoi cuochi,
e chiama a sé il lor capo Besgone:
"Guardalo come deve farsi a un fellone,
ché dei miei uomini s'è fatto traditore!"
Quello gli mette cento compagni intorno
della cucina, dei migliori e peggiori,
che barba e baffi gli van pelando forte,
gli dànno pugni ciascuno quattro volte,
lo batton bene con verghe e con bastoni,
dopo gli mettono una catena al collo
e l'incatenano come se fosse un orso;
e su un somiero lo gettan per vergogna.
Finché lo resero, lo tennero in custodia.

## CXXXVII

Son alti i poggi e tenebrosi e grandi,
le valli fonde, l'acque precipitanti.
Suonan le trombe dietro, suonano avanti,
e tutte quante fanno eco all'olifante.
L'imperatore cavalca con gran rabbia,
e con angoscia e grande sdegno i Franchi:

vv. 1830-31 Cfr. vv. 814-15.

N'i ad celoi n'i plurt e se dement;
E prïent Deu qu'il guarisset Rollant
Josquë il vengent el camp comunement:
Ensembl'od lui i ferrunt veirement.
De ço qui calt? Car ne lur valt nïent:
Demurent trop, n'i poedent estre a tens. AOI.

## CXXXVIII

Par grant irur chevalchet Charle[magnes];
Desur sa brunie li gist sa barbe blanche.
Puignent ad ait tuit li barun de France;
N'i ad icel ‹ki› ne demeint irance
Quë il ne sunt a Rollant le cataigne,
Ki se cumbat as Sarrazins d'Espaigne;
Si est blecét, ne quit que anme i remaigne.
† Deus! quels seisante humes i ad en sa cumpaigne!
Unches meillurs n'en out reis ne ca‹ta›ignes. AOI.

non c'è uno solo che non pianga e si lagni,
e pregan Dio perché egli salvi Orlando
fino a che giungano insieme tutti al campo:
ché allor con lui davvero colpiranno!
Però a che serve? Non vale loro affatto.
Tardano troppo, a tempo più non fanno.

## CXXXVIII

Con gran furore cavalca Carlomagno:
sopra l'usbergo gli sta la barba bianca.
Spronan con forza i baroni di Francia:
non v'è uno solo che irato non si lagni
d'esser lontano dal capitano Orlando,
che ora combatte coi pagani di Spagna.
Tanto è ferito, che par che non abbia anima.
Dio, che sessanta uomini ha per compagni!
Re o capitano non n'ebbe mai più bravi.

v. 1843 Analoghe notazioni ai versi 3122-23, 3318, 3520-21 (relativa quest'ultima a Baligante; le due prime riferite entrambe a Carlo e al suo esercito).

v. 1848 *par che non abbia anima*: s'intenda: «non pare che gli resti più anima, che possa non esalare immediatamente l'ultimo respiro». [*N.d.T.*] — *par*: il testo francese ha una forma personale: *quit* («non credo che...»).

v. 1849 Il verso proposto dal codice di Oxford, oltre ad essere certamente scorretto in quanto ipermetro (e non tanto agevolmente emendabile) appare anche inferiore alla lezione offerta dalla tradizione anti-oxfordiana («Morti sono i suoi uomini, eccettuati sessanta»), meglio disponibile al riscontro con 1689.

## LASSE CXXXIX-CLXVI

Il cospicuo gruppo di lasse che conduce l'azione del poema sino alle soglie della sua scena centrale (la morte di Orlando) è organizzato in modo tale da fornire adeguato rilievo agli episodî maggiormente caratterizzanti: morte di Oliviero (lasse CXLIX-CL) e morte di Turpino (lasse CLXIV-CLXVI). In entrambi i casi l'agonia dell'eroe non segue immediatamente il momento nel quale viene inferta la ferita mortale (che si ha per Oliviero nella lassa CXLIV e nella CLIII per Turpino), ma è dato spazio, nel caso di Oliviero, alla sua replica esemplare nei confronti del Califfo (lassa CXLVI) e all'episodio (lasse CXLVII-CXLVIII) della definitiva riconciliazione tra Orlando e Oliviero (verso 2009: *con tale amore eccoli separati*), mentre nel caso di Turpino si racconta la sua ultima impresa guerresca (lassa CLIV) e la benedizione dei cadaveri cristiani (lassa CLXI). Intanto, l'autore ha anche seguito l'evolversi della situazione globale della battaglia, registrando la fuga di Marsilio, vinto e mutilato da Orlando (lassa CXLI), il nuovo assalto guidato dal Califfo, vinto e ucciso da Oliviero (lasse CXLII-CXLVI), la riapparizione di Gualtiero dell'Ulmo e la sua scomparsa (lasse CLI-CLIII), che lascia Turpino e Orlando soli padroni del campo, in seguito alla fuga dei pagani (lasse CLVI-CLX), minacciati dall'accorrere delle truppe di Carlo.

Si ha, come si vede, un intreccio tematico complesso, cui corrisponde una commistione tonale sapientemente variata: dominante appare la tonalità elegiaca, con le lamentazioni di Orlando sui caduti di Roncisvalle (CXXXIX), su Oliviero morente e morto (CXLVII e CL) e su Turpino (CLXVI). Senza rinunciare ai proprî più caratteristici procedimenti narrativi (lasse ad esordio similare, applicazione dello stile formulare), l'autore li diluisce alquanto, ottenendo l'effetto di una sensibile accelerazione del ritmo narrativo, che sottolinea il clima di concitazione nel quale si svolgono gli estremi atti di eroismo della retroguardia, e insieme rileva la varietà tonale (che è anche varietà di prospettive, poiché il punto di osservazione si trasferisce con rapidi trapassi dalla retroguardia alle truppe di Carlo, all'esercito pagano).

La tradizione anti-oxfordiana aggiunge tre lasse apocrife dopo CXXXIX, CLIX e CLXV, una alquanto sospetta dopo CLI, e una probabilmente genuina (cfr. la nota al verso 1912) dopo CXLI (in essa è effettivamente riferita la fuga di Marsilio, che in CXLI si lascia più che altro indovinare).

## CXXXIX

Rollant reguardet es munz e es lariz;
De cels de France i veit tanz morz gesir,
E il les pluret cum chevaler gentill:
— Seignors barons, de vos ait Deus mercit!
Tutes voz anmes otreit il pareïs,
En seintes flurs il les facet gesir!
Meillors vassals de vos unkes ne vi:
Si lungement tuz tens m'avez servit,
A oés Carlon si granz païs cunquis!
Li empereres tant mare vos nurrit!
Tere de France, mult estes dulz païs,
Oi desertét a tant rubost[e] exill!
Barons franceis, pur mei vos vei murir;
Jo ne vos pois tenser ne guarantir:
Aït vos Deus, ki unkes ne mentit!
Oliver, frere, vos ne dei jo faillir;
De doel murra‹i›, se altre ne m'i ocit.
Sire cumpainz, alum i referir! —

## CXXXIX

Orlando guarda verso i monti ed i picchi:
vede giacere tanti Francesi uccisi,
e allor li piange da cavalier gentile:
"V'abbia pietà, prodi signori, Iddio!
Alle vostre anime conceda il Paradiso,
perché a giacere tra i santi fiori stiano!
Di voi vassalli migliori mai non vidi:
per tanto tempo voi m'avete servito,
e avete fatto per Carlo gran conquiste.
Con tanto danno foste da lui nutriti!
Terra di Francia, dolce paese, qui
fatta deserta da sì aspra rovina!
Baroni franchi, so che per me morite;
né a me difendervi o salvarvi è possibile:
vi aiuti Iddio, che non ha mai mentito!
Non v'abbandono, fratello, Olivier mio!
Morrò di pena, se nient'altro m'uccide.
Signor compagno, ritorniamo a colpire!"

v. 1856 Cfr., per la ripresa dell'immagine del paradiso come giardino fiorito, i versi 2197 e 2898-99.

v. 1860 *Con tanto danno*: « in vista di una tale sciagura ».

v. 1865 *che non ha mai mentito!*: stereotipo che ritornerà al verso 2384.

v. 1866 *Non v'abbandono*: letteralmente: « non vi devo venir meno ». [*N.d.T.*]

## CXL

Li quens Rollant el champ est repairét;
Tient Durendal, cume vassal i fiert,
Faldrun de Pui i ad par mi trenchét,
E .XXIIII. de tuz les melz preisez;
Jamais n'iert home plus se voeillet venger.
Si cum li cerfs s'en vait devant les chiens,
Devant Rollant si s'en fuient paiens.
Dist l'arcevesque: — Asez le faites ben!
Itel valor deit aveir chevaler
Ki armes portet e en bon cheval set:
En ‹la› bataille deit estre forz e fiers,
U altrement ne valt .IIII. deners,
Einz deit monie estre en un de cez mustiers,
Si prïerat tuz jurz por noz peccez. —
Respunt Rollant: — Ferez, ne·s esparignez! —
A icest mot l'unt Francs recumencét;
Mult grant damage i out de chrestïens.

## CXLI

Hom ki ço set que ja n'avrat prisun,
En tel bataill‹e› fait grant defension:
Pur ço sunt Francs si fiers cume leüns.
As vus Marsilie en guise de barun!
Siet el cheval qu'il apelet Gaignun,
Brochet le ben, si vait ferir Bevon:
Icil ert sire de Belne e de Digun.
L'escut li freint e l'osberc li derumpt,
† Que mort l'abat seinz altre descunfisun.

## CXL

Il conte Orlando è ritornato in campo.
Tien Durendala, colpisce come un bravo.
Faldron del Poggio a mezzo ha già tagliato
e ventiquattro fra tutti i più stimati:
maggior vendetta nessuno mai vorrà!
Come davanti ai cani il cervo scappa,
fuggono innanzi ad Orlando i pagani.
Disse Turpino: "È bene quel che fate!
Così deve essere un cavaliere bravo
che l'armi porta e sta su un buon cavallo:
forte deve essere e tremendo in battaglia;
o altrimenti non val quattro denari:
e allora faccia in un convento il frate,
sempre pregando per i nostri peccati".
Risponde Orlando: "Colpite, non fermatevi!"
Allora subito ricominciano i Franchi.
Ma assai gran danno patiscono i cristiani.

## CXLI

Quando nessuno far prigionieri vuole,
l'uom che combatte si difende da prode:
son fieri i Franchi perciò come leoni.
Ecco Marsilio che ha l'aria d'un barone!
Sta sul cavallo che chiama Guadagnone,
lo sprona bene e va a colpire Buovo,
ch'era signore di Belna e di Digione.
Scudo gl'infrange ed usbergo gli rompe,
e giù l'abbatte morto senza altro colpo.

vv. 1874-75 È l'unico esempio di comparazione nella *Canzone di Orlando*; relativamente poco frequenti sono anche le similitudini.

v. 1883 *non fermatevi!*: letteralmente: « non li risparmiate! ».

v. 1892 *Belna*: Beaune, in Borgogna (come Digione).

v. 1894 Ipermetro, il verso è guasto per la parola in assonanza, alla quale la tradizione anti-oxfordiana non suggerisce un sostituto pienamente persuasivo. Il senso è verosimilmente quello offerto dal-

Puis ad ocis Yvoeries e Ivon,
Ensembl'od els Gerard de Russillun.
Li quens Rollant ne li est guaires loign;
Dist al paien: – Damnesdeus mal te duinst!
A si grant tort m'ociz mes cumpaignuns,
Colp en avras, einz que nos departum,
E de m'espee enquoi savras le nom. –
Vait le ferir en guise de baron,
Trenchét li ad li quens le destre poign.
Puis prent la teste de Jurfaleu le blund:
Icil ert filz al rei Marsiliun.
Paien escrïent: – Aïe nos, Mahum!
Li nostre deu, vengez nos de Carlun!
En ceste tere nus ad mis tels feluns,
Ja pur murir le camp ne guerpirunt. –
Dist l'un a l'altre: – E car nos en fuiums! –
A icest mot tels .C. milie s'en vunt,
Ki que·s rapelt, ja n'en returnerunt. AOI.

Subito dopo uccide Ivo ed Ivorio,
e anche Gerardo, con lor, di Rossiglione.
Il conte Orlando non è lontano molto:
dice al pagano: "Ti dia male il Signore!
Ucciso mi hai i miei compagni a torto!
Ne avrai ben, prima di separarci, colpi,
e imparerai della mia spada il nome!"
Lo va a colpire come un vero barone,
e il pugno destro con un taglio gli tronca;
poi prende il capo a Giurfaretto il biondo:
del re Marsilio era costui figliolo.
"Aiuto," gridano i pagani "Macone!
"Dèi, vendicateci contro l'imperatore!
In questa terra ha portato felloni,
che anche a morire non lasceran la lotta".
Dicon tra loro: "E noi fuggiamo allora!"
E così subito centomila si voltano:
chiami chi vuole, non faran più ritorno.

la traduzione: *senza altro colpo* (senza che un altro colpo si renda necessario).

v. 1895 *Ivo ed Ivorio*: nominati qui per la prima volta (ma cfr. la nota ai versi 104-07), appartengono al gruppo dei dodici Pari.

v. 1901 Cfr. vv. 2142-43.

v. 1904 *Giurfaretto*: già apparso ai versi 495 (cfr. la nota) e 504.

v. 1912 Nella nota alle lasse CXXXIX-CLXVI si è accennato, in ultimo, alla probabile genuinità della lassa, offerta dalla sola tradizione anti-oxfordiana, inserita tra i versi 1912 e 1913 di O (rispettivamente ultimo della lassa CXLI e primo della CXLII). Se ne propone il testo secondo la lezione del codice $V_4$:
*Li roi Marsilio li pung destre oit perdù, / Incontre terre pois gete son escù. / Li civals broçe de ses speron agù, / Laseit sa reine, vers en Spagna se 'n fu. / E tels XX.M. se 'n vont dré lu, / N'i oit cels al cors ni soit ferù. / Dist l'uns a l'autre: — Le nef Çarlo n'à vencù!*
(versione letterale: «Il re Marsilio il pugno destro ha perduto, / a terra poi lascia cadere il proprio scudo. / Sprona il cavallo con gli aguzzi speroni, / allenta le redini, verso la Spagna fugge. / E ventimila se ne vanno dietro di lui, /né vi è chi non sia colpito nella persona. / Tra loro si dicono: — Il nipote di Carlo ci ha sconfitti! —»)

## CXLII

De ço qui calt? Se fuit est Marsilies,
Remés i est sis uncles, [l'Algalifes],
Ki tint Kartagene, Alfrere, Garmalie
E Ethiope, une tere maldite.
La neire gent en ad en sa baillie;
Granz unt les nés e lees les orilles,
E sunt ensemble plus de cinquante milie.
Icil chevalchent fierement e a ire,
Puis ‹si› escrïent l'enseigne paënime.
Ço dist Rollant: – Ci recevrums ma‹r›tyrie,
E or sai ben n'avons guaires a vivre;
Mais tut seit fel cher ne se vende primes!
Ferez, seignurs, des espees furbies,
Si calengez e vo[z] mors e voz vies,
Que dulce France par nus ne seit hunie!
Quant en cest camp vendrat Carles, mi sire,
De Sarrazins verrat tel discipline,
Cuntre un des noz en truverat morz .xv.;
Ne lesserat que nos ne beneïsse. – AOI.

## CXLIII

Quan‹t› Rollant veit la contredite gent,
Ki plus sunt neirs que nen est arrement
Ne n'unt de blanc ne mais que sul les denz,
Ço dist li quens: – Or sai jo veirement
Quë hoi murrum, par le mien escïent.
Ferez, Franceis, car jo·l vos recumenz! –
Dist Oliver: – Dehét ait li plus lenz! –
A icest mot Franceis se fierent enz.

## CXLII

Però a che serve? Se fuggito è Marsilio,
rimasto in campo è il Califfo suo zio,
che tien Cartagine, Alfrera, Garmalia,
e il maledetto paese degli Etiopi.
La gente nera ha sotto il suo dominio,
di larghe orecchie e gran nasi fornita:
insieme sono più di cinquantamila.
Vanno a cavallo fieramente e con ira,
e il grido innalzano di guerra saracino.
Orlando disse: "Avremo qui il martirio.
Ora so bene che non c'è assai da vivere.
Però chi vendersi non saprà caro, è un vile!
Date gran colpi con le spade forbite
e disputate, signori, morte e vita:
la dolce Francia da noi non sia avvilita!
Quando nel campo verrà Carlo, il mio sire,
e dei pagani vedrà il grande castigo,
e per ognuno dei nostri morti quindici,
non mancherà certo di benedirci".

## CXLIII

E quando vede tutti quei maledetti
che dell'inchiostro sono ancora più neri
e non han bianco nulla se non i denti,
il conte dice: "Ora so veramente
che oggi morremo, per quello ch'io ne penso.
Colpite, Franchi, ché a lottare riprendo!"
Dice Oliviero: "Disgrazia a chi è più lento!"
Allora i Franchi si buttano nel mezzo.

v. 1914 *il Califfo*: il manoscritto oxfordiano, qui e ai versi 1943 e 1954, ha sostituito alla denominazione *il Califfo* un nome personale, *Marganices*; il copista di O può aver prestato fede alla falsa dichiarazione di Gano dei versi 680-91, relativa alla morte del Califfo.

v. 1937 *a lottare riprendo!*: letteralmente: «io ve lo ricomincio» (*lo*=il combattimento).

## CXLIV

Quant paien virent que Franceis i out poi,
Entr'els en unt e orgoil e cunfort.
Dist l'un a l'altre: — L'empereor ad tort. —
Li [Algalifes] sist sur un ceval sor,
Brochet le ben des esperuns a or,
Fiert Oliver derere enmi le dos.
Le blanc osberc li ad desc[los d]el cors,
Par mi le piz sun espiét li mist fors,
E dit aprés: — Un col‹p› avez pris fort!
Carles li magnes mar vos laissat as porz!
Tort nos ad fait, nen est dreiz qu'il s'en lot,
Kar de vos sul ai ben vengét les noz. —

## CXLV

Oliver sent quë a mort est ferut.
Tient Halteclere, dunt li acer fut bruns,
Fiert [l'Algalife] sur l'elme a or agut,
‹Perres› e flurs en acraventet jus,
Trenchet la teste d'ici qu'as denz menuz,
Brandist sun colp, si l'ad mort abatut;
E dist aprés: — Paien, mal aies tu!
Iço ne di, Karles n'i ait perdut:
† Në a muiler ne a dame qu'aies veüd
N'en vanteras el regne dunt tu fus
Vaillant dener que m'i aies tolut,
Ne fait damage ne de mei ne d'altrui. —
Aprés escrïet Rollant qu'il li ajut. AOI.

## CXLIV

Quando i pagani vedono i Franchi in pochi,
subito orgoglio ne sentono e conforto.
Dicon tra loro: "L'imperatore ha torto".
A un caval sauro il Califfo sta in groppa,
lo punge bene con gli speroni d'oro,
ed Oliviero va a colpire nel dorso.
Il bianco usbergo gli distacca dal corpo,
di mezzo al petto spinge lo spiedo fuori,
e dice dopo: "Preso avete un gran colpo!
Con vostro danno re Carlo vi lasciò!
Torto ci ha fatto, ma non può averne lode,
ché già su voi ho vendicato i nostri".

## CXLV

Sente Oliviero d'essere a morte giunto.
Tiene Altachiara e con la lama bruna
prende il Califfo sull'elmo d'oro, aguzzo,
ne fa cristalli e fiori andare giù,
gli taglia il capo sino ai denti minuti.
scuote la spada: a morte l'ha abbattuto.
Poi dice: "A te, pagan, mala ventura!
Non voglio dire che il re nulla ha perduto;
però a tua moglie o ad altra donna alcuna
non narrerai, laggiù donde sei giunto,
d'avermi tolto anche un denaro in tutto,
o danno a me o ad altri aver compiuto".
Poi chiama Orlando perché gli porga aiuto.

v. 1956 Cioè: «sino agli incisivi».

v. 1960 Il testo francese, nella sua parte finale, presenta un aspetto poco persuasivo; la difficoltà, opportunamente neutralizzata dalla traduzione, è da riferire probabilmente al guasto testuale che ha anche determinato l'ipermetria.

## CXLVI

Oliver sent qu'il est a mort nasfrét,
De lui venger ja mais ne li ert sez.
En la grant presse or i fiert cume ber,
Trenchet cez hanstes e cez escuz buclers
E piez e poinz e seles e costez.
Ki lui veïst Sarrazins desmembrer,
Un mort sur altre ‹a la tere› gete[r],
De bon vassal li poüst remembrer.
L'enseigne Carle n'i volt mie ublïer:
— Munjoie! — escrïet e haltement e cler;
Rollant apelet, sun ami e sun per:
— Sire cumpaign, a mei car vus justez!
A grant dulor ermes hoi desevrez. — AOI.

## CXLVII

Rollant reguardet Oliver al visage:
Teint fut e pers, desculurét e pale.
Li sancs tuz clers par mi le cors li raiet,
Encuntre tere en cheent les esclaces.
— Deus! — dist li quens — or ne sai jo que face.
Sire cumpainz, mar fut vostre barnage!
Jamais n'iert hume ki tun cors cuntrevaillet.
E! France dulce, cun hoi remendras guaste
De bons vassals, cunfundue e chaiete!
Li emperere en avrat grant damage. —
A icest mot sur sun cheval se pasmet. AOI.

## CXLVIII

As vus Rollant sur sun cheval pasmét,
E Oliver ki est a mort naffrét:

## CXLVI

Sente Oliviero che ha ferita mortale.
Mai non potrà vendicarsi abbastanza.
Nella gran folla colpisce ora da bravo:
gli scudi ornati di borchie taglia e l'aste,
e taglia selle, e piedi e pugni e fianchi.
Chi a lui i pagani visto avesse smembrare
e l'un sull'altro morti a terra gettare,
d'un buon vassallo potrebbe ricordarsi.
Di Carlo il grido non vuol dimenticare:
grida: "Mongioia!" a voce forte e chiara,
e chiama Orlando, il suo amico e suo pari:
"Signor compagno, a me dunque accostatevi!
Con gran dolore saremo oggi staccati".

## CXLVII

Orlando al viso d'Oliviero ora guarda:
è scuro e nero, è scolorato e pallido;
e lungo il corpo gli scorre il sangue chiaro:
sopra la terra tutti i grumi ne cadono.
"Dio!" dice il conte "ora non so che fare.
Signor compagno, fu male essere bravo!
Mai vi sarà un uomo che ti valga.
Ah, dolce Francia, come oggi rimarrai
priva di prodi e confusa e disfatta!
L'imperatore ne patirà gran danno".
E detto questo, sviene sul suo cavallo.

## CXLVIII

Eccovi Orlando svenuto sul cavallo,
ed Oliviero che ha ferita mortale:

v. 1983 *fu male essere bravo!*: «il vostro valore ha avuto questo esito sventurato!», ma anche, in alternativa, «fu vano il vostro valore!».

Tant ad seinét, li oil li sunt trublét;
Ne loinz ne prés ne poet vedeir si cler
Que rec‹on›oistre poisset nuls hom mortel.
Sun cumpaignun, cum il l'at encuntrét,
Si·l fiert amunt sur l'elme a or gemét,
Tut li detrenchet d'ici qu‹ë› al nasel;
Mais en la teste ne l'ad mie adesét.
A icel colp l'ad Rollant reguardét,
Si li demandet dulcement e süef:
– Sire cumpain, faites le vos de gred?
Ja est ço Rollant, ki tant vos soelt amer!
Par nule guise ne m'avez desfïét! –
Dist Oliver: – Or vos oi jo parler.
Jo ne vos vei, veied vus Damnedeu!
Ferut vos ai, car le me pardunez! –
Rollant respunt: – Jo n'ai nïent de mel.
Jo·l vos parduins ici e devant Deu. –
A icel mot l'un a l'altre ad clinét:
Par tel amur as les vus desevréd.

## CXLIX

Oliver sent que la mort mult l'angoisset;
Ansdous les oilz en la teste li turnent,
L'oïe pert e la veüe tute.
Descent a piét, a l‹a› tere se culchet,
D'ure[s en altres] si recleimet sa culpe,
Cuntre le ciel ambesdous ses mains juintes,
Si prïet Deu que pareïs li dunget
E beneïst Karlun e France dulce,
Sun cumpaignun Rollant ‹de›sur tuz humes.
Falt li le coer, le helme li embrunchet,

ha gli occhi torbidi, ché tanto ha sanguinato;
non può vedere da vicino o lontano
tanto che un uomo riconoscere sappia.
E non appena incontra il suo compagno,
colpisce l'elmo d'oro e di gemme ornato,
e glielo taglia tutto sino al nasale;
ma nella testa non lo raggiunge affatto.
A questo colpo Orlando allor lo guarda,
e gli domanda con dolcezza e bontà:
"Signor compagno, proprio apposta lo fate?
Io sono Orlando, quello che tanto vi ama!
Per nulla affatto m'avevate sfidato!"
Disse Oliviero: "Ora v'odo parlare
e non vi vedo: Iddio Signor vi guardi!
Io v'ho colpito, ora voi perdonatemi!"
Risponde Orlando: "Non ho niente di male.
Io vi perdono sia qui che a Dio davanti".
Così si chinano l'uno di fronte all'altro:
con tale amore eccoli separati.

## CXLIX

Sente Oliviero che la morte l'angoscia:
gli si stravolgono nel capo entrambi gli occhi,
perde l'udito, la vista gli si toglie.
Discende a piedi, sulla terra si corica,
di tratto in tratto lamenta le sue colpe,
congiunte entrambe le mani al cielo volge
e in Paradiso prega che Iddio lo ponga,
che benedica Carlo e la Francia dolce
e il suo compagno Orlando sopra ogni uomo.
L'elmo gli cade, gli viene meno il cuore,

v. 2004 *vi guardi!*: letteralmente: «vi veda!». [*N.d.T.*]
v. 2009 Cfr. il verso 1977.

Trestut le cors a la tere li justet:
Morz est li quens, que plus ne se demuret.
Rollant li ber le pluret, si·l duluset;
Jamais en tere n'orrez plus dolent hume.

CL

[Li quens] Rollant, [quant] veit mort sun ami,
Gesir adenz, a la tere sun vis,
Mult dulcement a regreter le prist:
– Sire cumpaign, tant mar fustes hardiz!
Ensemble avum estét e anz e dis;
Ne·m fesis mal ne jo ne·l te forsfis.
Quant tu es mor‹z›, dulur est que jo vif. –
A icest mot se pasmet li marchis
Sur sun ceval que cleimet Veillantif.
Afermét est a ses estreus d'or fin:
Quel part qu'il alt, ne poet mie chaïr.

CLI

Ainz que Rollant se seit aperceüt,
De pasmeisuns guariz ne revenuz,
Mult grant damage li est apareüt:
Morz sunt Franceis, tuz les i ad perdut,
Senz l'arcevesque e senz Gualter del Hum.
Repairez est de [la] muntaigne jus,
A cels d'Espaigne mult s'i est cumbatuz;
Mort sunt si hume, si·s unt paiens vencut;
Voeillet o nun, desuz cez vals s'en fuit,
‹E› si reclaimet Rollant, qu'il li ajut:
– E! gentilz quens, vaillanz hom, u ies tu?
Unkes nen oi poür, la u tu fus.

s'abbatte a terra con tutta la persona.
È morto il conte, più in terra non dimora.
Il prode Orlando lo piange e se ne duole:
mai ci sarà uomo più afflitto al mondo.

## CL

Il conte Orlando vede morto l'amico,
che giace e tiene contro la terra il viso,
e con dolcezza a piangerlo comincia:
"Signor compagno, fu mal che foste ardito!
Per anni e giorni noi siamo stati uniti:
mai ci facemmo male né tu né io.
Or che sei morto, m'è gran dolore il vivere!"
Sviene il marchese, appena questo dice,
sul suo cavallo che chiama Vegliantivo.
Saldo lo tengono le staffe d'oro fino:
dovunque penda, ch'egli cada è impossibile.

## CLI

Prima che Orlando in sé sia rinvenuto,
che dal deliquio si sia tutto riavuto,
vede il gran danno che gli è sopravvenuto:
son morti i Franchi, tutti egli li ha perduti,
fuorché Turpino e Gualtiero dell'Ulmo.
Torna Gualtiero dalla montagna giù,
ché assai con quelli di Spagna ha combattuto:
son morti i suoi, dai pagani abbattuti;
voglia o non voglia, verso le valli fugge,
e chiama Orlando, perché gli porti aiuto:
"Ah!, nobil conte, prode, dove sei tu?
Dove tu fosti, non ebbi mai paura.

v. 2027 Cfr. il verso 1983 (e la nota).

v. 2031 *marchese*: è qui menzionata l'effettiva qualifica feudale del «conte» Orlando (già registrata, nel testo francese, al verso 630).

v. 2034 *dovunque penda*: altri intende: «dovunque vada». [*N.d.T.*]

v. 2040 *Torna Gualtiero*: la vicenda di Gualtiero si era svolta in precedenza nelle lasse LXIV-LXV.

Ço est Gualter, ki cunquist Maëlgut,
Li niés Droün, al vieill e al canut!
Pur vasselage suleie estre tun drut.
Ma hanste est fraite e percét mun escut,
E·mis osbercs desmailét e rumput;
Par mi le cors [de] lance [sui] ferut.
Sempres murrai, mais cher me sui vendut. —
A icel mot l'at Rollant entendut;
Le cheval brochet, si vient poignant vers lui. AOI.

## CLII

Rollant ad doel, si fut maltalentifs;
En la grant presse cumencet a ferir.
De cels d'Espaigne en ad get‹ét› mort .XX.,
E Gualter .VI. e l'arcevesque .V.
Dïent paien: — Feluns humes ad ci!
Guardez, seignurs, qu‹ë› il n'en algent vif!
Tut par seit fel ki ne·s vait envaïr,
E recreant ki les lerrat guar[ir]! —
Dunc recumencent e le hu e le cri;
De tutes parz le‹s› revunt envaïr. AOI.

## CLIII

Li quens Rollant fut noble guerre‹ie›r,
Gualter de‹l› Hum est bien bon chevaler,
Li arcevesque prozdom e essaiét:
Li uns ne volt l'altre nïent laisser.
En la grant presse i fierent as paiens.
Mil Sarrazins i descendent a piét
E a cheval sunt .XL. millers;
Men escïentre ne·s osent aproismer.

Io son Gualtiero, che presi Madelguto:
sono il nipote di Drogone il canuto!
Per il valore prediletto ti fui.
Or l'asta ho rotta e forato ho lo scudo,
ed il mio usbergo ogni maglia ha perduto;
in mezzo al corpo colpi di lancia ho avuto:
morrò, ma caro io mi sarò venduto!"
Orlando allora, che l'ha riconosciuto,
sprona il cavallo, e vien verso di lui.

CLII

Pien di dolore è Orlando e pieno d'ira.
Nella gran folla incomincia a colpire:
di Spagna subito egli venti ne uccide,
Gualtiero sei, l'arcivescovo cinque.
"Vi son felloni!" dicono i Saracini.
"Signori, attenti, non fateli andar vivi.
Sia un traditore chi non va ad assalirli,
e un vile sia chi li lascia sfuggire!"
Allora gli ululi riprendono e le grida;
e da ogni parte tornano ad assalirli.

CLIII

Il conte Orlando fu un nobile guerriero;
Gualtier dell'Ulmo è assai buon cavaliere,
e l'arcivescovo uomo prode ed esperto:
non voglion essere l'uno all'altro da meno.
Colpiscon dove maggiore folla vedono:
mille pagani da cavallo discendono,
quarantamila ne rimangono in sella
e, a quel ch'io penso, non osan farsi presso,

v. 2047 *Madelguto*: località, probabilmente saracena, difficile a identificarsi; altri intende che si tratti di un guerriero pagano.

Il lancent lor e lances e espiez,
Wigres e darz e museras e agiez.
As premers colps i unt ocis Gualter,
Turpins de Reins tut sun escut percét,
Quassét sun elme, si l'unt nasfrét el chef,
E sun osberc rumput e desmailét,
Par mi le cors nasfrét de .IIII. espiez;
Dedesuz lui ocïent sun destrer.
Or est grant doel, quant l'arcevesque chiet. AOI.

## CLIV

Turpins de Reins, quant se sent abatut,
De .IIII. espiez par mi le cors ferut,
Isnelement li ber resailit sus;
Rollant reguardet, puis si li est curut,
E dist un mot: – Ne sui mie vencut!
Ja bon vassal nen ert vif recreüt. –
Il trait Almace, s'espee de acer brun,
En la grant presse mil colps i fiert e plus.
Puis le dist Carles qu'il n'en esparignat nul,
Tels .IIII. cenz i troevet entur lui,
Alquanz nafrez, alquanz par mi ferut,
S'i out d'icels ki les chefs unt perdut.
Ço dit la Geste e cil ki el camp fut;

ma contro loro scagliano lance e spiedi,
scagliano dardi e giavellotti e frecce.
E ai primi colpi uccidono Gualtiero,
foran lo scudo a Turpino di Remi,
gli squarcian l'elmo, lo feriscono in testa,
gli rompon tutte le maglie dell'usbergo,
con quattro spiedi nel corpo l'attraversano,
e sotto a lui ne ammazzano il destriero.
È un gran dolore, ché cade l'arcivescovo.

## CLIV

Turpino sente qui d'essere abbattuto,
ché quattro spiedi nel corpo l'han raggiunto;
si risolleva da terra, il prode, subito,
e guarda Orlando e dopo corre a lui
e dice solo: "Non son vinto per nulla!
Un prode in vita non si arrende a nessuno".
La spada Almacia di bruno acciaio snuda
e sulla folla dà mille colpi e più.
Carlo poi disse che non graziò nessuno,
ché quattrocento trovò poi lì caduti,
feriti alcuni, altri con trafitture
nel petto, ed altri senza testa sul busto.
Così la *Gesta* racconta, e chi ci fu,

vv. 2095-97 La presente traduzione, e l'interpunzione adottata nel testo Segre, appoggiano l'ipotesi che l'autore abbia qui inteso accreditare le proprie affermazioni dei versi 2091-94 con ricorso a tre distinte testimonianze: della *Gesta* (cfr. la nota ai versi 1443-44), di *chi ci fu* (chi giunse a Roncisvalle, dopo la battaglia, insieme a Carlomagno) e di *Sant'Egidio*, autore di una *carta* redatta *nel chiostro di Loduno* (Laon, nell'Aisne). Altre interpretazioni, meno persuasive, propendono per una duplice attestazione (in quanto *chi ci fu* potrebbe essere lo stesso Sant'Egidio, spettatore dei fatti di Roncisvalle in virtù di un trasporto visionario, secondo un dato tradizionale) o addirittura per l'unificazione delle testimonianze (la *carta* opera di Sant'Egidio coinciderebbe con la *Gesta*; ma al verso 1684 l'autore sembrava parlare di *carte o brevi* come fonti documentarie citate dalla *Gesta* o in essa incorporate).

Li ber ‹sainz› Gilie, por qui Deus fait vertuz,
E‹n› fist la chartre el muster de Loüm.
Ki tant ne set, ne l'ad prod entendut.

CLV

Li quens Rollant genteme‹n›t se cumbat,
Mais le cors ad tressüét e mult chalt.
En la teste ad e dulor e grant mal:
R[uz] est li temples, por ço quë il cornat.
Mais saveir volt se Charles i vendrat:
Trait l'olifan, fieblement le sunat.
Li emperere s'estut, si l'escultat:
— Seignurs, — dist il — mult malement nos vait!
Rollant mis niés hoi cest jur nus defalt;
Jo oi al corner que guaires ne vivrat.
Ki estre i voelt, isnelement chevalzt!
Sunez voz gra‹i›sles tant quë en cest ost ad! —
Seisante milie en i cornent si halt,
Sunent li munt e respondent li val.
Paien l'entendent, ne·l tindrent mie en gab;
Dit l'un a l'altre: — Karlun avrum nus ja! —

CLVI

Dïent paien: — L'emperere repairet: AOI.
De cels de France oëz suner les graisles!
Se Carles vient, de nus i avrat perte;
Se Rollant vit, nostre guerre novelet,
Perdud avuns Espaigne, nostre tere. —
Tels .IIII. cenz s'en asemble‹nt› a helmes,
E des meillors ki el camp quïent estre:

e Sant'Egidio, cui Dio dà gran virtù,
la carta ha scritto nel chiostro di Loduno.
Chi non sa questo, non ha capito nulla.

## CLV

Il conte Orlando nobilmente combatte;
però sudato ha il corpo e molto caldo,
e nella testa sente d'aver gran male.
Rotte ha le tempie, per quanto egli ha suonato,
ma vuol sapere se Carlo giungerà:
senza vigore dà fiato all'olifante.
L'imperatore si ferma ad ascoltare:
"Signori," disse "per noi va molto male!
Il mio nipote Orlando oggi ci lascia:
sento al suonare che molto non vivrà.
Chi vuole andarvi, veloce ora cavalchi!
E date fiato alle trombe che abbiamo!"
Allor ne suonano sessantamila, e tanto
che i monti echeggiano e rispondon le valli.
Certo non ridono, udendo ciò, i pagani.
Dicon tra loro: "Avremo presto Carlo!"

## CLVI

Dicono: "Torna l'imperatore indietro.
Le trombe udite che suonano i Francesi!
Se Carlo viene, noi avremo gran perdita.
Se vive Orlando, si rinnova la guerra,
ed è perduta per noi la nostra terra!"
Coperti d'elmo, si adunan quattrocento
di quelli ch'essere credono i più valenti,

v. 2096 *Sant'Egidio*: visse in Provenza due secoli prima di Roncisvalle, ma una sua *Vita* (fine secolo X-inizio XI) lo presentava come contemporaneo di Carlomagno. — *cui Dio dà gran virtù*: letteralmente: «per il quale» (o «per il cui tramite») «Dio compie grandi virtù (miracoli)».

A Rollant rendent un estur fort e pesme.
Or ad li quens endreit sei sez que faire. AOI.

## CLVII

Li quens Rollant, quant il les veit venir,
Tant se fait fort e fiers e maneviz!
† Ne lur ‹. . .›at tant cum il serat vif.
Siet el cheval qu'om cleimet Veillantif,
Brochet le bien des esperuns d'or fin,
En la grant presse les vait tuz envaïr,
Enseml'od lui ‹l'› arcevesques Turpin.
Dist l'un a l'altre: – Ça vus traiez, ami!
De cels de France les corns avuns oït:
Carles repairet, li reis poësteïfs. –

## CLVIII

Li quens Rollant unkes n'amat cuard,
† Në orguillos, ne malvais hume de male part,
Ne chevaler, se il ne fust bon vassal.
Li arcevesques Turpin en apelat:
– Sire, a piéd estes, e jo sui a ceval:
Pur vostre amur ici prendrai estal;

e dànno a Orlando un assalto tremendo.
Or sì che il conte ha da fare per sé!

## CLVII

Il conte Orlando, vedendoli venire,
si fa più forte e intrepido e deciso.
Non cederà fino a che sarà vivo!
Sta sul cavallo che ha nome Vegliantivo,
e coi suoi sproni d'oro fino lo stimola.
Nella gran folla tutti va ad assalirli,
e l'arcivescovo Turpino gli s'unisce.
L'un disse all'altro: "Venite qui, amico!
Abbiamo i corni dei Francesi sentito.
Carlo, il potente sovrano, s'avvicina".

## CLVIII

Il conte Orlando mai non amò codardi,
né amò insolenti né uomini malvagi,
né cavalieri che non fossero bravi.
Con l'arcivescovo Turpino così parla:
"Voi siete a piedi ed io sono a cavallo:
per amor vostro, signor, non m'allontano;

v. 2126 *Non cederà*: traduce opportunamente in modo generico, là dove il testo del copista oxfordiano è lacunoso (e forse anche altrimenti difettoso), mentre la tradizione anti-oxfordiana presenta una lezione alquanto dissimile.

v. 2131 *L'un disse all'altro*: è almeno legittimo ritenere che le espressioni dei versi 2131-33 riferiscano sinteticamente i discorsi vicendevoli di Orlando e Turpino, anziché quelli dei pagani tra loro; se è vero infatti che *Dist l'un a l'altre* riproduce il primo emistichio del verso 2114, dove si trattava effettivamente dei pagani (ma ciò era chiaramente indicato dal contesto), è anche vero che a 2131 il contesto sembra esprimersi diversamente, e che il primo emistichio del verso 2133 è riprodotto nel testo francese dal verso finale della lassa successiva, all'interno di una battuta di Turpino. Si aggiunga che il manoscritto *n*, rappresentante della tradizione anti-oxfordiana, è esplicito nell'interpretare *Venite qui, amico* come un invito alla reciproca solidarietà tra Orlando e Turpino (solidarietà cui Orlando insistentemente si riferirà nella lassa successiva, ai versi 2138-43).

v. 2135 Ipermetro nel testo francese per il secondo emistichio.

Ensemble avruns e le ben e le mal,
Ne vos lerrai pur nul hume de car.
Encui [savrunt] paiens a cest asalt
Le [num d'Almace e cel] de Durendal. —
Dist l'arcevesque: — Fel seit ki n'i ferrat!
Carles repairet, ki ben [n]us vengerat. —

## CLIX

Dïent paien: — Si mare fumes nez!
Cum pes‹mes› jurz nus est hoi ajurnez!
Perdut avum noz seignurs e noz pers;
Carles repeiret od sa grant ost, li ber:
De cels de France odum les graisles clers,
Grant est la noise de «Munjoie!» escrïer.
Li quens Rollant est de tant grant fiertét,
Ja n'ert vencut pur nul hume carnel.
Lançuns a lui, puis si·l laissums ester. —
E il si firent darz e wigres asez,
Espiez e lances e museraz enpennez;
L'escut Rollant unt frait e estroét
E sun osberc rumput e desmailét;
Mais enz el cors ne l'[unt] mie adesét.
Veillantif unt en .xxx. lius nafrét,
Desuz le cunte si l'i unt mort [getét].
Paien s'en fuient, puis si·l laisent ester;
Li quens Rollant i est remés a piéd. AOI.

## CLX

Paien s'en fuient, curuçus e irez;
Envers Espaigne tendent de l'espleiter.
Li quens Rollant ne·s ad dunt encalcer:

avremo insieme il bene e insieme il male.
Per nessun uomo non vi vorrò lasciare.
Oggi i pagani sapranno a questo assalto
che cosa è Almacia, che cosa è Durendala".
Disse Turpino: "Chi non colpisce è un pavido!
Ritorna Carlo, che ci vendicherà".

## CLIX

I Saracini dicono: "Sfortunati!
Che brutto giorno oggi ci s'è levato!
Abbiam perduto i signori e i compagni;
e Carlo torna col suo esercito, il bravo.
Le trombe chiare dei Francesi sentiamo.
Gridan 'Mongioia!' e fanno gran fracasso.
Il conte Orlando ha valor così grande,
che nessun uomo potrà vincerlo mai.
Contro lanciamogli saette e poi lasciamolo".
E così fecero con giavellotti e dardi,
aste munite di penne e spiedi e lance.
Lo scudo spezzano e forano ad Orlando,
e la corazza gli rompono e gli smagliano,
ma fino al corpo non l'hanno ancor toccato.
Han Vegliantivo colpito in trenta parti,
e sotto il conte l'hanno morto lasciato.
Dopo i pagani fuggendo s'allontanano.
E il conte Orlando così a piedi rimane.

## CLX

I Saracini fuggon con ira e pena:
verso la Spagna cercan d'andare in fretta.
Il conte Orlando seguirli non potrebbe,

v. 2143 *che cosa è Almacia, che cosa è Durendala*: letteralmente: «il nome di Almacia e quello di Durendala» (cfr. v. 1901).
v. 2148 *i compagni*: letteralmente: «i nostri pari». [*N.d.T.*]

Perdut i ad Veillantif, sun destrer;
Voellet o nun, remés i est a piét.
A l'arcevesque Turpin alat aider:
Sun elme ad or li deslaçat del chef,
Si li tolit le blanc osberc leger,
E sun blialt li ad tut detrenchét,
En ses granz plaies les pans li ad butét;
Cuntre sun piz puis si l'ad enbracét,
Sur l'erbe verte puis l'at süef culchét.
Mult dulcement li ad Rollant preiét:
– E! gentilz hom, car me dunez cungét!
Noz cumpaignuns, quë oümes tanz chers,
Or sunt il morz, ne·s i devuns laiser.
Joe·s voell aler querre e entercer,
Dedevant vos juster e enrenger. –
Dist l'arcevesque: – Alez e repairez!
Cist camp est [n]ostre, mercit Deu: vostre e mien. –

CLXI

Rollant s'en turnet, par le camp vait tut suls,
Cercet les vals e si cercet les munz.
Truvat Gerin, Gerer sun cumpaignun,
E si truvat Berenger e [O]tu[n];
Iloec truvat Anseïs e Sansun,
Truvat Gerard le veill de Russillun.
Par uns e uns les ad pris, le barun,
A l'arcevesque en est venuz atut,
Si·s mist en reng dedevant ses genuilz.
Li arcevesque ne poet müer n'en plurt,
Lievet sa main, fait sa b‹en›eïçun.
Aprés ad dit: – Mare fustes, seignurs!
Tutes voz anmes ait Deus li glorius,

ché non ha più Vegliantivo, il destriero:
voglia o non voglia, egli è rimasto a piedi.
Va ad aiutare Turpino, l'arcivescovo,
e l'elmo d'oro gli slaccia dalla testa,
l'usbergo bianco e leggero gli sveste,
tutta gli taglia la tunica in più pezzi,
nelle gran piaghe lasciandogliene i lembi;
poi tra le braccia lo tiene contro il petto
e piano sopra l'erba verde lo stende.
Con gran dolcezza così Orlando lo prega:
"Nobil signore, ah, datemi congedo!
Or che i compagni, che amammo tanto insieme,
son tutti morti, lasciarli non si deve!
Io voglio andare a cercarli e vederli
e innanzi a voi in ordine poi metterli".
"Fatelo dunque" gli disse l'arcivescovo.
"Grazie al Signore, è vostro e mio il terreno!"

## CLXI

Si volge Orlando, va per il campo solo,
cerca le valli e va cercando i monti:
trova Gerino e il suo commilitone
Geriero, trova Berengario ed Ottone,
trova qui ancora Anseigi e Sansone,
e anche Gerardo trova di Rossiglione.
Li radunò ad uno ad uno il prode,
e all'arcivescovo tornò insieme con loro:
li mise in fila dinanzi ai suoi ginocchi.
Turpino il pianto trattenere non può,
alza la mano, dà la benedizione
e dice dopo: "Infelici signori!
L'anime vostre accolga Dio il Glorioso,

v. 2173 *nelle gran piaghe lasciandogliene i lembi*: applicando i lembi della tunica alle ferite, in un bendaggio improvvisato.

vv. 2186-89 Cfr. la nota ai versi 104-07.

En pareïs les meteṭ en sentes flurs!
La meie mort me rent si anguissus!
Ja ne verrai le riche empereür. –

## CLXII

Rollant s'en turnet, le camp vait recercer,
Sun cumpaignun ad truvét, Oliver.
Cuntre sun piz estreit l'ad enbracét,
Si cum il poet a l'arcevesque en vent,
Sur un escut l'ad as altres culchét,
E l'arcevesque l'ad aṣols e seignét.
Idunc agreget le doel e la pitét.
Ço dit Rollant: – Bels cumpainz Oliver,
Vos fustes filz al ‹riche› duc Reiner
Ki tint la marche de l‹a› val de Runers.
Pur ḣanste freindre, pur escuz peceier,
Pur orgoillos veintre e esmaier
E pur prozdomes tenir e cunseiller
{ E pur glutun veintre e esmaier, }
En nule tere n'ad meillor chevaler. –

## CLXIII

Li quens Rollant, quant il veit mort ses pers
E Oliver, qu'il tant poeit amer,
Tendrur en out, cumencet a plurer.
En sun visage fut mult desculure[z];
Si grant doel out que mais ne pout ester:
Voeillet o nun, a tere chet pasmét.
Dist l'arcevesque: – Tant mare fustes, ber! –

nel Paradiso poste tra i santi fiori!
La morte mia mi porta tanta angoscia!
Io non vedrò più il grande imperatore!"

## CLXII

Si volge Orlando e tutto il campo cerca,
e così trova il compagno Oliviero:
allora forte lo stringe contro il petto
e da Turpino, com'egli può, poi viene.
Sopra uno scudo con gli altri lo distende:
lo benedice e assolve l'arcivescovo.
Qui la pietà ed il dolore aumentano.
Orlando dice: "Bel compagno Oliviero,
voi foste figlio del potente Rainiero,
ch'ebbe la marca della val di Runiero.
Per romper aste e scudi fare a pezzi
e sgomentare e vincere i superbi,
per dar consiglio ai prodi e sostenerli
{e sgomentare e vincere gl'imbelli,}
in nessun luogo c'è un miglior cavaliere!"

## CLXIII

Orlando, quando vide morti i compagni
ed Oliviero, che tanto aveva amato,
n'ebbe pietà e cominciò a piangere,
e nella faccia si fece molto pallido.
Ne ha tal dolore che in piedi non può stare:
voglia o non voglia, viene meno e stramazza.
Disse Turpino: "Barone sfortunato!"

v. 2200 *cerca*: percorre guardando attentamente.

## CLXIV

Li arcevesques, quant vit pasmer Rollant,
Dunc out tel doel, unkes mais n'out si grant.
Tendit sa main, si ad pris l'olifan;
En Rencesvals ad un'ewe curant:
Aler i volt, si·n durrat a Rollant.
Sun petit pas s'en turnet cancelant:
Il est si fieble qu'il ne poet en avant;
Nen ad vertut, trop ad perdut del sanc.
Einz que om alast un sul arpent de camp,
Falt li le coer, si est chaeit avant.
La sue mort li vait mult angoissant.

## CLXV

Li quens Rollant revient de pasmeisuns,
Sur piez se drecet, mais il ad grant dulur.
Guardet aval e si guardet amunt:
Sur l'erbe verte, ultre ses cumpaignuns,
La veit gesir le nobilie barun,
Ço est l'arcevesque, que Deus mist en sun num.
Cleimet sa culpe, si reguardet amunt,
Cuntre le ciel amsdous ses mains ad juinz,
Si prïet Deu que pareïs li duinst.
Morz est Turpin, le guerreier Charlun.
Par granz batailles e par mult bels sermons
Cuntre paiens fut tuz tens campiuns.
Deus li otreit seinte beneïçun! AOI.

## CLXIV

Turpino, quando vide svenire Orlando,
n'ebbe un dolore quanto non n'ebbe mai.
Tese la mano, gli prese l'olifante.
Un corso d'acqua si trova a Roncisvalle:
vi volle andare per portarne ad Orlando.
Vi s'avviò con passo vacillante:
è così debole, che più non può durare:
non ha più forza, ha perso troppo sangue.
Prima di fare un arpento di campo,
gli manca il cuore, e stramazza in avanti.
Allor la morte lo va molto angosciando.

## CLXV

Il conte Orlando in sentimento torna:
si drizza in piedi, ma soffre un gran dolore.
A valle guarda e dopo guarda a monte:
sull'erba verde, oltre i compagni, scorge
steso giacere quel nobile barone
ch'è l'arcivescovo mandato dal Signore,
che in alto guarda e grida le sue colpe,
e le sue mani verso il cielo rivolge,
e il Paradiso chiede che Dio gli doni.
Così Turpino, guerrier di Carlo, è morto!
Con gran battaglie e molto bei sermoni
contro i pagani sempre è stato un campione.
Gli dia il Signore la sua benedizione!

v. 2230 *arpento*: misura terriera di estensione estremamente variabile da regione a regione.

CLXVI

Li quens Rollant veit l'ar‹ce›vesque a tere:
Defors sun cors veit gesir la büele,
Desuz le frunt li buillit la cervele;
Desur sun piz, entre les dous furceles,
Cruisiedes ad ses blanches ‹mains›, les beles.
Forment le pleignet a la lei de sa tere:
— E! gentilz hom, chevaler de bon aire,
Hoi te cumant al Glorius celeste!
Jamais n'ert hume plus volenters le serve.
Des les apostles ne fut hom tel prophete
Pur lei tenir e pur humes atraire.
Ja la vostre anme nen ait ‹doel ne› sufraite:
De pareïs li seit la porte uverte! —

## CLXVI

Orlando vede l'arcivescovo a terra,
e fuor del corpo i visceri giacergli:
gli sprizza fuori dalla fronte il cervello
e fra le spalle posate ha sopra il petto,
disposte in croce, le mani bianche e belle.
Lo piange come s'usa nella sua terra:
"Nobil signore, cavalier d'alto ceppo,
oggi t'affido al Glorioso del cielo!
Mai vi sarà chi più lieto lo serva.
Dopo gli Apostoli non ci fu un tal profeta
per osservare la legge e chiamar gente.
L'anima vostra non soffra alcuna pena!
Del Paradiso le sia la porta aperta!"

v. 2255 Analogo l'apprezzamento espresso nei riguardi di Mosè dal libro del *Deuteronomio* (34, 10): «*Non surrexit ultra propheta in Israel sicut Moïses*».

v. 2256 *per osservare la legge*: o forse «per mantenere l'osservanza della legge» (che è, qui come altrove, la religione).

## LASSE CLXVII-CLXXV

Un primo gruppo di tre lasse (CLXVII-CLXIX: Orlando cade a terra estenuato; un Saraceno, credendolo morto, cerca di impadronirsi delle sue armi; Orlando, riavutosi dallo svenimento, vendica l'oltraggio percuotendolo a morte con l'olifante) introduce il tema di Durendala (principale obbiettivo dell'ultima vittima di Orlando; cfr. v. 2282: *Ecco la spada che porterò in Arabia!*), tema che risulterà centrale nella successiva terna di lasse, CLXX-CLXXII: per evitare che Durendala cada in mano nemica Orlando si prova inutilmente a spezzarla, sferrando colpi contro tre pietre; il ripetuto tentativo, di volta in volta frustrato, determina le lamentazioni dei versi 2304-11 (lassa CLXX), 2316-35 (CLXXI), 2344-54 (CLXXII), altrettante occasioni colte da Orlando per ribadire la propria fedeltà al sovrano, al cui servizio Durendala è stata costantemente impiegata. Il senso profondo (religioso) di questa fedeltà è invece espresso nelle tre lasse tra CLXXIII e CLXXV: nella prima è descritto il significativo atteggiamento assunto dal corpo dell'eroe morente, nella seconda è registrata la contrizione con la quale lo spirito di Orlando si prepara ad essere accolto in paradiso; nella terza, l'orgoglio — personale e nazionale — e il rimpianto e ancora la contrizione si fanno offerta nell'atto di tendere a Dio il guanto: Orlando, infine, *a mani giunte è andato alla sua fine* (v. 2392).

CLXVII

Ço sent Rollant que la mort li est pres:
Par les oreilles fors s'e‹n› ist l[i] cervel.
† De ses pers prïet Deu que·s apelt,
E pois de lui a l'angle Gabrïel.
Prist l'olifan, que reproce n'en ait,
E Durendal s'espee en l'altre main.
[Plus qu'] arcbaleste ne poet traire un quarrel,
Devers Espaigne en vait en un guarét;
Muntet un tertre, desuz [.II.] arbre‹s› bel[s],
Quatre perruns i ad, de marbre fai[z];
Sur l'erbe verte si est caeit envers,
La s'est pasmét, kar la mort li est pres.

## CLXVII

Orlando sente la morte stargli presso.
Esce attraverso le sue orecchie il cervello.
A Dio d'accogliere i suoi compagni chiede
e per sé prega poi l'angelo Gabriele.
Non vuole biasimo, e l'olifante prende,
e la sua spada Durendala egli afferra.
Più che non lanci saetta una balestra,
verso la Spagna va avanti, in un maggese:
su un poggio all'ombra di due alberi belli
quattro pietroni di marmo sono messi:
sull'erba verde qui stramazza riverso,
e viene meno, ché ha la morte dappresso.

v. 2259 La *Canzone* non ha segnalato nessuna causa circostanziata della morte del suo eroe: l'unico colpo ricevuto da Orlando che l'autore abbia esplicitamente registrato è quello inferto da Oliviero nella lassa CXLVIII, colpo ragguardevole (cfr. vv. 1995-96), ma non bene assestato (*ma nella testa non lo raggiunge affatto*: v. 1997). La morte di Orlando giunge semplicemente con il totale esaurimento delle energie profuse nella battaglia, e in coincidenza con l'esaurimento del suo compito.

vv. 2261-62 La lettera del testo francese è probabilmente inattingibile con sicurezza (la difficoltà si estende al di là dell'ipometria di 2261); il senso generale è certamente quello individuato dal traduttore.

## CLXVIII

Halt sunt li pui e mult ‹sunt› halt les arbres;
Quatre perruns i ad luisant de marbre.
Sur l'erbe verte li quens Rollant se pasmet.
Uns Sarrazins tute veie l'esguardet,
Si se feinst mort, si gist entre les altres;
Del sanc luat sun cors e sun visage:
Met sei en piez e de curre s‹e h›astet.
Bels fut e forz e de grant vasselage;
Par sun orgoill cumencet mortel rage:
Rollant saisit e sun cors e ses armes,
E dist un mot: — Vencut est li niés Carles!
Iceste espee porterai en Arabe. —
En cel tirer li quens s'aperçut alques.

## CLXIX

Ço sent Rollant que s'espee li tolt.
Uvrit les oilz, si li ad dit un mot:
— Men escïentre, tu n'ïes mie des noz! —
Tient l'olifan, que unkes perdre ne volt,
Si·l fiert en l'elme, ki gemmét fut a or:
Fruisset l'acer e la teste e les os,
Amsdous les oilz del chef li ad mis fors,
Jus a ses piez si l'ad tresturnét mort.
Aprés li dit: — Culvert, cum fus si os
Que me saisis, në a dreit në a tort?
Ne l'orrat hume ne t'en tienget por fol.
Fenduz en est mis olifans el gros,
Caüz en est li cristals e li ors. —

## CLXVIII

Sono alti i poggi, assai alti son gli alberi.
Quattro pietroni qui splendono di marmo.
Sull'erba verde vien meno il conte Orlando.
Un Saracino a lungo lo riguarda,
si finge morto, e steso sta fra gli altri:
sporcato il corpo e il volto s'è di sangue.
Si mette in piedi e a correre si dà.
Fu bello e forte e di grande coraggio.
Per il suo orgoglio fa una pazzia mortale:
afferra Orlando, ne prende il corpo e l'armi,
e dice: "È vinto il nipote di Carlo!
Ecco la spada che porterò in Arabia!"
La tira, e il conte rinvenne così alquanto.

## CLXIX

Orlando sente che la spada gli toglie,
dischiude gli occhi, gli dice questo solo:
"Per quanto io sappia, non sei uno dei nostri!"
Tien l'olifante, che perder mai non vuole,
colpisce l'elmo d'oro e di gemme adorno,
spezza l'acciaio, gli rompe il capo e l'ossa,
e gli fa subito schizzare entrambi gli occhi:
così ai suoi piedi giù lo rovescia morto.
Dopo gli dice: "Come tu ardito fosti,
vile, da prendermi a diritto od a torto?
Nessun l'udrà, che non ti stimi un folle.
Nell'olifante s'è il padiglione rotto
e son caduti tutti i cristalli e l'oro".

## CLXX

Ço sent Rollant la veüe ad perdue;
Met sei sur piez, quanqu'il poet s'esvertuet;
En sun visage sa culur ad perdue.
Dedevant lui ad une perre b[run]e:
.x. colps i fiert par doel e par rancune;
Cruist li acers, ne freint ne ‹ne s'e›sgruignet.
— E! — dist li quens — seinte Marie, aiue!
E! Durendal, bone, si mare fustes!
Quant jo mei perd, de vos nen ai mais cure.
Tantes batailles en camp en ai vencues
E tantes teres larges escumbatues,
Que Carles tient, ki la barbe ad canue!
Ne vos ait hume ki pur altre ‹s'en› fuiet!
Mult bon vassal vos ad lung tens tenue:
Jamais n'ert tel en France l'asolue. —

## CLXXI

Rollant ferit el perrun de Sard[a]nie:
Cruist li acers, ne briset ne n'esgr[a]nie.
Quant il ço vit que n'en pout mie freindre,
A sei meïsme la cumencet a pleindre:
— E! Durendal, cum es e clere e blanche!
Cuntre soleill si luises e reflambes!
Carles esteit es vals de Moriane,
Quant Deus del cel li mandat par sun a‹n›gle
Qu'il te dunast a un cunte cataignie:
Dunc la me ceinst li gentilz reis, li magnes.

## CLXX

Orlando sente che la vista ha perduta:
si mette in piedi, si sforza più e più;
anche il colore nella faccia ha perduto.
Davanti a lui sorge una pietra scura.
Egli vi dà dieci colpi con cruccio:
stride l'acciaio, non si scheggia per nulla.
"Ah," dice il conte "Santa Maria, qui aiuto!
Ah, Durendala, aveste assai sfortuna!
Ora che muoio, di voi non avrò cura.
Per voi sul campo tante vittorie ho avute
e contro tanti paesi ho combattuto,
che tiene or Carlo, che ha la barba canuta!
Non v'abbia un uomo che innanzi ad altri fugga.
Per lungo tempo un prode vi ha tenuta!
La Francia santa così non ne avrà più!"

## CLXXI

Colpisce Orlando la pietra di Cerdagna:
stride l'acciaio, ma non si rompe affatto.
Quando egli vede che non può proprio
[infrangerla,
dentro se stesso così comincia a piangerla:
"Ah! Durendala, come sei chiara e bianca!
Quanto risplendi contro il sole e divampi!
Fu nelle valli di Moriana che a Carlo
Iddio dal cielo per mezzo del suo angelo
disse di darti a un conte capitano:
e a me la cinse il re nobile e grande.

vv. 2310-11 Dovrebbe essere consentito di attribuire l'apprezzamento del verso 2310 al «prode» del verso precedente, piuttosto che alla spada.

v. 2312 *Cerdagna*: Cerritania, regione dei Pirenei orientali (sp. Cerdaña; fr. Cerdagne), che sarebbe stata ricca di granito.

v. 2318 *Moriana*: si tratta probabilmente della Maurienne, regione della Savoia attraversata dal fiume Arc; meno plausibile risulta l'identificazione con la Moriana di Spagna, terra saracena nominata al verso 909.

Jo l'en cunquis [e Anjou] e Bretaigne,
Si l'en cunquis e Peitou e le Maine;
Jo l'en cunquis Normendie la franche,
Si l'en cunquis Provence e Equitaigne
E Lumbardie e trestute Romaine;
Jo l'en cunquis Baiver e tute Flandres
E Bu[guerie] e trestute Puillanie,
Costentinnoble, dunt il out la fiance,
E en Saisonie fait il ço qu'il demandet;
Jo l'en cunquis e Escoce e I[rla]nde
E Engletere, quë il teneit sa cambre;
Cunquis l'en ai païs e teres tantes,
Que Carles tient, ki ad la barbe blanche.
Pur ceste espee ai dulor e pesance:
Mielz voeill murir qu'entre paiens remaigne.
‹Damne›deus pere, n'en laiser hunir France! —

## CLXXII

Rollant ferit en une perre bise:
Plus en abat que jo ne vos sai dire.
L'espee cruist, ne fruisset ne ne brise,
Cuntre ‹le› ciel amunt est resortie.
Quant veit li quens que ne la freindrat mie,
Mult dulcement la pleinst a sei meïsme:
— E! Durendal, cum es bele e seintisme!

Con te gli presi allora Angiò e Bretagna,
con te gli presi il Pittavo e la Mania,
la Normandia, la quale è terra franca;
con te gli presi Provenza ed Aquitania
e Lombardia e tutta la Romània,
con te gli presi la Baviera e le Fiandre,
la Bulgaria, la terra dei Polacchi,
Costantinopoli, che gli prestò l'omaggio,
mentre in Sassonia fa quello che gli garba;
con te gli presi e la Scozia e l'Irlanda,
e l'Inghilterra, che diceva sua stanza.
Preso ho per lui tante terre e contrade
che tiene Carlo, che or ha la barba bianca.
Per questa spada ho dolore ed affanno:
meglio morire che ai pagani lasciarla.
Dio, non permettere che si umilii la Francia!"

## CLXXII

Colpisce Orlando sopra una pietra bigia,
e più ne stacca di quanto io vi so dire.
La spada stride, non si rompe o scalfisce,
ma verso il cielo d'un balzo va diritta.
Quando s'accorge che a infrànger non l'arriva,
piano tra sé a piangerla comincia:
"Ah! Durendala, come sei sacra e fine!

vv. 2322-32 Alcuni tra i territorî elencati qui da Orlando sono tradotti ispirandosi alla forma latina del nome (*Pittavo*=Poitou; *Mania*=Maine); *Romània* è stato reso in tal modo, generico, per consentire di identificare questa regione non solo con la Romagna (secondo l'ipotesi comunque prevalente e preferibile), ma anche con le altre molteplici aree geografiche che possono essere individuate da *Romanie*, del testo francese (ad esempio, il territorio di Roma). Compaiono nell'elenco alcune regioni che naturalmente niente hanno avuto a che fare con l'effettivo dominio e i tentativi o anche solo le aspirazioni di conquista di Carlomagno.

v. 2324 *la quale è terra franca*: il traduttore ha ritenuto di dover mantenere l'ambiguità dell'aggettivo *franca* (interpretabile come «libera», ma anche nell'accezione etnica).

v. 2332 *sua stanza*: suo dominio personale.

En l'oriét punt asez i ad reliques:
La dent seint Perre e del sanc seint Basilie
E des chevels mun seignor seint Denise;
Del vestement i ad seinte Marie.
Il nen est dreiz que paiens te baillisent;
De chrestïens devez estre servie.
Ne vos ait hume ki facet cuardie!
Mult larges teres de vus avrai cunquises,
Que Carles tent, ki la barbe ad flurie,
E li empereres en est ‹e› ber e riches. —

## CLXXIII

Ço sent Rollant que la mort le tresprent,
Devers la teste sur le quer li descent.
Desuz un pin i est alét curant,
Sur l'erbe verte s'i est culchét adenz,
Desuz lui met s'espee e l'olifan.
Turnat sa teste vers la paiene gent:
Pur ço l'at fait, quë il voelt veirement
Que Carles dïet e trestute sa gent,
Li gentilz quens, qu'il fut mort cunquerant.
Cleimet sa culpe e menut e suvent,
Pur ses pecchez Deu puroffrid lo guant. AOI.

## CLXXIV

Ço sent Rollant de sun tens n'i ad plus.
Devers Espaigne est en un pui agut;
A l'une main si ad sun piz batud:
— Deus! meie culpe vers les tues vertuz
De mes pecchez, des granz e des menuz,
Que jo ai fait des l'ure que nez fui
Tresqu'a cest jur que ci sui consoüt! —

Nell'aureo pomo i santi ne han reliquie:
San Pietro un dente, del sangue San Basilio,
qualche capello monsignor San Dionigi,
e un pezzo d'abito anche Santa Maria.
Di voi i pagani non hanno a impadronirsi:
solo i cristiani vi debbono servire.
Nessuno v'abbia che faccia codardia!
Di tante terre noi facemmo conquista,
che tiene or Carlo, che ha la barba fiorita!
L'imperatore n'è fatto forte e ricco!"

## CLXXIII

Orlando sente che la morte lo prende,
che dalla testa sopra il cuore gli scende.
Se ne va subito sotto un pino correndo
e qui si corica, steso sull'erba verde:
sotto, la spada e l'olifante mette;
verso i pagani poi rivolge la testa:
e questo fa perché vuole davvero
che dica Carlo con tutta la sua gente
che il nobil conte è perito vincendo.
Le proprie colpe va spesso ripetendo,
e a Dio per esse il suo guanto protende.

## CLXXIV

Orlando sente che il suo tempo è compiuto.
Volto alla Spagna sta sopra un poggio aguzzo.
Con una mano il petto s'è battuto:
"Dio, colpa mia verso le tue virtù,
per i peccati, sia grandi che minuti,
che dal momento in cui nacqui ho compiuti
fino a quest'ora che sono qui abbattuto!"

vv. 2357-58 Cfr., per una analoga disposizione contrita, la scena della morte di Oliviero (v. 2013).

v. 2369 *colpa mia*: è la formula penitenziale del *mea culpa*.

Sun destre guant en ad vers Deu tendut.
Angles del ciel i descendent a lui. AOI.

## CLXXV

Li quens Rollant se jut desuz un pin,
Envers Espaigne en ad turnét sun vis.
De plusurs choses a remembrer li prist,
De tantes teres cum‹e› li bers cunquist,
De dulce France, des humes de sun lign,
De Carlemagne, sun seignor, ki·l nurrit;
Ne poet müer n'en plurt e ne suspirt.
Mais lui meïsme ne volt mettre en ubli,
Cleimet sa culpe, si prïet Deu mercit:
— Veire Pate‹r›ne, ki unkes ne mentis,
Seint Lazaron de mort resurrexis
E Danïel des leons guaresis,
Guaris de mei l'anme de tuz perilz
Pur les pecchez quë en ma vie fis! —
Sun destre guant a Deu en puroffrit:
† Seint Gabrïel de sa main l'ad pris.
Desur sun braz teneit le chef enclin;
Juntes ses mains est alét a sa fin.
Deus ‹li› tramist sun angle Cherubin
E seint Michel ‹de la mer› del Peril;
Ensembl'od els sent Gabrïel i vint:
L'anme del cunte portent en pareïs.

Il guanto destro verso il Signore allunga.
E scendon angeli del cielo incontro a lui.

## CLXXV

Il conte Orlando è steso sotto un pino:
verso la Spagna ha rivolto il suo viso.
A rammentare molte cose comincia:
tutte le terre che furon sua conquista,
la dolce Francia, quelli della sua stirpe,
il suo signore, Carlo, che l'ha nutrito:
né può frenare il pianto od i sospiri.
Ma non vuol mettere nemmeno sé in oblio:
le proprie colpe ripete e invoca Dio:
"O vero Padre, che mai non hai mentito,
tu richiamasti San Lazzaro alla vita
e fra i leoni Daniele custodisti;
ora tu l'anima salvami dai pericoli
per i peccati che in vita mia commisi!"
Protende ed offre il guanto destro a Dio:
dalla sua mano San Gabriele lo piglia.
Sopra il suo braccio or tiene il capo chino:
a mani giunte è andato alla sua fine.
Iddio gli manda l'angelo Cherubino
e San Michele che guarda dai pericoli.
Con essi insieme San Gabriele qui arriva.
Portano l'anima del conte in Paradiso.

vv. 2384-88 I riferimenti biblici sono evocati secondo le formule dell'*Ordo commendationis animae*, rituale di preghiere per gli agonizzanti, analogamente utilizzato nella *Canzone* ai versi 3100-09.

v. 2390 Il testo oxfordiano è largamente sospetto, non soltanto per l'ipometria del secondo emistichio, ma anche perché l'arcangelo Gabriele sembra entrare in scena soltanto successivamente, con l'angelo Cherubino e San Michele, al verso 2395. La tradizione antioxfordiana, però, sembra aver conservato, per quanto assai confusamente, qualche traccia del verso in questione.

v. 2394 *che guarda dai pericoli*: letteralmente: «del mare del Pericolo», inversione — certamente sconcertante, ma testualmente ben accreditata — della corrente insegna: «del Pericolo del mare» (per la quale cfr. la nota al verso 152).

## LASSE CLXXVI-CLXXXV

Tra la lassa CLXXVI e la CLXXIX si registra una sensibile accelerazione narrativa; l'imperatore giunge a Roncisvalle ed esprime il proprio sgomento con ricorso al procedimento retorico dell'*Ubi sunt?*, nominando, con l'arcivescovo, i dodici Pari (nell'unica loro completa elencazione contemplata dal poema; ma cfr. la nota ai versi 104-07) e suscitando il generale compianto delle truppe francesi (lassa CLXXVI); un intervento di Namo trasforma la prostrazione di Carlo in desiderio di rivalsa immediata (lassa CLXXVII); l'inseguimento dei fuggitivi saraceni è subito intrapreso: una preghiera di Carlo ottiene che Dio rinnovi il miracolo biblico del «giorno prolungato» (lassa CLXXVIII); l'annientamento delle truppe di Marsilio, raggiunte in Val di Tenebra, è perfezionato dalle acque dell'Ebro, al quale esse avevano affidato le proprie estreme e disperate possibilità di scampo (lassa CLXXIX).

Le lasse CLXXX-CLXXXIII, descrivendo l'attendamento del campo cristiano nei pressi dell'Ebro, e il riposo dell'esercito estenuato e dell'imperatore, preparano il successivo momento della narrazione, articolato nei due sogni profetici di Carlo delle lasse CLXXXIV-CLXXXV (da confrontare con le analoghe premonizioni delle lasse LVI e LVII; cfr. la nota alle lasse LIII-LVII e le note ai versi 719 e 726-35): il senso delle visioni notturne di Carlo è questa volta assai esplicito, riferito, per la lassa CLXXXIV, alla battaglia contro l'emiro di Babilonia, Baligante, e al duello risolutivo tra questi e Carlo, e, per la lassa CLXXXV, alla difesa di Gano che sarà procurata dai parenti del traditore (in primo luogo da Pinabello) e al duello giudiziario tra Pinabello e il campione di Carlo, Teodorico d'Angiò.

## CLXXVI

Morz est Rollant, Deus en ad l'anme es cels.
Li emperere en Rencesvals parvient;
Il nen i ad ne veie ne senter,
Ne voide tere në alne ‹ne› plein pied
Quë il n'i ait o Franceis o paien.
Carles escrïet: – U estes vos, bels niés?
U est l'arcevesque e li quens Oliver?
U est Gerins e sis cumpainz Gerers?
† U est Otes e li quens Berengers,
Ive e Ivorie, que jo aveie tant chers?
Que est devenuz li Guascuinz Engeler,
Sansun li dux e Anseïs li [fi]ers?
U est Gerard de Russillun li veilz,
Li .XII. per, que jo aveie laisét? –
De ço qui chelt, quant nul n'en respundiét?
– Deus! – dist li reis – tant me pois esma[i]er
Que jo ne fui a l'estur cumencer! –
Tiret sa barbe cum hom ki est irét;
Plurent des oilz si baron chevaler:

## CLXXVI

È morto Orlando; ne ha Dio l'anima in cielo.
L'imperatore a Roncisvalle viene.
Non vi si trova né strada né sentiero
né terra vuota, nemmeno un braccio o un piede,
dove non siano Saracini o Francesi.
E Carlo grida: "Bel nipote, ove siete?
e l'arcivescovo ed il conte Oliviero?
dov'è Gerino e il compagno Geriero?
e dove Ottone? e Berengario ov'è?
ed Ivo e Ivorio, che io prediligevo?
Che cos'è ora il guascóne Engeliero,
Sansone il duca ed Anseigi il fiero?
Dov'è Gerardo di Rossiglione il vecchio,
dove i miei dodici Pari, lasciati indietro?"
Ma a che gridare, se nessun rispondeva?
"Dio!" disse il re "tanto affligger mi debbo,
che non ci fui, quando a lottar si prese!"
Tutta la barba si strappa per lo sdegno.
Piangono i suoi valenti cavalieri:

v. 2400 *braccio*: o *àuna* (forma più vicina al testo francese), è antica misura di lunghezza che, variando da regione a regione, corrispondeva approssimativamente al metro.

v. 2405 L'ipometria del primo emistichio del testo francese è rimediabile in varî modi, alcuni ugualmente attendibili e nessuno decisamente persuasivo; di qui, nel testo Segre, la rinuncia alla correzione.

Encuntre tere se pasment .xx. millers.
Naimes li dux en ad mult grant pitét.

## CLXXVII

Il nen i ad chevaler ne barun
Que de pitét mult durement ne plurt:
Plurent lur filz, lur freres, lur nevolz
E lur amis e lur lige seignurs;
Encuntre tere se pasment li plusur.
Naimes li dux d'iço ad fait que proz:
Tuz premereins l'ad dit l'empereür:
— Veez avant de dous liwes de nus,
Vedeir püez les granz chemins puldrus,
Qu'asez i ad de la gent paienur.
Car chevalchez! Vengez ceste dulor! —
— E! Deus! — dist Carles — ja sunt il ja si luinz!
Cunsentez mei e dreiture e honur!
De France dulce m'unt tolüe la flur. —
Li reis cumandet Gebuïn e Otun,
Tedbalt de Reins e le cunte Milun:
— Guardez le champ e les vals e les munz!
Lessez les morz tut issi cun il sunt,
Que n'i adeist ne beste ne lion,
Ne n'i adeist esquïer ne garçun;
Jo vus defend que n'i adeist nuls hom,
Josque Deus voeilge que en cest camp revengum. —
E cil respundent dulcement, par amur:
— Dreiz emperere, cher sire, si ferum! —
Mil chevaler i retienent des lur. AOI.

ne vengon meno ventimila per terra.
Il duca Namo grande pietà ne sente.

## CLXXVII

Non c'è nessuno, cavaliere o barone,
che amaramente non pianga di dolore:
piangono i figli, i fratelli, i nipoti,
e i loro amici, e i fedeli signori;
e i più per terra svenuti s'abbandonano.
Il duca Namo si comporta da prode:
primo fra tutti dice all'imperatore:
"Laggiù guardate, due leghe innanzi a noi:
potete scorgere le strade polverose,
tanta è la gente saracina raccolta!
Via, cavalcate! vendicate il dolore!"
"Dio!" disse Carlo "così lontani sono!
Acconsentite a me giustizia e onore!
M'hanno strappato della mia Francia il fiore."
Venir fa il re Geboino ed Ottone,
e Teobaldo di Remi con Milone:
"Guardate il campo, guardate valli e monti,
lasciate i morti giacere come sono,
che non li tocchi né bestia né leone,
e non li tocchi scudiero oppur garzone:
io vi comando che nessuno li tocchi,
finché Dio voglia farci fare ritorno".
Quelli rispondono con dolcezza ed amore:
"Noi lo faremo, sì, giusto imperatore!"
E tengon mille cavalieri dei loro.

v. 2432 *Ottone*: riesce difficile pensare che l'autore abbia erroneamente risuscitato il Pari Ottone, caduto a Roncisvalle (cfr. v. 2187) con gli undici suoi compagni e ricordato con essi nella lassa precedente in una lista di evidente carattere necrologico; si tratterà dunque di un omonimo, introdotto qui insieme a Geboino (altro personaggio non nominato in precedenza): ripresentandosi ai versi 2971 e 3058, egli sarà contrassegnato (a 2971 soltanto nel testo francese) dal titolo di *marchese*, titolo che non è attribuito dal poema al Pari Ottone.

## CLXXVIII

Li empereres fait ses graisles suner,
Puis si chevalchet od sa grant ost li ber.
† De cels d'Espaigne unt lur les dos turnez,
Tenent l'enchalz, tuit en sunt cumunel.
Quant veit li reis le vespres decliner,
Sur l'erbe verte descent en ‹mi› un pred,
Culchet s'a tere, si prïet Damnedeu
Que li soleilz facet pur lui ester,
La nuit targer e le jur demurer.
Ais li un angle ki od lui soelt parler,
Isnelement si li ad comandét:
— Charle, chevalche! car tei ne falt clartét.
La flur de France as perdut, ço set Deus:
Venger te poez de la gent criminel. —
A icel mot l'emperere est muntét. AOI.

## CLXXIX

Pur Karlemagne fist Deus vertuz mult granz,
Car li soleilz est remés en estant.
Paien s'en fuient, ben les ‹en›chalcent Franc;
El Val Tenebr[e]s, la les vunt ateignant,
Vers Sarraguce les en[mein]ent ferant,
A colps pleners les en vunt ociant,
Tolent lur veies e les chemins plus granz.
L'ewe de Sebre, el lur est dedevant;

## CLXXVIII

L'imperatore fa le trombe suonare,
poi col suo grande esercito cavalca.
Voltato il dorso hanno quelli di Spagna;
e tutti i Franchi dànno insieme la caccia.
Quando il re vede il vespro declinare,
sull'erba verde smonta in mezzo ad un prato,
si stende a terra e incomincia a pregare
perché il Signore faccia il sole fermarsi,
tardar la notte e il giorno prolungarsi.
Ed ecco un angelo che suol con lui parlare
questo comando rapido viene a dargli:
"Carlo, cavalca; la luce non ti manca.
Dio sa che il fiore hai perduto di Francia:
puoi vendicarti della razza malvagia".
L'imperatore allor monta a cavallo.

## CLXXIX

Un gran prodigio fa Dio per Carlomagno,
ché il sole in cielo immobile rimane.
Allora fuggono i pagani ed i Franchi
in Val di Tenebra a raggiungerli vanno,
con l'armi verso Saragozza li incalzano,
a pieni colpi di qua e di là li ammazzano,
tagliano ad essi tutte le vie più grandi.
L'acqua dell'Ebro si stende loro avanti

v. 2445 La traduzione può seguire appena a grandi linee il testo oxfordiano che, per incertezze sintattiche e di significato, appare a C. Segre (apparato dell'ed. crit.) segnato da «evidente erroneità... non restaurabile con piccoli ritocchi». Merita di essere segnalata la lettura alternativa ricostruibile attraverso il confronto dei varî esemplari della tradizione anti-oxfordiana: «Di quelli di Spagna hanno le orme ritrovato».

vv. 2450-51 Cfr. l'analogo prodigio, al quale Carlo intende evidentemente richiamarsi, compiuto da Dio a favore di Giosuè, secondo l'interpretazione tradizionale del passaggio biblico di Giosuè, 10, 12-14.

v. 2462 *con l'armi*: traduce *ferant* («colpendo»).

Mult est parfunde, merveill‹us›e e curant;
Il n'i ad barge ne drodmund ne caland.
Paiens recleiment un lur deu, Tervagant,
Puis saillent enz, mais il n'i unt guarant.
Li adubez en sunt li plus pesant,
Envers les funz s'en turnerent alquanz,
Li altre en vunt ‹en›cuntreval flotant;
Li mie‹l›z guariz en unt boüd itant,
Tuz sunt neiez par merveillus ahan.
Franceis escrïent: — Mar [veï]stes Rollant! — AOI.

## CLXXX

Quant Carles veit que tuit sunt mort paiens,
Alquanz ocis e li plusur neiét
(Mult grant eschec en unt si chevaler),
Li gentilz reis descendut est a piét,
Culchet s'a tere, si·n ad Deu gracïét.
Quant il se drecet, li soleilz est culchét.
Dist l'emperere: — Tens est del herberger;
En Rencesvals est tart del repairer.
Noz chevals sunt e las e ennuiez:
Tolez les seles, le‹s› freins qu'il unt es chefs,
E par cez prez les laisez refreider. —
Respundent Franc: — Sire, vos dites bien. — AOI.

## CLXXXI

Li emperere ad prise sa herberge.
Franceis descendent en la tere deserte;
A lur chevals unt toleites les seles,
Les freins a or e‹n› metent jus [d]es testes,
Livrent lur prez, asez i ad fresche herbe;

molto profonda e paurosa e rapida:
non v'è una barca, un dromone, una chiatta.
I Saracini pregano Tervagante
e giù si buttano, ma non han chi li salvi.
I più pesanti sono quelli che han l'armi
e molti al fondo vengono trascinati;
a valle gli altri van tutti fluttuando:
ne bevon d'acqua quelli più fortunati!
E tutti annegano. Gridano allora i Franchi:
"Bene non fu per voi vedere Orlando!"

## CLXXX

Quando s'accorge che son morti i pagani,
alcuni uccisi, la più parte annegati,
e che i suoi uomini gran bottino hanno fatto,
il nobil re smonta dal suo cavallo,
si stende a terra, rende al Signore grazie.
Quando si drizza, il sole è tramontato.
Allora dice: "È tempo d'accamparsi:
per il ritorno a Roncisvalle è tardi;
stanchi e spossati sono i nostri cavalli:
levate loro selle e freni, e lasciate
che per i prati vadano a rinfrescarsi".
"Sire, ben detto!" gli rispondono i Franchi.

## CLXXXI

L'imperatore pianta l'attendamento.
Smontano i Franchi sulla terra deserta,
ai lor cavalli tolgono via le selle
e i freni d'oro staccano dalle teste,
brucar li lasciano nei prati d'erba fresca:

v. 2480 Similare al verso 2449, che precedeva la richiesta del miracolo, come 2480 ne precede immediatamente la conclusione.

D'altre cunreid ne lur poeent plus faire.
Ki mult est las, il se dort cuntre tere.
Icele noit n'unt unkes escalguaite.

CLXXXII

Li emperere s'est culcét en un prét;
Sun grant espiét met a sun chef li ber:
Icele noit ne se volt desarmer,
Si ad vestut sun blanc osberc sasfrét,
Laciét sun elme, ki est a or gemmét,
Ceinte Joiuse (unches ne fut sa per),
Ki cascun jur müet .xxx. clartez.
Asez savum de la lance parler,
Dunt Nostre Sire fut en la cruiz nasfrét:
Carles en ad la mure, mercit Deu,
En l'orét punt l'ad faite manuvrẹr;
Pur ceste honur e pur ceste bontét,
Li nums Joiuse l'espee fut dunét.
Baruns franceis ne·l deivent ublïer:
Enseigne en unt de Munjoie crïer;
Pur ço ne·s poet nule gent cuntrester.

CLXXXIII

Clere est la noit e la lune luisant.
Carles se gist, mais doel ad de Rollant,
E d'Oliver li peiset mult forment,
Des .XII. pers, de la franceise gent

maggiore cura non potrebbero averne.
Chi è molto stanco s'addormenta per terra.
Per quella notte neppure guardia fecero.

## CLXXXII

L'imperatore si corica in un prato.
Il grande spiedo mette vicino al capo:
per questa notte non vuole disarmarsi,
indosso ha il bianco usbergo ricamato,
stretto tien l'elmo, ch'è d'oro e gemme ornato,
cinge Gioiosa, che mai ebbe l'uguale
e in un sol giorno trenta colori cambia.
Noi sappiam bene la storia della lancia,
che aprì al Signore sulla croce una piaga:
e, grazie a Dio, la punta n'ebbe Carlo,
che dentro il pomo la fece incastonare.
Per questo onore ch'ebbe, per questa grazia,
fu dato il nome Gioiosa alla sua spada.
I prodi Franchi non devono obliarlo:
perciò "Mongioia!" è il grido di battaglia.
E nessun popolo può contro loro stare.

## CLXXXIII

Chiara è la notte e la luna brillante,
e Carlo giace, ma ha dolore d'Orlando;
ed il pensiero d'Oliviero lo affanna,
e dei suoi dodici Pari e di tutti i Franchi,

v. 2493 Ovvero: «non possono rivolgere loro altre attenzioni», a causa della stanchezza (dovuta all'inseguimento e alla giornata eccezionalmente lunga) rilevata nei due versi successivi.

v. 2502 Letteralmente: «ogni giorno muta trenta chiarità», cioè «trenta volte il colore dei riflessi». [*N.d.T.*]

vv. 2503-04 L'allusione è alla lancia del soldato romano (Longino, nella tradizione post-evangelica) che trafisse il costato di Gesù crocifisso, facendone sgorgare sangue ed acqua (cfr. Giovanni, 19, 34).

v. 2508 Cfr. la nota ai versi 1179-82.

‹Qu'› en Rencesvals ad laisét morz sang‹l›enz.
Ne poet müer n'en plurt e ne·s dement,
E prïet Deu qu'as anmes seit guarent.
Las est li reis, kar la peine est mult grant:
Endormiz est, ne pout mais en avant.
Par tuz les prez or se dorment li Franc.
N'i ad cheval ki puisseṭ est[re] en estant:
Ki herbe voelt, il la prent en gisant.
Mult ad apris ki bien conuist ahan!

## CLXXXIV

Karles se dort cum hume traveillét.
Seint Gabrïel li ad Deus enveiét:
L'empereür li cumandeṭ a guarder.
Li angles est tute noit a sun chef;
Par avisiun li ad anuncïét
D'une bataille ki encuntre lui ert:
Senefiance l'en demustrat mult gref.
Carles guardat amunt envers le ciel,
Veit les tuneires e les venz e les giels
E les orez, les merveillus tempe[rs],
E fous e flambes i est apareillez:
Isnelement sur tute sa gent chet.
Ardent cez hanstes de fraisne e de pumer
E cez escuz jesqu'as bucles d'or mier,
Fruise[nt] cez hanstes de cez trenchanz espiez,
Cruissent osbercs e cez helmes d'acer.
En grant dulor i veit ses chevalers.
Urs e leuparz les voelent puis manger,
Serpenz e guivres, dragun e averser;

che in Roncisvalle lasciò morti tra il sangue.
Non può frenare i gemiti ed il pianto
e prega Dio che le anime ne salvi.
È stanco il re, perché la pena è grande:
non può più reggere, e addormentato cade.
Per tutti i prati ora dormono i Franchi.
Anche i cavalli non posson ritti stare:
se voglion erba, così stesi la strappano.
Chi sa il dolore, certo ha molto imparato!

## CLXXXIV

Re Carlo dorme come chi è travagliato,
ed il Signore San Gabriele gli manda,
perché il sovrano si metta a vigilare.
Tutta la notte sta l'angelo al suo capo
e con un sogno aver gli fa il presagio
d'una battaglia che gli sarà sferrata:
questo presagio gli dà con segni gravi.
In alto verso il cielo guarda Carlo,
e i tuoni e i venti ed i geli gli appaiono
e le tempeste e i tremendi uragani.
Le fiamme e i fuochi che già son preparati
all'improvviso sulla sua gente cadono:
l'aste di melo e frassino s'infiammano,
ardon gli scudi con le borchie dorate,
si spezzan l'aste degli spiedi affilati,
gli usberghi stridono, stridon gli elmi d'acciaio:
Carlo i suoi uomini vede in un grande affanno.
Orsi e leopardi poi li voglion mangiare,
e serpi e vipere e dïavoli e draghi.

**vv. 2542-44** La varietà del bestiario che, con i diavoli del verso 2543, attenta agli uomini di Carlomagno è probabilmente da riferire alla variatissima provenienza dei popoli che costituiranno (cfr. le lasse CCXXXI-CCXXXIII) l'esercito di Baligante (quest'ultimo sarà ovviamente da identificare con il leone del verso 2549).

Grifuns i ad plus de trente millers;
N'en i ad cel a Franceis ne s'agiét.
E Franceis crïent: — Carlemagne, aidez! —
Li reis en ad e dulur e pitét;
Aler i volt, mais il ad desturber:
Devers un gualt uns granz leons li vi‹e›nt,
Mult par ert pesmes e orguillus e fiers,
Sun cors meïsmes ì asalt e requert;
Prenent s'a braz ambesdous por loiter;
Mais ço ne set quels abat ne quels chiet.
Li emperere ne ‹s'e›st mie esveillét.

CLXXXV

Aprés icel‹e› li vien‹t› altre avisiun:
Qu'il ert en France ad Ais a un perrun;
En dous chaeines si teneit un brohun.
Devers Ardene veeit venir .xxx. urs,
Cascun parolet altresi cumë hum;
Diseient li: — Sire, rendez le nus!
Il nen est dreiz quë il seit mais od vos;
Nostre parent devum estre a sucurs. —
De sun palais v[ient uns vel]tres a cur[s],
Entre les altres asaillit le greignur.
{Sur l'erbe verte, ultre ses cumpaignuns}
La vit li reis si merveillus estur;
Mais ço ne set liquels veint ne quels nun.
Li angles Deu ço mustret al barun.
Carles se dort tresqu'al main, al cler jur.

Vi son di grifi più di trenta migliaia,
che tutti insieme contro i Franchi si slanciano.
E i Franchi gridano: "Carlomagno, aiutateci!"
Il re ne sente gran dolore e pietà.
Vorrebbe andare, ma incontra qui un ostacolo:
un gran leone da una foresta avanza
pieno d'orgoglio e feroce e malvagio,
che su lui stesso si dirige e l'attacca.
L'uno con l'altro s'abbraccian per lottare,
ma chi soccombe fra lor non lo sa Carlo.
L'imperatore non s'è proprio svegliato.

## CLXXXV

Dopo di questa, gli viene altra visione:
che è ad Aquisgrana, in Francia, su un pietrone,
e un orso tiene con due catene accosto.
E dalle Ardenne venir vede trenta orsi:
ciascuno parla come se fosse un uomo:
"Sire," dicevano "consegnatelo a noi!
Giusto non è che lo teniate ancora;
ad un parente dobbiamo dar soccorso".
Dal suo palazzo viene un veltro di corsa,
che fra gli altri orsi si slancia sul maggiore.
{Sull'erba verde, verso i compagni ed oltre}
ora il re vede la paurosa lotta,
ma non sa Carlo chi vinca e chi soccomba.
Questo gli mostra l'angelo del Signore.
E Carlo dorme sinché non viene il giorno.

v. 2544 *grifi*: o *grifoni*, mitici animali alati, dalla testa di uccello ma dal corpo di quadrupede o di serpente.

vv. 2557-58 *un orso*: Gano, con tutta evidenza; — *trenta orsi*: i parenti di Gano (in numero di trenta verranno effettivamente impiccati in coincidenza con l'esecuzione del traditore).

v. 2565 Più che dubbia la genuinità di questo verso (identico a 2236, è probabile che sia stato erroneamente richiamato, qui, dal copista per automatismo memoriale, dato l'esordio analogo di 2237 e 2566 nel testo francese: rispettivamente, *La veit* e *La vit*).

## LASSE CLXXXVI-CCI

La stretta similarità che, a grandissima distanza, collega la lassa II alla CLXXXVI, ha l'evidente funzione di registrare, per contrasto (cfr. in particolare i versi 12 e 2573), la nuova disperata situazione dei Saraceni di Spagna, sulla quale andrà poi ad innestarsi l'episodio di Baligante: questo, annunciato nella lassa CLXXXVII (v. 2602), avrà effettivamente inizio con la lassa CLXXXVIII (i cui tre primi versi costituiscono una ripresa dell'esordio della *Canzone*, con i motivi dei *sette anni pieni*, e delle *città* e *castelli* da Carlo conquistati). La scena si mantiene in ambito saraceno per tutto questo gruppo di lasse: da CLXXXVIII a CXC si seguono le fasi iniziali della spedizione di Baligante (la partenza della flotta dell'emiro da Alessandria, l'approdo in terra di Spagna, l'arrivo a Saragozza); da CXCI a CCI si ha la progressiva acquisizione di conoscenze da parte di Baligante a proposito della recente sorte del regno di Spagna e di Marsilio, e la sua assunzione diretta di ogni potere, con l'impegno di procedere immediatamente contro Carlomagno.

## CLXXXVI

Li reis Marsilie s'en fuit en Sarraguce,
Suz un'olive est descendut en l'umbre;
S'espee rent e sun elme e sa bronie,
Sur la verte herbe mult laidement se culcet;
La destre main ad perdüe trestute,
Del sanc qu'en ist se pasmet e angoiset.
Dedevant lui sa muiller Bramimunde
Pluret e crïet, mult forment se doluset,
Ensembl'od li plus de .xx‹x›. mil humes,
[Ki tuit] maldïent Carlun e France dulce.
Ad Apolin curent en une crute,
† Tencent a lui, laidement le despersunent:
— E! malvais deus, por quei nus fais tel hunte?
Cest nostre rei por quei lessas cunfundre?
Ki mult te sert, malvais lüer l'en dunes. —
Puis si li tolent s[on] sceptre e sa curune,
Par mains le p‹r›endent ‹de›sur une culumbe,
Entre lur piez a tere le tresturnent,
A granz bastuns le batent e defruisent.
E Tervagan tolent sun escarbuncle,
E Mahumet enz en un fossét butent,
E porc e chen le mordent e defulent.

## CLXXXVI

Il re Marsilio fuggito è a Saragozza:
sotto un olivo egli è disceso all'ombra;
la spada e l'elmo e la corazza toglie;
sull'erba verde scomposto s'abbandona.
La mano destra ha interamente mozza:
sviene e s'angoscia per il sangue che sgorga.
Davanti a lui la moglie Bramimonda
con pianti e grida assai forte si duole;
gridan con lei più di ventimila uomini
contro la dolce Francia e l'imperatore.
Vanno di corsa da Apollo, in una grotta,
gli lancian contro ingiurie, lo svergognano:
"Ah! dio malvagio, perché ci fai quest'onta?
perché lasciasti abbattere il re nostro?
Chi ben ti serve, ne ha compenso non buono."
Dopo gli strappano lo scettro e la corona,
per man lo prendono da sopra una colonna.
ai loro piedi lo rovesciano al suolo,
con gran bastoni lo battono e lo rompono.
E a Tervagante tolgono il suo carbonchio,
mentre Maometto gettano dentro un fosso:
e porci e cani lo calpestano e mordono.

## CLXXXVII

De pasmeisuns en est venuz Marsilies,
Fait sei porter en sa cambre voltice;
Plusurs culurs i ad peinz e escrites.
E Bramimunde le pluret, la reïne;
Trait ses chevels, si se cleimet caitive,
A l'altre mot mult haltement s'escrïet:
— E! Sarraguce, cum ies oi desguarnie
Del gentil rei ki t'aveit en baillie!
Li nostre deu i unt fait felonie,
Ki en bataille oi matin l[i] faillirent.
Li amiralz i ferat cuardie,
S'il ne cumbat a cele gent hardie
Ki si sunt fiers, n'unt cure de lur vies.
Li emperere od la barbe flurie
Vasselage ad e mult grant estultie;
S'il ad bataillie, il ne s'en fuirat mie.
Mult est grant doel que nen est ki l'ociet. —

## CLXXXVIII

Li emperere par sa grant poëstét
.VII. anz tuz plens ad en Espaigne estét;
Prent i chastels e alquantes citez.
Li reis Marsilie s'en purcacet asez:
Al premer an fist ses brefs seieler,
En Babilonie Baligant ad mandét

## CLXXXVII

Tornato in sensi, si fa portar Marsilio
nella sua camera a volta, che ha dipinti
di più colori e variegate scritte.
E Bramimonda lo piange, la regina,
e si scarmiglia e dice d'esser misera,
e ad alta voce altre parole dice:
"Ah! Saragozza, come oramai sei priva
del nobil re che t'ebbe in signoria!
I nostri dèi gli han fatto fellonia,
poiché in battaglia quest'oggi gli han fallito.
Ora un cordardo si mostrerà l'emiro,
se non combatte con questa gente ardita,
ch'è tanto fiera che disprezza la vita.
L'imperatore che ha la barba fiorita
grande coraggio possiede ed albagia:
s'egli ha battaglia, non prenderà a fuggire.
Quale gran pena che nessuno l'uccida!"

## CLXXXVIII

Con la sua forza l'imperatore è stato
sette anni pieni nella terra di Spagna:
preso ha castelli e non poche città.
Il re Marsilio cerca d'opporre ostacoli:
fin dal primo anno i brevi ha sigillato,
in Babilonia scrivendo a Baligante,

v. 2601 *gli han fallito*: gli sono venuti meno.

v. 2602 *l'emiro*: Baligante (nella lassa successiva l'autore avrà cura di richiamare l'antefatto che può in qualche modo giustificare questa repentina allusione di Bramimonda ad un personaggio non ancora chiamato altrimenti in causa).

v. 2614 *Baligante*: ci sono indubbiamente ragioni per sostenere che la preistoria del poema non abbia conosciuto l'episodio di Baligante: la principale è certamente la brusca introduzione del personaggio — in questa affrettata ricapitolazione dei versi 2613-2629 — che niente in precedenza aveva lasciato prevedere. Fin dalla sua protostoria, comunque, la *Canzone di Orlando*, come la tradizione ce l'ha consegnata, non dovette prescindere da questa lunga e arti-

(Ço est l'amiraill, le viel d'antiquitét,
Tut survesquiét e Virgilie e Omer)
En Sarraguce alt sucurre li ber;
E s'il ne·l fait, il guerpirat ses deus
E tuz ses ydeles quë il soelt adorer,
Si recevrat seinte chrestïentét;
A Charlemagne se vuldrat acorder.
E cil est loinz, si ad mult demurét;
Mandet sa gent de .XL. regnez,
Ses granz drodmunz en ad fait aprester,
Eschiez e barges e galïes e nefs.
Suz Alixandre ad un port juste mer:
Tut sun navilie i ad fait aprester.
Ço est en mai, al premer jur d'estéd:
Tutes ses oz ad empeintes en mer.

## CLXXXIX

Granz sunt les oz de cele gent averse,
Siglent a fort e nagent e guvernent.
En sum cez maz e en cez haltes vernes
Asez i ad carbuncles e lanternes:
La sus amunt pargetent tel luiserne,
† Par la noit la mer en est plus bele.
E cum il vienent en Espaigne la tere,
Tut li païs en reluist e esclairet.
Jesqu'a Marsilie en parvunt les noveles. AOI.

il vecchio emiro di tanta antichità,
più di Virgilio e d'Omero attempato,
che in Saragozza venga per aiutarlo,
perché altrimenti egli avrebbe lasciato
idoli e dèi ch'è solito adorare,
avrebbe preso la legge dei cristiani
e accordo avrebbe fatto con Carlomagno.
Quello è lontano; perciò ha molto tardato:
chiamato ha gente da quaranta reami,
e ha fatto i grandi suoi dromoni apprestare,
schifi e galere e palischermi e barche.
Un porto s'apre sul mare ad Alessandria:
tutta la flotta egli vi fa adunare.
Ed ecco in maggio, al primo dì d'estate,
tutti i suoi eserciti avventa sopra il mare.

## CLXXXIX

Dei Saracini sono grandi gli eserciti,
che solcan l'acque e remano e veleggiano.
In cima agli alberi e sulle prore eccelse
ci sono assai carbonchi e assai lanterne,
che di lassù così gran luce gettano,
che nella notte il mare n'è più bello.
Come alla terra di Spagna essi pervengono,
tutto il paese se ne illumina e splende.
Sino a Marsilio la notizia ne viene.

colata sezione narrativa, che appare senz'altro genuina per quel che riguarda la coerenza stilistica e la collocazione nei grandi equilibrî strutturali che organizzano la materia del poema (cfr. la *Premessa al testo*). — *Babilonia*: è Il Cairo, secondo una denominazione frequentissima lungo tutto il Medioevo.

v. 2625 *palischermi*: corrisponde a *nefs* («navi») del testo francese.

vv. 2634-35 L'esame della tradizione anti-oxfordiana, e dei parallelismi con la lassa successiva, ha autorizzato C. Segre a proporre un'operazione di restauro più impegnativa che non il semplice ritocco all'ipometria del testo francese di 2635. Seguendo tali indicazioni la traduzione verrebbe a leggere nel modo seguente: «Tutta la notte così gran luce gettano / che dove passano il mare n'è più bello».

## CXC

Gent paienor ne voelent cesser unkes,
Issent de mer, venent as ewes dulces,
Laisent Marbrise e si laisent Marbrose,
Par Sebre amunt tut lur naviries turnent.
Asez i ad lanternes e carbuncles:
Tute la noit mult grant clartét lur dunent.
A icel jur venent a Sarraguce. AOI.

## CXCI

Clers est li jurz e li soleilz luisant.
Li amiralz est issut del calan;
Espaneliz fors le vait adestrant,
.XVII. reis aprés le vunt siwant,
Cuntes e dux i ad ben, ne sai quanz.
Suz un lorer, ki est en mi un camp,
Sur l'erbe verte getent un palie blanc;
U‹n› faldestoed i unt mis d'olifan:
Desur s'asiét li paien Baligant;
‹Tres›tuit li altre sunt remés en estant.
Li sire d'els premer parlat avant:
† — Oiez ore, franc chevaler vaillant:
Carles li reis, l'emperere des Francs,
Ne deit manger se jo ne li cumant.
Par tute Espaigne m'at fait guere mult grant;
En France dulce le voeil aler querant.
Ne finerai en trestut mun vivant,
Josqu'il seit mort u tut vif recreant. —
Sur sun genoill en fiert sun destre guant.

## CXC

Sostar la gente saracina non vuole:
escon dal mare, passan nell'acque dolci,
lascian Marbrisa e lasciano Marbrosa:
dell'Ebro salgono tutte le navi il corso.
Assai lanterne vi sono e assai carbonchi,
che tutta notte gran chiarità diffondono.
E quand'è giorno giungono a Saragozza.

## CXCI

È chiaro il giorno ed il sole brillante.
Dal suo vascello ora l'emiro sbarca
e gli cammina Espaneligi accanto:
dietro gli vanno diciassette sovrani;
ci sono conti e duchi non so quanti.
Sotto un alloro che s'alza in mezzo a un campo,
sull'erba verde, gettano un drappo bianco:
v'hanno anche un trono d'avorio preparato.
Sopra vi sta seduto Baligante.
In piedi sono tutti gli altri rimasti.
Primo fra tutti il lor signore parla:
"Uditemi ora, cavalieri miei bravi.
Re Carlomagno, l'imperator dei Franchi,
s'io non gliel'ordino, neppur deve mangiare.
Per tutta Spagna grande guerra m'ha fatto:
or nella dolce Francia voglio cercarlo.
Non avrò posa, per quanta vita io abbia,
finch'egli muoia o venga a supplicarmi".
E il guanto destro sul suo ginocchio batte.

v. 2645 *E quand'è giorno*: letteralmente: «in quel giorno». [*N.d.T.*]

## CXCII

Puis qu'il l'ad dit, mult s'en est afichét
Que ne lairat pur tut l'or desuz ciel
Que il [n'alt] ad Ais, o Carles soelt plaider.
† Si hume li lodent, si li unt cunseillét.
Puis apelat dous de ses chevalers,
L'un Clarifan e l'altre Clarïen:
— Vos estes filz al rei Maltraïen,
Ki ‹mes› messages so[el]t faire volenters.
Jo vos cumant qu'en Sarraguce algez,
Marsiliun de meie part nunciez
Cuntre Franceis li sui venut aider:
Se jo truis o, mult grant bataille i ert.
Si l'en dunez cest guant ad or pleiét,
El destre poign si li faites chalcer;
Si li portez cest ‹bast›uncel d'or mer,
E a mei venget reconoistre sun feu.
En France irai pur Carle guerreier:
S'en ma mercit ne se culzt a mes piez
E ne guerpisset la lei de chrestïens,
Jo li toldrai la corune del chef. —
Paien respundent: — Sire, mult dites bien. —

## CXCII

Nemmen per tutto l'oro ch'è sotto il cielo
di non andare ad Aquisgrana pensa,
dove il re Carlo giustizia suole rendere.
I suoi lo lodano, sono del suo parere.
L'emiro allora due fra i suoi cavalieri,
l'un Chiarifante, l'altro Chiariano, sceglie:
"Figli del re Maltraiano voi siete,
che i miei messaggi portava volentieri.
Ora di andare a Saragozza insieme
v'ordino e dire a re Marsilio questo:
che ad aiutarlo vengo contro i Francesi:
se trovo dove, darò battaglia orrenda.
Voi questo guanto dorato gli darete:
glielo farete calzare nella destra;
e questa verga d'oro gli porterete,
perché il suo feudo venga a farsi concedere.
In Francia andrò per fare a Carlo guerra:
se non domanda grazia steso ai miei piedi,
e dei cristiani la legge non rinnega,
io la corona gli torrò dalla testa".
I Saracini gridano: "Dite bene".

vv. 2665-67 Nel testo francese il v. 2665 suona: «poiché lo ha detto [dopo avere così parlato], se n'è fatto un molto fermo proponimento». [*N.d.T.*]

v. 2668 Il verso è ipometro nel testo francese per il primo emistichio, ma C. Segre (apparato dell'ed. crit.) lo ritiene «sospetto anche nel contenuto e nella sintassi» e rinuncia pertanto alla correzione.

v. 2676 *se trovo dove*: formula epica altrove ricorrente: «se mi si presenterà l'opportunità di combattere».

v. 2680 Marsilio non è dunque, per il momento, in rapporto di vassallaggio nei confronti di Baligante; la sua richiesta di aiuto del verso 2617 era una proposta di alleanza rivolta ad un più potente correligionario (o forse alla suprema autorità religiosa musulmana, come hanno fatto pensare i versi 2618-20).

## CXCIII

Dist Baligant: — Car chevalchez, barun!
L'un port le guant, li alt‹r›e le bastun. —
E cil respundent: — Cher sire, [s]i ferum. —
Tant chevalcherent, que en Sarraguce sunt,
Passent .x. portes, traversent .IIII. punz,
Tutes les rues u li burgeis estunt.
Cum il aproisment, en la citét amunt,
Vers le paleis, oïrent grant fremur:
Asez i ad de [la] gent paienur,
Plurent e crïent, demeinent grant dolor,
Pleignent lur deus Tervagan e Mahum
E Apollin, dunt il mie n'en unt.
Dit [l'uns] a l'altre: — Caitifs, que devendrum?
Sur n[oz cors] est male confusiun:
Perdut avum le rei Marsiliun,
Li quens Rollant li trenchat ier le poign;
Nus n'avum mie de Jurfaleu le blunt.
Trestute Espaigne iert hoi en lur bandun. —
Li dui message descendent al perrun.

## CXCIV

Lur chevals laisent dedesuz un'olive;
Dui Sarrazin par les resnes les pristrent.
E li message par les mantels se tindrent,
Puis sunt muntez sus el paleis altisme.
Cum il entrerent en la cambre voltice,
Par bel amur malvais saluz li firent:
— Cil Mahumet ki nus ad en baillie,

## CXCIII

Disse l'emiro: "Cavalcate, baroni!
L'un porti il guanto, l'altro porti il bastone".
"Così faremo, caro sire" rispondono.
E tanto spronano, che sono a Saragozza.
Vanno oltre dieci porte, oltre quattro ponti:
tutte le strade dei borghesi percorrono;
fatti vicini, nella città più a monte,
verso il palazzo, odono gran rumore:
v'è una gran folla di pagani raccolta
che piange e grida e mostra gran dolore:
Maometto accusano, Tervagante ed Apollo,
i loro dèi, che li han lasciati soli.
Dicon fra loro: "Ahi, che sarà di noi?
Una tremenda rovina ci sta sopra:
il re Marsilio ormai ci è stato tolto:
il conte Orlando gli troncò ieri il polso;
e non abbiamo più Giurfaretto il biondo:
tutta la Spagna è nelle mani loro!"
Smontano i due messaggeri al pietrone.

## CXCIV

I lor cavalli lascian sotto un olivo:
due Saracini li prendon per le briglie,
e i messaggeri nei mantelli si stringono.
Poi nel palazzo altissimo saliti
e nella camera a volta entrati infine,
fanno con garbo un saluto infelice:
"Quel Maometto che ci tiene in dominio

v. 2701 Cfr. v. 1903.
v. 2702 *Giurfaretto il biondo*: il figlio di Marsilio, ucciso da Orlando nel verso 1904.
v. 2710 L'inopportunità del saluto *infelice* dei versi 2711-13 sta nella menzione della trinità saracena, alla quale Marsilio, Bramimonda e i loro sudditi hanno attribuito la responsabilità della sconfitta: cfr. i versi 2582-84, 2600-01 e la replica di Bramimonda, ai versi 2714-18.

E Tervagan, Apollin nostre sire
Salvent le rei e guardent la reïne! —
Dist Bramimunde: — Or oi mult grant folie.
Cist nostre deu sunt en recreantise;
En Rencesval m‹al›vaises vertuz firent:
Noz chevalers i unt lessét ocire,
Cest mien seignur en bataille faillirent;
Le destre poign ad perdut, n'en ad mie,
Si li trenchat li quens Rollant, li riches.
† Trestute Espaigne avrat Carles en baillie.
Que devendrai, duluruse caitive?
Lasse! que n'ai un hume ki m'ociet! — AOI.

CXCV

Dist Clarïen: — Dame, ne parlez tant!
Messages sumes al paien Baligant:
Marsiliun, ço dit, serat guarant,
Si l'en enveiet sun bastun e sun guant.
En Sebre avum .IIII. milie calant,
Eschiez e barges e galees curant;
Drodmunz i ad, ne vos sai dire quanz.
Li amiralz est riches e puisant,
En France irat Carlemagne querant,
Rendre le quidet u mort o recreant. —
Dist Bramimunde: — Mar en irat itant!
Plus pres d'ici purrez truver les Francs:
En ceste tere ad estét ja .VII. anz;
Li emperere est ber e cumbatant,
Meilz voel‹t› murir que ja fuiet de camp;
Suz ciel n'ad rei qu'il prist a un enfant:
Carles ne creint hom‹e› ki seit vivant. —

e Tervagante e Apollo, nostro sire,
salvino il re e guardin la regina!"
Ma Bramimonda disse: "Che gran follia!
I nostri dèi si sono fatti vincere.
In Roncisvalle han fatto opere tristi:
i nostri uomini hanno lasciato uccidere,
al mio signore in battaglia han fallito.
Del pugno destro egli è rimasto privo:
il conte Orlando, il forte, l'ha reciso.
Tutta la Spagna avrà Carlo in dominio.
Che diverrò io, misera, infelice?
Ahimè, non c'è nessuno che m'uccida!"

## CXCV

Dice Chiariano: "Non parlate più tanto,
signora! Siamo messi di Baligante.
Egli Marsilio vuol venire a salvare;
perciò gli manda il bastone ed il guanto.
Abbiam sull'Ebro ben quattromila chiatte
e schifi e barche e galere volanti;
e abbiam dromoni io non so dirvi quanti.
L'emiro è ricco ed è potente assai:
andrà a cercare re Carlomagno in Francia;
vuol ch'egli muoia o vinto si dichiari".
"Perché andar tanto?" Bramimonda ribatte.
"Qui più vicino trovar potrete i Franchi:
in questa terra è stato già sette anni.
L'imperatore è prode e sa combattere:
vuol più morire che fuggire dal campo.
Come fanciulli stima tutti i sovrani:
non ha timore Carlo d'alcun mortale."

## CXCVI

— Laissez ester! — dist Marsilies li reis.
Dist as messages: — Seignurs, parlez a mei!
Ja veez vos quë a mort sui destreit,
Jo si nen ai filz ne fille në heir:
Un en aveie, cil fut ocis her seir.
Mun seignur dites qu'il me vienge veeir.
Li amiraill ad en Espaigne dreit;
Quite li cleim, së il la voelt aveir,
Puis la defendet encuntre li Franceis.
Vers Carlemagne li durrai bon conseill:
Cunquis l'avrat d'oi cest jur en un meis.
De Sarraguce les clefs li portereiz,
Pui‹s si› li dites, n'en irat, s'il me creit. —
‹E› cil respundent: — Sire, vus dites veir. — AOI.

## CXCVII

Ço dist Marsilie: — Carles l‹i› emperere
Mort m'ad mes homes, ma tere deguastee,
E mes citez fraites e violees.
Il jut anuit sur cel'ewe de Sebre:
Jo ai cunté, n'ad mais que .VII. liw‹e›es.
† L'amirail dites que sun host i amein;
Par vos li mand, bataille i seit justee. —
De Sarraguce les clefs l[ur] ad livrees.
Li messager ambedui l'enclinerent,
Prenent cu[n]gét, a cel mot s'en turnerent.

CXCVI

"Lasciate stare!" così le dice il re,
e dice ai messi: "Signori, a me volgetevi!
Vedete bene che la morte mi preme:
non ho figliuolo, né figliuola, né erede:
uno ne avevo, e ucciso fu iersera;
il mio signore venga dunque a vedermi!
Sopra la Spagna il suo diritto è certo:
io gliela cedo, s'egli la vuole avere;
però difenderla deve contro i Francesi!
Per Carlomagno gli darò un buon parere:
lo potrà vincere da quest'oggi ad un mese.
Di Saragozza le chiavi gli darete.
Non se ne vada, ditegli, se mi crede".
Quelli rispondono: "Sire, voi dite il vero".

CXCVII

Disse Marsilio: "L'imperatore Carlo
m'ha ucciso gli uomini, la terra ha devastata,
e le città distrutte e violate.
In riva all'Ebro questa notte ha sostato
a sette leghe, non più, come ho contato.
L'emiro porti il suo esercito là:
io gli consiglio d'attaccare battaglia".
Di Saragozza diede loro le chiavi,
e i messaggeri entrambi s'inchinarono,
congedo presero, quindi se ne tornarono.

v. 2753 O forse: «Dopo che gli avrete detto ciò, non se ne andrà, se mi dà retta».

v. 2760 Il testo francese, contravvenendo all'assonanza, richiede un aggiustamento, impraticabile però in assenza di precise garanzie; il senso in ogni caso non pone problemi.

## CXCVIII

Li dui message es chevals sunt muntét,
Isnelement issent de la citét.
A l'amiraill en vunt ‹tuit› esfreé[d],
De Sarra‹gu›ce li presentent les clés.
Dist Baligant: — Quë avez vos truvét?
U est Marsilie que jo aveie mandét? —
Dist Clarïen: — Il est a mort naffrét.
Li emperere fut ier as porz passer,
Si s'en vul[ei]t en dulce France aler.
Par grant honur se fist rereguarder:
Li quens Rollant i fut remés, sis niés,
E Oliver e tuit li .XII. per,
De cels de France .xx. milië adubez.
Li reis Marsilie s'i cumbatit, li bers,
Il e Rollant el camp furent remés.
De Durendal li dunat un colp tel,
Le destre poign li ad del cors sevrét.
Sun filz ad mort qu'il tant [s]uleit amer,
E li baron qu'il i out amenét.
Fuiant s'en vint, qu'il n'i pout mes ester;
Li emperere l'ad encha‹l›cét asez.
Li reis vos mandet que vos le sucurez,
Quite vos cleimet d'Espaigne le regnét. —
E Baligant cumencet a penser,
Si grant doel ad, por poi qu'il n'est desvét. AOI.

## CXCIX

— Sire amiralz, — ‹ço li› dist Clarïens
— En Rencesvals une bataille out ier.
Morz est Rollant e li quens Oliver,

## CXCVIII

I messaggeri son montati a cavallo.
In tutta fretta escon dalla città,
e dall'emiro se ne vanno turbati:
di Saragozza gli presentan le chiavi.
Dice l'emiro: "Cosa avete trovato?
Dov'è Marsilio che v'ho fatto chiamare?"
Dice Chiariano: "Ferito a morte è ormai.
L'imperatore ieri passava i valichi:
nella sua Francia voleva ritornare.
Per il suo onore fece la retroguardia,
dove il nipote restava, il conte Orlando,
con Oliviero e coi dodici Pari
e ventimila cavalieri di Francia.
Diede battaglia il re Marsilio, il bravo.
Egli ed Orlando si trovaron sul campo:
di Durendala si prese un colpo tale,
che il pugno destro gli fu allora staccato.
E ucciso Orlando gli ha pure il figlio caro
ed i baroni ch'egli aveva guidati.
Fuggì Marsilio, ché non poté durare.
L'imperatore l'ha con furia incalzato.
Il re vi prega che voi lo soccorriate:
vi cede libero il regno della Spagna".
Qui Baligante incomincia a pensare:
tale dolore prova che quasi impazza.

## CXCIX

"Signor emiro," Chiariano qui riprese
"in Roncisvalle battaglia ci fu ieri:
è morto Orlando ed il conte Oliviero,

† Li .XII. per que Carles aveit tant cher;
De lur Franceis i ad mort .XX. millers.
Li reis Marsilie le poign destre i perdi‹é›t,
E l'emperere asez l'ad enchalcét.
En ceste tere n'est remés chevaler
Ne seit ocis o en Sebre neiét.
Desur la rive sunt France‹i›s herbergiez:
En cest païs nus sunt tant aproeciz,
Se vos volez, li repaires ert grefs. —
E Baligant le reguart en ad fiers,
En sun curage en est joüs e liét.
Del faldestod se redrecet en piez,
Puis ‹si› escrïet: — Baruns, ne vos targez!
Eissez des nefs, muntez, si cevalciez!
S'or ne s'en fuit Karlemagne li veilz,
Li reis Marsilie enqui serat vengét:
Pur sun poign destre l'en liverai le che[f]. —

CC

Paien d'Arabe des nefs se sunt eissut,
Puis sunt muntez es chevals e es muls,
Si chevalcherent, que fereient il plus?
Li amiralz, ki trestuz les esmut,
Si·n apel[a]t Gemalfin, un sun drut:
— Jo te cumant, tute‹s› mes oz [cundui]. —
Puis est munté en un sun destrer brun;
Ensembl'od lui em meinet .IIII. dux.
Tant chevalchat qu'en Saraguce fut;
A un perron de marbre est descenduz,
E quatre cuntes l'estreu li unt tenut.
Par les degrez el paleis muntet sus,
E Brami[munde] vient curant cuntre lui,

e morti i dodici Pari amati dal re
sono con venti migliaia di Francesi.
Il re Marsilio perduto ha il pugno destro,
e l'ha incalzato Carlo con gran violenza.
In questa terra non c'è un sol cavaliere
che non sia morto o annegato nell'Ebro.
Son sulla riva attendati i Francesi,
a noi vicini così in questo paese,
che voi turbarne il ritorno potreste."
Ha Baligante ora lo sguardo fiero,
e nel suo cuore si fa gioioso e lieto.
Dal trono subito balza l'emiro in piedi,
e quindi grida: "Baroni, fate presto!
Sbarcate e in groppa saltate dei destrieri.
Se ora non fugge re Carlomagno il vecchio,
il re Marsilio oggi vendicheremo:
gli darò il capo per il suo pugno destro".

## CC

Gli Arabi, fuori dalle navi venuti,
sono montati sui cavalli e sui muli,
e così spronano: che posson far di più?
L'emiro, dopo averli mossi tutti,
a Gemalfino, un suo uomo sicuro,
si volge: "E un ordine: conduci le mie truppe".
Dopo egli monta su un suo destriero bruno,
e quattro duchi insiem con sé conduce.
Tanto cavalca, che a Saragozza giunge
e ad un pietrone di marmo balza giù:
son quattro conti che la staffa han tenuta.
Per i gradini va nel palazzo sù,
e Bramimonda corre verso di lui

v. 2793 Ipermetro nel testo francese per il secondo emistichio, e non restaurabile con sicurezza.

Si li ad dit: — Dolente, si mar fui!
A hunte, sire, mon seignor ai perdut! —
Chet li as piez, li amiralz la reçut.
Sus en la chambre ad doel en sunt venut. AOI.

## CCI

Li reis Marsilie, cum il veit Baligant,
Dunc apelat dui Sarrazin espans:
— Pernez m'as braz, si·m drecez en sedant. —
Al puign senestre ad pris un de ses guanz.
Ço dist Marsilie: — Sire reis, amiralz,
† Teres tutes ici [. . . . . . . . . . .]
E Sarraguce e l'onur qu'i apent.
Mei ai perdut e ‹tres›tute ma gent. —
E cil respunt: — Tant sui jo plus dolent.
Ne pois a vos tenir lung parlement:
Jo sai asez que Carles ne m'atent,
E nepurquant de vos receif le guant. —
Al doel qu'il ad s'en est turnét plurant. AOI.
Par les degrez jus del paleis descent,
Munteț el ceval, vient a sa gent puignant.
Tant chevalchat qu'il est premers devant,
D'[ures en] altres si se vait escriant:
— Venez, paien, car ja s'en fuient Fran[c]! — AOI.

e dice: "È stata tanta la mia sfortuna!
Il mio signore con vergogna ho perduto!"
Gli cade ai piedi, l'emiro l'alza subito,
e in gran dolore la camera raggiungono.

## CCI

Il re Marsilio, vedendo Baligante,
due Saracini di Spagna allora chiama:
"Venite a prendermi per le braccia ed alzatemi".
E con la mano sinistra porge un guanto.
"Signor re, emiro," Marsilio così parla
"tutte le terre vi rendo della Spagna
e Saragozza e tutto il suo contado.
Me col mio popolo ho in rovina mandato."
Quello risponde: "Ne ho dolore più grande,
perché non posso troppo con voi parlare:
io lo so bene che non mi aspetta Carlo,
e tuttavia accetto il vostro guanto".
Per il dolore piangendo s'allontana
ed i gradini discende del palazzo,
monta a cavallo, torna dai suoi spronando.
Tanto cavalca che infine è a tutti avanti,
e va gridando così di tratto in tratto:
"Pagani, avanti: stanno fuggendo i Franchi!"

v. 2832 La traduzione utilizza i suggerimenti dei codici anti-oxfordiani, non tali comunque da imporre un aggiustamento plausibile alla lettera del testo francese.

v. 2838 È probabile che Baligante voglia dire che egli prende il guanto, cioè accetta la sottomissione di Marsilio, nonostante che, siccome l'imperatore franco non l'attende, non sia ancora sicuro quel combattimento con Carlomagno che dovrebbe giustificare la sottomissione. [*N.d.T.*] Si potrebbe anche considerare questo verso come un inciso che spieghi la ragione per la quale Baligante non può intrattenersi a lungo con Marsilio: Carlo, non attendendo Baligante, potrebbe allontanarsi dalle rive dell'Ebro, vanificando il piano di Marsilio che prevedeva la battaglia nel luogo di sosta dell'esercito franco (cfr. vv. 2758-61); l'emiro, senza poter meglio precisare, per questo motivo, le modalità o il senso della sua accettazione, riceve comunque da Marsilio il guanto.

## LASSE CCII-CCXII

Carlomagno piange davanti al cadavere di Orlando: è questa la scena centrale, introdotta e conclusa da due gruppi di tre lasse (CCII-CCIV: Carlo giunge a Roncisvalle e cerca e trova il corpo del nipote; CCX-CCXII: si rendono le onoranze funebri ai caduti; i corpi di Orlando, Oliviero e Turpino saranno ricondotti in Francia).

Le lamentazioni di Carlo occupano le lasse CCV-CCIX: in esse le tecniche della similarità e della ripresa verbale esprimono le loro migliori possibilità di applicazione nel registro elegiaco; anche la distribuzione in cinque lasse, consentendo uno spazio adeguato agli effetti di frammentazione del discorso, appare in questo senso particolarmente efficace: l'organizzazione tematica — organica e in certo modo prevedibile — delle lasse CCV e CCVI (invocazione a Dio; rimpianto per quanto, con Orlando, è stato sottratto all'onore della Francia e del suo sovrano) è sospesa nelle lasse CCVII e CCVIII, dominate dal motivo del «ritorno in Francia» (vv. 2909-13, 2916-20), per essere parzialmente recuperata nell'esordio della lassa CCIX (v. 2935: *Chi ha ucciso te, ha la Francia avvilita!*), che si conclude infine con accenti di ancor più personale ed intenso patetismo.

## CCII

Al matin‹et›, quant primes pert li albe,
Esveillez est li e‹m›perere Carles.
Sein‹t› Gabrïel, ki de part Deu le guarde,
Levet sa main, sur lui fait sun signacle.
Li reis [se drecet], si ad rendut ses armes,
Si se desarment par tute l'ost li altre.
Puis sunt mu[n]tét, par grant vertut chevalchent
Cez veiez lunges e cez chemins mult larges,
Si vunt vedeir le merveillus damage
En Rencesvals, la o fut la bataille. AOI.

## CCIII

En Rencesvals en est Carles [entrez];
Des morz qu'il troevet cumencet a plurer.
Dist a‹s› Franceis: – Segnu‹r›s, le pas tenez,
Kar mei meïsme estoet avant aler
Pur mun neüd que vuldreie truver.
A Eis esteie, a une feste anoel,
Si se vant[er]ent mi vaillant chevaler
De granz batailles, de forz esturs [campels].

## CCII

Quando al mattino appare l'alba chiara,
allor si desta l'imperatore Carlo.
E San Gabriele, che Dio gli ha messo a guardia,
alza la mano a fargli il suo segnale.
Il re si drizza, poi si sveste dell'armi:
così per tutto l'esercito fan gli altri.
Montan poi in sella, con gran vigor cavalcano
per lunghe strade e cammini assai larghi,
vanno a vedere la spaventosa strage
in Roncisvalle, dove fu la battaglia.

## CCIII

Ora re Carlo è giunto a Roncisvalle.
Vede qui i morti ed incomincia a piangere.
Disse ai Francesi: "Signori, rallentate,
perché a me tocca camminare più avanti
per mio nipote che vorrei ritrovare.
Stavo a una festa solenne in Aquisgrana,
e i cavalieri miei prodi si vantavano
di gran battaglie e di mischie campali,

v. 2848 *il suo segnale*: il segno della croce.
v. 2860 *festa solenne*: letteralmente: «a una festa annuale», e s'intenda: «a una delle principali feste dell'anno liturgico». [*N.d.T.*]

D'une raisun oï Rollant parler:
Ja ne murreit en estrange regnét
Ne trespassast ses hume‹s› e ses pers:
Vers lur païs avreit sun chef turnét;
Cunquerrantment si finereit li bers! —
Plus qu'en ne poet un bastuncel jeter,
Devant les altres est en un pui muntét.

## CCIV

Quant l'empereres vait querre sun nevold,
De tantes herbes el pré truvat les flors,
Ki sunt vermeil[les] del sanc de noz barons!
Pitét en ad, ne poet müer n'en plurt.
Desuz dous arbres parvenuz est Carluns,
Les colps Rollant conut en treis perruns;
Sur l'erbe verte veit gesir sun nevuld:
Nen est merveille se Karles ad irur.
Descent a piéd, aléd i est pleins curs,
‹Si prent le cunte› entre ses mains ansdous;
Sur lui se pasmet, tant par est anguissus.

## CCV

Li empereres de pasmeisuns revint.
Naimes li dux e li quens Acelin,
Gefrei d'Anjou e sun frere [Tier]ri
Prenent le rei, si·l drecent suz un pin.
Guardeṭ a la tere, veit sun nevold gesir;
Tant dulcemẹnt a regreter le prist:
— Amis Rollant, de tei ait Deus mercit!
Unques nuls hom tel chevaler ne vit

quando così sentii dire ad Orlando:
che mai sarebbe morto in un regno estraneo
senz'esser primo tra i guerrieri e i compagni
e avrebbe volto verso i nemici il capo,
morendo come conquistatore, il bravo!"
E più di quanto una verga si lanci,
davanti agli altri su un poggio Carlo sale.

## CCIV

L'imperatore mentre cerca il nipote,
trova nel prato tante erbe con i fiori
fatti vermigli dal sangue dei baroni!
Ne ha gran pietà e pianger gli bisogna.
Sotto due alberi arriva andando a monte:
d'Orlando i colpi su tre pietroni scorge:
sull'erba verde giacer vede il nipote.
Non meraviglia che lo prenda il furore:
subito smonta e si slancia di corsa.
Con ambedue le mani prende il conte,
e svien su lui, perché ne ha tanta angoscia.

## CCV

L'imperatore rinviene dal deliquio.
Il duca Namo ed il conte Ezzelino,
Gioffré d'Angiò e il fratel Teodorico
prendono il re, lo drizzan sotto un pino.
Guarda egli a terra, vede il nipote qui,
e dolcemente a piangerlo incomincia:
"Amico Orlando, pietoso Iddio ti sia!
Un cavaliere come te mai si vide

vv. 2866-67 Orlando, come si ricorderà, aveva effettivamente assunto quella positura e proprio con quel particolare intento dimostrativo (ai versi 2360-63).

v. 2875 Cfr. i vv. 2300-01, 2312, 2338-39.

v. 2883 *Teodorico* (d'Angiò): è qui nominato per la prima volta, senza particolare rilievo; si segnalerà nella parte finale della *Canzone*, battendosi, come campione di Carlo, nel duello giudiziario contro Pinabello, difensore di Gano.

Por granz batailles juster e defenir.
La meie honor est turne[e] en declin. –
Carles se pasmet, ne s'en pout astenir. AOI.

## CCVI

Carles li reis [r]evint de pasmeisuns;
Par mains le tienent .III‹I›. de ses barons.
Guardet a tere, vei‹t› gesir sun neüld:
Cors ad gaillard, perdue ad sa culur,
Turnez ses oilz, mult li sunt tenebros.
Carles le pleint par feid e par amur:
– Ami Rollant, Deus metet t'anme en flors,
En pareïs, entre les glorius!
Cum en Espaigne venis ma‹re›, seignur!
Jamais n'ert jurn, de tei n'aie dulur.
Cum decarrat ma force e ma baldur!
Nen avrai ja ki sustienget m'onur;
Suz ciel ne quid aveir ami un sul;
Se jo ai parenz, n'en i ad nul si proz. –
Trait ses crignels, pleines ses mains amsdous.
Cent milie Franc en unt si grant dulur,
N'en i ad cel ki durement ne plurt. AOI.

## CCVII

– Ami Rollant, jo m'en irai en France.
Cum jo serai a Loün, en ma chambre,
De plusurs regnes vendrunt li hume estrange;
Demanderunt: «U est li quens cataignes?»
Jo lur dirrai qu'il est morz en Espaigne.

per attaccare grandi battaglie e vincerle.
Il mio onore ormai volge al declino".
Re Carlo sviene, perché non può resistere.

## CCVI

Dal suo deliquio in sé Carlo ritorna.
Per man lo reggono quattro dei suoi baroni.
Guarda egli a terra, giacer vede il nipote.
Gagliardo ha il corpo, ma ha perso il suo colore;
gli occhi ha stravolti e tutti pieni d'ombra.
Carlo lo piange con fedeltà ed amore:
"Amico Orlando, Dio l'anima tra i fiori
in Paradiso ti metta coi gloriosi!
Che danno avesti nella Spagna, signore!
Io non avrò giorno senza dolore!
Mi scemeranno la baldanza e la forza.
Non avrò più chi sostenga il mio onore.
Non credo avere un solo amico al mondo,
e se ho parenti, nessuno ne ho sì prode".
Nei suoi capelli le due mani egli affonda.
Ne han centomila Franchi un tale dolore,
che non c'è alcuno che non ne pianga forte.

## CCVII

"Amico Orlando, tornerò nella Francia.
Quando a Loduno sarò, là dove io abito,
verran vassalli stranieri da più parti.
Domanderanno: 'E il conte capitano?'
Io dirò loro ch'è morto nella Spagna!

v. 2891 *non può resistere*: letteralmente: «non può trattenersi» (dallo svenire).

v. 2899 S'intenda: «coi santi, nella gloria dei cieli». [*N.d.T.*]

vv. 2902-03 Modificando l'interpunzione del testo francese (sopprimendo cioè il punto esclamativo del verso 2902) sarebbe consentita la seguente lettura alternativa: «Quando mi scemeranno la baldanza e la forza, non avrò più ecc...»

v. 2910 *Loduno*: Laon (Aisne); già nominata a 2097, la città di Laon è indicata qui arbitrariamente come residenza di Carlomagno.

A grant dulur tendrai puis mun reialme;
Jamais n'ert jur que ne plur ne n'en pleigne. –

## CCVIII

– Ami Rollant, prozdoem, juvente bele,
Cum jo serai a Eis, em ma chapele,
Vendrunt li hume, demanderunt noveles.
Je·s lur dirrai, merveilluses e pesmes:
«Morz est mis niés, ki tant me fist cunquere».
Encuntre mei revelerunt li Seisne,
E Hungre e Bugre e tante gent averse,
Romain, Puillain e tuit cil de Palerne,
E cil d'Affrike e cil de Califerne.
Puis entrerunt mes peines e suffraites.
Ki guïerat mes oz a tel poëste,
Quant cil est ‹morz› ki tuz jurz nos cadelet?
E! France ‹dulce›, cum remeines ‹oi› deserte!
Si grant doel ai, que jo ne vuldreie estre! –
Sa barbe blanche cumencet a detraire,
Ad ambes mains les chevels de sa teste.
Cent milie Francs s'en pasment cuntre tere.

## CCIX

– Ami Rollant, [si mare fut ta vie]!
{ L'anme de tei seit mise en pareïs! }
Ki tei ad mort ‹dulce› France ad [hunie].

Con gran dolore continuerò a regnare;
né avrò più mai un giorno ch'io non pianga."

## CCVIII

"Amico Orlando, prode, gioventù bella,
ad Aquisgrana, quando alla mia cappella
sarò, verranno a chiedere di te.
Darò notizie stupefacenti e nere:
'Morto è il nipote, che prese tante terre!'
Allora i Sassoni mi si faran ribelli,
Ungari e Bulgari, tanti popoli avversi,
quelli di Roma, di Puglia e di Palermo,
quelli dell'Africa, quelli di Califerna.
Cominceranno per me pene e miserie.
Chi con vigore mi guiderà gli eserciti,
se è morto quello che ci condusse sempre?
Ahi, Francia, come abbandonata resti!
Ho tal dolore, che non vorrei più esserci!"
La barba bianca qui a strappare si prende,
e con entrambe le mani anche i capelli.
Svengon per terra centomila Francesi.

## CCIX

"Amico Orlando, che sfortunata vita!
{L'anima tua sia messa in Paradiso!}
Chi ha ucciso te, ha la Francia avvilita!

v. 2924 *Califerna*: regione saracena non identificabile con sicurezza, anche a causa dell'eterogeneità dell'elencazione dei versi 2921-24, intesa a suggerire l'idea di una sollevazione universale.

v. 2929 *non vorrei più esserci!*: s'intenda: «non vorrei più esistere». [*N.d.T.*]

v. 2934 C. Segre ha ritenuto di dover espungere il verso, assente nella tradizione anti-oxfordiana e probabile frutto di un mal riuscito tentativo di rielaborazione che il copista oxfordiano (o un suo ascendente) ha attuato sui tre primi versi della lassa CCIX.

Si grant do‹e›l ai, que ne voldreie vivre,
De ma maisnee, ki pur mei est ocise!
Ço duinset Deus, le filz seinte Marie,
Einz que jo vienge as maistres porz de Si[zer],
L'anme del cors me seit oi departie!
Entre les lur ‹fust› alüee e mise,
E ma car fust delez els enfuïe! —
Ploret des oilz, sa blanche bar‹b›e tiret.
E dist dux Naimes: — Or ad Carles grant ire. —
AOI.

## CCX

— Sire emperere, — ço dist Gefrei d'Anjou
— Ceste dolor ne demenez tant fort!
Par tut le camp faites querre les noz,
Que cil d'Espaigne en la bataille unt mort.
En un carnel cumandez que hom les port. —
Ço dist li reis: — Sunez en vostre corn! — AOI.

## CCXI

Gefreid d'Anjou ad sun greisle sunét;
Franceis descendent, Carles l'ad comandét.
Tuz lur amis qu'il i unt morz truvét
Ad un carner sempres les unt portét.
Asez i ad evesques e abez,
Munies, canonies, proveires coronez,
Si·s unt asols e seignez de part Deu.
Mirre e timoi[n]e i firent alumer,
Gaillardement tuz les unt encensez;
A grant honor pois les unt enterrez,
Si·s unt laisez: qu'en fereient il el? AOI.

Ho tal dolore, che non vorrei più vivere
dopo i miei uomini che furon per me uccisi!
Dio mi conceda, il figlio di Maria,
prima ch'io giunga ai valichi di Cisa,
che possa l'anima dal corpo oggi dividersi.
Oh fosse posta alle loro vicina,
e la mia carne tra essi seppellita!"
Piange ed intanto la barba bianca tira.
"Carlo s'affligge" il duca Namo dice.

## CCX

Gioffré d'Angiò disse all'imperatore:
"Sire, non datevi a un dolor così forte!
Per tutto il campo fate cercare i nostri,
che contro quelli di Spagna sono morti.
Fateli mettere in una stessa fossa".
Rispose il re: "Suonate il vostro corno".

## CCXI

Gioffré d'Angiò la sua tromba ha suonato.
Smontano i Franchi, poiché l'ordina Carlo.
Tutti gli amici che hanno morti trovati,
in una fossa van subito a portarli.
Vi sono molti vescovi e molti abati,
frati, canonici e preti tonsurati,
che assolti in nome di Dio li hanno e segnati;
incenso e mirra poi mettono a bruciare,
e sopra tutti il profumo ne spandono.
Con grande onore così li han sotterrati,
e li han lasciati; che farebbero d'altro?

vv. 2936-37 Letteralmente: «Ho tal dolore... per i miei uomini».

v. 2939 *valichi di Cisa*: letteralmente: «ai porti maestri di Cisa». Cfr. la nota al verso 583.

CCXII

Li emperere fait Rollant costeïr
E Oliver, l'arcevesque Turpin:
De‹de›vant se[i] les ad fait tuz uvrir
E tuz les quers en paile recuillir;
[E]n blanc sarcou de marbre sunt enz mis.
E puis les cors des barons si unt pris,
En quirs de cerf les ‹.III.› seignurs unt mis:
Ben sunt lavez de piment e de vin.
Li reis cumandet Tedbalt e Gebuïn,
Milun le cunte e [Otun] le marchis:
— En .III. carettes les guïez [al chemin]. —
Bien sunt cuverz d'un palie galazin. AOI.

## CCXII

Fece acconciare il re, per seppellirlo,
Orlando, e insieme Oliviero e Turpino.
Davanti a sé li fece tutti aprire.
I cuori avvolsero in un drappo e li misero
dentro un sarcofago bianco di marmo infine,
presero i corpi dei tre baroni uccisi
e li raccolsero dentro pelli cervine,
bene lavati con aromi e con vino.
Allora il re Teobaldo e Geboino,
Milone e Ottone a sé fece venire:
"Sopra tre carri metteteli in cammino".
Poi li coprirono d'un drappo galazino.

vv. 2970-71 Agli stessi personaggi era stata affidata da Carlo la custodia dei caduti di Roncisvalle nei versi 2432-33.

v. 2973 *drappo galazino*: difficile precisare la località orientale alla quale fa riferimento l'aggettivo; le ipotesi tradizionali si rivolgono a Galata, sobborgo di Costantinopoli, e ad un centro della Cilicia.

## LASSE CCXIII-CCXXXV

Carlomagno è informato della sfida lanciata alle sue truppe dall'esercito di Baligante: dopo la prostrazione accusata dall'imperatore nel precedente momento narrativo, è pieno e immediato il recupero della sua volontà di azione (lassa CCXIII). Carlo veste le armi (CCXIV), come tutto il suo esercito (CCXV), stabilisce la disposizione delle colonne per la battaglia (lasse CCXVI-CCXXIV; cfr. la nota al verso 3085), invoca la protezione di Dio (CCXXV) e marcia contro Baligante (CCXXVI). Nel campo saraceno si fanno analoghi preparativi, riferiti nelle lasse CCXXVII-CCXXXV: ma, se al ritratto di Carlo della lassa CCXIV si contrappone quello altrettanto lusinghiero di Baligante (lassa CCXXVII; v. 3164: *Dio, che barone, s'egli fosse cristiano!*), alla serena fierezza con la quale i cristiani si sono preparati allo scontro campale fa riscontro la cieca e mal riposta fiducia dei pagani nel proprio valore, sottolineata dalle consuete vanterie.

## CCXIII

Venir s'en volt li emperere Carles,
Quant de paiens li surdent les enguardes.
De cels devant i vindrent dui messages,
De l'amirail li nuncent la bataille:
— Reis orguillos, nen est fins que t'en alges!
Veiz Baligant, ki aprés tei chevalchet!
Granz sunt les oz qu'il ameinet d'Arabe.
Encoi verrum se tu as vasselage. — AOI.
Carles li reis en ad prise sa barbe,
Si li remembret del doel e ‹del› damage;
Mult fierement tute sa gent reguardet,
Puis si s'escrïet a sa voiz grand e halte:
— Barons franceis, as chevals e as armes! — AOI.

## CCXIV

Li empereres tuz premereins s'adubet.
Isnelement ad vestüe sa brunie,
Lacet sun helme, si ad ceinte Joiuse,
Ki pur soleill sa clartét nen esc[unset];

## CCXIII

Tornare vuole l'imperatore Carlo,
quando gli appaiono le avanguardie pagane.
Ed ecco vengono due messaggeri avanti,
che dell'emiro gli annunzian la battaglia:
"Superbo re, non te ne devi andare!
C'è Baligante che dietro a te cavalca,
e grandi eserciti conduce dall'Arabia.
Oggi vedremo se tu sei proprio un bravo".
Re Carlo allora afferra la sua barba,
pensa al dolore, pensa alla grande strage,
tutti i suoi uomini fieramente riguarda,
e dopo grida, con voce forte e chiara:
"Baroni franchi, a cavallo ed in armi!"

## CCXIV

Per primo l'armi veste l'imperatore.
Rapidamente la sua corazza indossa,
allaccia l'elmo e si cinge Gioiosa,
che contro il sole non perde il suo splendore,

v. 2978 *non te ne devi andare!*: letteralmente: «non è una buona soluzione della controversia il fatto che tu te ne vada!» (così, almeno, secondo la proposta interpretativa avanzata da Lucien Foulet nel glossario annesso all'edizione Bédier).

Pent a sun col un escut de [Gironde],
Tient sun espiét, si·n fait brandir la [mure];
En Tencendur, sun bon cheval, puis muntet
(Il le cunquist es guez desuz Marsune,
Si·n getat mort Malpalin de Nerbone),
Laschet la resne, mult suvent l'esperonet,
Fait sun eslais veant cent mil‹ië› humes, AOI.
Recleimet Deu e l'apostle de Rome.

## CCXV

Par tut le champ cil de France descendent,
Plus de cent milie s'en adubent ensemble:
Guarnemenz unt ki ben lor atalente‹n›t,
Cevals curanz e lur armes mult gentes;
Puis sunt muntez e unt grant escïence:
S'il troevent ou, bataille quident rendre.
Cil gunfanun sur les helmes lur pendent.
Quant Carles veit si beles cuntenances,
Si·n apelat Jozeran de Provence,
Naimon li duc, Antelme de Maience:
— En tels vassals deit hom aveir fiance!
Asez est fols ki entr'els se deme‹n›t‹e›.
Si Arrabiz de venir ne·s repentent,
La mort Rollant lur quid cherement [v]endre. —
Respunt dux Neimes: — E Deus le nos cunsente! —
AOI.

mette uno scudo di Gironda a tracolla,
prende il suo spiedo e la punta ne scuote,
su Tenzinduro, il buon cavallo, monta
(lo conquistò ai guadi di Marsona,
morto gettandone Malpalin di Narbona),
la briglia allenta, molto spesso lo sprona,
si slancia, e intanto guardan centomila uomini:
prega con Dio l'apostolo di Roma.

## CCXV

Per tutto il campo saltano i Franchi a terra.
S'armano più di centomila insieme:
han vesti indosso di cui son molto lieti,
cavalli rapidi ed armature belle.
Dopo rimontano da cavalieri esperti:
se trovan dove, attaccheranno certo.
Sopra i lor elmi i gonfaloni pendono.
Quando il re vede un così bel contegno,
il provenzale Giozzeranno a sé
chiama con Namo e il magonzese Antelmo:
"In questi prodi si deve avere fede!
È folle assai chi tra lor si dispera.
Se di venire gli Arabi ancora pensano,
farò la morte d'Orlando pagar bene".
Risponde il duca: "E Dio ce lo consenta!"

v. 2991 *Gironda*: più probabile l'identificazione con la località catalana di Gerona, di quella con il territorio francese della Gironda (regione dell'estuario formato da Garonna e Dordogna), chiamato in causa invece dalla *Canzone* nel verso 3688 (nel testo francese si ha *Gironde* a 2991 e *Girunde* a 3688).

vv. 2994-95 *Marsona... Narbona*: per la prima località non sono state proposte identificazioni attendibili; quanto alla seconda, l'identificazione con la città di Narbona (Linguadoca), conquistata agli Arabi da Pipino il Breve, trova qualche difficoltà nel fatto che il nome di Narbona ritorna nel verso 3683: lì Narbona è infatti collocata sulla strada percorsa da Carlo per dirigersi da Saragozza a Bordeaux, e sembrerebbe pertanto maggiormente affidabile l'identificazione con la città di Arbonne (Bayonne).

v. 2998 *l'apostolo di Roma*: il Papa.

v. 3004 *se trovan dove*: cfr. la nota al verso 2676 (la locuzione riapparirà poco oltre, a 3025).

CCXVI

Carles apelet Rabe‹l› e Guineman.
Ço dist li reis: — Seignurs, jo vos cumant,
Seiez es lius Oliver e Rollant:
L'un port l'espee e l'altre l'olifant,
Si chevalcez el premer chef devant,
Ensembl'od vos .xv. milie de Francs,
De bachelers, de noz meillors vaillanz.
Aprés icels en avrat altretant,
Si·s guïerat Gibuïns e [Loranz]. —
Naimes li dux e li quens Jozerans
Icez eschieles ben les vunt ajustant.
S'il troevent ou, bataille i ert mult grant. AOI.

CCXVII

De Franceis sunt les premeres escheles.
Aprés les do[u]s establisent la terce:
En cele sunt li vassal de Baivere,
† A .xx. ‹milie› chevalers la preiserent;
Ja devers els bataille n'ert lessee.
Suz cel n'ad gent que Carles ait plus chere,
Fors cels de France, ki les regnes cunquerent.
Li quens Oger li Daneis, li puinneres,
Les guïerat, kar la cumpaigne est fiere. AOI.

CCXVIII

† Treis escheles ad l'emperere Carles.
Naimes li dux puis establist la quarte
De tels barons qu'asez unt vasselage:

## CCXVI

Carlo a sé chiama Rabello e Guinemante.
E disse il re: "Signori, io vi comando
di stare al posto d'Oliviero e d'Orlando:
l'uno la spada, l'altro abbia l'olifante.
Innanzi a tutte le truppe cavalcate,
e stian con voi quindicimila Franchi,
dei baccellieri, di quelli che più valgono.
Dopo di questi ne verranno altrettanti
di Geboino e Lorenzo al comando".
Il duca Namo e il conte Giozzeranno
queste colonne vanno bene ordinando.
Se trovan dove, faranno gran battaglia.

## CCXVII

Sono le prime colonne di Francesi.
Dopo le due stabiliscon la terza,
e in questa mettono gli uomini di Baviera:
son ventimila cavalieri, si pensa:
non lasceranno mai la battaglia a mezzo.
Gente più cara non ha il re sotto il cielo,
fuori dei Franchi, che conquistano i regni.
Il conte Oggiero il Danese, il guerriero,
li guiderà, perché son gente fiera.

## CCXVIII

Ha tre colonne l'imperatore Carlo.
Il duca Namo ordina poi la quarta,
ch'è fatta d'uomini che sono molto bravi:

v. 3019 *Franchi*: il termine (come il sinonimo *Francesi* a 3026) ha qui il suo valore specifico, etnico (cfr. la nota ai versi 49-50).

vv. 3023-24 Per un quadro riassuntivo dello schieramento dell'esercito francese cfr. la nota al verso 3085.

v. 3029 Il primo emistichio è ipometro nel testo francese.

v. 3035 Cfr. la nota al verso 1451.

Alemans sunt, e si sunt d'Alemaigne;
Vint milie sunt, ço dïent tuit li altre,
Ben sunt guarniz e de chevals e d'armes;
Ja por murir ne guerpirunt bataille,
Si·s guïerat Hermans, li dux de Trace;
Einz i murat que cuardise i facet. AOI.

## CCXIX

Naimes li dux e li quens Jozerans
La quinte eschele unt faite de Normans:
.xx. milie sunt, ço dïent tuit li Franc.
Armes unt beles e bons cevals curanz;
Ja pur murir cil n'erent recreanz:
Suz ciel n'ad gent ki plus poissent en camp.
Richard li velz les guïerat el camp;
Cil i ferrat de sun espiét trenchant. AOI.

## CCXX

La siste eschele unt faite de Bretuns:
† .xxx. milie chevalers od els unt.
Icil chevalchent en guise de baron,
[Dreites] lur hanstes, fermez lur gunfanun.
Le seignur d'els est apelét Oedun.
Icil cumandet le cunte Nevelun,
Tedbald de Reins e le marchis Otun:
— Guïez ma gent, jo vos en faz le dun! — AOI.

## CCXXI

Li emperere ad .VI. escheles faites.
Naimes li dux puis establist la sedme

sono Alemanni venuti d'Alemagna.
Son ventimila, lo dicon tutti gli altri.
Forniti bene son di cavalli e d'armi,
e anche a morire non lasceran di battersi!
Ermanno, il duca di Tracia, avran per capo.
Vorrà morire prima d'esser codardo.

## CCXIX

Il duca Namo e il conte Giozzeranno
fanno la quinta colonna di Normanni:
son ventimila, lo dicon tutti i Franchi.
Hanno armi belle e rapidi cavalli.
Anche a morire, mai non si arrenderanno.
Non c'è nel mondo gente più forte in campo.
Riccardo il vecchio andrà per guida avanti
e colpirà col suo spiedo affilato.

## CCXX

Formano i Bretoni poi la sesta colonna:
qui trentamila cavalieri ci sono,
che stanno in sella come baroni e portano
l'aste levate e appesi i gonfaloni.
Il lor signore porta il nome d'Oddone.
Egli a sé chiama il conte Nevelone,
chiama Teobaldo ed il marchese Ottone:
"Guidate i miei: vi faccio questo dono!"

## CCXXI

Re Carlo in campo ha sei colonne messe.
Il duca Namo ordina poi la settima

v. 3053 Il primo emistichio è ipometro nel testo francese.

De Peitevins e des barons d'Alverne;
.XL. milie chevalers poeent estre.
Chevals unt bons e les armes mult beles.
Cil sunt par els en un val suz un tertre,
Si·s beneïst Carles de sa main destre:
Els guïerat Jozerans e Godselmes. AOI.

## CCXXII

E l'oidme eschele ad Naimes establie:
De Flamengs est ‹e› des barons de Frise.
Chevalers unt plus de .XL. milie;
Ja devers els n'ert bataille guerpie.
Ço dist li reis: — Cist ferunt mun servise. —
Entre Rembalt e Hamon de Galice
Les guïerunt tut par chevalerie. AOI.

## CCXXIII

Entre Naimon e Jozeran le cunte
La noefme eschele unt faite de prozdomes:
De Loherengs e de cels de Borgoigne;
.L. milie chevalers unt par cunte,
Helmes laciez e vestües lor bronies;
Espiez unt forz e les hanstes sunt curtes.
Si Arrabiz de venir ne demurent,
Cil les ferrunt, s'il a els s'abandunent;
Si·s guïerat Tierris, li dux d'Argone. AOI.

## CCXXIV

La disme eschele est des baruns de France;
Cent milie sunt de noz meillors cataignes;

di Pittavini e baroni d'Alvernia:
quarantamila guerrieri posson essere.
Cavalli han buoni e l'armi molto belle.
In una valle sotto un poggio si mettono.
Li benedice Carlo con la sua destra:
avran per guide Giozzeranno e Gosselmo.

## CCXXII

Namo l'ottava colonna ha stabilita:
è di Fiamminghi e baroni di Frisia.
Sono a cavallo più di quarantamila.
Attorno a loro ci sarà sempre mischia.
Disse il re: "Questi mi sapranno servire".
Rambaldo e insieme Aimone di Galizia
con nobiltà faran loro da guide.

## CCXXIII

Namo ed il conte Giozzeranno compongono
tutta di prodi or la nona colonna:
di Lorenesi e gente di Borgogna
cinquantamila cavalieri, che portano
gli elmi allacciati e le corazze indosso
e forti spiedi tengon con l'aste corte.
Se non rinunciano gli Arabi a farsi incontro,
li colpiranno, quando vengon su loro.
Li guiderà Teodorico d'Argonna.

## CCXXIV

Poi c'è la decima colonna, ch'è di Franchi:
son centomila dei miglior capitani.

v. 3062 *Pittavini*: provenienti dal Poitou (la regione di Poitiers).
v. 3083 *Argonna*: nell'uso moderno al plurale, Argonne.
v. 3084 *Franchi*: letteralmente: «baroni di Francia» (distinti dai Franchi baccellieri, che costituivano la prima colonna).
v. 3085 Riassumendo: le truppe schierate da Carlo contro Baligante assommerebbero a 350.000 uomini, ripartiti in dieci colonne, che comprendono un numero crescente di armati dalla prima alla

Cors unt gaillarz e fieres cuntenances,
Les chefs fluriz e les barbes unt blanches,
Osbercs vestuz e lur brunies dubleines,
Ceintes espees franceises e d'Espaigne,
Escuz unt genz, de multes cunoisances.
Puis sunt muntez, la bataille demandent;
— Munjoie! — escrïent; od els est Carlemagne.
Gefreid d'Anjou portet l'orie flambe;
Seint Piere fut, si aveit num Romaine,
Mais de Munjoie iloec out pris eschange. AOI.

## CCXXV[a]

Li emperere de sun cheval descent,
Sur l'erbe verte s'[i] est culchét adenz;

Corpi han gagliardi ed hanno aspetto baldo,
fiorito il capo, le barbe tutte bianche,
gli usberghi indosso e le doppie corazze,
e portan cinte spade di Francia e Spagna
e scudi belli con segni molto vari.
Appena in sella, la battaglia domandano:
gridan: "Mongioia!"; con essi è Carlomagno.
Gioffré d'Angiò tien alta l'orifiamma,
già di San Pietro, che si chiamò Romana,
ma allora il nome Mongioia prese in cambio.

## CCXXVª

L'imperatore dal suo cavallo scende:
sull'erba verde contro terra si stende,

decima (le incertezze testuali dei versi 3029 e 3053 lasciano però qualche dubbio sulle cifre effettive): le prime due colonne schierano entrambe 15.000 uomini (baccellieri franchi); la terza, quarta e quinta sono costituite da 20.000 armati (rispettivamente Bavaresi, Alemanni, Normanni); la sesta colonna comprende 30.000 guerrieri bretoni; la settima (Pittavini e baroni d'Alvernia) e l'ottava (Fiamminghi e baroni di Frisia) allineano entrambe 40.000 uomini; la nona (Lorenesi e gente di Borgogna) alza la cifra a 50.000; formano la decima e ultima colonna i baroni di Francia, in numero di 100.000, così come i baccellieri di Francia avevano aperto lo schieramento.

v. 3090 *segni*: di riconoscimento, non necessariamente stemmi.

v. 3093 *orifiamma*: il gonfalone (insegna) di Carlomagno; il nome è fatto derivare da *aurata* (o *aurita*) *flamma*, e può valere «fiamma d'oro» o «fiamma in campo d'oro». Cfr. la nota ai versi 1179-82.

v. 3095 Letteralmente: «ma di *Mongioia* in quel luogo (o: allora) aveva fatto scambio». La leggenda sommariamente riferita nei versi 3094-95 può essere ricostruita nei seguenti termini: un gonfalone, di nome *Romana*, già in possesso di San Pietro, sarebbe stato dal santo trasmesso ai suoi successori e da uno di questi affidato a Carlomagno (o sarebbe comunque giunto nelle mani dell'imperatore franco); in occasione della battaglia contro Baligante, il gonfalone avrebbe assunto il nome di *Mongioia*, corrispondente al grido di guerra dei soldati di Carlo, a sua volta connesso con il nome della spada *Gioiosa* (per il quale cfr. i versi 2503-10). Sono possibili altre spiegazioni, collegate anche alle varie possibilità di applicazione dell'avverbio «in quel luogo» del verso 3095 (a Roncisvalle?, a Roma?).

Turnet su‹n› vis vers le soleill levant,
Recleimet Deu mult escordusement:
– Veire Paterne, hoi cest jor me defend,
Ki guaresis Jonas tut veirement
† De la baleine ki en sun cors l'aveit,
E esparignas le rei de Niniven
E Danïel del merveillus turment
Enz en la fosse des leons o fut enz,
Les .III. enfanz tut en un fou ardant;
La tue amurs me seit hoi en present:
Par ta mercit, si tei plaist, me cunsent
Que mun nevold pois‹se› venger, Rollant! –

## CCXXV b

Cum ad orét, si se drecẹt en estant,
Seignat sun chef de la vertut poisant.
Muntet li reis en sun cheval curant,
L'estreu li tindrent Neimes e Jocerans;
Prent sun escut e sun espiét trenchant.
Gent ad le cors, gaillart e ben seant,
Cler le visage e de bon cuntenant;
Puis si chevalchet mult aficheement.
Sunent cil greisle e derere e devant;
Sur tuz les altres bundist li olifant.
Plurent Franceis pur pitét de Rollant.

solleva il viso verso il sole nascente,
con tutto il cuore a Dio fa una preghiera:
"In questo giorno, vero Padre, difendimi,
o tu che Giona salvasti veramente
dalla balena che in corpo lo teneva,
e il re di Ninive risparmiare volesti
e liberare dallo strazio Daniele
dentro la fossa dei leoni dov'era
e i tre fanciulli dalla fornace ardente:
oggi in aiuto il tuo amore mi venga!
Per grazia tua, se ti piace, consentimi
che il conte Orlando, il mio nipote, io vendichi!"

## CCXXV$^{b}$

Come ha pregato, egli si drizza in piedi,
fa il segno al capo con la forza possente.
Il re montò sul rapido destriero:
la staffa Namo e Giozzeranno tennero.
Prende lo scudo e l'affilato spiedo:
nobile ha il corpo e gagliardo e possente,
ha il viso chiaro ed il contegno fiero;
dopo cavalca, ben saldo sulla sella.
S'odon le trombe suonar davanti e dietro,
e su ogni suono l'olifante si sente.
Piangon di pena per Orlando i Francesi.

vv. 3101-06 I riferimenti, mediati dalle formule dell'*Ordo commendationis animae* (cfr. la nota ai versi 2384-88), sono rivolti ai libri biblici dedicati ai profeti *Giona* (per i versi 3101-03) e *Daniele* (capitolo 6 per il miracolo della fossa dei leoni; capitolo 3 per quello dei tre giovani nella fornace ardente). All'episodio di Daniele nella fossa dei leoni si era già richiamato Orlando nel verso 2386.

v. 3102 Difettoso nel testo francese nei riguardi dell'assonanza.

v. 3103 *Ninive*: la capitale dell'Assiria, alla quale era rivolta la missione di Giona.

v. 3111 Ovvero il segno della croce.

## CCXXVI

Mult gentement li emperere chevalchet.
Desur sa bronie fors ad mise sa barbe;
Pur sue amor altretel funt li altre:
Cent milie Francs en sunt reconoisable.
Passent cez puiz e cez roches plus haltes,
Cez vals parfunz, cez destreiz anguisables,
Issent des porz e de la tere guaste.
Devers Espaigne sunt alez en la marche,
En un emplein ‹si› unt pris lur estage.
A Baligant repairent ses enguardes;
Uns Sulians [l]i ad dit sun message:
— Veüd avum li orguillus reis Carles.
Fiers sunt si hume, n'unt talent qu'il li faillent.
Adubez vus, sempres avrez bataille! —
Dist Baligant: — Or oi grant vasselage.
Sunez voz graisles, que mi paien le sace‹n›t! —

## CCXXVII

Par tute l'ost funt lur taburs suner
E cez buisines e cez greisles mult cler.
Paien descendent pur lur cors aduber.
Li amiralz ne se voelt demurer,
Vest une bronie dunt li pan sunt sasfrét,
Lacet sun elme, ki ad or est gemmét,
Puis ceint s'espee al senestre costét.
Par sun orgoill li ad un num truvét:
Par la Carlun, dunt il oït parler,
‹La sue fait Preciuse apeler:›
Ço ert s'enseigne en bataille campel;
Ses cevalers en ad fait escrïer.
Pent a sun col un soen grant escut lét:

## CCXXVI

L'imperatore nobilmente cavalca.
Sulla corazza ha spiegato la barba;
per amor suo fanno altrettanto gli altri,
e si rivelano i centomila Franchi.
Vanno oltre i poggi e le rocce più alte,
le valli fonde, gli spaventosi passi;
lascian coi valichi la terra desolata:
entran così nella marca di Spagna,
e qui s'attendano nel mezzo d'una piana.
A Baligante tornano le avanguardie,
ed un Siriano gli dà questo messaggio:
"Abbiamo visto il re orgoglioso Carlo.
Son fieri i suoi, non vogliono mancargli.
Subito armatevi; presto avrete battaglia!"
Dice l'emiro: "Di bravura si parla!
Suonin le trombe, per dirlo ai miei pagani!"

## CCXXVII

Fan per l'esercito tutto i tamburi battere,
fanno squillare buccine e trombe chiare.
I Saracini smontano per armarsi.
Non vuol tardare l'emiro, e la corazza
anch'egli indossa coi lembi ricamati,
allaccia l'elmo d'oro e di gemme ornato,
poi cinge al fianco sinistro la sua spada.
Per il suo orgoglio un nome le ha trovato:
ha udito dire della spada di Carlo,
e allor la sua fa Preziosa chiamare.
Questo il suo grido sarà nella battaglia,
e ai suoi guerrieri egli lo fa innalzare.
Appende al collo un suo scudo assai largo

v. 3148 Il nome della spada di Carlo, *Gioiosa*, non coincide propriamente con il grido di guerra *Mongioia*, che avrebbe comunque ispirato (cfr. i versi 2503-10).

D'or est la bucle e de cristal listét,
La guige en est d'un bon palie roét;
Tient sun espiét, si l'apelet Maltét,
La hanste grosse cume uns ‹fust de› tinel;
De sul le fer fust uns mulez trussét.
En sun destrer Baligant est muntét;
L'estreu li tint Marcules d'ultre mer.
La forceüre ad asez grant li ber,
Graisles ‹l›es flancs e larges les costez;
Gros ad le piz, belement est mollét,
Lees espalles e le vis ad mult cler,
Fier le visage, le chef recercelét,
Tant par ert blancs cume flur en estét;
De vasselage est suvent esprovét.
Deus! quel baron, s'oüst chrestïentét!
Le cheval brochet, li sancs en ist tuz clers,
Fait sun eslais, si tressalt un fossét,
Cinquante pez i poet hom mesurer.
Paien escrïent: — Cist deit marches tenser!
N'i ad Franceis, si a lui vient juster,
Voeillet o nun, n'i perdet sun edét.
Carles est fols, que ne s'en est alét. — AOI.

## CCXXVIII

Li amiralz ben resemblet barun;
Blanche ad la barbe ensement cume flur,
E de sa lei mult par est saives hom
E en bataille est fiers e orgoillus.
Ses filz Malpr[i]m[e]s mult est chevalerus,
Granz est e forz e trait as anceisurs.
Dist a sun pere: — Sire, car cevalchum!
Mult me merveill se ja verrum Carlun. —

con borchia d'oro e lista di cristallo
e la correggia d'un buon drappo fregiato.
Tiene il suo spiedo ch'egli chiama Maltà,
che ha l'asta grossa come il fusto d'un albero
e ferro quanto può un mulo caricare.
Sul suo destriero salito è Baligante:
gli tien la staffa Màrcole d'oltremare.
Ha molto grande l'inforcatura il bravo,
gracili i fianchi ed il costato largo,
massiccio il petto e bene modellato,
ampie le spalle e il viso molto chiaro,
lo sguardo fiero e il capo inanellato
e così bianco come fiore in estate:
e quante volte la prodezza ha mostrato!
Dio, che barone, s'egli fosse cristiano!
Sprona il cavallo, ne sprizza il sangue chiaro,
prende lo slancio, salta sopra un fossato
che ben cinquanta piedi può misurare.
Gridano i suoi: "Ci difenda le marche!
Non v'è Francese, se con lui viene a battersi,
che, voglia o no, la vita non vi lasci.
È folle Carlo, a non essere andato".

## CCXXVIII

L'emiro è simile davvero ad un barone:
bianca ha la barba come se fosse un fiore;
nella sua legge è un uomo molto dotto,
ed in battaglia è fiero ed orgoglioso.
Anche il figliuolo Malprimo è molto prode:
è grande e forte, com'eran gli avi suoi.
Disse egli al padre: "Cavalchiamo, signore!
Se vedrò Carlo, ne avrò molto stupore".

v. 3168 *Ci difenda le marche!*: letteralmente: «Costui deve difendere le marche!» [*N.d.T.*] L'espressione ha valore di apprezzamento.

v. 3174 *nella sua legge*: s'intenda: «nella conoscenza della religione maomettana». [*N.d.T.*]

Dist Baligant: — Oïl, car mult est proz.
En plusurs gestes de lui sunt granz honurs.
Il nen at mie de Rollant sun nevold:
N'avrat vertut que·s tienget cuntre nus. — AOI.

## CCXXIX

— Bels filz Malpr[i]m[e]s, — ço li dist Baligant
— [I]er fut ocis le bon vassal Rollant
E Oliver, li proz e li vaillanz,
Li .XII. per, qui Carles amat tant,
De cels de France .xx. milie cumbatanz.
Trestuz les altres ne pris jo mie un guant.
Li empereres repairet veirement,
Si·l m'at nunciét mes més, li Sulians,
† .x. escheles en [ad faites] mult granz.
Cil est mult proz ki sunet l'olifant,
D'un graisle cler racatet ses cumpaignz,
E si cevalcent el premer chef devant,
Ensembl'od els .xv. milie de Francs,
De bachelers que Carles cleimeṭ enfanz.
Aprés icels en i ad altretanz;
Cil i ferrunt mult orgoillusement. —
‹Ço› dist Malpr[i]m[e]s: — Le colp vos en demant. —
AOI.

## CCXXX

— ‹Bels› filz Malpr[i]m[e]s, — Baligant li ad dit
— Jo vos otri quanque m'avez ci quis:
Cuntre Franceis sempres irez ferir;

Disse l'emiro: "Lo vedrem, perché è prode!
In molte geste si leggon le sue lodi.
Però non ha più Orlando, suo nipote:
non avrà forza di resistere a noi".

## CCXXIX

"Figlio Malprimo," gli disse Baligante
"ieri fu ucciso il buon vassallo Orlando
con Oliviero, il valente ed il bravo,
ed anche i dodici Pari amati da Carlo
con ventimila combattenti di Francia.
In quanto agli altri, io non li stimo un guanto.
L'imperatore davvero sta tornando:
me l'ha annunziato il mio messo, il Siriano,
che dieci grandi colonne egli ha formato.
È molto prode chi suona l'olifante:
con chiara tromba ribatte il suo compagno.
Davanti a tutte le truppe essi cavalcano,
e van con loro quindicimila Franchi,
dei baccellieri che Carlo chiama infanti.
Dopo di questi ve ne sono altrettanti:
con molto orgoglio i colpi essi daranno".
Disse Malprimo: "Il primo io lo domando!"

## CCXXX

"Figlio Malprimo," Baligante gli ha detto
"io vi concedo quanto m'avete chiesto:
andrete subito a colpire i Francesi.

v. 3189 *io non li stimo un guanto*: espressione di spregio che, impiegata soltanto qui nella *Canzone di Orlando*, è diffusa in altre canzoni di gesta, con le varianti: «un bottone», «un denaro» *ecc*....

v. 3192 Cfr. la nota al verso 1451.

v. 3200 *Il primo io lo domando*: letteralmente: «Il colpo vi domando»; da intendersi come richiesta del consenso ad ingaggiare battaglia contro i baccellieri, ovvero a schierarsi in testa all'esercito saraceno.

Si i merrez Torleu, le rei persis,
E Dapamort, un altre rei leutiz.
Le grant orgoill se ja püez matir,
Jo vos durrai un pan de mun païs
Des Cheriant entresqu'en Val Marchis. –
‹E› cil respunt: – Sire, vostre mercit! –
Passet avant, le dun en requeillit
(Ço est de la tere ki fut al rei Flurit)
A itel ore, unches puis ne la vit,
Në il n'en fut ne vestut ne saisit.

CCXXXI

Li amiraill chevalchet par cez oz;
Sis filz le siut, ki mult ad grant le cors.
Li reis Torleus e li reis Dapamort
† .xxx. escheles establissent mult tost.
Chevalers unt a merveillus esforz:
En la menur .L. milie en out.
La premere est de cels de Butentrot,
E l'altre aprés de Micenes as chefs gros;
Sur les eschines qu'il unt en mi les dos
Cil sunt seiét ensement cume porc. AOI.
E la terce est de Nubles e de Blos,

Vi condurrete Torleo, il re dei Persi,
e Dapamorto, che sui Leutizi regna.
Se il grande orgoglio abbatter ne potrete,
un lembo a voi darò del mio paese,
da Cheriante sino a Valle Marchese".
"In grazia vostra, sire!" risponde quello.
Fa un passo avanti, e il dono ne riceve:
la terra ch'era del re Fiorito un tempo;
ma in tal momento che mai poté vederla,
e mai del feudo fu investito né l'ebbe.

## CCXXXI

Ora l'emiro cavalca in mezzo ai suoi.
Lo segue il figlio, che molto grande ha il corpo.
Il re Torleo con il re Dapamorto
trenta colonne assai presto compongono,
dove moltissimi cavalieri raccolgono:
cinquantamila ce n'è nella minore.
Forman la prima quelli di Butentroto,
e l'altra i Misni che hanno la testa grossa:
sopra le schiene, proprio a mezzo del dorso,
son setolosi davvero come porci:
poi c'è la terza di Nubiani e di Blossi,

v. 3204 *dei Persi*: cioè «dei Persiani». [*N.d.T.*]

v. 3205 *Leutizi*: popolazione slava.

vv. 3217-19 Si ricorderà che le dieci colonne di Carlo costituivano uno schieramento di 350.000 uomini; l'esercito di Baligante ne allinea, su trenta colonne, almeno un milione e mezzo, prendendo a base del calcolo la consistenza, denunciata nel verso 3219, della colonna meno numerosa.

v. 3217 Cfr. la nota al verso 1451.

vv. 3220-30 Il testo elenca nomi di regioni o popolazioni facilmente riconoscibili accanto ad altri di identificazione assai problematica (alcuni presumibilmente fantastici). Accanto alla traduzione, talvolta costretta ad opzioni perentorie (ad esempio per *Nubles*, del testo francese a 3224, reso con *Nubiani*), sarà consigliabile rivolgersi al più prudente *Repertorio dei nomi proprî del testo italiano*.

E la quarte est de Bruns e d'Esclavoz,
E la quinte est de Sorbres e de Sorz,
E la siste est d'Ermines e de Mors,
E la sedme est de cels de Jericho,
L'oitme est de Nigres e la noefme de Gros,
E la disme est de Balide la fort:
Ço est une gent ki unches ben ne volt. AOI.
Li amiralz en juret quanqu'il po[u]t
De Mahumet les vertuz e le cors:
— Karles de France chevalchet cume fols.
Bataille i ert, së il ne s'en destolt;
Jamais n'avrat el chef corone d'or. —

## CCXXXII

† Dis escheles establisent aprés.
La premere est des Canelius les laiz:
De Val Fuït sun‹t› venuz en traver;
L'altre est de Turcs e la terce de Pers,
† E la quarte est de Pinceneis [. . . . .],
E la quinte est de Soltras e d'Avers,
E la siste est d'Ormaleus e d'Eug‹l›ez,
E la sedme est de la gent Samüel,
L'oidme est de Bruise, la noefme de Clavers,
E la disme est d'Occian l[e] desert:
Ço est une gent ki Damnedeu ne sert
(De plus feluns n'orrez parler jamais);
Durs unt les quirs ensement cume fer,
Pur ço n'unt soign de elme ne d'osberc;
En la bataille sunt felun e engrés. AOI.

e c'è la quarta di Bruni e di Schiavoni,
e c'è la quinta di Sorabi e di Sorti,
e c'è la sesta fatta d'Armeni e Mori;
quelli di Gerico la settima poi formano,
l'ottava i Nigri, quindi la nona i Grossi;
c'è infin la decima di Balida la forte,
cioè d'un popolo che il bene mai non volle.
L'emiro giura quanto più forte può,
e di Maometto corpo e potenza invoca:
"Carlo di Francia cavalca come un folle.
Combatteremo, se non si volge altrove,
né porterà mai più corona d'oro".

## CCXXXII

Dieci colonne in ordine poi mettono.
La prima è quella dei brutti Cananei:
da Val Fuggito son giunti di traverso;
l'altra è di Turchi e la terza di Persi,
ed è la quarta di Pincinnati fieri;
Soltrassi ed Avari nella quinta si schierano,
mentre la sesta è d'Ormalesi e Ugleci;
forma la settima la gente di Samuele,
Brusa l'ottava e la nona i Chiaveri,
quelli d'Occiante, il deserto, la decima:
questa è una gente che il Signore non serve;
di più felloni mai parlare udirete:
han cuoia dure davvero come ferro;
perciò non badano né ad elmo né ad usbergo:
nella battaglia sono felloni e fieri.

v. 3233 Letteralmente, e più propriamente: «(giura) sui miracoli e sul corpo di Maometto».
v. 3237 Cfr. la nota al verso 1451.
vv. 3238-46 Cfr. la nota ai versi 3220-30.
v. 3241 Il testo oxfordiano farebbe seguire ai *Pincinnati* i *Persi*, nominati appena al verso precedente.

## CCXXXIII

Li amiralz .x. escheles [a]juste[t].
La premere est des jaianz de Malpr[o]se,
L'altre est de Hums e la terce de Hungres,
E la quarte est de Baldise la lunge,
E la quinte est de cels de Val Penuse,
E la siste est de [. . . . . et de] Maruse,
E la sedme est de Leus e d'Astrimonies,
L'oidme est d'Argoilles, la noefme de Clarbone,
E la disme est des barbez de ‹Val› Fronde:
Ço est une gent ki Deu nen amat unkes.
Geste Francor .xxx. escheles i numbrent;
Granz sunt les oz u cez buisines sunent,
Paien chevalchent en guise de produme. AOI.

## CCXXXIV

Li amiralz mult par est riches hoem.
Dedavant sei fait porter sun dragon
E l'estandart Tervagan e Mahum
E un'ymagene Apolin le felun.
D[i]s Canelius chevalchent envirun;
Mult haltement escrïent un sermun:
— Ki par noz deus voelt aveir guarison,
Si·s prit e servet par grant afflictiun! —
Paien i bassent lur chefs e lur mentun,
Lor helmes clers i suzclinent enbrunc.
Dïent F‹r›anceis: — Sempres murrez, glutun!
De vos seit hoi male confusiun!
Li nostre Deu, guarantisez Carlun!
Ceste bataille seit vü[ee] en sun num. — AOI.

## CCXXXIII

L'emiro aduna altre dieci colonne:
l'una i giganti di Malprosa compongono
la seconda Unni, la terza Ungari formano;
poi di Baldisa la lunga e Val Penosa
sono la quarta e la quinta colonna;
c'è poi la sesta di Gioia e di Marosa,
e c'è la settima di Livi e d'Astrimoni,
e ottava e nona d'Argoglia e di Chiarbona;
e infine gli uomini barbuti di Val Fronda:
questa è una gente che non ama il Signore.
Trenta colonne le geste franche contano.
Nel grande esercito le buccine risuonano.
I Saracini cavalcano da prodi.

## CCXXXIV

L'emiro è proprio un potente signore.
Si fa portare innanzi il suo dragone,
si fa portare l'insegna di Macone
e Tervagante, e una statua d'Apollo.
Cavalcan dieci Cananei tutt'attorno,
e ad alta voce gridan queste parole:
"Dai nostri dèi chi la salvezza vuole,
li preghi e serva con grande contrizione!"
I Saracini curvano mento e fronte,
e gli elmi lucidi contro terra rivolgono.
Dicono i Franchi: "Or morrete, poltroni!
Che in gran disordine oggi siate travolti!
Salvate Carlo, o Iddio, nostro Signore!
Questa battaglia si combatta in suo nome!"

vv. 3253-60 Cfr. la nota ai versi 3220-30.

v. 3257 *Gioia*: la traduzione inserisce il nome di questa regione (probabilmente immaginaria, come *Marosa*) in base all'attestazione del codice $V_4$, in corrispondenza di una lacuna di O (dovuta a rasura).

## CCXXXV

Li amiralz est mult de grant saveir;
A sei apelet s[un] filz e les dous reis:
— Seignurs barons, devant chevalchereiz.
† Mes escheles, tutes les guïereiz.
Mais des meillors voeill jo retenir treis:
L'un'ert de Turcs e l'altre d'Ormaleis,
E la terce est des jaianz de Malpreis.
Cil d'Ociant ierent e‹n›sembl'ot mei,
Si justerunt a Charle e a Franceis.
Li emperere, s'il se cumbat od mei,
Desur le buc la teste perdre en deit.
Trestut seit fiz, n'i avrat altre dreit. — AOI.

## CCXXXV

L'emiro è un uomo d'assai grande saggezza.
Chiama il figliuolo insieme coi due re:
"Signori, avanti voi cavalcando andrete,
e le colonne tutte mi guiderete;
delle migliori però tre me ne tengo:
l'una di Turchi e l'altra d'Ormalesi,
e dei giganti di Malpreso la terza.
Quelli d'Occiante poi verranno con me,
e lotteranno contro Carlo e i Francesi.
L'imperatore, se combatte con me,
avrà dal busto separata la testa.
Sia ben sicuro: non gli tocca che questo".

v. 3280 *il figliuolo... coi due re*: Malprimo, Torleo e Dapamorto.
v. 3282 Cfr. la nota al verso 1451.
v. 3285 *Malpreso*: indubbiamente da identificare con *Malprosa* del verso 3253, nonostante le forme dei nomi appaiano difficilmente compatibili (si tratta infatti nei due casi di un paese che ha fornito alle truppe di Baligante un contingente di guerrieri giganteschi, e *Malpreso* deve corrispondere senz'altro ad una regione nominata nelle lasse CCXXX-CCXXXIII).

## LASSE CCXXXVI - CCLXVI

I due eserciti si affrontano in campo aperto (lassa CCXXXVI; vv. 3292-94), così che dall'una e dall'altra parte è possibile distinguere chiaramente il nemico: Baligante può seguire i movimenti di Carlo e dirigersi verso di lui (lassa CCXXXVII, vv. 3315-17 e 3327-28); Carlo ugualmente può controllare le mosse dell'avversario (lassa CCXXXVIII; vv. 3329-30). Sin dall'inizio appare chiaro, anche da questa insistenza sul confronto aperto tra i due campioni rispettivamente della cristianità e dell'islamismo, che per l'autore le varie fasi della battaglia funzionano principalmente da sfondo e preludio al duello singolare tra i due anziani comandanti supremi. Così, la descrizione dell'assalto che inizia con la lassa CCXXXIX vedrà di volta in volta emergere le imprese di Rabello (CCXL), Guinemante (CCXLI), Namo (uccisione del figlio di Baligante, Malprimo: lassa CCXLVI), ecc. ..., ma avrà cura soprattutto di seguire da vicino le azioni dell'emiro (lasse CCXLIII-CCXLIV, CCL, CCLII - CCLIV) e del re franco (lasse CCXLV, CCXLVII - CCXLIX, CCLVI - CCLVII). Con la lassa CCLVII, Carlo e Baligante si trovano finalmente l'uno di fronte all'altro: caduti entrambi da cavallo in seguito allo scontro delle aste e passati al combattimento delle spade intrecciano il breve, significativo dialogo della lassa CCLIX, nel quale Carlo contrappone la forza della propria fede alla potenza dell'avversario. Non mancherà in effetti a Carlo l'aiuto di Dio: San Gabriele gli sarà accanto a sostenerlo moralmente nel momento in cui l'imperatore sarà sul punto di cedere (CCLX), e la sua assistenza spirituale condurrà Carlo alla vittoria (CCLXI).

Le lasse CCLXII - CCLXVI descrivono la fuga dei pagani, incalzati dai Francesi (CCLXII), la morte di Marsilio (CCLXIII), la resa di Bramimonda (CCLXIV), il battesimo di massa dei Saraceni di Saragozza (CCLXV), il ritorno del re in patria, ad Aquisgrana (CCLXVI).

## CCXXXVI

Granz sunt les oz e les escheles beles.
Entr'els nen at ne pui ne val ne tertre,
Selve ne bois: asconse n'i poet estre;
Ben s'entreveient en mi la pleine tere.
Dist Baligant: — La meie gent averse,
Car chevalchez pur la bataille quere!
L'enseigne port Amborres d'Oluferne! —
Paien escrïent, Preciuse l'apelent.
Dïent Franceis: — De vos seit hoi grant perte! —
Mult haltement — Munjoie! — renuvelent.
Li emperere i fait suner ses greisles
E l'olifan, ki trestuz les esclairet.
Dïent paien: — La gent Carlun est bele.
Bataille avrum e aduree e pesme. — AOI.

## CCXXXVI

Grandi gli eserciti, le colonne son belle.
Non poggio o valle v'è tra loro né un'erta,
né selva o bosco: non v'è nessuno schermo:
si scorgon bene sulla terra scoperta.
Disse l'emiro: "Miei pagani, mia gente,
via, cavalcate, se battervi volete!
Porti l'insegna Amborre d'Oluferna!"
Gridano il nome "Preziosa!" i Saraceni.
E i Franchi dicono: "Oggi abbiate gran perdita!"
Dopo "Mongioia!" a voce alta ripetono.
Ordina il re che le sue trombe echeggino
e l'olifante che tutti quanti accende.
I Saracini dicon: "Che gente bella!
Avrem battaglia accanita e tremenda".

v. 3295 *Miei pagani, mia gente*: letteralmente «la mia gente avversa»; detto con senso vocativo. [*N.d.T.*]

v. 3302 *che tutti quanti accende*: altri intende: «che tutti rasserena»; altri ancora: «che ha il suono più chiaro di tutte le trombe». [*N.d.T.*] La seconda delle interpretazioni segnalate nella nota del traduttore intenderebbe evidentemente istituire una stretta relazione — che non pare sussista in termini tanto netti — tra i versi 3301-02 e i versi 3118-19 (con i quali piuttosto saranno in rapporto i successivi versi 3309-10).

CCXXXVII

Grant est la plaigne e large la cuntree.
Luisent cil elme as perres d'or gemmees
E cez escuz e cez bronies safrees
E cez espiez, cez enseignes fermees;
Sunent cez greisles, les voiz en sunt mult cleres,
De l'olifan haltes sunt les menees.
Li amiralz en apelet sun frere,
Ço est Canabeus, li reis de Floredee:
Cil tint la tere entresqu'en Val Sevree.
† Les escheles Charlun li ad mustrees:
— Veez l'orgoil de France la loëe!
Mult fierement chevalchet li emperere.
Il est darere od cele gent barbee:
Desur lur bronies lur barbes unt getees
Altresi blanches cume neif sur gelee.
Cil i ferrunt de lances e d'espees.
Bataille avrum e forte e aduree:
Unkes nuls hom ne vit tel ajustee. —
Plus qu'om ne lancet une verge pelee,
Baligant ad ses cumpaignes passees.
Une raisun lur ad dit e mustree:
— Venez, paien, kar jo irai en l'estree. —
De sun espiét la hanste en ad branlee,
Envers Karlun la mure en ad turnee. AOI.

CCXXXVIII

Carles li magnes, cum il vit l'amiraill
E le dragon, l'enseigne e l'estandart
(De cels d'Arabe si grant force i par ad,

## CCXXXVII

Grande è la piana e vasta la contrada.
Spendono gli elmi d'oro e di gemme ornati,
splendon gli scudi, le trapunte corazze,
splendon gli spiedi con le insegne annodate.
Le trombe suonano con voce molto chiara,
e l'olifante squilla forte la carica.
Ora l'emiro a sé il fratello chiama,
che è Canabeo, il re di Fioridata,
ch'ebbe la terra sino a Val Separata.
Mostra le dieci colonne di re Carlo:
"Vedete il vanto della Francia esaltata!
L'imperatore fieramente cavalca.
Con quella gente barbuta dietro avanza:
sulle corazze spiegan le loro barbe,
che sono bianche come neve su ghiaccio.
Essi daranno colpi di spiedi e lance.
Avremo forte e ostinata battaglia:
mai nessun uomo vide una mischia tale".
Più che una verga non si lanci lontano,
va Baligante alle sue truppe avanti.
Queste parole dice loro soltanto:
"Pagani, avanti, io vado per la strada".
E del suo spiedo brandisce allora l'asta,
e ne rivolge la punta verso Carlo.

## CCXXXVIII

Vede che c'è l'emiro Carlo il grande,
vede il dragone, l'insegna e lo stendardo
(un tale numero c'è d'uomini d'Arabia,

v. 3314 Cfr. la nota al verso 1451. La cifra *dieci* della traduzione dipende da una congettura intesa a sanare la ipometria del testo francese.

v. 3327 *brandisce*: letteralmente: « ha scosso ».

v. 3330 Già presentati: il *dragone* a 3266 (e cfr. il verso [1641] e la nota), l'*insegna* a 3297 (entrambi riappariranno a 3550), lo *stendardo* a 3267 (nel testo francese, riapparirà a 3552).

De la contree unt purprises les parz
Ne més que tant cum l'emperere en ad),
Li reis de France s'en escrïet mult halt:
— Barons franceis, vos estes bons vassals,
Tantes batailles avez faites en camps!
Veez paien: felun sunt e cuart.
Tute lor leis un dener ne lur valt.
S'il unt grant gent, d'iço, seignurs, qui calt?
Ki [or ne] voelt a mei venir, s'en alt! —
Des esperons puis brochet le cheval,
E Tencendor li ad fait .IIII. salz.
Dïent Franceis: — Icist reis est vassals!
Chevalchez, bers! Nul de nus ne vus falt. —

## CCXXXIX

Clers fut li jurz e li soleilz luisanz.
Les oz sunt beles e les cumpaignes granz,
Justees sunt les escheles devant.
Li quens Rabels e li quens Guinemans
Lascent les resnes a lor cevals curanz,
Brochent a eit (dunc laisent curre Francs),
Si vunt ferir de lur espiez trenchanz. AOI.

## CCXL

Li quens Rabels est chevaler hardiz;
Le cheval brochet des esperuns d'or fin,
Si vait ferir Torleu, le rei persis.
N'escut ne bronie ne pout sun colp tenir:
L'espiét a or li ad enz el cors mis,
Que mort l'abat sur un boissun petit.

che la contrada è presa in ogni parte,
fuorché in quel poco che resta ancora a Carlo),
e il re di Francia incomincia a gridare:
"Baroni franchi, voi siete molto bravi.
Tante battaglie campali avete fatte!
Ecco i pagani: son felloni e codardi:
la loro legge non vale un sol denaro.
Se han molta gente, signori, ciò a che vale?
Chi non mi vuole seguire, se ne vada!"
Dopo egli punge con gli sproni il cavallo,
e Tenzinduro gli spicca quattro salti.
Dicono i Franchi: "Questo sovrano è un bravo!
Prode, spronate! Nessun di noi vi lascia!"

## CCXXXIX

Chiaro fu il giorno ed il sole brillante.
Belli gli eserciti, le compagnie son grandi.
Vengono a scontro le colonne davanti.
Lasciano i conti Rabello e Guinemante
lente le redini ai rapidi cavalli,
e a forza spronano; qui si slanciano i Franchi:
vanno a colpire con gli spiedi affilati.

## CCXL

Rabello è proprio un cavaliere ardito.
Coi suoi speroni d'oro il cavallo stimola,
e il re dei Persi, Torleo, corre a colpire.
Scudo o corazza al colpo non resistono:
lo spiedo d'oro dentro il corpo gl'infigge,
e fa che morto su un cespuglio precipiti.

v. 3344 *vi lascia!*: letteralmente: «vi manca», «vi viene meno». [*N.d.T.*]

Dïent F‹r›anceis: — Damnesdeus nos aït!
Carles ad dreit, ne li devom faillir. — AOI.

## CCXLI

E Guineman justeṭ a un rei ‹de› Leutice,
Tute li freint la targe ki est flurie;
Aprés li ad la bronie descunfite,
Tute l'enseigne li ad enz el cors mise,
Que mort l'abat, ki qu'en plurt u ki·n riet.
A icest colp cil de France s'escrïent:
— Ferez, baron, ‹si› ne vos targez mie!
Carles ad dreit vers la gent [paie]nie.
Deus nus ad mis al plus verai juïse. — AOI.

## CCXLII

Malpr[i]m[e]s siet sur un cheval tut blanc;
Cunduit sun cors en la presse des Francs,
De u[re]s en altres granz colps i vait ferant,
L'un mort sur l'altre suvent vait tres[turn]ant.
Tut premereins s'escrïet Baligant:
— Li mien baron, nurrit vos ai lung tens;
Veez mun filz, ‹qui› Carlun vait querant,
‹E› a ses armes tanz barons calunjant:
Meillor vassal de lui ja ne demant.
Succurez le a voz espiez trenchant! —
A icest mot paien venent avant,
Durs colps i fierent, mult est li caples granz.
La bataille est merveilluse e pesant:
Ne fut si fort enceis ne puis cel tens. AOI.

Dicono i Franchi: "Il Signore ci assista!
Carlo ha ragione: non gli dobbiam fallire".

## CCXLI

E Guinemante lotta col re leutizio.
Tutta la targa, che porta a fior dipinta,
gl'infrange, e dopo la corazza gli sbriciola,
quindi l'insegna dentro il corpo gl'infigge:
piangano o ridano, egli così l'uccide.
A questo colpo quelli di Francia gridano:
"Colpite, prodi: non siate affatto pigri!
Contro i pagani è di Carlo il diritto.
Dio ci ha mandati per compiere giustizia".

## CCXLII

Malprimo siede sopra un cavallo bianco:
si porta in mezzo alla folla dei Franchi,
gran colpi dà dall'uno all'altro istante
e l'un sull'altro va i morti rovesciando.
Primo fra tutti qui grida Baligante:
"O miei baroni, io v'ho a lungo allevati.
Ecco mio figlio, che va in cerca di Carlo,
e tanti prodi sfida con le sue armi:
miglior vassallo io non potrei cercare.
Dategli aiuto con gli spiedi affilati!"
I Saracini si fanno allora avanti
e duri colpi dànno: la mischia è grande.
È la battaglia prodigiosa e pesante:
mai prima o dopo se n'ebbe un'altra tale.

v. 3360 *col re leutizio*: il testo francese legge: «con un re leutizio»; C. Segre, senza intervenire sul testo oxfordiano (in quanto esso risulta appoggiato da testimoni appartenenti alla tradizione anti-oxfordiana), ritiene comunque che a ragione si sia riconosciuto nella vittima di Guinemante il re Dapamorto, già incontrato nei versi 3205 e 3216, in compagnia di Torleo e Malprimo.

v. 3361 *targa*: è sinonimo di «scudo» (nuovamente a 3569).

## CCXLIII

Granz sunt les oz e les cumpaignes fieres,
Justees sunt trestutes les escheles,
E li paien merveillusement fierent.
Deus! tantes hanstes i ad par mi brisees,
Escuz fruisez e bronies desmaillees!
La veïsez la tere si junchee!
L'erbe del camp, ki est verte e delgee,
‹Del sanc qu'en ist est tute envermeillee.›
Li amiralz recleimet sa maisnee:
— Ferez, baron, sur la gent chrestïene! —
La bataille est mult dure e afichee;
Unc einz ne puis ne fut [tel] ajustee,
Josqu'a la ‹nuit› n'en ert fins otrïee. AOI.

## CCXLIV

Li amiralz la sue gent apelet:
— Ferez, paien, por el venud n'i estes!
Jo vos durrai muillers gentes e beles,
Si vos durai feus e honors e teres. —
Paien respundent: — Nus le devuns ben fere. —
A colps pleners de lor espiez i perdent:
Plus de cent milie espees i unt traites.
Ais vos le caple e dulurus e pesmes!
Bataille veit cil ki entr'els volt estre. AOI.

## CCXLV

Li emperere recleimet ses Franceis:
— Seignors barons, jo vos aim, si vos crei.
Tantes batailles avez faites pur mei,
Regnes cunquis e desordenét reis!

## CCXLIII

Grandi gli eserciti, le compagnie son fiere:
già le colonne son tutte strette insieme,
e i Saraçini colpiscon rudemente.
Oh Dio!, ci sono tante aste fatte a pezzi,
e scudi infranti e corazze a brandelli!
Veduto avreste la terra ricoperta!
L'erba del campo, che è così verde e tenera,
fatta è vermiglia tutta del sangue ch'esce.
L'emiro grida rivolto ai suoi guerrieri:
"Sopra i cristiani, prodi, colpite bene!"
È la battaglia accanita e crudele:
mai prima o dopo ce ne fu come questa:
fino alla notte non potrà fine avere.

## CCXLIV

L'emiro grida a tutta la sua gente:
"Colpite! siete venuti qui per questo!
Io vi darò mogli nobili e belle,
io vi darò feudi, domìni e terre".
Quelli rispondono: "Dobbiamo farlo bene".
Dan tali colpi che assai spiedi vi perdono,
e dopo snudano centomila e più ferri.
Ecco la mischia dolorosa e tremenda!
Chi è qui tra loro una battaglia vede!

## CCXLV

L'imperatore si volge ai suoi Francesi:
"Signori, io v'amo, in voi ho molta fede.
Tante battaglie fatte avete per me,
re spodestati e conquistati regni!

v. 3404 Letteralmente: «Battaglia vede chi tra loro vuol essere».

Ben le conuis que gueredun vos dei
E de mun cors, de teres e d'aveir.
Vengez voz filz, voz freres e voz heirs
Qu'en Rencesvals furent [ocis ier] seir!
Ja savez vos, cuntre paiens ai dreit. –
Respondent Franc: – Sire, vos dites veir. –
Itels .xx. milie en ad ‹Carles› od sei,
Cumunement l'en prametent lor feiz:
Ne li faldrunt pur mort ne pur destreit.
N'en i ad cel sa lance n'i empleit;
De lur espees i fierent demaneis.
La bataille est de merveillus destreit. AOI.

## CCXLVI

[Li ber] Malpr[i]m[e]s par mi le camp chevalchet;
De cels de France i fait mult grant damage.
Naimes li dux fierement le reguardet,
Vait le ferir cum hume vertudable:
De sun escut li freint la pene halte,
De sun osberc les dous pans li desaffret,
El cors li met tute l'enseigne jalne,
Que mort ‹l'abat› entre .VII.C. des altres.

## CCXLVII

Reis Canabeus, le frere a l'amiraill,
Des esporuns ben broch[e]t sun cheval;
Trait ad l'espee (le punt est de cristal),
Si fiert Naimun en l'elme principal:

Capisco bene che un compenso vi debbo:
la mia persona, le mie terre, i miei beni.
Or vendicate figli, fratelli, eredi,
che in Roncisvalle morirono iersera!
Contro i pagani la ragione è per me!"
Dicono i Franchi: "Sire, voi dite il vero".
Ne ha ventimila Carlo insieme con sé,
che insieme tutti gli assicurano fede
anche con morte, anche con patimento.
E tutti quanti la loro lancia impiegano,
e colle spade colpiscon prontamente.
È la battaglia d'orribile tormento.

CCXLVI

Cavalca il prode Malprimo in mezzo al campo
e fa di quelli di Francia grande strage.
Il duca Namo fieramente lo guarda
e va a colpirlo da uomo molto bravo,
in alto il cuoio dello scudo gli strappa
e dell'usbergo i due lembi gli guasta,
gli affonda in corpo tutta l'insegna gialla,
e in mezzo ad altri settecento l'abbatte.

CCXLVII

Re Canabeo, fratel di Baligante,
con gli speroni punge bene il cavallo;
snuda la spada che ha pomo di cristallo,
colpisce Namo sull'elmo suo di capo

v. 3413 Nel testo francese l'affermazione è rinforzata da una frase introduttiva: «Voi lo sapete». [*N.d.T.*] La *Canzone* sottolinea più volte questa consapevolezza dei Francesi: cfr. la nota al verso 1015.

v. 3426 *i due lembi*: nelle altre occasioni nelle quali la *Canzone* nomina i lembi dell'usbergo (1300, [1558], 3141, 3466, 3571) non è fatta menzione del numero «due». L'esame della tradizione anti-oxfordiana autorizza inoltre C. Segre ad avanzare il sospetto che il verso debba essere letto: «e dell'usbergo i lembi spezza e stacca».

v. 3432 *di capo*: il traduttore ha ritenuto che *principal* del testo

L'une meitiét l'en fruissed d'une part,
Al brant d'acer l'en trenchet .v. des laz.
Li capelers un dener ne li valt:
Trenchet la coife entresquë a la char,
Jus a la tere une piece en abat.
Granz fut li colps, li dux en estonat:
Sempres caïst, se Deus ne li aidast;
De sun destrer le col en enbraçat.
Se li paiens une feiz recuvrast,
Sempres fust mort li nobilies vassal.
Carles de France i vint, ki l succurrat. AOI.

## CCXLVIII

Naimes li dux tant par est anguissables,
E li paiens de ferir mult le hastet.
Carles li dist: — Culvert, mar le baillastes! —
Vait le ferir par sun grant vasselage:
L'escut li freint, cuntre le coer li quasset,
De sun osberc li desrumpt la ventaille,
Que mort l'abat; la sele en remeint guaste.

## CCXLIX

Mult ad grant doel Carlemagnes li reis,
Quant Naimun veit nafrét ‹de›devant sei,
Sur l'erbe verte le sanc tut cler caeir.
Li empereres li ad dit a cunseill:
— Bel sire Naimes, kar chevalcez od mei!

e una metà ne rompe da una parte:
col forte brando ne taglia cinque lacci
e il cappelletto a Namo nulla vale.
L'altro la cuffia taglia sino alla carne,
ed anzi un pezzo giù per terra ne manda.
Grande fu il colpo: il duca n'è intronato;
cadrebbe subito, se Dio non lo aiutasse:
rimane al collo del destriero abbracciato.
Se avesse ancora dato un colpo il pagano,
sarebbe morto qui il nobile vassallo.
Ma a dargli aiuto venne Carlo di Francia.

## CCXLVIII

Pieno d'angoscia si trova il duca Namo,
ed a colpire lo provoca il pagano.
Carlo gli disse: "Vile, vi rovinaste!",
e va a colpirlo col suo grande coraggio:
lo scudo contro il cuor gli spezza e schiaccia,
e dell'usbergo il cappuccio gli squarcia:
morto l'abbatte: la sella vuota lascia.

## CCXLIX

Re Carlomagno prova una grande pena,
quando ferito là innanzi Namo vede,
e il sangue chiaro cader sull'erba verde.
L'imperatore gli dice con affetto:
"Bel sire Namo, cavalcate con me!

francese equivalesse a «principesco»; può essere invece che l'aggettivo designi specificamente una parte o componente dell'elmo, sottolineandone eventualmente la distinzione nei confronti del *cappelletto* o della *cuffia* menzionati più sotto, ai versi 3435 e 3436.

vv. 3435-36 *il cappelletto... la cuffia*: i due termini designeranno elementi distinti dell'armatura posti sotto l'elmo propriamente detto, ad ulteriore protezione del capo: il *cappelletto*, in particolare, dovrebbe rappresentare una parte del cappuccio dell'usbergo.

v. 3446 *vi rovinaste!*: più propriamente: «per vostra disgrazia lo avete assalito».

v. 3454 *con affetto*: altri intende: «per consiglio». [*N.d.T.*]

Morz est li gluz ki en destreit vus teneit;
El cors li mis mun espiét une feiz. –
Respunt li dux: – Sire, jo vos en crei;
Se jo vif alques, mult grant prod i avreiz! –
Puis sunt justez par amur e par feid,
Ensembl'od els tels .xx. milie Franceis:
N'i ad celoi n'i fierge o n'i capleit. AOI.

## CCL

Li amiralz chevalchet par le camp,
Si vait ferir le cunte Gu‹i›neman.
Cuntre le coer li fruisset l'escut blanc,
De sun osberc li derumpit les pans,
Les dous costez li deseivret des flancs,
Que mort l'abat de sun cheval curant.
Puis ad ocis Gebuïn e Lora[nt],
Richart le veill, li sire des Normans.
Paien escrïent: – Preciuse est vaillant!
Ferez, baron, nus i avom guarant! – AOI.

## CCLI

Ki puis veïst li chevaler d'Arabe,
Cels d'Occiant e d'Argoillie e de Bascle!
De lur espiez ben i fierent e caplent,
E li Franceis n'unt talent que s'en algent;
Asez i moerent e des uns e des altres.
Entresqu'al vespre est mult fort la bataille,
Des francs barons i ad mult gran‹t› damage:
Doel i avrat enceis qu'ele departed. AOI.

È morto il vile che vi tenne alle strette:
gli ho messo in corpo finalmente il mio spiedo".
Risponde il duca: "Ho in voi, sire, ogni fede.
S'io vivo un poco, gran vantaggio ne avrete!"
Poi vanno uniti con amore e con fede,
e son con essi ventimila Francesi:
né alcuno v'è che nel colpir si arresti.

## CCL

Va cavalcando l'emiro in mezzo al campo;
corre a colpire il conte Guinemante:
lo scudo bianco contro il cuore gl'intrange
e dell'usbergo quindi i lembi gli squarcia,
gli apre e gli stacca il costato dai fianchi,
l'abbatte morto dal rapido cavallo.
Poi con Lorenzo e Geboino ammazza
Riccardo il vecchio, il signor dei Normanni.
I Saracini gridan: "Preziosa è brava!
Prodi, colpite, qui abbiamo chi ci salva!"

## CCLI

Chi avesse visto i guerrieri d'Arabia,
quelli d'Occiante e d'Argoglia e di Basclia!
Coi loro spiedi quali colpi san dare!
Però i Francesi non voglion certo andarsene.
Assai degli uni ne muoiono e degli altri,
e sino al vespro feroce è la battaglia:
v'è grande strage dei baroni di Francia:
quanto dolore finché combatteranno!

v. 3480 *finché combatteranno*: letteralmente: «finché essa (la battaglia, cfr. v. 3478) abbia termine».

## CCLII

Mult ben i fierent Franceis e Arrabit;
Fruissent c[ez] hanste‹s› e cil espiez furbit.
Ki dunc veïst cez escuz si malmis,
Cez blancs osbercs ki dunc oïst fremir
E cez es[pees] sur cez helmes cruisir,
Cez chevalers ki dunc veïst caïr
E humes braire, contre tere murir,
De grant dulor li poüst suvenir.
Ceste bataille est mult fort a suffrir.
Li amiralz recleimet Apolin
E Tervagan, Mahumet altresi:
— Mi damnedeu, jo vos ai mult servit;
† Tutes tes ymagenes ferai d'or fin: AOI.
‹Cuntre Carlun devez mei guarantir.› —
As li devant un soen drut, Gemalfin;
Males nuveles li aportet e dit:
— Baligant, sire, mal este‹s› oi baillit:
Perdut avez Malpr[i]m[e]s, vostre filz,
E Canabeus, vostre frere, est ocis:
A dous Franceis belement en avint;
Li empereres en est l'uns, ço m'est vis:
Granz ad le cors, ben resenblet marchis,
Blanc‹he› ad la barbe cume flur en avrill. —
Li amiralz en ad le helme enclin
E en aprés si·n enbrunket sun vis.
Si grant doel ad, sempres quiad murir;
Si n apelat Jangleu l'ultremarin.

## CCLII

Francesi ed Arabi molto bene colpiscono.
Rompono l'aste e gli spiedi forbiti.
Gli scudi a pezzi chi allora avesse visto,
e avesse udito i bianchi usberghi stridere
e sopra gli elmi le spade tintinnire,
e i cavalieri avesse a terra visti
e urlare gli uomini e caduti morire,
ricorderebbe una grande rovina!
Questa battaglia è molto aspra a soffrire.
Invoca Apollo ad alta voce qui
con Tervagante e Maometto l'emiro:
"Signori dèi, io vi ho molto serviti.
Le vostre immagini vi farò d'oro fino,
ma contro Carlo dovete garantirmi!"
Ecco un dei suoi fedeli, Gemalfino:
porta cattive notizie e così dice:
"Re Baligante, questo è un giorno infelice.
Perduto avete Malprimo, vostro figlio,
e Canabeo, vostro fratello, è ucciso.
Questo han saputo due Francesi compire.
È l'uno d'essi l'imperatore, io stimo;
ha grande il corpo, e un marchese assomiglia,
bianca ha la barba come fiore in aprile".
Qui tiene l'elmo abbassato l'emiro
e tutto scuro piega sul petto il viso.
Ha tal dolore che crede di morirne,
e chiama allora Giangleo l'oltremarino.

v. 3493 Letteralmente: «Tutte le tue immagini farò d'oro fino». Si impone la correzione di *tue* in *vostre*, ma anche si impongono compensazioni del numero delle sillabe del testo francese tra il primo e il secondo emistichio, e forse il riconoscimento che il tempo verbale più idoneo, dietro suggerimento di alcuni rappresentanti della tradizione anti-oxfordiana e sulla traccia di 3492, sia il passato anziché il futuro. Il verso, di conseguenza, andrebbe più reinventato che emendato: C. Segre si astiene dal procurare un riassestamento tanto complesso, ritenendo più opportuno fornire in apparato un approfondito esame della situazione.

## CCLIII

Dist l'amiraill: — Jangleu, venez avant!
Vos estes proz e vostre saveir grant;
Vostre conseill ai o[trïét] tuz tens.
Que vos en semblet d'Arrabiz e de Francs?
‹Se› nos avrum la victorie del champ? —
E cil respunt: — Morz estes, Baligant!
Ja vostre deu ne vos erent guarant.
Carles est fiers e si hume vaillant:
Unc ne vi gent ki si fust cumbatant.
Mais reclamez les barons d'Occiant,
Turcs e Enfruns, Arabiz e Jaianz.
Ço que estre en deit, ne l'alez demurant. —

## CCLIV

Li amiraill ad sa barbe fors mise,
Altresi blanche cume flur en espine;
Cument qu'il seit, ne s'i voelt celer mie.
Met a sa buche une clere buisine,
Sunet la cler, que si paien l'oïrent;
Par tut le camp ses cumpaignes ralïent.
Cil d'Ociant i braient e henissent,
‹E cil d'› Arguille si cume chen glatissent;
Requerent Franc par si grant estultie,
El plus espés se·s rumpent e partissent.
A icest colp en jetent mort .VII. milie.

## CCLV

Li quens Oger cuardise n'out unkes;
Meillor vassal de lui ne vestit bronie.

## CCLIII

Disse l'emiro: "Giangleo, venite avanti!
Voi siete prode e siete molto saggio:
io sempre il vostro consiglio ho rispettato.
Che ve ne sembra degli Arabi e dei Franchi?
Avremo noi la vittoria del campo?"
E quello: "Morto voi siete, Baligante!
I vostri dèi non vi potran salvare.
È fiero Carlo, gli uomini suoi son bravi;
mai vidi gente così pronta a combattere.
Ma i vostri prodi d'Occiante qui chiamate,
Turchi ed Enfruni ed Arabi e Giganti.
E fate presto quel che si deve fare".

## CCLIV

Ha la sua barba spiegato anche l'emiro,
ch'è così bianca com'è un fiore su spina:
non vuol celarsi, bene o mal che finisca.
Imbocca e suona la buccina argentina
così che debbono i suoi pagani udirlo:
per tutto il campo le compagnie si stringono.
Quelli d'Occiante qui ragliano e nitriscono,
quelli d'Argoglia come cani guaiscono;
cercano i Franchi con così grande ardire,
che nel più folto li rompono e dividono:
ne gettan morti subito settemila.

## CCLV

Il conte Oggiero mai codardia mostrò:
non vestì mai corazza uno migliore.

v. 3518 Per i nomi di popoli presenti in questo verso vale il discorso svolto nella nota ai versi 3220-30. - *Giganti*: cfr. i versi 3253 (*giganti di Malprosa*) e 3285 (*giganti di Malpreso*).

v. 3530 *subito*: o forse: «in questa circostanza».

Quant de Franceis les escheles vit rumpre,
Si apelat Tierri, le duc d'Argone,
Gefrei d'Anjou e Jozeran le cunte;
Mult fierement Carlun en araisunet:
— Veez paien cum ocïent voz humes!
Ja Deu ne placet qu'el chef portez corone,
S'or n'i ferez pur venger vostre hunte! —
N'i ad icel ki un sul mot respundet;
Brochent ad eit, lor cevals laissent cure,
Vunt les ferir la o il les encuntrent.

CCLVI

Mult ben i fiert Carlemagnes li reis, AOI.
Naimes li dux e Oger li Daneis,
Geifreid d'Anjou, ki l'enseigne teneit
{Mult par est proz danz Ogers li Daneis;
Puint le ceval, laisset curre ad espleit,
Si vait ferir celui ki le dragun teneit}
† Ambure cravente en la place devant sei
E le dragon e l'enseigne le rei.
Baligant veit sun gunfanun cadeir
E l'estandart Mahumet remaneir:
Li amiralz alques s'en aperceit

Vide dei Franchi rompere le colonne,
e Teodorico chiamò, duca d'Argonna,
Gioffré d'Angiò e Giozzeranno il conte.
Poi così a Carlo fieramente ragiona:
"Vedete come sono uccisi i vostri uomini!
Non piaccia a Dio che portiate corona,
se or non colpite per vendicar quest'onta!"
Non c'è nessuno che parola risponda.
Spronan con forza e i cavalli fan correre:
vanno a colpirli là dov'essi li incontrano.

## CCLVI

Re Carlomagno colpisce molto bene,
e il duca Namo ed Oggiero il danese
come Gioffré d'Angiò, che tien l'insegna:
{è molto prode certo Oggiero il danese:
sprona il cavallo, gli abbandona le redini,
e va a colpire chi il dragone teneva}
con tanta forza abbatte innanzi a sé
Amborre e il drago e l'insegna del re.
Vede l'emiro il gonfalon cadere
e lo stendardo di Maometto indifeso;
e Baligante un poco se n'avvede

vv. 3546-50 La lezione alquanto accidentata (tanto da avere sconsigliato a C. Segre il tentativo di restauro) del testo francese del verso 3549 può essere stata originata dalla confusione tra il pronome *entrambi* (*ambures*) e il nome del gonfaloniere di Baligante (*Amborre*), già apparso a 3297 e qui evidentemente richiamato in azione. Tale confusione da una parte mette in sospetto relativamente al verso successivo, che può essere stato inserito allo scopo di spiegare *entrambi* come il *dragone* e l'*insegna*; dall'altra può essere chiamata a spiegare la presenza dei tre versi 3546-48 (almeno parzialmente, e cioè per quel che riguarda il penultimo e soprattutto l'ultimo elemento della terna), versi che alcuni indizî piuttosto serî inducono a ritenere erronei. Persuade decisamente l'opinione di C. Segre (apparato dell'ed. critica), secondo la quale è qui rappresentata la vittoria del portainsegne di Carlo, Gioffré d'Angiò, sul portainsegne di Baligante, Amborre d'Oluferna, vittoria la cui portata emblematica è subito sottolineata dalla *Canzone* nei versi 3551-54.

Quë il ad tort e Carlemagnes dreit.
Paien d'Arabe s'en [cuntie]nent plus [quei].
Li emperere recleimet ses [Franceis]:
— Dites, baron, por Deu, si m'aidereiz. —
Respundent Francs: — Mar le demandereiz;
Trestut seit fel ki n'i fiergeṭ a espleit! — AOI.

## CCLVII

Passet li jurz, si turneṭ a la vespree.
Franc e paien i fierent des espees;
Cil sunt vassal ki les oz ajusterent.
‹Mais› lor enseignes n'i unt mie ublïees:
Li amira‹l›z Preciuse ad crïee,
Carles Munjoie, l'enseigne renumee.
L'un conuist l'altre as haltes voiz e cleres.
En mi le camp amdui s'entrencuntrerent,
Si·s vunt ferir, granz colps s'entredunerent
De lor espiez en lor targes roëes:
Fraites les unt desuz cez bucles lees;
De lor osbercs les pans en desevrerent:
Dedenz cez cors mie ne s'adeserent;
Rumpent cez cengles e cez seles [turnerent],
Cheent li rei, a tere se [verserent];
Isnelement sur lor piez releverent.
Mult vassalment unt traites les espees.
Ceste bataille nen ert mais destornee:
Seinz hume mort ne poet estre achevee. AOI.

## CCLVIII

Mult est vassal Carles de France dulce;
Li amiralz, il ne·l crent ne ne dutet.
Cez lor espees tutes nües i mustrent,

che a Carlomagno il diritto appartiene.
Quelli d'Arabia si mostran meno ardenti.
L'imperatore si volge ai suoi Francesi:
"Dite, per Dio, se voi m'aiuterete".
Essi rispondono: "Fareste male a chiederlo.
Sia proprio un vile chi non colpisce bene!"

## CCLVII

Il giorno passa, e verso il vespro cala.
Franchi e pagani colpiscon con le spade.
Son prodi quelli che li fanno scontrare.
Il loro grido non han dimenticato:
l'emiro il nome di Preziosa ha gridato
e quello celebre di Mongioia re Carlo.
Si riconoscono per la voce alta e chiara.
E in mezzo al campo l'un nell'altro s'imbattono,
si vanno incontro, grandi colpi si scambiano
coi loro spiedi sulle targhe fregiate:
così le spezzano sotto le borchie larghe;
ed anche i lembi degli usberghi si strappano,
ma fino al corpo non si sono toccati.
Rompon le cinghie e le selle ribaltano:
cadono i re, per terra rotolando.
Rapidamente in piedi si rialzano:
con gran bravura sguainano le spade.
Questa battaglia non si potrà arrestare,
se prima morto non sarà l'uno o l'altro.

## CCLVIII

Il re che tiene la dolce Francia è prode,
ma non ha dubbio l'emiro né timore.
Qui tutte nude le loro spade mostrano

v. 3577 *battaglia*: qui è sinonimo di «duello». [*N.d.T.*]

Sur cez escuz mult granz colps s'entredunent,
Trenchent les quirs e cez fuz ki sunt dubles;
Cheent li clou, si peceient les bucles;
Puis fierent il nud a nud sur lur bronies,
Des helmes clers li f[o]us en escarbunet.
Ceste bataille ne poet remaneir unkes,
Josque li uns sun tort i reconuisset. AOI.

## CCLIX

Dist l'amiraill: — Carles, kar te purpenses,
Si pren cunseill que vers mei te repentes!
Mort as mun filz, par le men escïente;
A mult grant tort mun païs me calenges.
Deven mes hom, en f[iét le te] voeill rendre,
Ven mei servir d'ici qu'en Orïente. —
Carles respunt: — Mult grant viltét me sembl‹et›:
Pais në amor ne dei a paien rendre!
Receif la lei que Deus nos apresentet,
Chrestïentét, e pui‹s› te amerai sempres;
Puis serf e crei le rei omnipotente. —
Dist Baligant: — Malvais sermun cumences! —
Puis vunt ferir des espees qu'unt ceintes. AOI.

## CCLX

Li amiralz est mult de grant vertut,
Fier‹t› Carlemagne sur l'elme d'acer brun,
Desur la teste li ad frait e fendut;
Met li l'espee sur les chevels menuz,
Prent de la carn grant pleine palme e plus:
Iloec endreit remeint li os tut nut.
Carles cancelet, por poi qu'il n'est caüt;
Mais Deus ne volt qu'il seit mort ne vencut.

e sugli scudi si scambiano gran colpi:
il cuoio e il legno ne tagliano ch'è doppio;
cadono i chiodi, si spezzano le borchie;
sulle corazze scoperti si percuotono:
scintille sprizzano dagli elmi luminosi.
Questa battaglia non si potrà interrompere,
se l'uno o l'altro non dice d'aver torto.

## CCLIX

Dice l'emiro: "Carlo, rifletti bene!
Decidi d'essere pentito verso me!
Per quanto io sappia, il figlio tu m'hai spento,
e mi contendi a torto il mio paese.
Sii mio vassallo, e in feudo io te lo cedo:
vieni a servirmi da qui sino in Oriente".
Carlo risponde: "Troppa viltà mi sembra.
Né amor né pace a un Saracino io debbo!
Prendi la legge che il nostro Dio rivela,
il cristianesimo, ed io ti vorrò bene:
poi servi e credi nel re onnipotente".
Dice l'emiro: "Questo è un sermone pessimo!"
E con le spade che cingono s'avventano.

## CCLX

È Baligante un uomo assai robusto.
Colpisce a Carlo l'elmo d'acciaio bruno:
sopra la testa glielo manda in frantumi;
cala la spada sui capelli minuti,
strappa di carne un palmo pieno e più:
l'osso in quel punto rimane tutto nudo.
Carlo vacilla, anzi quasi è caduto,
ma Dio non vuole che sia morto o battuto.

Seint Gabrïel est repairét a lui,
Si li demandet: – Reis magnes, que fais tu? –

CCLXI

Quant Carles o[t] la seinte voiz de l'angle,
Nen ad poüir ne de murir dutance;
Repairet loi vigur e remembrance,
Fiert l'amiraill de l'espee de France,
L'elme li freint o l[es] gemme‹s› reflambent,
Trenchet la teste pur la cervele espandre
E tut le vis tresqu'en la barbe blanche,
Que mort l'abat senz nule recuvrance.
– Munjoie! – escrïet pur la reconuisance.
A icest mot venuz i est dux Neimes:
Prent Tencendur, muntét est li reis magnes.
Paien s'en turnent, ne volt Deus qu'i remainent.
† Or sunt Franceis a icels qu'il demandent.

CCLXII

Paien s'en fuient, cum Damnesdeus le vo‹e›lt;
Encalcent Franc e l'emperere avoec.
Ço dist li reis: – Seignurs, vengez voz doels,
Si esclargiez voz talenz e voz coers,
Kar hoi matin vos vi plurer des oilz. –
Respondent Franc: – Sire, ço nus estoet. –
Cascuns i fiert tanz granz colps cum il poet;
Poi s'en esteorstrent d'icels ki sunt iloec.

E San Gabriele così ritorna a lui
e gli domanda: "Re grande, che fai tu?"

## CCLXI

Quando dell'angelo ode la voce santa,
Carlo paura di morire non ha:
sente memoria e forza ritornargli.
Coglie l'emiro con la spada di Francia,
gl'infrange l'elmo sulle gemme fiammanti,
gli fende il capo e il cervello ne spande,
gli taglia il viso sino alla barba bianca,
l'abbatte morto senza nessun riparo.
Grida: "Mongioia!", perché sia ravvisato.
A questo grido venuto è il duca Namo
con Tenziduro, su cui monta il sovrano.
Vanno i pagani in fuga: Dio li scaccia.
Ora i Francesi hanno quello che bramano.

## CCLXII

Vanno i pagani, come vuole il Signore,
in fuga e i Franchi con Carlo li rincorrono.
"I vostri lutti vendicate, o signori,"
disse il sovrano "e confortate il cuore,
ché ho visto in lacrime stamattina i vostri occhi."
Dicono i Franchi: "Far questo ci bisogna".
E ognuno dà tutti i colpi che può.
Di quei pagani ne sfuggirono pochi.

v. 3624 La traduzione ha accolto l'emendamento che C. Segre (apparato dell'ed. critica) ritiene più affidabile, pur astenendosi dall'intervenire sul testo.

## CCLXIII

Granz est li calz, si se levet la puldre.
Paien s'en fuient e Franceis les anguissent;
Li enchalz duret d'ici qu'en Sarraguce.
En sum sa tur muntee est Brami[mund]e,
Ensembl'od li si clerc e si canonie
De false lei, que Deus nen amat unkes:
Ordres nen unt në en lor chefs corones.
Quant ele vit Arrabiz si cunfundre,
A voiz s'escrïe: – Aïez nos, Mahum‹e›!
E! gentilz reis, ja sunt vencuz noz humes,
Li amiralz ocis a si grant hunte! –
Quant l'ot Marsilie, vers sa pareit se turnet,
Pluret des oilz, tute sa chere enbrunchet;
Morz est de doel, si cum pecchét l'encumbret:
L'anme de lui as vifs diables dunet. AOI.

## CCLXIV

Paien sunt morz, alquant [turnét en fuie],
E Carles ad sa bataille vencue.
De Sarraguce ad la porte abatue:
Or set il ben que [n'ert] mais defendue.
Prent la citét, sa gent i est venue:
Par poëstét icele noit i jurent.
Fiers est li reis a la barbe canue;
E Brami[mund]e les turs li ad rendues:
Les dis sunt grandes, les cinquante menues.
Mult ben espleitet qui Damnesdeus ajuet.

## CCLXIII

È grande il caldo e si leva la polvere.
Vanno i pagani in fuga e senza posa
l'inseguimento è sino a Saragozza.
Nella sua torre salita è Bramimonda,
e son con lei i chierici e i canonici
di quella legge che non ama il Signore:
non han sacri ordini, né la tonsura portano.
Quando ella vide gli Arabi messi in rotta,
gridò a gran voce: "Aiuto a noi, Macone!
Ah! nobil re, già vinti sono i nostri,
e già l'emiro con gran vergogna è morto!"
Si gira contro il muro, quando l'ode,
Marsilio, e piange e si fa scuro in volto:
muore di pena, e oppresso dalla colpa.
L'anima sua rende ai diavoli pronti.

## CCLXIV

I Saracini son morti o sono in fuga.
Ha vinto Carlo; la battaglia è compiuta.
Di Saragozza la porta butta giù,
e vede che ora non c'è difesa alcuna.
La città prende, gli uomini suoi vi giungono,
e quella notte vi si stendono tutti.
È fiero il re che ha la barba canuta.
Or Bramimonda le torri gli ha cedute:
dieci son grandi e cinquanta minute.
Buon fine ottiene chi ha da Dio l'aiuto.

v. 3637 *i chierici e i canonici*: cfr. la nota al verso 70.

## CCLXV

Passet li jurz, la noit est aserie;
Cler [lui]st la lune, les esteiles flambient.
Li emperere ad Sarraguce prise;
A mil Franceis f[ai]t ben cercer la vile,
Les sinagoges e les mahumeries.
A mailz de fer e cuignees qu'il tindrent
† Fruissent les ymagenes e trestutes les ydeles:
N'i remeindrat ne sorz ne falserie.
Li reis creit Deu, faire voelt sun servise,
E si evesque les eves beneïssent;
Meinent paien ent‹r›esqu'al baptist[i]rie.
S'or i ad cel qui Carle cuntredie,
Il le fait [p]endre o ardeir ou ocire.
Baptizét sunt asez plus de .c. milie,
Veir chrestïen, ne mais sul la reïne:
En France dulce iert menee caitive;
Ço voelt li reis, par amur cunvertisset.

## CCLXVI

Passet la noit, si apert le cler jor.
De Sarraguce Carles guarnist les turs;
Mil chevalers i laissat puigneürs:
Guardent la vile a oés l'empereor.
M[unt]et li reis e si hume trestuz
E Brami[mund]e meinet en sa prisun;
Mais n'ad talent li facet se bien nun.
Repairez sunt a joie e a baldur;
Passent Nerbone par force e par vigur;

## CCLXV

Il giorno passa, la notte s'è incupita;
chiara è la luna e le stelle scintillano.
Di Saragozza è fatta la conquista:
mille Francesi la città perquisiscono,
le sinagoghe e le moschee rovistano,
con scuri e magli di ferro fanno in briciole
tutte le immagini e tutti quanti gl'idoli:
non rimarrà sortilegio o magia.
Ha fede in Dio Carlo e vuole servirlo:
perciò i suoi vescovi or l'acque benedicono
e al battistero guidano i Saracini:
se c'è qualcuno che ancora gli resiste,
lo fa impiccare o bruciare o trafiggere.
Se ne battezzano più assai di centomila,
veri cristiani; però non la regina,
che condurranno in Francia in prigionia:
il re la vuole per amor convertire.

## CCLXVI

Passa la notte e appare il chiaro giorno.
Di Saragozza re Carlo arma le torri:
vi lascia mille cavalieri assai prodi,
che la città guardino nel suo nome.
Sale a cavallo il re con tutti i suoi
e Bramimonda in prigionia si porta:
ma solamente farle bene egli vuole.
Se ne ritornano con gioia e con ardore,
e oltre Narbona passan di viva forza.

v. 3662 *moschee*: il testo francese ha una parola, *mahumeries*, foggiata sul nome del fondatore dell'Islam.

v. 3664 In questo caso l'astensione dall'intervento correttorio è suggerita a C. Segre dal sospetto che le operazioni di restauro si debbano estendere, in maniera incontrollabile, ai versi precedenti.

vv. 3666-70 Cfr. i versi 101-02.

v. 3683 A partire da questo verso la tradizione anti-oxfordiana attende a un radicale rimaneggiamento del testo, fornendo di conseguenza un apporto pressoché insignificante alla costituzione del testo critico. — *Narbona*: cfr. la nota ai versi 2994-95.

† Vint a Burdeles, la citét de ‹.....›,
Desur l'alter seint Sevrin le baron
Met l'oliphan plein d'or e de manguns
(Li pelerin le veient ki la vunt).
Passet Girunde a mult granz nefs qu'i sunt;
Entresque a Blaive ad cunduit sun nevold
E Oliver, sun nob[l]e cumpaignun,
E l'arcevesque, ki fut sages e proz.
En blancs sarcous fait metre les seignurs:
A Seint Romain, la gisent li baron;
Francs les cumandent a Deu e a ses nuns.
Carles cevalchet e les vals e les munz;
Entresqu'a Ais ne volt prendre sujurn.
Tant chevalchat qu'il descent al perrun.
Cumë il est en sun paleis halçur,
Par ses messages mandet ses jugeors,
Baivers e Saisnes, Loherencs e Frisuns;
Alemans mandet, si mandet Borguignuns
E Peitevins e Normans e Bretuns,
De cels de France des plus saives qui sunt.
Des or cumencet le plait de Guenelun.

Giunto a Bordela, sull'altare del prode
San Severino l'olifante depone,
che tutto pieno è d'oro e di mangoni:
i pellegrini che vanno là lo trovano.
Sopra gran navi supera la Gironda
e sino a Blavia trasporta suo nipote
con Oliviero, il compagno suo nobile,
e l'arcivescovo, che fu assennato e prode.
I tre signori mette in bianchi sarcofagi:
a San Romano giacciono ora i baroni;
a Dio li affidano i Franchi ed ai suoi Nomi.
Carlo cavalca per le valli ed i monti:
non vuole prima d'Aquisgrana far sosta.
Cavalcò tanto che discese al pietrone.
Quando nell'alto suo palazzo si trova,
manda a chiamare tutti i giudici suoi,
Bavari e Sassoni, Lorenesi e Frisoni,
ed Alemanni, Normanni, Borgognoni,
e Pittavini e Bretoni ed ancora
quelli di Francia più saggi che vi sono.
Così il processo di Gano ora si svolge.

v. 3684 Letteralmente: «Giunse a Bordela (Bordeaux), la città di...». Numerosi editori critici della *Canzone* hanno ritenuto che la parola finale del verso, mancante nel manoscritto oxfordiano, esprimesse un apprezzamento («la città di fama» o «di valore»). Interessante la proposta di C. Segre (apparato dell'ed. critica): «la città dei Guasconi» (cfr. v. 1289: *Ed Engeliero, guascone di Bordela*).

v. 3685 *San Severino*: vescovo di Bordeaux all'inizio del V secolo.

v. 3686 *mangoni*: cfr. la nota al verso 621.

v. 3687 Sono relativamente numerose nelle *canzoni di gesta* queste segnalazioni relative alla presenza di celebrate reliquie «epiche» in determinati santuarî.

v. 3688 *Gironda*: cfr. la nota al verso 2991.

v. 3689 *Blavia*: Blaye (Gironde).

v. 3693 *San Romano*: il santuario di San Romano a Blavia.

v. 3694 *ai suoi Nomi*: alle prerogative divine, riflesse negli attributi rivolti a Dio nelle invocazioni.

v. 3699 Il testo [francese] specifica: «per mezzo dei suoi messaggeri». [*N.d.T.*]

## LASSE CCLXVII - CCLXXVI

L'autore ha appena avvertito (v. 3704), secondo uno dei suoi caratteristici procedimenti (cfr. le note ai versi 9 e 179) che *il processo di Gano ora si svolge*. Le lasse CCLXVII - CCLXVIII, invece, ritardano l'avvio del giudizio del traditore, dischiudendo un breve spazio all'episodio della morte di Alda, passaggio narrativo straordinario per intensità e tenerezza, realizzato con la consueta, e qui accentuata, sobrietà di risorse espressive. Due lasse introduttive (CCLXIX e CCLXX) conducono poi al dibattimento processuale, che si svolge tra la lassa CCLXXI e la CCLXXVI: Carlomagno formula l'accusa e Gano si dichiara non colpevole (CCLXXI), giustificandosi con un'artificiosa, ma non del tutto insincera, distinzione tra la fedeltà dovuta al proprio sovrano, fedeltà alla quale egli crede di non essere venuto meno, e la solidarietà nei confronti di Orlando, di Oliviero e degli altri Pari, solidarietà alla quale egli avrebbe cessato di essere tenuto nel momento in cui aveva manifestato una sfida formale contro di essi (CCLXXII). Comunque Gano non conta tanto sull'efficacia delle sue sottili argomentazioni, quanto piuttosto sull'appoggio della propria famiglia, e di Pinabello in particolare, disposto a battersi come suo campione (CCLXXIII). I baroni di Carlomagno, cui è affidato il giudizio, si esprimono per l'indulgenza nei confronti di Gano (CCLXXIV - CCLXXV): Pinabello è evidentemente un temibile avversario. L'imperatore è profondamente amareggiato, ma non gli è consentito di opporsi alla decisione dell'assemblea: l'ingiustizia è sul punto di essere ratificata, quando prende la parola Teodorico d'Angiò, che vanifica la capziosità delle argomentazioni addotte a favore del traditore, e soprattutto accetta di sostenere le proprie ragioni con le armi contro Pinabello (CCLXXVI).

## CCLXVII

Li empereres est repairét d'Espaigne,
E vient a Ais, al meillor siéd de France;
† Munteṭ el palais, est venut en la sale.
As li venue Alde, une bele dam[e];
Ço dist al rei: — O est Rollant le catanie,
Ki me jurat cume sa per a prendre? —
Carles en ad e dulor e pesance,
Pluret des oilz, tiret sa barbe blance:
— Soer, cher'amie, de hume mort me demandes.
Jo t'en durai mult esforcét eschange:
† Ço est Loewis, mielz ne sai a parler;
† Il est mes filz, e si tendrat mes marches. —
Alde respunt: — Cest mot mei est estrange.
Ne place Deu ne ses seinz ne ses angles
Aprés Rollant que jo vive remaigne! —

## CCLXVII

L'imperatore tornato è dalla Spagna
al miglior luogo di Francia, ad Aquisgrana:
giunto al palazzo, viene dentro la sala.
Alda, una bella signora, si fa innanzi,
e dice: "Dove è Orlando, il capitano
che mi giurò di prendermi a compagna?"
Ne ha gran dolore, ne ha grande angoscia Carlo:
si mette a piangere, tira la barba bianca:
"Sorella, amica, d'un morto mi domandi.
Ma io ti voglio dare un bel contraccambio:
do Ludovico, non so meglio parlarne,
il mio figliuolo, che terrà le mie marche".
Alda risponde: "Sono parole strane.
Non piaccia a Dio, né agli angeli, né ai santi
che dopo Orlando ancor viva io rimanga!"

vv. 3707, 3715, 3716 Si tratta di versi difettosi nel testo francese nei riguardi dell'assonanza.

v. 3708 *Alda*: cfr. la nota al verso 1720.

v. 3715 *Ludovico*: Ludovico il Pio, figlio e successore di Carlomagno (alla sua morte entrerà in crisi l'unità dell'impero carolingio).

v. 3718 Alda ricorre a una formula di deprecazione già utilizzata da Orlando nel verso 1089.

Pert la culor, chet as piez Carlemagne,
Sempres est morte: Deus ait mercit de l'anme!
Franceis barons en plurent, si la pleignent.

## CCLXVIII

Alde la bel'est a sa fin alee.
Quidet li reis quë el se seit pasmee,
Pitét en ad, si·n pluret l'emperere;
Prent la as mains, si l'en ad relevee:
Desur l'[e]spall[e] ad la teste clinee.
Quant Carles veit que morte l'ad truvee,
Quatre cuntesses sempres i ad mandees:
A un muster de nuneins est portee,
La noit la guaitent entresqu'a l'ajurnee.
Lunc un alter belement l'enterrerent.
Mult grant honur i ad li reis dunee. AOI.

## CCLXIX

Li emperere est repairét ad Ais.
Guenes li fels en caeines de fer
En la citét est devant le paleis;
A un'estache l'unt atachét cil serf,
Les mains li lient a curreies de cerf,
Tres ben le batent a fuz e a jamelz.
N'ad deservit quë altre ben i ait;
A grant dulur iloec atent sun plait.

Perde il colore, cade ai piedi di Carlo,
subito è morta. Iddio ne accolga l'anima!
Tutti i baroni della Francia la piangono.

## CCLXVIII

Alda la bella alla sua fine è andata,
ma pare al re ch'ella sia solo esanime,
e ne ha pietà l'imperatore, e piange.
Le prende allora le mani, la rialza;
ma sulla spalla il capo le ricade.
Quando s'accorge il re ch'è morta ormai,
quattro contesse fa subito chiamare:
a un monastero di suore fa portarla;
tutta la notte la veglian fino all'alba.
La seppelliscono vicino ad un altare.
Ha molti beni il re per lei donato.

## CCLXIX

L'imperatore tornato è ad Aquisgrana.
Messo in catene, il traditore Gano
nella città sta davanti al palazzo:
i servi l'hanno attaccato ad un palo;
cinghie di cervo gli legano alle mani:
con verghe e sferze assai forte lo battono.
È questo il bene ch'egli s'è meritato:
il suo giudizio aspetta con affanno.

v. 3722 *la piangono*: letteralmente: «ne piangono e la compiangono». [*N.d.T.*]

v. 3733 Cioè: «ha fatto molte donazioni in suo onore». [*N.d.T.*] O, più semplicemente, «le ha reso grandi onoranze funebri».

v. 3739 La carcerazione e il tormento della fustigazione possono essere inflitti da Carlo in via preventiva, ma egli deve attendere il pronunciamento formale di un'alta corte di giustizia per poter procedere all'esecuzione.

## CCLXX

Il est escrit en l'ancïene geste
Que Carles mandet humes de plusurs teres.
Asemblez sunt ad Ais a la capele.
Halz est li jurz, mult par est gran[t] la feste,
Dïent alquanz del baron seint Silvestre.
Des or cumencet le plait e les noveles
De Guenelun, ki traïsun ad faite.
Li emperere devant sei l'ad fait traire. AOI.

## CCLXXI

† — Seignors barons, — dist Carlemagnes li reis
— De Guenelun car me jugez le dreit!
Il fut en l'ost tresque en Espaigne od mei,
Si me tolit .xx. mil de mes Franceis
E mun nevold, que ja mais ne verreiz,
E Oliver, li proz e li curteis;
Les .XII. pers ad traït por aveir. —
Dist Guenelon: — Fel seie se jo·l ceil!
† Rollant me forfist en or e en aveir,
Pur que jo quis sa mort e sun destreit;
Mais traïsun nule nen i otrei. —
Respundent Franc: — Ore en tendrum cunseill. —

## CCLXXII

Devant le rei la s'estut Guenelun.
Cors ad gaillard, el vis gente color:

## CCLXX

Scritto così v'è nell'antica *Gesta*:
che Carlo chiama vassalli di più terre.
Ad Aquisgrana son tutti alla cappella.
Fu un grande giorno, fu una festa solenne,
dicono alcuni del prode San Silvestro.
Così comincia la storia del processo
del conte Gano, che fece il tradimento.
Lo fa il sovrano condurre al suo cospetto.

## CCLXXI

"Ora, signori baroni," disse il re
"date di Gano una giusta sentenza!
Fino alla Spagna mi seguì nell'esercito;
dopo mi tolse ventimila Francesi
e mio nipote, che mai più rivedrete,
ed Oliviero, il valente e cortese,
e tradì i Pari per averne ricchezze."
Rispose Gano: "Fellone, s'io lo nego!
Mi fece torto Orlando nei miei beni,
ed io ne volli la morte ed il tormento;
ma nego affatto che vi sia tradimento".
Dicono i Franchi: "Consiglio or ne terremo".

## CCLXXII

Ritto davanti al re Gano si pose:
corpo ha gagliardo, viso di bel colore:

v. 3742 *nell'antica «Gesta»*: cfr. la nota ai versi 1443-44.

v. 3746 *San Silvestro*: pontefice del quarto secolo, la cui festa, come è noto, ricorre il 31 dicembre.

v. 3750 Ipermetro nel testo francese per il secondo emistichio.

v. 3756 Cfr. la nota al verso 602.

v. 3758 Ipermetro nel testo francese per il primo emistichio. L'affermazione di Gano può sorprendere. Se non si tratta di una pura e semplice menzogna, si potrà vedere in essa un'allusione alle remote motivazioni del rancore di Gano nei confronti di Orlando (cfr. la nota ai versi 286-91).

S'il fust leials, ben resemblast barun.
Veit cels de France e tuz les jugeürs,
De ses parenz .xxx. ki od lui sunt;
Puis s'escriat haltement, a grant vo[i]z:
— Pur amor Deu, car m'entendez, seignors!
Jo fui en l'ost avoec l'empereür,
Serveie le par feid e par amur.
Rollant sis niés me coillit en haür,
Si me jugat a mort e a dulur:
Message fui al rei Marsiliun;
Par mun saveir vinc jo a guarisun.
Jo desfiai Rollant le poigneor
E Oliver e tuiz lur cumpaignun:
Carles l'oïd e si nob[l]e baron.
Vengét m'en sui, mais n'i ad traïsun. —
Respundent Francs: — A conseill en irums. —

CCLXXIII

Quant Guenes veit que ses granz plaiz cumencet,
De ses parenz ensemble od li out trente.
Un en i ad a qui li altre entendent:
Ço est Pinabel del castel de Sorence;
Ben set parler e dreite raisun rendre,
Vassals est bons por ses armes defendre. AOI.
† Ço li dist Guenes: — En vos ami
Getez mei hoi de mort e de cal[e]nje! —
Dist Pinabel: — Vos serez guarit sempres.
N'i ad France‹i›s ki vos juget a pendre,
U l'emper‹er›e noz dous cors en asemble[t],

davvero un prode, se leale egli fosse!
Vede i Francesi, vede i giudici suoi
e vede trenta dei suoi parenti intorno.
Allora grida con voce molto forte:
"Se amate Dio, uditemi, baroni!
Io nell'esercito fui con l'imperatore,
e lo servivo con fede e con amore,
ma suo nipote Orlando m'ebbe in odio
e mi assegnò alla morte e al dolore.
Fui messaggero al re Marsilio, e solo
per il mio senno potei farne ritorno.
Il battagliero Orlando sfidar volli
con Oliviero ed i compagni loro.
Carlo l'udì coi nobili baroni.
Vendetta ho fatta, ma tradimento no".
"Terrem consiglio" i Francesi rispondono.

## CCLXXIII

S'accorge Gano che comincia il processo:
vi son riuniti trenta dei suoi parenti.
Uno ce n'è che tutti gli altri seguono:
è Pinabello, signore di Sorenza:
sa ben parlare, sa dir buoni argomenti,
è prode quando le sue armi difende.
Gli disse Gano: "In voi pongo ogni fede.
Accusa e morte oggi da me toglietel"
E Pinabello: "Presto salvo sarete.
Non c'è Francese che vi condanni a pendere,
se a corpo a corpo l'imperator ci metta,

v. 3780 Letteralmente: «Quando Gano vede che il suo processo comincia»; il periodo così impostato troverebbe il suo sviluppo soltanto con il verso 3786, dopo una proposizione parentetica di eccezionale ampiezza tra 3781 e 3785.

v. 3786 Il secondo emistichio manca, nel testo francese, della parte conclusiva. Le varie congetture proposte non si discostano sostanzialmente, sul piano del significato, da quella adottata nella presente traduzione.

v. 3789 *pendere*: cfr. la nota al verso 1409.

vv. 3790-91 Le parole di Pinabello dei versi 3788-91 sono rivolte

Al brant d'acer que jo ne l'en desmente. —
Guenes li quens a ses piez se presente.

## CCLXXIV

Bavier e Saisnes sunt alét a conseill,
E Peitevin e Norman e Franceis;
Asez i ad Alemans e Tiedeis,
Icels d'Alverne i sunt li plus curteis.
Pur Pinabel se cuntienent plus quei;
Dist l'un a l'altre: — Bien fait a remaneir.
Laisum le plait e si preium le rei
Que Guenelun cleimt quite ceste feiz,
Puis si li servet par amur e par feid.
Morz est Rollant, ja mais ne·l revereiz;
N'ert recuvrét por or ne por aveir:
Mult sereit fols ki [j]a se cumbatreit. —
N'i ad celoi nel graant e otreit,
Fors sul Tierri, le frere dam Geifreit. AOI.

## CCLXXV

A Charlemagne repairent si barun;
Dïent al rei: — Sire, nus vos prium
Que clamez quite le cunte Guenelun,
Puis si vos servet par feid e par amor:
Vivre·l laisez, car mult est gentilz hoem.
Ja por murir n'en ert veüd gerun,
Ne por aveir ja ne·l recuverum. —
Ço dist li reis: — Vos estes mi felun. — AOI.

ch'io col mio brando non lo smentisca appieno".
Il conte Gano ai suoi piedi si getta.

## CCLXXIV

Stanno a consiglio Sassoni e Bavaresi
e Pittavini e Normanni e Francesi;
vi sono molti Alemanni e Tedeschi.
I più cortesi sono quelli d'Alvernia:
per Pinabello si mostran più sereni:
dicon tra loro: "Finirla sarà bene!
Cessi il giudizio e scongiuriamo il re
che questa volta perdono gli conceda:
lo servirà Gano con ogni fede.
Orlando è morto; mai più lo rivedrete.
Oro o ricchezze non potranno più renderlo.
Follia sarebbe fare combattimento".
Uno soltanto non approva e consente:
è Teodorico, fratello di Gioffré.

## CCLXXV

Da Carlomagno ritornano i baroni.
Dicono al re: "Vi preghiamo, signore,
che al conte Gano concediate il perdono.
Vi servirà dopo con fede e amore.
Vivo lasciatelo, perché è un uomo assai nobile.
Non rivedremo Orlando, s'egli è morto;
né le ricchezze più ridarcelo possono".
Rispose il re: "Voi mi siete felloni".

a Gano, ma pronunciate pubblicamente nella sede del giudizio; rappresentano pertanto la formale ed esplicita richiesta che la questione relativa alla colpevolezza di Gano venga risolta, secondo la consuetudine, attraverso un duello giudiziario, nel quale verrebbe a manifestarsi la volontà divina di dare il sopravvento a una delle due parti in causa. Il discorso di Pinabello ha anche probabilmente una intenzione intimidatoria, e comunque ottiene l'effetto di disporre benevolmente nei confronti di Gano la grandissima maggioranza dell'assemblea (cfr. i versi 3797 e 3805-06).

v. 3812 La parola finale del testo francese (*gerun*) non ha trovato una conveniente interpretazione e nemmeno un persuasivo emendamento. Il senso generale dell'intero verso sarà, con ogni probabilità, il seguente: «con la morte di Gano non lo rivedremo in alcun mo-

## CCLXXVI

Quant Carles veit que tuz li sunt faillid,
Mult l'enbrunchit e la chere e le vis;
Al doel qu'il ad si se cleimet caitifs.
Ais li devant uns chevalers, ‹Tierris›,
Frere Gefrei, a un duc angevin.
Heingre out le cors e graisle e eschewid,
Neirs les chevels e alques brun ‹le vis›,
N'est gueres granz, ne trop nen est petiz.
Curteisement a l'emperere ad dit:
— Bels sire reis, ne vos dementez si!
Ja savez vos que mult vos ai servit:
Par anceisurs dei jo tel plait tenir.
Que que Rollant Guenelun forsfesist,
Vostre servise l'en doüst bien guarir.
Guenes est fels d'iço qu'il le traït;
Vers vos s'en est parjurez e malmis.
Pur ço le juz a pendre e a murir,
† E sun cors metre ‹............›
Si cume fel ki felonie fist.
Se or ad parent men voeille desmentir,
A ceste espee, que jo ai ceinte ici,
Mun jugement voel sempres guarantir. —
Respundent Franc: — Or avez vos ben dit. —

## CCLXXVI

Quando il re vede che tutti gli han fallito,
diventa cupo nell'aspetto e nel viso,
e ha tal dolore che si stima infelice.
Un cavaliere gli è innanzi, Teodorico,
che ha per fratello Gioffré, duca angioino.
Ha il corpo magro e slanciato e sottile,
neri i capelli e alquanto bruno il viso:
non è assai grande ma neppur troppo piccolo.
Cortesemente egli al sovrano dice:
"Bel sire re, non siate così triste!
Voi lo sapete che molto io v'ho servito.
Per i miei avi debbo trarlo in giudizio:
anche se Orlando fece a Gano angheria,
gli era difesa l'avervi ben servito.
Gano è fellone per averlo tradito:
di fronte a voi è spergiuro e malfido.
Penso che debba impiccato morire
che tormentato debba essere ancor vivo,
come un fellone che fece fellonia.
S'egli ha un parente che mi voglia smentire,
con questa spada che mi vedete cinta
voglio difendere subito il mio giudizio".
Dicono i Franchi: "Molto bene voi dite".

do»; colui che in alcun modo non sarà possibile rivedere è evidentemente Orlando, del quale però, al verso precedente, non era fatta menzione, così che costituisce problema il brusco e stridente cambiamento di oggetto (di qui l'ipotesi assai attendibile — anche tenuto conto delle similarità che intercorrono tra le parole dei baroni dei versi 3798-803 e queste altre dei versi 3808-13 — che sia caduto un verso tra 3811 e 3812, e che questo verso contenesse il nome di Orlando; la presente traduzione riesce a mantenere la corrispondenza del proprio verso con quello del testo francese immettendo il nome di Orlando a 3812).

v. 3828 *l'avervi ben servito*: o forse: «il fatto di essere al vostro servizio», cosa che avrebbe dovuto trattenere Gano dal vendicarsi di Orlando in modo pregiudizievole per gli interessi del sovrano.

v. 3831 *impiccato*: cfr. la nota al verso 1409.

v. 3832 La traduzione accoglie una delle molteplici proposte avanzate ad integrazione del verso, incompleto nel manoscritto oxfordiano.

## LASSE CCLXXVII - CCXC

Esauriti gli adempimenti formali della sfida (lasse CCLXXVII e CCLXXVIII) e preparatisi al duello (CCLXXIX), Pinabello e Teodorico si affrontano. Il loro scontro significativamente ripete i momenti del precedente duello tra Baligante e Carlo delle lasse CCLXVII - CCLXXI (con qualche esplicito richiamo; cfr. i versi 3577-78 con 3913-14): appiedati dopo il primo urto (CCLXXX - CCLXXXI), i duellanti si impegnano alle spade, e intanto dialogano, affermando reciprocamente l'irreducibilità delle rispettive posizioni in merito all'oggetto della contesa (CCLXXXII - CCLXXXIII); prevale momentaneamente Pinabello (CCLXXXIV), ma risulta decisiva la pronta reazione di Teodorico (CCLXXXV): il duello giudiziario ha espresso la propria sentenza, e un nuovo consiglio è convocato allo scopo di irrogare la pena: *Ora incomincia l'uccisione degli altri* (lassa CCLXXXVI; v. 3946). Il castigo è severo nei confronti dei parenti di Gano, suoi sostenitori, che vengono impiccati, e feroce nei riguardi del traditore, condannato allo squartamento (lasse CCLXXXVII - CCLXXXVIII): la clemenza dell'imperatore già si era manifestata invece nei confronti di Bramimonda, che, liberamente convertitasi al cristianesimo, è ora battezzata con il nome di Giuliana (lassa CCLXXXIX).

L'ultima lassa del poema (CCXC) non registra il trionfo dell'imperatore, come ci si potrebbe attendere, ma nuovamente lo immette in una situazione intesa ad esaltare il suo spirito di servizio; San Gabriele gli affida una nuova missione, ed emerge ancora una volta il senso profondo del poema — che la gloria consiste di dolore, fatica e sacrificio — nel ritratto finale dell'anziano guerriero: *L'imperatore non vorrebbe partire: / « Dio », disse « quanto penosa è la mia vita! » / Comincia a piangere, la barba bianca tira*, vv. 3999-4001.

CCLXXVII

Devant lu rei est venuz Pinabel,
Granz est e forz e vassals e isnel
(Qu'il fiert a colp, de sun tens n'i ad mais);
E dist al rei: — Sire, vostre est li plaiz:
Car cumandez que tel noise n'i ait!
Ci vei Tierri, ki jugement ad fait:
Jo si li fals, od lui m'en cumbatrai. —
† Met li el poign de cerf le destre guant.
† Dist li emper‹er›es: — Bons pleges en demant. —
† .xxx. parenz l'i plevissent leial.
Ço dist li reis: — E jo·l vos recr‹e›rai. —
† Fait cels guarder tresque li dreiz en serat. AOI.

## CCLXXVII

Davanti al re venuto è Pinabello.
È grande e forte e valoroso e snello:
a chi dà un colpo non rimane più tempo.
Disse al sovrano: "Sire, è vostro il processo;
perciò ordinate che lo strepito cessi!
C'è Teodorico che il suo giudizio ha reso.
Io lo smentisco, con lui battermi intendo".
E gli consegna il suo guanto di cervo.
Il re risponde: "Buoni ostaggi ne chiedo".
Trenta parenti allor si dànno in pegno.
Qui dice il re: "Il cambio vi prometto".
E fa guardarli finché dura il processo.

vv. 3845-47 e 3849 Si tratta di versi difettosi nel testo francese nei riguardi dell'assonanza, o meglio di probabili indizî di un incerto tentativo del copista di O (o di un suo ascendente) di attuare un cambiamento di assonanza nella parte finale della lassa (cambiamento motivato soltanto, si direbbe, dall'intenzione di rimediare all'assonanza erronea manifestata dal primo dei versi in questione).

vv. 3846-48 Sul piano dell'interpretazione, questi versi pongono numerose difficoltà (ugualmente il successivo verso 3852), riferite soprattutto al valore che può ricevere dal contesto il verbo *recreire* («rendere dietro garanzia»: al futuro di prima persona nel verso 3848, al presente di terza persona nel verso 3852). La difficoltà è così individuata nel commento di apparato dell'edizione Segre a 3848: «si tratta di una cauzione (magari altri ostaggi, come pare a 3852) concessa da Carlo a Pinabello e ai suoi, o della temporanea restituzione in libertà di Gano sino alla fine del duello giudiziario?».

## CCLXXVIII

Quant veit Tierri qu'or en ert la bataille,
Sun destre guant en ad presentét Carle.
Li emperere l'i recreit par hostage,
Puis fait porter .IIII. bancs en la place:
La vunt sedeir cil ki·s deivent cumbatre.
Ben sunt malez, par jugement des altres
(Si·l purparlat Oger de Denemarche);
E puis demandent lur chevals e lur armes.

## CCLXXIX

Puis quë il sunt a bataille justez, AOI.
Ben sunt cunfés e asols e seignez;
Oënt lur messes e sunt acumunjez,
Mult granz offrendes metent par cez musters.
Devant Carlun andui sunt repairez;
Lur esperuns unt en lor piez calcez,
Vestent osberc blancs e forz e legers,
Lur helmes clers unt fermez en lor chefs,
Ceinent espees enheldees d'or mier,
En lur cols pendent lur escuz de quarters,
En lur puinz destres unt lur trenchanz espiez;
Puis sunt muntez en lur curanz destrers.
Idunc plurerent .C. milie chevalers
Qui pur Rollant de Tierri unt pitiét.
Deus set asez cument la fins en ert.

## CCLXXX

Dedesuz Ais est la pree mult large.
Des dous baruns justee est la bataille;

## CCLXXVIII

Sa Teodorico vicina la battaglia,
e il guanto destro presenta allora a Carlo;
l'imperatore anch'egli pegni dà;
poi nello spiazzo fa portar quattro banchi;
vi seggon quelli che debbono combattere.
Giusta è la sfida, a giudizio degli altri.
Concluse tutto Oggier di Danimarca.
Allor domandano le armature e i cavalli.

## CCLXXIX

Poiché a combattere si vedon pronti, vengono
or confessati e assolti e benedetti:
odon la messa, prendono il sacramento,
lasciano grandi offerte ai monasteri.
Poi si presentano entrambi innanzi al re:
hanno calzato speroni ai loro piedi,
vestono usberghi bianchi e forti e leggeri,
portan legati al capo elmi lucenti,
cingono spade con guardie d'oro schietto,
e scudi a quarti tengono al collo appesi:
nel pugno destro han gli affilati spiedi;
salgono dopo sui rapidi destrieri.
Piangono in sella centomila guerrieri
che per Orlando di Teodorico han pena.
Ma Iddio sa bene qual fine dovrà esserci.

## CCLXXX

Sotto Aquisgrana il prato è molto largo:
dei due baroni qui si fa la battaglia.

v. 3852 Cfr. la nota precedente.
v. 3855 *Giusta è la sfida*: cioè: «effettuata secondo le regole».

Cil sunt produme e de grant vasselage,
E lur chevals sunt curanz e aates;
Brochent les bien, tutes les resnes lasquent,
Par grant vertut vait ferir l'uns li altre.
Tuz lur escuz i fruissent e esquassent,
† Lur osbercs rumpent e lur cengles depiecent,
† Les alves turnent, les seles cheent a tere.
.C. mil‹ië› humes i plurent, ki·s esguardent.

## CCLXXXI

A tere sunt ambdui li chevaler; AOI.
Isnelement se drecent sur lur piez.
Pinabels est forz, isnels e legers.
Li uns requiert l'altre, n'unt mie des destrers.
De cez espees enheldees d'or mer
Fierent e caplent sur cez helmes d'acer:
Granz sunt les colps as helmes detrencher.
Mult se dementent cil franceis chevaler.
— E! Deus! — dist Carles — le dreit en esclargiez! —

## CCLXXXII

Dist Pinabel: — Tierri, car te recreiz!
Tes hom serai par amur e par feid,
A tun plaisir te durrai mun aveir;
Mais Guenelun fai acorder al rei! —
Respont Tierri: — Ja n'en tendrai cunseill.
Tut seie fel, se jo mie l'otrei!
Deus facet hoi entre nus dous le dreit! — AOI.

Essi son prodi, hanno grande coraggio,
e i lor cavalli sono impetuosi e rapidi:
forte li spronano, le redini rilasciano,
vanno a colpirsi con gran forza l'un l'altro.
I loro scudi tutti in frantumi mandano,
rompon gli usberghi e le cinghie ne staccano;
ruotan sui fianchi le selle e a terra cadono.
Son centomila che li guardano e piangono.

## CCLXXXI

A terra sono entrambi i cavalieri;
rapidamente però saltano in piedi.
È Pinabello forte, snello e leggero.
I due si cercano, e non hanno destrieri,
ma con le spade che hanno else d'oro schietto
battono e picchiano sull'acciaio degli elmi.
Son tali i colpi da fare gli elmi a pezzi,
e i cavalieri francesi assai ne gemono.
"Dio!" dice Carlo "che il diritto risplenda!"

## CCLXXXII

Qui Pinabello all'altro disse: "Arrenditi!
Vassallo tuo sarò con ogni fede
e ti darò quanto vuoi dei miei beni,
ma devi mettere pace fra Gano e il re".
Quello risponde: "Non ci penso nemmeno!
Ch'io sia fellone, se un poco vi acconsento!
Oggi il diritto Dio fra noi due riveli!"

vv. 3880-81 L'assonanza difettosa del testo francese di 3880 si è estesa a 3881.

## CCLXXXIII

Ço dist Tierri: — Pinabel, mult ies ber,
Granz ies e forz, e tis cors ben mollez;
De vasselage te conoissent ti per:
Ceste bataille car la laisses ester!
A Carlemagne te ferai acorder;
De Guenelun justise ert faite tel,
Jamais n'ert jur quë il n'en seit parlét. —
Dist Pinabel: — Ne placet Damnedeu!
Sustenir voeill trestut mun parentét;
N'en recrerrai pur nul hume mortel:
Mielz voeill murir que il me seit reprovét. —
De lur espees cumencent a capler
Desur cez helmes, ki sunt a or gemez:
Cuntre le ciel en volet li fous clers.
Il ne poet estre qu'il seient desevrez:
Seinz hume mort ne poet estre afinét. AOI.

## CCLXXXIV

Mult par est proz Pinabel de Sorence,
Si fiert Tierri sur l'elme de Provence:
Salt en li fous, que l'erbe en fait esprendre.
Del brant d'acer la mure li presentet,
Desur le frunt li ad faite descendre,
† Par mi le vis li ad faite descendre:
La destre joe en ad tute sanglente,
L'osberc del dos josque par sum le ventre.
Deus le guarit, que mort ne l'acraventet. AOI.

## CCLXXXIII

Qui Teodorico dice all'altro: "Sei bravo,
sei grande e forte, di membra ben formate:
la tua prodezza conoscono i tuoi pari:
non continuare perciò questa battaglia!
Con Carlomagno io ti farò accordare,
ma tal giustizia verrà fatta di Gano,
che sempre gli uomini ne dovranno parlare".
E Pinabello risponde: "A Dio non piaccia!
Voglio difendere tutto il mio parentado.
Non mi darò vinto a nessun mortale:
meglio morire ch'essere biasimato!"
Allor cominciano con le spade a ribattere
sugli elmi che hanno d'oro e di gemme ornati;
e contro il cielo vive scintille saltano.
Nessun potrebbe oramai separarli.
La smetteranno, se muore l'uno o l'altro.

## CCLXXXIV

È molto prode Pinabel di Sorenza.
Colpisce l'altro sull'elmo di Provenza;
e il fuoco sprizza, e l'erba se n'accende.
Del forte brando la punta gli presenta,
sopra la fronte gliela fa calar netta,
in mezzo al viso il colpo gli fa scendere,
la guancia destra tutta di sangue gli empie
e dalla schiena l'usbergo fino al ventre.
Ma Dio lo guarda, ed egli non va a terra.

v. 3920 Nel testo francese è evidente la presenza di un errore che la traduzione ha provveduto a mascherare: il secondo emistichio è identico a quello corrispondente del verso precedente. L'errore è certo, ma anche irrimediabile, e non è nemmeno localizzabile con sicurezza, potendo essere situato tanto a 3920 (si avrebbe una ripetizione) quanto a 3919 (si tratterebbe allora di errore di anticipo).

## CCLXXXV

Ço veit Tierris quë el vis est ferut:
Li sancs tuz clers en chiet el pred herbu[t];
Fiert Pinabel sur l'elme d'acer brun,
Jusqu'al nasel l'i ad f‹r›ait e fendut,
Del chef li ad le cervel espandut,
Brandit sun colp, si l'ad mort abatut.
A icest colp est li esturs vencut.
Escrïent Franc: — Deus i ad fait vertut!
Asez est dreiz que Guenes seit pendut
E si parent, ki plaidét unt pur lui. — AOI.

## CCLXXXVI

Quant Tierris ad vencue sa bataille,
Venuz i est li emperere Carles,
Ensembl'od lui de ses baruns quarante;
Naimes li dux, Oger de Danemarche,
Geifrei d'Anjou e Willalme de Blaive.
Li reis ad pris Tierri entre sa brace,
Tert lui le vis od ses granz pels de martre,
Celes met jus, puis li afublent altres;
Mult suavet le chevaler desarment.
† Fait en une mule d'Arabe;
Repairet s'en a joie e a barnage;
Vienent ad Ais, descendent en la place.
Des or cumencet l'ocisïun des altres.

## CCLXXXV

Si vede il volto or Teodorico tutto
ferito: il sangue cade sulla verzura.
E a Pinabello colpisce l'elmo bruno,
sino al nasale glielo divide in due,
fuori del capo il cervello gli butta,
e scuote l'arma: a morte l'ha abbattuto.
Con questo colpo la battaglia è compiuta.
Gridano i Franchi: "Di Dio questa è virtù!
Mettere a Gano il cappio è proprio giusto,
ed ai parenti che furono per lui".

## CCLXXXVI

Ha Teodorico vinto la sua battaglia,
ed ecco viene l'imperatore Carlo:
con lui quaranta suoi baroni s'avanzano:
il duca Namo, Oggier di Danimarca,
Gioffré d'Angiò e Guglielmo di Blavia.
Subito il re lo stringe fra le braccia,
gli terge il viso con le pelli di martora
che porta, ed altre indossar gliene fanno.
Con gran dolcezza il cavalier disarmano,
lo fan montare su una mula d'Arabia:
egli ritorna con gioia e in dignità;
e, ad Aquisgrana, scendono nella piazza.
Ora incomincia l'uccisione degli altri.

v. 3930 *Con questo colpo* o forse: « A questo punto ».

v. 3932 *il cappio*: cfr. la nota al verso 1409.

v. 3943 Il manoscritto oxfordiano è qui notevolmente difettoso: la traduzione provvede opportunamente ad integrare l'infinito *montare*, e *munter* indubbiamente doveva essere previsto nel primo emistichio della lezione originaria — probabilmente nel seguente contesto: *Munter l'unt fait* (« Montare lo hanno fatto ») —, ma pone problemi anche la misura sillabica eccessiva che il manoscritto propone per il secondo emistichio.

v. 3945 Cfr. la nota al verso 179.

## CCLXXXVII

Carles apelet ses cuntes e ses dux:
— Que me loëz de cels qu'ai retenuz?
Pur Guenelun erent a plait venuz,
Pur Pinabel en ostage renduz. —
Respundent Franc: — Ja mar en vivrat uns! —
Li reis cumandet un soen veier, Basbrun:
— Va, si·s pent tuz a l'arbre de mal fust!
Par ceste barbe dunt li peil sunt canuz,
Së uns escapet, morz ies e cunfunduz. —
Cil li respunt: — Qu'en fereie joe [plus]? —
Od .c. serjanz par force les cunduit.
.xxx. en i ad d'icels ki sunt pendut.
† Ki hume traïst, sei ocit e altroi. AOI.

## CCLXXXVIII

Puis sunt turnét Bavier e Aleman
E Peitevin e Bretun e Norman.
Sor tuit li altre l'unt otrïét li Franc
Que Guenes moerget par merveillus ahan:
Quatre destrers funt amener avant,
Puis si li lient e les piez e les mains.
Li cheval sunt orgoillus e curant:
Quatre serjanz les acoeillent devant.
Devers un'ewe ki est en mi un camp
Turnét est Guenes a perdicïun grant;
Trestuit si nerf mult li sunt estendant
E tuit li membre de sun cors derumpant:
Sur l'erbe verte en espant li cler sanc.
Guenes est mort cume fel recreant.
† Hom ki traïst altre nen est dreiz qu'il s'en vant.

## CCLXXXVII

Carlo si volge ai suoi conti e ai suoi duchi:
"Come trattare quelli che ho trattenuti?
Sono per Gano al giudizio venuti:
li ho come ostaggi per Pinabello avuti".
Dicono i Franchi: "Non ne viva nessuno!"
Allora il re fa venir Bassobruno:
"Va' e tutti appendili al disgraziato fusto!
Per questa barba che i peli ora ha canuti,
sei bell'e morto se uno solo ne fugge!"
Quello risponde: "Che posso far di più?"
Con cento fanti per forza li conduce.
Son trenta, e trenta vengono appesi, tutti.
Perde sé e gli altri, chi tradisce qualcuno.

## CCLXXXVIII

Dopo ritornano Bavaresi e Alemanni
e Pittavini e Bretoni e Normanni.
Su tutti gli altri hanno deciso i Franchi
che Gano muoia con un tremendo affanno.
Quattro destrieri fanno condurre avanti,
poi lui nei piedi legano e nelle mani.
Veloci sono e indomiti i cavalli,
e quattro fanti li spingono in avanti.
Verso un ruscello che scorre in mezzo a un campo
a gran rovina ora Gano è arrivato.
Tutti i suoi nervi gli vengono allungati,
tutte le membra del suo corpo gli strappano,
sull'erba verde si spande il sangue chiaro.
Come un fellone convinto muore Gano.
Se un uom tradisce, non si deve vantare.

v. 3952 *Bassobruno*: letteralmente: «un suo "voyer", Bassobruno»; "voyer" = addetto alla sorveglianza delle strade.
v. 3959 Ipermetro nel testo francese per il primo emistichio.
v. 3965 S'intende che lo legano ai cavalli. [*N.d.T.*]
v. 3974 Ipermetro nel testo francese per il primo emistichio (similare al precedente verso 3959).

## CCLXXXIX

Quant li empereres ad faite sa venjance,
Si·n apelat ses evesques de France,
Cels de Baviere e icels d'Alemaigne:
† – En ma maisun ad une caitive franche;
Tant ad oït e sermuns e essamples,
Creire voelt Deu, chrestïentét demandet.
Baptizez la, pur quei Deus en ait l'anme. –
Cil li respundent: – Or seit fait par marrenes!
† Asez cruiz e linees dames. –
As bainz ad Ais mult sunt granz les c[umpaignes];
La baptize‹re›nt la reïne d'Espaigne:
Truvé[t] li unt le num de Juliane.
Chrestïene est par veire conoisance.

## CCXC

Quant l'emperere ad faite sa justise
E esclargie[e] est la sue grant ire,
En Brami[mund]e ad chrestïentét mise.
Passet li jurz, la nuit est aserie;
† Culcez s'est li reis en sa cambre voltice.
Seint Gabrïel de part Deu li vint dire:
– Carles, sumun les oz de tun emp[ir]e!
Par force iras en la tere de Bire,
Reis Vivïen si succuras en Imphe,
A la citét que paien unt asise:
Li chrestïen te recleiment e crïent. –
Li emperere n'i volsist aler mie:

## CCLXXXIX

L'imperatore, quando vendetta ha fatta,
subito chiama i vescovi di Francia,
e chiama i vescovi di Baviera e Alemagna:
"Da me c'è un'alta prigioniera in palazzo,
che ha tanti esempi e sermoni ascoltati,
che crede in Dio e vuol esser cristiana.
Or battezzatela, perché Dio ne abbia l'anima".
Quelli rispondono: "Con madrine facciamolo:
ne abbiamo dame d'assai nobile schiatta!"
Grande è la piana ai bagni d'Aquisgrana:
là battezzarono la regina di Spagna
e le trovarono il nome di Giuliana:
fatta è cristiana con conoscenza chiara.

## CCXC

L'imperatore, quando ha fatto giustizia,
e s'è placata un po' la sua grand'ira,
fa Bramimonda cristiana divenire.
Passato è il giorno, la notte s'è incupita.
Va nella camera a volta il re a dormire,
ma San Gabriele viene da Dio per dirgli:
"Carlo, gli eserciti dell'impero riunisci!
A forza andrai nella terra di Bira,
per dare aiuto al re Viviano in Infa,
dove hanno posto l'assedio i Saracini
ed i cristiani levano a te le grida".
L'imperatore non vorrebbe partire:

v. 3978 Ipermetro nel testo francese per il secondo emistichio.

v. 3983 Verso largamente difetttoso nel testo francese; tutte le numerose congetture avanzate ne fanno comunque un apprezzamento positivo nei confronti delle madrine di Bramimonda.

v. 3987 *con conoscenza chiara*: cioè: «con piena coscienza». [*N.d.T.*]

v. 3992 Ipermetro nel testo francese per il primo emistichio.

— Deus! — dist li reis — si penuse est ma vie! —
Pluret des oilz, sa barbe blanche tiret.
Ci falt la geste que Turoldus declinet.

"Dio," disse "quanto penosa è la mia vita!"
Comincia a piangere, la barba bianca tira.
La gesta scritta qui da Turoldo ha fine.

v. 4002 Letteralmente: «Qui vien meno la gesta che *Turoldus* declina». [*N.d.T.*] Soprattutto i raffronti con analoghe formule conclusive di altri testi medievali (ad esempio il *Brut* di Wace) inviterebbero a riconoscere in questo verso la designazione esplicita di un *Turoldo* quale autore della *Canzone*: con il verbo *declina* Turoldo si qualificherebbe precisamente come il responsabile della composizione della *gesta* (tanto nel caso che *gesta* equivalesse a «poema», quanto nel caso che designasse invece la fonte, o il complesso delle fonti, che la *Canzone* dichiara più volte — cfr. la nota ai versi 1443-44 — di avere utilizzato). Alcuni tra gli studiosi che hanno aderito a questa ipotesi hanno anche procurato di compiere il passo successivo, di dare cioè a Turoldo un minimo di concretezza storica, identificandolo con varî personaggi di tal nome (nome di apparenza normanna; e la proposta meglio accreditata si rivolge infatti ad un monaco guerriero dell'abbazia normanna di Fécamp). Va detto però che l'espressione «declinare una gesta» potrebbe fare riferimento, oltre che alla composizione di un poema o allo svolgimento poetico della materia di un testo storiografico, anche ad operazioni più modeste, quali la traduzione, il rimaneggiamento e forse soltanto la trascrizione di un testo. Secondo queste ultime interpretazioni (e secondo altre ancora) Turoldo non avrebbe affatto avuto la piena responsabilità della *Canzone di Orlando.* Si concluderà che i fautori della paternità turoldiana della *Canzone* fondano necessariamente il proprio atteggiamento critico, oltre che su valide o interessanti argomentazioni e su di una responsabile valutazione dei dati, anche su una certa buona dose di ottimismo.

# INDICI DEI NOMI PROPRÎ

Il *Repertorio dei nomi proprî del testo italiano* offre una lista dei nomi proprî e degli aggettivi etnici del poema nelle forme loro attribuite dalla versione Lo Cascio, procurando innanzitutto il riferimento alle corrispondenti forme-base del testo critico, elencate nel successivo *Indice dei nomi proprî del testo francese*; trascrive inoltre dall'*Indice dei nomi proprî* dell'edizione Segre, rivedute e localmente adattate, le informazioni essenziali a individuare i personaggi e luoghi e popoli in oggetto (non quando l'identificazione appaia assolutamente ovvia, come è il caso per molti toponimi e nomi o aggettivi etnici; talvolta, però, a scanso di equivoci, si sono forniti chiarimenti anche in casi limpidissimi); aggiunge infine, per i personaggi che manifestino una presenza in qualche modo significativa, una sintetica ricapitolazione delle situazioni narrative cui essi partecipano, con riferimenti alle lasse nelle quali dette situazioni si svolgono (ci si è limitati a segnalare le circostanze per le quali si registri una presenza attiva dei personaggi in questione; è il caso di precisarlo, poiché la «presenza» nel poema di alcuni personaggi si estende, anche significativamente, molto al di là del loro effettivo agire: si pensi alle molteplici menzioni di Orlando successive alla morte dell'eroe).

L'*Indice dei nomi proprî del testo francese* riproduce l'*Indice dei nomi proprî* dell'edizione Segre (corretto di pochi refusi per lo più presenti nei rinvii ai versi), tolte le indicazioni, cui sopra si accennava, trasferite nel *Repertorio dei nomi proprî del testo italia-*

*no*, e tolti i riferimenti all'apparato critico di quell'edizione. I nomi sono registrati nelle varie forme assunte nel testo Segre, contrassegnate talvolta dai segni di integrazione (parentesi uncinate) e di sostituzione (parentesi quadre) introdotti dall'editore. Questa pluralità di forme non dipende soltanto dall'alternanza indifferente di grafie più o meno corrispondenti alla pronuncia (ad esempio: *Carles, Charles, Karles*, ecc. ...), ma anche dal mantenimento, nella lingua del poema, di un residuo di declinazione (a due casi: una forma nominativale, o di «caso soggetto», e una forma, di «caso regime», disponibile per i varî complementi), mantenimento verificabile ad esempio nella distinzione di *Carles* e *Carlun, Guenes* e *Guenelun*, forme rispettive di caso soggetto e caso regime. L'*Indice* consente di giudicare del grado di ossequio testimoniato dalla *Canzone* nei confronti della norma della declinazione bicasuale — grado complessivamente anche elevato —, raccogliendo sotto apposite rubriche: sogg.; voc (ativo); reg., le diverse funzioni rivestite da una medesima forma nei suoi varî occorrimenti testuali.

# REPERTORIO DEI NOMI PROPRÎ DEL TESTO ITALIANO

ABIRONE cfr. [ABIR]UN Abiram, personaggio biblico (*Numeri*, 16). In coppia con Datan (in questo elenco DATANE) è prototipo di ribelle contro la religione (cfr. la nota al verso 1215).

ABISSO cfr. ABISME Cavaliere pagano. Portainsegne di Marsilio, è presentato nella lassa [CXXIV] e ucciso da Turpino nella [CXXV].

AELROTTE cfr. AELROTH Nipote di Marsilio; uno dei dodici Pari pagani. È nominato per la prima volta nella lassa XCIII, nella quale è ucciso da Orlando, ma già in precedenza appariva con rilievo, designato come «il nipote di Marsilio», nelle lasse LXIX-LXX (scena delle «vanterie»).

AFRICA cfr. AFFRIKE

AFRICANO cfr. AFFRICAN

AIMONE cfr. HAMON Barone dell'esercito franco.

ALDA cfr. ALDE Sorella di Oliviero e fidanzata di Orlando. È menzionata da Oliviero nella lassa CXXIX. Muore di dolore alla notizia della morte di Orlando nella lassa CCLXVII; nella lassa CCLXVIII ne è riferita la sepoltura.

ALEMAGNA cfr. ALEMAIGNE

ALEMANNI cfr. ALEMAN Tedeschi dell'alto Reno.

ALESSANDRIA cfr. ALIXANDRE Alessandria d'Egitto.

ALESSANDRINO cfr. ALEXANDRIN Di Alessandria d'Egitto.

ALFAGANO cfr. ALPHAÏEN Duca pagano.

ALFRERA cfr. ALFRERE Paese pagano.

ALMACIA cfr. ALMACE Spada di Turpino.

ALMARIGI cfr. ALMARIS Re pagano.

ALTACHIARA cfr. HALTECLERE Spada di Oliviero.

ALTILIA cfr. HALTILIE Paese pagano di Spagna.

ALVERNIA cfr. ALVERNE

AMBORRE cfr. AMBORRES Cavaliere pagano, portainsegne

di Baligante. Gli viene affidata l'insegna nella lassa CCXXXVI; è ucciso da Gioffré d'Angiò nella CCLVI.

Angiò cfr. [Anjou]

Angioino cfr. Angevin

Anseigi cfr. Anseïs Uno dei dodici Pari. È nominato per la prima volta, con altri Pari, nella lassa VIII; uccide Turgiso di Tortelosa nella lassa XCIX; è ucciso da Malcotante nella lassa CXX.

Antelmo cfr. Antelme Barone dell'esercito franco.

Antonio, Santo cfr. Antonie, Seint

Apollo cfr. Apollin Una delle persone della trinità pagana.

Aquisgrana cfr. Ais Residenza di Carlomagno, come pure Loduno (v.).

Aquitania cfr. Equitaigne

Arabi cfr. Arrabit

Arabia cfr. Arabe

Ardenne cfr. Ardene

Argoglia cfr. Argoilles Paese saraceno.

Argonne cfr. Argone

Armeni cfr. Ermines

Aspra cfr. [Aspre] Il passo di Aspe, ora Somport.

Astorre cfr. Astors Barone dell'esercito franco.

Astrimoni cfr. Astrimonies Popolazione pagana.

Austorgio cfr. Austorje Duca dell'esercito franco.

Avari cfr. Avers Popolazione pagana.

Babilonia cfr. Babilonie Il Cairo, residenza di Baligante.

Balagario cfr. Balaguez Balaguer, in Catalogna, sul fiume Segre. L'*emiro... di Balagario* è uno dei dodici Pari pagani.

Baldisa cfr. Baldise Paese pagano.

Baldovino cfr. Baldewin Baldovino, figlio di Gano, nominato dal padre nelle lasse XXIII e XXVII.

Balida cfr. Balide Paese pagano.

Baligante cfr. Baligant Emiro di Babilonia (Cairo); Marsilio è suo feudatario. Allude a Baligante il sogno di Carlo della lassa CLXXXIV; parla di lui, senza farne il nome, Bramimonda nella lassa CLXXXVII. L'emiro è presentato nella lassa CLXXXVIII; nelle successive, sino a CCI, è narrata la sua presa di conoscenza della situazione di Marsilio e la sua assunzione dell'iniziativa militare contro Carlo. Un ritratto di Baligante è proposto dalla lassa CCXXVII, introduttiva al gruppo di lasse che, sino alla CCXXXV, descriveranno i preparativi della battaglia finale nel campo pagano. Appare più volte nel corso del combattimento (lasse CCXXXVI-CCLVI), finché, scontratosi con Carlo nel duello delle lasse CCLVII-CCLXI, non è sopraffatto e ucciso da questi (lassa CCLXI).

Barbamosca cfr. Barbamusche Cavallo di Climborino.

Barberino cfr. Barbarins Berbero.

Basante cfr. Basan Ambasciatore cristiano presso Marsilio, da questi fatto uccidere con il fratello Basilio. Entrambi sono insieme ricordati da Orlando (lassa XIV) e da Gano (lasse XXIV e XXXVII).

Basclia cfr. Bascle Regione pagana.

Basilio cfr. Basilie Vedi, in questo elenco, basante.

Basilio, San cfr. Basilie, Seint

Bassobruno crf. Basbrun « Voyer » di Carlomagno.

Bavaresi (e Bavari) cfr. Bavier

Bavari (e Bavaresi) cfr. Bavier

Baviera cfr. Baiver

Belferna cfr. Belferne Regno pagano.

Belna cfr. Belne Beaune (Borgogna).

Berbegallo cfr. Brigal o Brigant Berbegal, in Aragona.

Berengario cfr. Berenger Uno dei dodici Pari. È nominato per la prima volta nella lassa LXIV, uccide Estramarigi nella CII ed è ucciso da Grandonio nella CXXII.

Besanzone cfr. Besen[ç]un Besançon.

Besgone cfr. Besgun Capocuoco di Carlomagno.

Bira cfr. Bire Regione ai margini dell'Impero di Carlomagno.

Blavia cfr. Blaive Blaye (Gironde).

Biancandrino cfr. Blancandrin Messaggero di Marsilio a Carlomagno. Assume questo ruolo principale dopo che, nominato per la prima volta nella lassa II, ha indotto Marsilio a intavolare con Carlo la falsa trattativa (suo discorso nell'assemblea dei baroni pagani delle lasse III-IV). Portavoce dell'ambasceria, parla davanti a Carlo nelle lasse IX e X. A colloquio con Gano durante la trasferta dal campo cristiano a Saragozza, prepara il terreno al suo tradimento (lasse XXVIII-XXXI); interviene ancora (lassa XXXVIII) per favorire l'accordo tra Gano e Marsilio, dopo di che la sua azione nel poema improvvisamente si esaurisce.

Blossi cfr. Blos Popolazione pagana.

Bordela cfr. Burdel, Burdele e Burdeles Bordeaux.

Borello cfr. <Burel> Barone pagano, padre di Esprevarino.

Borgogna cfr. Borgoigne

Borgognoni cfr. Borguignuns

Bramimonda cfr. Bramimunde Moglie di Marsilio. Appare nella lassa L, nella quale contribuisce, con un omaggio destinato alla moglie di Gano, alla corruzione del traditore. Accoglie il marito sconfitto e ferito nella lassa CLXXXVI e si rivela scettica sulle possibilità di riscossa dei Saraceni contro Carlo nelle lasse CXCIV e CXCV. Accoglie Baligante nella lassa CC; ne annuncia a Marsilio la sconfitta e la morte nella lassa CCLXIII. Nelle lasse CCLXIV-CCLXVI si arrende a Carlo, che non la costringe con la forza al battesimo, ma la conduce prigioniera ad Aquisgrana dove, istruita nella fede cristiana, la regina di Spagna è battezzata (lassa CCLXXXIX) con il nome di Giuliana.

Bretagna cfr. Bretaigne

Bretoni cfr. Bretun

Bruns cfr. Bruni Popolazione pagana.

Brusa cfr. Bruise Regione pagana (Prussia?).

Bulgari cfr. Bugre

Bulgaria cfr. Bu[guerie]

Buovo cfr. Bevon Barone di Carlomagno, signore di Belna (Beaune) e Digione.

Butentroto cfr. Butentrot Butrinto, in Epiro.

Calabria cfr. Calabre

Califerna cfr. Califerne Regione pagana.

Califfo cfr. Algalife (L') Titolo attribuito per antonomasia a uno zio di Marsilio, non altrimenti denominato. Nella lassa XXV invita Marsilio a mantenere la calma durante la trattativa con Gano; la sua autorevolezza è ulteriormente ribadita dal fatto che Carlo lo richieda in ostaggio (lassa XXXVII) e dalla sua partecipazione al consiglio ristretto dei baroni pagani della lassa XXXVIII. Nella lassa LIV Gano fornirà a Carlo una falsa relazione a proposito della sua morte. Il Califfo subentra a Marsilio, ferito, nel comando delle truppe pagane a Roncisvalle (lassa CXLII), si scontra con Oliviero nella lassa CXLIV e lo ferisce mortalmente, ma è vittima della replica di questi nella lassa successiva.

Canabeo cfr. Canabeus Fratello di Baligante. Presentato nella lassa CCXXXVII, prevale in combattimento su Namo nella lassa CCXLVII, ma, mentre si appresta a finirlo, è attaccato e ucciso da Carlo nella lassa successiva.

Cananei cfr. Canelius Popolazione pagana.

Cappadocia cfr. Capadoce

Capuel cfr. Capüel Re pagano.

Carcassona cfr. Carcasonie Città saccheggiata da Orlando. Improbabile che sia Carcassonne.

Carlo cfr. Carle Carlomagno, imperatore dei Franchi. Presentato nella lassa introduttiva del poema: riceve gli ambasciatori di Marsilio nelle lasse VIII-X; per discuterne le proposte convoca il consiglio dei baroni delle lasse XII-XXVI. Ascoltato da Gano il falso resoconto sulla volontà di pace dei Saraceni (lasse LIII-LIV), lascia la Spagna. Reso inquieto dai sogni premonitori delle lasse LVI-LVII, affida ad una retroguardia il compito di tutelare il grosso dell'esercito durante il passaggio dei Pirenei (lasse LVIII-LXIII). Nelle lasse LXVI-LXVII rivela i proprî timori per la sorte di Orlando, designato (da Gano) alla guida della retroguardia. Avvertito dal suono del corno di Orlando della grave situazione nella quale la retroguardia si è venuta a trovare (lasse CXXXII-CXXXIV), accorre a Roncisvalle con le sue truppe (lasse CXXXV-CXXXVIII), ma può soltanto provvedere alla vendetta nei confronti dei Saraceni aggressori di Orlando, inseguiti e sterminati nelle lasse CLXXVI-CLXXIX. Nel sonno agitato che l'imperatore si concede dopo la strage dei nemici (lasse CLXXX-CLXXXIII) è visitato dall'arcangelo Gabriele, che gli induce in sogno le due visioni delle lasse CLXXXIV-CLXXXV. Ritornato a Roncisvalle, ricerca il cadavere di Orlando, ne piange la scomparsa e dà disposizioni per la sepoltura dei caduti (lasse CCII-CCXII). Presentatasi la nuova minaccia costituita dall'esercito di Baligante (lassa CCXIII), si arma (lassa CCXIV) e predispone lo schieramento delle truppe per lo scontro campale (lasse CCXV-CCXXVI). Durante la battaglia contro Baligante si segnala per gli incitamenti rivolti alle proprie schiere nelle lasse CCXXXVIII e CCXLV, nonché per l'uccisione di Canabeo (lassa CCXLVIII). Il duello tra Carlo e Baligante occupa le lasse CCLVII-CCLXI e chiude le vicende militari del poema. Conquistata Saragozza, Carlo imporrà ai vinti la conversione in massa alla fede cristiana, per poi ritornare in patria, ad Aquisgrana (lasse CCLXIII-CCLXVI). Convocato un consiglio dei baroni per procedere alla condanna di Gano, trova difficoltà ad imporre la propria giustizia, e vi riesce soltanto attraverso il duello giudiziario tra Pinabello ed il proprio campione, Teodorico d'Angiò (lasse CCLXIX-CCLXXXVI). Nella lassa conclusiva del poema si annunciano per Carlo nuove prove.

Carlomagno cfr. Carlemagne Vedi Carlo.

CARTAGINE cfr. KARTAGENE

CAMARINA cfr. CAZMARINE<S> Paese pagano di Spagna, forse il porto di Camarinas, a nord di Compostella.

CERDAGNA cfr. SARD[A]NIE Cerritania (sp. Cerdaña; fr. Cerdagne).

CHERIANTE cfr. CHERIANT Paese pagano.

CHERNUBLO cfr. CHER[N]UBLE Uno dei dodici Pari pagani. Presentato nella scena delle «vanterie» (lassa LXXVIII), è segnalato nella lassa CII come uno dei due superstiti tra i dodici Pari pagani, ma è ucciso poco dopo da Orlando (lassa CIV).

CHERUBINO cfr. CHERUBIN. Sul finire della lassa CLXXV, l'angelo Cherubino scende dal cielo, insieme agli arcangeli Michele e Gabriele, per accogliere l'anima di Orlando.

CHIARBONA cfr. CLARBONE Paese pagano

CHIARIANO cfr. CLARÏEN Barone pagano, ambasciatore di Baligante a Marsilio. Svolge tale missione, insieme a Chiarifante, nelle lasse CXCII-CXCIX.

CHIARIFANTE cfr. CLARIFAN Barone pagano, ambasciatore di Baligante a Marsilio. Vedi CHIARIANO.

CHIARIN cfr. CLARIN Inviato di Marsilio a Carlomagno.

CISA cfr. SIZER Il passo di Cize (Cirsia, Ciserae) o di Roncisvalle.

CLIMBORINO cfr. CLIMBORINS Barone pagano. Dona a Gano un elmo nella lassa XLIX; uccide Engeliero nella lassa [CXIV]; è ucciso da Oliviero nella successiva.

COMMIBILE cfr. COMMIBLES Paese pagano di Spagna, forse Coimbra.

CORDOVA cfr. CORDRES Plausibile, non sicura, l'identificazione con Cordova di *Cordres*, città pagana di Spagna.

CORSABLIGI cfr. CORSA[B]LIS Uno dei dodici Pari pagani. Si esibisce in una vanteria nella lassa LXXI; è ucciso da Turpino nella lassa XCV.

COSTANTINOPOLI cfr. COSTENTINNOBLE

DANESE cfr. DANEIS Epiteto di Oggiero.

DANIELE cfr. DANÏEL Il profeta.

DANIMARCA cfr. DANEMARCHE e DENEMARCHE

DAPAMORTO cfr. DAPAMORT Re pagano. Con Malprimo, figlio di Baligante, e Torleo, è al comando delle truppe più avanzate nella battaglia contro Carlo (lasse CCXXX e CCXXXI); è, assai probabilmente, il *re leutizio* ucciso da Guinemante nella lassa CCXLI (cfr. la nota al verso 3360).

DATANE cfr. DAT[HA]N Datan, personaggio biblico. Vedi ABIRONE.

Digione cfr. Digun

Dionigi, san[1] cfr. Denise, Seint[1] Il santo, primo vescovo di Parigi.

Dionigi, San[2] cfr. Denise, Seint[2] Saint-Denis-en-France, presso Parigi.

Drogone cfr. Droün Zio di Gualtiero.

Durendala cfr. Durendal Spada di Orlando.

Durestante cfr. Durestant Città in Spagna.

Ebro cfr. Sebre Il fiume.

Egidio, santo cfr. Gilie, Sainz Sant'Egidio di Provenza.

Enfruni cfr. Enfruns Popolazione pagana.

Engeliero cfr. Engeler Uno dei dodici Pari. Appare per la prima volta nella lassa C (ma cfr. la nota ai versi 104-07), nella quale uccide Escremigi; nella lassa CVIII uccide Esprevarino; è ucciso da Climborino nella lassa [CXIV].

Enrico cfr. Henri Nipote di Riccardo di Normandia.

Ermanno cfr. Hermans Duca dell'esercito franco.

Escababì cfr. Escababi Barone pagano.

Escremigi cfr. Escremiz Uno dei dodici Pari pagani. Svolge la sua « vanteria » nella lassa LXXV; è ucciso da Engeliero nella lassa C.

Espaneligi cfr. Espaneliz Scudiere di Baligante.

Esprevarino cfr. Esp<er>veris Barone pagano.

Estorgante cfr. Estorgans Uno dei dodici Pari pagani. Pronuncia, insieme ad Estramarigi, la propria « vanteria » nella lassa LXXVI; nella lassa CI è ucciso da Ottone.

Estramarigi cfr. Est<r>amarin Uno dei dodici Pari pagani. Pronuncia, insieme ad Estorgante, la propria « vanteria » nella lassa LXXVI; è ucciso da Berengario nella lassa CII. Anche nella lassa V è nominato un Estramarigi, ma non è probabile che debba trattarsi del Pari. Cfr. infatti la nota ai versi 63-68.

Esturgogio cfr. Esturguz Cavaliere pagano.

Etiopia cfr. Ethiope

Eudropino cfr. Eudropin Inviato di Marsilio a Carlomagno.

Ezzelino cfr. Acelin Conte dell'esercito franco. Nominato nella lassa XII, tra i partecipanti al consiglio dei baroni, sostiene Carlo, svenuto, insieme a Namo, Gioffré e Teodorico d'Angiò, nella lassa CCV.

Faldrone cfr. Faldrun Barone saraceno.

Falsarone cfr. Falsaron Uno dei dodici Pari pagani, fratello di Marsilio. Formula la sua « vanteria » nella lassa LXX; è ucciso da Oliviero nella lassa XCIV.

Fiamminghi cfr. Flamengs
Fiandre cfr. Flandres
Fioridata cfr. Floredee  Paese pagano.
Fiorito cfr. Flurit  Re pagano.
Franchi cfr. Franc  Anche: francesi.
Francia cfr. France  Per lo più nel senso di: impero dei Franchi.
Francese cfr. Franceis  Anche: franco.
Frisia cfr. Frise
Frisoni cfr. Frisuns

Gabriele, San cfr. Gabrïel, Seint  L'arcangelo. Con l'arcangelo Michele e l'angelo Cherubino scende dal cielo, sul finire della lassa CLXXV, per accogliere l'anima di Orlando.
Gaiofiero cfr. Gaifiers  Duca dell'esercito franco.
Galafro cfr. Galaf<r>es  Emiro pagano.
Galazino cfr. Galazin  Di Galata, sobborgo di Costantinopoli (o della Galazia, regione interna dell'Anatolia).
Galizia cfr. Galice
Gano cfr. Guenes  Patrigno di Orlando. Partecipa al consiglio dei baroni delle lasse XII-XXVI; designato (da Orlando, lassa XX) a condurre la trattativa con Marsilio nel campo saraceno, sfrutta l'occasione prospettatagli da Biancandrino nelle lasse XXIX-XXXI per rivalersi nei confronti di Orlando, e accede in tal modo al tradimento (lasse XXXII-LII). Di ritorno al campo cristiano, fornisce a Carlo una menzognera ricostruzione degli sviluppi della trattativa con Marsilio (lasse LIII-LIV) e perfeziona il tradimento determinando la designazione di Orlando a responsabile della retroguardia (lassa LVIII). In viaggio verso la Francia, è accanto a Carlo quando i Francesi odono il suono del corno di Orlando, e cerca invano di minimizzare il significato di quel richiamo (lasse CXXXII-CXXXIV). Fatto arrestare da Carlo nella lassa CXXXVI, Gano non ricompare nel poema sino alla lassa CCLXIX, nella quale si inizia il processo per tradimento, concluso dal duello giudiziario tra Teodorico d'Angiò e Pinabello, parente e campione di Gano (lasse CCLXIX-CCLXXXV). Le lasse CCLXXXVII e CCLXXXVIII riferiscono la condanna e il supplizio del traditore.
Garmalia cfr. Garmalie  Paese pagano.
Geboino cfr. Gebuïn  Barone dell'esercito franco. A Geboino, Teobaldo, Milone e Ottone è affidata la custodia dei caduti di Roncisvalle nella lassa CLXXVII. Un'analoga

incombenza è assegnata agli stessi personaggi nella lassa CCXII. Insieme a Lorenzo, Geboino comanderà quindicimila baccellieri francesi nella battaglia contro Baligante (lassa CCXVI) e con lui sarà ucciso da Baligante nella lassa CCL.

GEMALFINO cfr. GEMALFIN Favorito di Baligante. Gli è affidato il comando dell'esercito durante l'assenza di Baligante, recatosi a visitare Marsilio, nella lassa CC. Arreca a Baligante la notizia della morte di Malprimo e di Canabeo nella lassa CCLII.

GERARDO cfr. GERARD Uno dei dodici Pari. Nominato per la prima volta nella lassa LXIV, è ucciso da Marsilio nella CXLI.

GERICO cfr. JERICHO.

GERIERO cfr. GERER Uno dei dodici Pari. Nominato per la prima volta nella lassa VIII, è segnalato nella XII tra i partecipanti al consiglio dei baroni. Uccide l'emiro di Balagario nella lassa XCVII; insieme a Gerino uccide Timozello nella CVIII; con lui è ucciso da Grandonio nella lassa [CXX]. La sua relazione di *compagnonnage* con Gerino è particolarmente sottolineata: cfr. la nota ai versi 104-107.

GERINO cfr. GERIN Uno dei dodici Pari. Nominato per la prima volta nella lassa VIII, è segnalato tra i partecipanti al consiglio dei baroni. Uccide Malprimigi nella lassa XCVI; insieme a Geriero uccide Timozello nella CVIII; con lui è ucciso da Grandonio nella lassa [CXX]. La sua relazione di *compagnonnage* con Geriero è particolarmente sottolineata: cfr. la nota ai versi 104-107.

GERUSALEMME cfr. JERUSALEM.

GESTA DEI FRANCHI, GESTE FRANCHE cfr. GESTE FRANCOR La Storia dei Franchi, indicata come fonte dall'autore della *Canzone*.

GESÙ cfr. JHESU.

GIANGLEO cfr. JANGLEU Consigliere di Baligante. È da lui consultato nella lassa CCLIII.

GIGANTI cfr. JAIANZ Popolazione pagana. I *Giganti* non specificati della lassa CCLIII sono da identificare evidentemente con quelli di *Malprosa* o di *Malpreso* delle lasse CCXXXIII e CCXXXV.

GIOFFRÈ cfr. GEFREI Gonfaloniere di Carlomagno. Nominato per la prima volta nella lassa VIII; sostiene Carlo, svenuto, insieme a Teodorico d'Angiò (suo fratello) e ad Ezzelino e Namo, nella lassa CCV; appare ancora nelle lasse CCX-CCXI, CCXXIV, CCLV, prima di compiere il proprio *exploit* della lassa CCLVI, l'uccisione di Amborre, gonfaloniere di Baligante. Nella lassa CCLXXXVI è tra coloro che, insieme a Carlo, tributano i primi onori a Teodorico, vincitore di Pinabello.

GIOIA È nella traduzione — sulla base della lezione di $V_4$ — in corrispondenza di una lacuna di O. Regione pagana non identificabile, probabilmente fantastica.

GIOIOSA cfr. JOIUSE Spada di Carlomagno.

GIONA cfr. JONAS Il profeta.

GIOVE cfr. JUPITER È considerato come divinità demoniaca.

GIOZZERANNO cfr. JOZERAN Conte dell'esercito franco. Nominato per la prima volta nella lassa CCXV; la sua partecipazione alle vicende del poema consiste principalmente nell'organizzazione dello schieramento delle truppe cristiane contro Baligante (lasse CCXVI-CCXXIII).

GIRONDA[1] cfr. [GIRONDE] Gerona (Catalogna).

GIRONDA[2] cfr. GIRUNDE L'estuario della Garonna e della Dordogna.

GIULIANA cfr. JULIANE Nome assunto col battesimo dalla regina Bramimonda.

GIUNERO cfr. JOÜNER Inviato di Marsilio a Carlomagno.

GIURFARETTO cfr. JURFARÉT Figlio di Marsilio. Ha una reazione istintiva contro Gano nella lassa XXXVII; è ucciso da Orlando nella lassa CXLI.

GIUSTINO cfr. JUSTIN Cavaliere pagano.

GOSSELMO cfr. GODSELMES Barone dell'esercito franco.

GRAMIMONDO cfr. GRAMIMUND Cavallo di Valdabruno.

GRANDONIO cfr. GRANDONIE Principe pagano. Nella lassa [CXX] uccide Gerino, Geriero, Berengario, Guido, Austorgio. È ucciso da Orlando nella lassa [CXXII[a]].

GROSSAGLIA cfr. GROSSAILLE Re pagano.

GROSSI cfr. GROS Popolazione pagana.

GUADAGNONE, cfr. GAIGNUN Cavallo di Marsilio.

GUALTIERO cfr. GUALTER Vassallo di Orlando. Presentato nella lassa LXIV, nella LXV gli è affidata da Orlando una missione particolare, che lo separa dal grosso della retroguardia durante le prime fasi della battaglia di Roncisvalle. Riappare nella lassa CLI, ferito mortalmente ed unico superstite dell'attacco condotto contro le sue truppe dai Saraceni di Almarigi; combatte ancora valorosamente nella lassa CLII; muore nella CLIII.

GUARLANDO cfr. GUARLAN Inviato di Marsilio a Carlomagno.

GUASCOGNA cfr. GUASCUIGNE

GUASCONE cfr. GUASCUINZ

GUGLIELMO cfr. WILLALME Barone dell'esercito franco.
GUIDO cfr. GUIUN Barone franco.
GUINEMANTE cfr. GUINEMAN Barone franco. Nella lassa CCXVI è incaricato, con Rabello, di svolgere nella battaglia contro Baligante le funzioni attribuite in precedenza alla coppia Orlando-Oliviero; nella lassa CCXLI fa una vittima (probabilmente Dapamorto); nella lassa CCL è ucciso da Baligante.
GUINEMERO cfr. GUINEMER Zio di Gano.
GUIZZANTE cfr. GUITSAND Wissant, sullo stretto di Calais.

INFA cfr. IMPHE Città cristiana non ben identificata.
INGHILTERRA cfr. ENGLETERE
INNOCENTI cfr. INNOCENZ I santi Innocenti, vittime della strage di Erode.
INVERSO cfr. ENVERS Città sul Rodano.
IRLANDA cfr. I[RLA]NDE
IVO cfr. IVE Uno dei dodici Pari. È ucciso da Marsilio nella lassa CXLI; non è menzionato precedentemente (ma cfr. la nota ai versi 104-07).
IVORIO cfr. IVORIE Uno dei dodici Pari. È ucciso da Marsilio nella lassa CXLI; non è menzionato precedentemente (ma cfr. la nota ai versi 104-07).

LAZZARO, SAN cfr. LAZARON, SEINT Il personaggio dei Vangeli, amico di Gesù.
LEUTIZIO cfr. LEUTIZ e LEUTICE (Leutizia) Della Leutizia, paese pagano (slavo).
LIVI cfr. LEUS Popolazione pagana.
LODUNO cfr. LOÜM Laon, residenza di Carlomagno, come pure AQUISGRANA (v.).
LOMBARDIA cfr. LUMBARDIE Territorio dei Longobardi.
LORENESI cfr. LOHERENCS
LORENZO cfr. [LORANZ] Barone dell'esercito franco. Insieme a Geboino comanda quindicimila baccellieri francesi nella battaglia contro Baligante (lassa CCXVI) ed è con lui ucciso da Baligante nella lassa CCL.
LUDOVICO cfr. LOEWIS Figlio di Carlomagno.

MACCHIABRUNO cfr. TACHEBRUN Cavallo di Gano.
MACHINERO cfr. MACHINER Inviato di Marsilio a Carlomagno.
MACONE cfr. MAHUM Maometto, una delle persone della trinità pagana; vedi anche MAOMETTO.
MADELGUTO cfr. MAËLGUT Città conquistata da Gualtiero.

Magonzese cfr. Maience (Magonza).

Malbene cfr. Malbien Inviato di Marsilio a Carlomagno.

Malcotante cfr. Malquiant Principe pagano.

Malcuto cfr. Malcud Re pagano, padre di Malcotante.

Maldotto cfr. Malduit Tesoriere di Marsilio.

Malpalino cfr. Malpalin Cavaliere pagano.

Malpreso cfr. Malpreis Paese pagano.

Malprimigi cfr. Malprimis Uno dei dodici Pari pagani. È presentato nella lassa LXXI (scena delle «vanterie»). È ucciso da Gerino nella lassa XCVI.

Malprimo cfr. Malpr[i]m[e]s Figlio di Baligante. È presentato nella lassa CCXXVIII; chiede e ottiene il privilegio di combattere in prima fila contro l'esercito di Carlo nelle lasse CCXXIX-CCXXX. Combatte valorosamente nella lassa CCXLII; è ucciso da Namo nella CCXLVI.

Malprosa cfr. Malpr[o]se Paese pagano.

Malsarone cfr. Mal<sar>un Cavaliere pagano.

Maltà cfr. Maltét Lancia (*espiét*) di Baligante.

Maltraiano cfr. Maltraïen Re pagano, padre di Chiarifante e Chiariano.

Mania (La) cfr. Maine (Le) Il Maine

Maometto cfr. Mahumet Vedi Macone.

Marbrisa cfr. Marbrise Località marittima.

Marbrosa cfr. Marbrose Località marittima.

Márcole cfr. Marcules Scudiere di Baligante.

Margarigi cfr. Margariz Uno dei dodici Pari pagani. È presentato nella lassa LXXVII (scena delle «vanterie»). Rimasto, con Chernublo, il solo superstite del gruppo dei dodici Pari pagani nella lassa CII, a differenza di Chernublo sfuggirà anche successivamente alla morte, minacciatagli da Oliviero nella lassa CIII, per poi scomparire sorprendentemente dalla scena del poema.

Maria, Santa cfr. Marie, Seinte La Vergine Maria.

Marmorio cfr. Marmorie Cavallo di Grandonio.

Marosa cfr. Maruse Paese pagano.

Marsilio cfr. Marsilie Re pagano di Spagna. È presentato nella lassa introduttiva del poema; convoca il consiglio dei baroni pagani (lasse II-VI) e, accogliendo una proposta di Biancandrino, invia a Carlo una delegazione; discute, anche aspramente, con Gano, nelle lasse XXXI-XXXVII, ma poi concorda con il traditore le modalità dell'agguato di Roncisvalle (lasse XXXVIII-LII). Raccoglie le truppe destinate ad attaccare la retroguardia di Orlando e riceve l'omaggio dei dodici Pari pagani nella scena delle «vanterie» (lasse LXVIII-LXXVIII). Conduce personalmente le sue schiere in battaglia a partire dalla lassa CXI; si segnala per atti di valore nella prima parte della lassa CXLI, ma è poi attaccato, sopraffatto, mutilato della mano destra e messo in fuga da Orlando (sempre nella lassa CXLI). Giunto a Saragozza (lasse CLXXXVI-CLXXXVII), riceve dapprima gli ambasciatori di Baligante e poi l'emiro in persona (lasse CXCIV-CXCVII e CCI). È informato da Bramimonda della sconfitta di Baligante, e muore, oppresso dal dolore, nella lassa CCLXIII.

MARSONA cfr. MARSUNE Nome di luogo.

MICHELE, SAN cfr. MICHEL, SEINT L'arcangelo Michele, protettore dei naviganti, al verso 2394; la sua festa, il 29 settembre, ai versi 37, 53, 152; il santuario di Mont-Saint-Michel au Péril de la Mer, in Normandia, al verso 1428. Con l'arcangelo Gabriele e l'angelo Cherubino scende dal cielo, sul finire della lassa CLXXV, per accogliere l'anima di Orlando.

MILONE cfr. MILUN Conte dell'esercito franco, cugino di Teobaldo di Reims. Nella lassa XII è segnalato come partecipante al consiglio dei baroni; nella lassa CLXXVII è incaricato, con altri, della custodia dei caduti di Roncisvalle; un'analoga incombenza gli è assegnata nella lassa CCXII.

MISNI cfr. MICENES Popolazione pagana.

MONGIOIA cfr. MUNJOIE Grido di guerra dei Franchi; dal nome dell'orifiamma di Carlomagno.

MONTENERO cfr. MUN<E>IGRE Forse Monegros, tra Saragozza e Huesca.

MORI cfr. MORS Mauri, popolazione pagana.

MORIANA cfr. MORIANE Paese saraceno di Spagna, forse Moriana (Rioja) al verso 909; lo stesso, o più probabilmente la Maurienne, al verso 2318.

MURGLEA cfr. MURGLIES Spada di Gano.

NAMO cfr. NAIMES Duca dell'esercito franco, consigliere di Carlomagno. Sostiene il parere di Gano durante il consiglio dei baroni (lassa XVI), e poi presenta la propria candidatura, non accolta da Carlo, per l'ambasceria nel campo saraceno (lassa XVII). Interviene nella discussione sull'opportunità di affidare ad Orlando la guida della retroguardia (lassa LXII). Si rende conto del tradimento di Gano nelle lasse CXXXII-CXXXIV e consiglia a Carlo di accorrere in soccorso di Orlando e dei Pari (lassa

CXXXIV); lo stimola poi ad inseguire i nemici nella lassa CLXXVII. È al fianco di Carlo (come sempre, del resto) in occasione dello schieramento dell'esercito cristiano contro Baligante (lasse CCXVIII-CCXXIII). Uccide Malprimo nella lassa CCXLVI, ma sfugge alla morte, minacciatagli da Canabeo (lassa CCXLVIII) soltanto grazie all'intervento di Carlo (lasse CCXLVIII-CCXLIX).

NARBONA cfr. NERBONE *Nerbone* potrebbe anche essere la città di Arbonne (Bayonne).

NEVELONE cfr. NEVELUN Conte dell'esercito franco.

NIGRI cfr. NIGRES Popolazione pagana.

NINIVE cfr. NINIVEN

NOBILE cfr. NOPLES Città in Spagna.

NORMANDIA cfr. NORMENDIE

NORMANNI cfr. NORMAN

NUBIANI cfr. NUBLES Popolazione pagana.

OCCIANTE cfr. OCCIAN Paese pagano.

ODDONE cfr. OEDUN Barone dell'esercito franco.

OGGIERO cfr. OGER Duca dell'esercito franco. Nella lassa XII è tra i partecipanti al consiglio dei baroni; nella LVIII è designato da Gano a comandare l'avanguardia dell'esercito franco durante il passaggio dei Pirenei; nella lassa CCXVII è posto alla guida delle schiere bavaresi nella battaglia contro Baligante; combatte valorosamente nella lassa CCLVI; cura l'organizzazione del duello giudiziario tra Pinabello e Teodorico (lassa CCLXXVIII) ed è accanto a Carlo quando questi va incontro al vincitore (lassa CCLXXXVI).

OLIVIERO cfr. OLIVER Uno dei dodici Pari, compagno di Orlando e fratello di Alda. Nominato per la prima volta nella lassa VIII, partecipa al consiglio dei baroni (lasse XII-XXVI) ed è tra i volontarî per l'ambasceria al campo saraceno (lassa XVIII). A Roncisvalle, dall'alto di un poggio avvista le schiere saracene: ha inizio così la prima «scena del corno» (lasse LXXIX-XCII), che vede Oliviero impegnato a contrastare l'orgoglio guerriero di Orlando. Oliviero agisce in battaglia nelle lasse XCIV (sua vittima Falsarone), CIII (è miracolosamente incolume in seguito a un formidabile colpo di Margarigi), CVI e CVII (sue vittime: Malsarone, Torgiso, Esturgogio e Giustino), [CXV] (sue vittime: Climborino, Alfagano, Escababì e altri sette anonimi pagani). Nella lassa CXXVI accorre con Orlando in aiuto di Turpino; segue un nuovo, più acceso, diverbio tra

Oliviero e Orlando: è la seconda «scena del corno» (lasse CXXVII-CXXXI). Nella lassa CXLIV Oliviero è aggredito alle spalle e mortalmente ferito dal Califfo; si vendica prontamente (lassa CXLV) e riprende a combattere, ma è ormai sfinito, tanto che giunge a colpire involontariamente Orlando (lassa CXLVIII); con lui si riconcilia definitivamente appena prima di morire (lasse CXLVIII-CXLIX).

OLUFERNA cfr. OLUFERNE Aleppo.

OMERO cfr. OMER Il poeta greco.

ORIENTE cfr. ORÏENT

ORLANDO cfr. ROLLANT Nipote di Carlomagno, figliastro di Gano; uno dei dodici Pari. Nominato per la prima volta nella lassa VIII, partecipa al consiglio dei baroni (lasse XII-XXVI), esortando Carlo alla guerra ad oltranza (lassa XIV), offrendosi per l'ambasceria (lassa XVIII), designando poi Gano come ambasciatore e scatenandone l'ira (lasse XX-XXV). È a sua volta designato da Gano a comandare la retroguardia nelle lasse LVIII-LXIII. Tra la lassa LXXIX e la XCII si svolge il contrasto tra Orlando e Oliviero della prima «scena del corno». In battaglia Orlando uccide Aelrotte (lassa XCIII), Chernublo e altri (CIV e CV), Valdabruno ([CXVII]), Grandonio ([CXXII[a]]); accorso in aiuto di Turpino insieme ad Oliviero (lassa CXXVI), rinnova con il compagno la disputa sull'opportunità di segnalare a Carlomagno la situazione della retroguardia: è la seconda «scena del corno» (lasse CXXVII-CXXXI). Suona infine il corno nelle lasse CXXXII-CXXXIV. Nella lassa CXL uccide venticinque Saraceni, nella CXLI ferisce e mette in fuga Marsilio. Dopo che, nella lassa CXLVIII, Oliviero lo ha involontariamente colpito, si riconcilia con lui nelle lasse CXLVIII-CXLIX, assiste alla sua morte e lo piange nelle lasse CXLIX-CL. Raggiunto da Gualtiero (lassa CLI), combatte con lui e con Turpino nella lassa CLII, uccidendo ancora venti nemici. Suona ancora il corno nella lassa CLV. È attaccato da un centinaio di Saraceni nella lassa CLVI (è ormai rimasto solo con Turpino). Conduce davanti all'arcivescovo i cadaveri dei Pari, per l'estrema benedizione (lasse CLXI-CLXII) e perde i sensi (lassa CLXIII). Si riprende in tempo per assistere alla morte di Turpino e prega per lui (lasse CLXV-CLXVI). Sviene una seconda volta ed è avvicinato da un pagano che, credendolo morto, vorrebbe sottrargli Durendala; rinvenuto, lo uccide (lasse CLXVII-CLXIX). Cerca inutilmente di spezzare Durendala, perché non cada in mano nemica (lasse CLXX-CLXXII). Significativamente atteggiato, dopo un sommario atto di contrizione e una solenne invocazione a Dio, rende l'anima, che l'angelo Cherubino e gli arcangeli Michele e Gabriele scortano in Paradiso (lasse CLXXIII-CLXXV).

ORMALESI cfr. ORMALEIS Popolazione pagana.

OTTONE cfr. OTES Uno dei dodici Pari. Nominato per la prima volta nella lassa LXIV, uccide Estorgante nella lassa CI. Non sono riferite le circostanze della sua morte, ma nella lassa CLXI risulta tra i caduti. Sarà evidentemente un omonimo l'Ottone che riceve in custodia le spoglie dei caduti di Roncisvalle nella lassa CLXXVII, che scorta i cadaveri di Orlando, Oliviero e Turpino (lassa CCXII) e che appare nello schieramento delle truppe contro Baligante. Si può anche pensare che due distinti nomi, graficamente affini, siano venuti a confondersi nelle vicende della trasmissione testuale.

PALERMO cfr. PALERNE

PASSACERVO cfr. PASSECERF Cavallo di Geriero.

PERSI cfr. PERS (Persiani) e PERSIS (Persiano)

PIETRO, SAN cfr. PERRE, SEINT L'Apostolo ai versi 921, 2346, 3094; la Santa Sede al verso 373.

PINA cfr. PINE Paese in Spagna, forse Pina sull'Ebro o San Juan de la Peña.

PINABELLO cfr. PINABEL Campione di Gano. È nominato per la prima volta, da Gano, nella lassa XXVII. Parla in suo favore, durante il processo, nella lassa CCLXXIII; accetta la sfida di Teodorico nella lassa CCLXXVII e combatte contro di lui, rimanendo ucciso, nelle lasse CCLXXX-CCLXXXV.

PINCINNATI cfr. PINCENEIS Popolazione pagana (forse i Peceneghi, tribù turca).

PITTAVINI cfr. PEITEVIN

PITTAVO cfr. PEITOU Poitou.

POGGIO cfr. PUI Paese pagano.

POLACCHI, TERRA DEI cfr. PUILLANIE (Polonia)

PREZIOSA cfr. PRECIUSE Spada di Baligante.

PRIAMO cfr. PRIAMUN Inviato di Marsilio a Carlomagno.

PRIMA cfr. PRIMES Paese pagano.

PROVENZA cfr. PROVENCE.

PUGLIA, QUELLI DI cfr. PUILLAIN (Pugliesi)

RABELLO cfr. RABE<L> Conte dell'esercito franco. Nella lassa CCXVI è incaricato, con Guinemante, di svolgere nella battaglia contro Baligante le funzioni attribuite in precedenza alla coppia Orlando-Oliviero; nella lassa CCXL uccide Torleo.

RAINIERO cfr. REINER Padre di Oliviero.

RAMBALDO cfr. REMBALT Barone di Carlomagno.

REMI cfr. REINS Reims.

RICCARDO cfr. RICHARD Conte dell'esercito franco. Partecipa al consiglio dei baroni (lassa XII); si schiera contro Baligante (lassa CCXIX); è ucciso da Baligante (lassa CCL).

RODANO cfr. ROSNE

ROMA cfr. RUME

ROMA (QUELLI DI) cfr. ROMAIN (Romani)

ROMANA cfr. ROMAINE[2] Primitivo nome dell'orifiamma, poi *Mongioia.*

ROMÁNIA cfr. ROMAINE[1] Romagna (ma cfr. la nota ai versi 2322-2332).

ROMANO, SAN cfr. ROMAIN, SEINT Il santuario di San Romano a Blaia.

RONCISVALLE cfr. RENCESVAL

ROSSIGLIONE cfr. ROSSILLON

RUNIERO cfr. RUNERS Valle nel territorio dell'impero franco.

SALOMONE cfr. SALOMON Il re d'Israele.

SALTOPERDUTO cfr. SALT PERDUT Cavallo di Malcotante.

SAMUELE cfr. SAMÜEL La *gente di Samuele* è una popolazione pagana.

SANSONE cfr. SANSUN Uno dei dodici Pari. È nominato per la prima volta nella lassa VIII; uccide l'almansore di Moriana nella lassa XCVIII; è ucciso da Valdabruno nella lassa [CXVI].

SANT'ANTONIO cfr. SEINT ANTONIE

SANTI (CITTÀ DEI) cfr. SEINZ Saintes (ma cfr. la nota ai versi 1428-29).

SARACENO cfr. SARRAZIN e SARAZINEIS

SARACINO vedi SARACENO

SARAGOZZA cfr. SARRAGUCE e SARRAGUZEIS (di Saragozza).

SASSONI cfr. SAISNES

SASSONIA cfr. SAISONIE

SATANASSO cfr. SATHANAS Satana.

SCHIAVERI cfr. CLAVERS Popolazione pagana.

SCHIAVONI cfr. ESCLAVOZ Popolazione pagana.

SCOZIA cfr. ESCOCE

Severino, San cfr. Sevrin, Seint S. Seurin, vescovo di Bordeaux, ove gli è dedicata una basilica.

Siglorello cfr. Siglorel Incantatore pagano.

Silvestro, San cfr. Silvestre, Seint

Siriano cfr. Sulians Un Siriano informa Baligante sulla consistenza delle forze di Carlo nella lassa CCXVI (cfr. anche la lassa CCXXIX).

Siviglia cfr. Sibilie e Se[b]ilie

Soltrassi cfr. Soltras Popolazione pagana.

Sorabi cfr. Sorbres Popolazione pagana.

Sorello cfr. Sorel Cavallo di Gerino.

Sorenza cfr. Sorence Località pagana.

Sorti cfr. Sorz Popolazione pagana.

Spagna cfr. Espaigne e Espa[n] (di Spagna, spagnolo)

Suatilia cfr. Suatilie Paese pagano.

Tedeschi cfr. Tiedeis Tedeschi del nord.

Tenzinduro cfr. Tencendur Cavallo di Carlomagno.

Teobaldo cfr. Tedbald Barone dell'esercito franco. Partecipa al consiglio dei baroni (lassa XII); è custode delle spoglie dei caduti di Roncisvalle (lassa CLXXVII); è nella scorta dei cadaveri di Orlando, Oliviero, Turpino (lassa CCXII); è nello schieramento dell'esercito contro Baligante (lassa CCXX).

Teodorico[1] cfr. Tierri[1] Duca dell'esercito franco. È nello schieramento dell'esercito contro Baligante (lassa CCXXIII); appare nel corso della battaglia (lassa CCLV).

Teodorico[2] cfr. Tierri[2] Fratello di Gioffré. Sostiene Carlo, svenuto, nella lassa CCV. Contrasta Pinabello nel processo di Gano, lo sfida, lo affronta in duello e risulta vincitore (lasse CLXXVI-CLXXXV).

Terra avita cfr. Tere major La Francia (*terra maiorum*, « la terra degli avi », o *terra maior*, « la grande terra »).

Tervagante cfr. Tervagan Una persona della trinità pagana.

Timozello cfr. Timozel Cavaliere pagano.

Toledo cfr. Tulette

Torleo cfr. Torleu Re persiano. È in prima fila nello schieramento delle truppe di Baligante contro Carlo (lassa CCXXX); è ucciso da Rabello nella lassa CCXL.

Tortelosa cfr. Turteluse Tortosa?

Tracia cfr. Trace

Tudela cfr. Tüele Città in Spagna, sull'Ebro.

Turchi cfr. Turcs

Turgiso cfr. Turgis Uno dei dodici Pari pagani. Appare

nella scena delle «vanterie» (lassa LXXIV); è ucciso da Anseigi nella lassa XCIX; un *Turgiso* è vittima di Oliviero nella lassa CVI (cfr. la nota al verso 1358).

TUROLDO cfr. TUROLDUS Autore o, più probabilmente, copista del ms. O della *Canzone* (cfr. la *Premessa al testo* e la nota al verso 4002).

TURPINO cfr. TURPIN Arcivescovo di Reims. Nominato per la prima volta nella lassa XII, partecipa al consiglio dei baroni (lasse XII-XXVI) e si offre come ambasciatore di Carlo a Marsilio nella lassa XIX. Si unisce ai dodici Pari nel costituire la retroguardia (lassa LXIV). Nella lassa LXXXIX esorta i Franchi alla battaglia. Uccide Corsabligi (lassa XCV), Siglorello (CVIII), Malcotante ([CXIX]), Abisso ([CXXV]). Interviene a placare Orlando e Oliviero nel corso della seconda «scena del corno» (lassa CXXXI). È ferito a morte nella lassa CLIII, ma combatte ancora valorosamente (lasse CLIV e CLVII). Benedice i cadaveri dei Pari (lassa CLXI). Muore, mentre cerca di soccorrere Orlando svenuto (lassa CLXIV), nella lassa CLXV.

UGLECI cfr. EUG[L]EZ Popolazione pagana (slava).

UNGARI cfr. HUNGRE Ungheresi.

UNNI cfr. HUMS

VAL DI TENEBRA cfr. VAL TENEBR[E]S Paese pagano.

VAL FERRATA cfr. VAL FERREE Paese pagano.

VAL FRONDA cfr. VAL FRONDE Paese pagano.

VAL FUGGITO cfr. VAL FUÏT Paese pagano.

VAL METASSO cfr. VAL METAS Paese pagano.

VAL PENOSA cfr. VAL PENUSE Paese pagano.

VAL SEPARATA cfr. VAL SEVREE Paese pagano.

VALDABRUNO cfr. VALDABRUN Cavaliere pagano. Dona la sua spada a Gano nella lassa XLVIII; uccide Sansone nella lassa [CXVI]; è ucciso da Orlando nella [CXVII].

VALENZA[1] cfr. VALE[NCE] Valence-sur-Rhône.

VALENZA[2] cfr. VALENTINEIS (di Valenza) Valencia.

VALFONDA cfr. VALFUNDE Paese pagano.

VALLE MARCHESE cfr. VAL MARCHIS Paese pagano.

VALTERNA cfr. VALTERNE Città spagnola, forse Valtierra.

VEGLIANTIVO cfr. VEILLANTIF Cavallo di Orlando.

VIENNESE cfr. VIANEIS Di Vienne.

VIRGILIO cfr. VIRGILIE Il poeta.

VIVIANO cfr. VIVÏEN Re cristiano alleato di Carlomagno.

# INDICE DEI NOMI PROPRÎ DEL TESTO FRANCESE

# SOMMARIO

LA CANZONE DI ORLANDO

Finito di stampare nel febbraio 2015 presso
Rotomail Italia S.p.A. – Vignate (MI)
Printed in Italy

RCS Libri

ISBN 978-88-17-16516-7

1010